中國古典文學基本叢書

劉禹錫全集編年校注

第五册

〔唐〕劉禹錫 撰
陶敏 陶紅雨 校注

中華書局

劉禹錫全集編年校注卷十六　文　長慶、寶曆

唐故衡州刺史吕君集紀〔一〕

五行秀氣，得之居多者爲俊人，其色潋灔於顔間，其聲發而爲文章。〔二〕天之所與，有物來相，彼由學而致者，如工人染夏，以視羽畎，有生死之殊矣。〔三〕初，貞元中，天子之文章焕乎垂光，慶霄在上，〔四〕萬物五色。天下文人，爲氣所召，其生乃蕃。靈芝蓮莆，與百果齊坼，然煌煌翹翹，出乎其類，終爲偉人者，幾希矣。〔五〕東平吕和叔實生是時，〔六〕而絶人遠甚。始以文學震三川，三川守以爲貢士之冠。〔七〕名聲西馳，速如羽檄，長安中諸生咸避其鋒。〔八〕兩科連中，〔九〕芒刃愈出。德宗聞其名，自集賢殿校書郎擢爲左拾遺。明年，犬戎請和，上問能使絶域者，君以奇表有專對材膺選，轉殿内史，錫之銀章。〔一〇〕還，拜尚書户部員外郎，轉司封，遷刑部郎中，兼侍御史，副治書之職。〔一一〕會中執法左遷，緣坐出爲道州刺史。〔一二〕以政聞，改衡州，年四十而没。後十年，〔一三〕其子安衡泣捧遺草來謁。咨余紬之，成一家言，凡二百篇，勒成十卷。〔一四〕

和叔名温，别字化光。祖考皆以文學至大官。〔一五〕早聞《詩》、《禮》於先侍郎，又師吴郡陸質通《春秋》，從安定梁肅學文章，勇於藝能，咸有所祖。〔一六〕年益壯，志益大，遂撥去文學，與俊賢交，重氣概，核名實，歆然以致君及物爲大欲。〔一七〕每與其徒講疑考要，王霸富强之術，臣子忠孝之道，出入上下百千年間，詆訶角逐，疊發連注。〔一八〕得一善，輒盱衡擊節，〔一九〕揚袂頓足，信容得色，舞于眉端。以爲按是言，循是理，合乎心而氣將之，昭昭然若揭日月而行，孰能閼其勢而争夫光者乎〔二〇〕！嗚呼！言可信而時異，道甚長而命窄，精氣爲物，〔二一〕其有所歸乎！

古之爲書者，先立言而後體物，賈生之書首《過秦》，而荀卿亦後其賦。〔二二〕和叔年少遇君，而卒以謫似賈生，能明王道似荀卿，故余所先後視二書，斷自《人文化成論》至《諸葛武侯廟記》爲上篇，其它咸有爲而爲之。〔二三〕始學左氏書，故其文微爲富艷。〔二四〕夫羿之關弓，唯巴蛇九日乃能盡其彀，而回注鶡爵，亦要失中於尋常之間，非羿之手弓有能有不能，所遇然也。〔二五〕後之達解者推而廣之，知余之素交不相索於文字之内而已。〔二六〕

【校注】

〔一〕文長慶元年在洛陽作。吕君：吕温，元和六年（八一一）秋卒於衡州刺史任上，見卷二《哭吕衡州（略）》注。《新唐書·藝文志四》：「《吕温集》十卷。」今存。文云「後十年」，當長慶元年作，時劉禹錫丁母憂在洛陽。

〔二〕五行：金、木、水、火、土。《禮記・禮運》：「故人者，其天地之德，陰陽之交，鬼神之會，五行之秀氣也。」俊人：傑出的人。瀲灩：水盈溢貌。

〔三〕相：襄助。染夏：人工染的五色。《周禮・天官・染人》「秋染夏」注：「染夏者，染五色。謂之夏者，其色以夏翟爲飾。……毛羽五色，皆備成章，染者擬以爲深淺之度。是以放（仿）而取名。」羽畎：羽山山谷。以視羽畎，指羽山山谷中的雉，染工拿來作染色的標準。《書・禹貢》「羽畎夏狄」傳：「夏翟，翟，雉名。羽中旌旄，羽山之谷有之。」

〔四〕慶霄：猶慶雲。《文選》謝瞻《張子房》：「明兩燭河陰，慶霄薄汾陽。」李善注：「慶霄，即慶雲也。」

〔五〕靈芝蓮莆：都是祥瑞之物。《説文》：「蓮，蓮莆，瑞草也。堯時生於庖廚，扇暑而涼。」《宋書・符瑞志下》：「蓮甫，一名倚扇，狀如蓬，大枝葉小，根根如絲，轉而成風，殺蠅，堯時生於廚。」煌煌：光明貌。翹翹：高出貌。類：《孟子・公孫丑上》：「聖人之於民，亦類也。出於其類，拔乎其萃，自生民以來，未有盛於孔子者也。」

〔六〕東平：郡名，即鄆州，治無鹽，在今山東東平東。據兩《唐書》本傳及《元和姓纂》卷六，吕温爲河中人，東平是吕氏郡望。和叔：吕温字。

〔七〕三川：指河南府，今河南洛陽，秦爲三川郡，以有河、洛、伊三水得名。三川守：河南尹。貢士：鄉貢進士。貢士之冠，即爲（河南府）首薦。

〔八〕西：劉本、《文苑英華》、《全唐文》作「四」。羽檄：插有鳥羽的緊急軍事文書。

〔九〕兩科：據《登科記考》卷十四，吕温貞元十四年李隨榜進士，十五年復登博學宏辭科。

〔一〇〕犬戎：古代西方戎族的一支，此指吐蕃。殿内史：即殿中侍御史。《新唐書·百官志三》：「隋末，廢殿内侍御史，義寧元年，丞相府置察非掾二人，武德元年，改曰殿中侍御史。」銀章：即衣緋佩銀魚袋，詳見卷七《酬嚴給事賀加五品（略）》注。《舊唐書·吕温傳》：「起家再命拜左拾遺。（貞元）二十年冬，副工部侍郎張薦爲入吐蕃使。行至鳳翔，轉侍御史，賜緋袍牙笏。」文稱「殿内史」，蓋指其初出使時所帶憲銜而言。

〔一一〕副治書之職：即爲侍御史知雜事。治書，治書侍御史，即御史中丞。《新唐書·百官志三》「御史臺」：「高宗改治書侍御史中丞，以避帝名。」又：「侍御史六人……久次者一人知雜事，謂之雜端，殿中監察職掌、進名、遷改及令史考第，臺内事顓決，亦號臺端。」《舊唐書·吕温傳》：「温自司封員外郎轉刑部郎中，竇群請爲知雜。」

〔一二〕中執法：御史中丞，指竇群。《通典》卷二四：「初，漢御史大夫有兩丞，一曰御史丞，一曰中丞。亦謂中丞爲御史中執法。」吕温坐竇群貶道州事，詳見卷二《和竇中丞晚入容江作》及《吕八見寄郡内書懷（略）》二詩注。出爲：二字原無，據《文苑英華》、《全唐文》補。

〔一三〕政：《全唐文》作「善政」。後十年：長慶元年。吕温元和五年自道州轉衡州，次年八月卒於任。見卷二《吕八見寄郡内書懷（略）》注。

〔一四〕紬：綴集。勒成十卷：四字原無，據《文苑英華》、《全唐文》增。

〔一五〕祖考：祖及父。吕温祖吕延之，官至越州刺史、浙江東道節度使；父渭，官至湖南觀察使、禮部侍郎，見《舊唐書·吕渭傳》。

〔一六〕先侍郎：指吕渭。《舊唐書》本傳：「授太子右庶子，禮部侍郎。」吴郡：即蘇州。《舊唐書·陸質傳》：「吴郡人，本名淳，避憲宗名改之。質有經學，尤深於《春秋》。」柳宗元《答元饒州論春秋書》：「往年曾記裴封叔宅……又聞韓宣英及亡友吕和叔輩言他義，知《春秋》之道久隱，而近乃出焉。京中於韓安平處始得《微指》，和叔處始見《集注》，恒願掃於陸先生之門。」陸先生即謂陸質。安定：郡名，治所在今甘肅涇川北。「安定」二字原無，據《叢刊》本、《文苑英華》、《全唐文》增。安定爲梁肅郡望。《新唐書·梁肅傳》：「肅字敬之，一字寬中。隋刑部尚書毗五世孫，世居陸渾。建中初，中文辭清麗科，擢太子校書郎。」《全唐文》卷五二三崔元翰《右補闕翰林學士梁君（肅）墓誌銘》：「年十八，趙郡李遐叔（華）、河南獨孤至之（及）始見其文，稱其美，由是大名彰於海内。……有文集三十卷，爲學者之師式。」

〔一七〕文學：《叢刊》本作「文字」。歆然：感奮貌。致君及物：輔佐君主治理國家。大欲：最大的願望。

〔一八〕詆訶角逐：斥責與争競，指論辯。連注：連屬。疊發連注，謂言辭滔滔不絕。《北史·周法尚傳》：「首尾連注，千里不絶。」

〔一九〕盱衡：《文選》左思《魏都賦》：「魏國先生，有睟其容，乃盱衡而誥曰。」李善注：「眉上曰衡。盱，舉眉大視也。」擊節：打拍子，表示激賞。

〔二〇〕閼：阻遏。

〔二一〕精氣：指人的元氣。《易·繫辭下》：「精氣爲物，游魂爲變。」

〔二二〕立言：謂創立學説。《左傳·襄公二十四年》：「其次有立言，雖久不廢，此之謂不朽。」體物：描摹事物的形態，此處借指辭賦一類作品。陸機《文賦》：「賦體物以瀏亮。」賈生：西漢政治家兼文學家賈誼，其《過秦論》在今本賈誼《新書》中居首篇。荀卿：戰國時思想家荀況，其《賦篇》在今本《荀子》三十二篇中居第二十六篇。

〔二三〕《人文化成論》、《諸葛武侯廟記》：吕温所撰文篇名。今本《吕衡州集》與劉禹錫所編編次不同，以賦爲首，此二文在卷十「雜著」中。

〔二四〕左氏書：即《左傳》。范寧《春秋穀梁傳序》：「左氏艷而富，其失也巫。」疏：「艷者，文辭可美之稱也。」《舊唐書·吕温傳》：「温文體富艷，有丘明、班固之風，所著《凌煙閣功臣銘》、《張始興畫贊》、《移博士書》，頗爲文士所賞。」

〔二五〕羿：后羿，傳説中古代善射者。闢：通彎。《淮南子·本經》：「逮至堯之時，十日並出，焦禾稼，殺草木，而民無所食，猰貐、鑿齒、九嬰、大風、封豨、脩蛇，皆爲民害。堯乃使羿誅鑿齒於疇華之野……上射十日而下殺猰貐，斷脩蛇於洞庭，禽封豨於桑林，萬民皆喜。」巴蛇：傳説中大蛇，即修蛇。《山海經·海内南經》：「巴蛇食象，三歲而出其骨。」《元和郡縣圖志》卷二七「岳州巴陵縣」：「昔羿屠巴蛇於洞庭，其骨若陵，故曰巴陵。」彀：弓矢所及的範圍。《莊子·德充符》：「游於羿之彀中。」注：將箭搭於弦上，此指射。鷃：尺鷃。爵：通雀。鷃雀均小鳥。尋常：指短距離。《左傳·成公十二年》：「爭尋常以盡其民。」注：「八尺曰尋，倍尋曰常。」

〔二六〕達解：明白、理解。素交：真摯純潔的友情。劉孝標《廣絶交論》：「斯賢達之素交，歷萬古而一遇。」索：求。

唐故尚書禮部員外郎柳君集紀〔一〕

八音與政通，〔二〕而文章與時高下。三代之文，〔三〕至戰國而病，涉秦、漢復起。漢之文，至列國而病，〔四〕唐興復起。夫政龐而土裂，三光五岳之氣分扶問反，大音不完，故必混一而後大振。〔五〕初，貞元中，上方嚮文章，昭回之光，下飾萬物。〔六〕天下文士，爭執所長，與時而奮，粲焉如繁星麗天，而芒寒色正，人望而敬者，五行而已。〔七〕河東柳子厚，〔八〕斯人望而敬者歟！

子厚始以童子有奇名於貞元初，至九年，爲名進士，十有九年，爲材御史，二十有一年，〔九〕以文章稱首，入尚書爲禮部員外郎。是歲，以疏儁少檢獲訕，出牧邵州，又謫佐永州。〔一〇〕居十年，詔書徵，〔一一〕不用，遂爲柳州刺史，五歲不得召。病且革，留書抵其友中山劉某曰：「我不幸，卒以謫死，以遺草累故人。」〔一二〕某執書以泣，遂編次爲三十通，〔一三〕行於世。

子厚之喪，昌黎韓退之誌其墓，且以書來弔曰：「哀哉，若人之不淑！〔一四〕吾嘗評其文，雄深雅健似司馬子長，崔、蔡不足多也。」〔一五〕安定皇甫湜於文章少所推讓，亦以退之之言爲然。〔一六〕凡子厚名氏與仕與年暨行己之大方，有退之之誌若祭文在，今附於第一通之末云。〔一七〕

【校注】

〔一〕文長慶元年在洛陽作。柳君：柳宗元。《新唐書·藝文志四》：「《柳宗元集》三十卷。」今本柳集四十五卷，或三十二卷，均非劉禹錫所編柳集之舊觀。

〔二〕八音：《周禮·春官·大師》：「皆播之以八音，金、石、土、革、絲、木、匏、竹。」此泛指音樂。《禮記·樂記》：「凡音者，生人心者也。情動於中，故形於聲。聲成文，謂之音。是故治世之音安以樂，其政和；亂世之音怨以怒，其政乖；亡國之音哀以思，其民困。聲音之道，與政通矣。」

〔三〕三代：指夏、商、周，《尚書》中有夏書、商書、周書。

〔四〕列國：指三國及魏晉南北朝時期。

〔五〕龐：雜亂。三光：日月星辰。混一：統一。

〔六〕貞元：唐德宗年號，公元七八五—八〇五年。昭回：光明回轉，此指日月。《詩·大雅·雲漢》：「倬彼雲漢，昭回于天。」

〔七〕五行：指金、木、水、火、土五星。

〔八〕河東：郡名，即蒲州，治所在今山西永濟。柳宗元爲河東解人。

〔九〕二十有一年：貞元二十一年即永貞元年。

〔一〇〕疏儁少檢：放曠不拘禮法。柳宗元《上權德輿補闕温卷決進退啟》，自云「性頗疏野」。邵州：州治在今湖南邵陽。謫佐永州：爲永州司馬。《舊唐書·柳宗元傳》：「轉尚書禮部員外郎。叔文欲大用之。會居位不久，叔文敗，與同輩七人俱貶。宗元爲邵州刺史，在道，再貶永州司馬。」

〔一一〕詔書徵：謂元和十年詔徵事，參見卷四《元和甲午歲詔書盡徵江湘逐客（略）》注。

〔一二〕革：通亟，急。《禮記·檀弓上》：「夫子之病革矣，不可以變。」中山劉某：劉禹錫自謂。中山爲劉禹錫郡望，參見卷十九《子劉子自傳》注。遺草：遺著。

〔一三〕三十通：即三十卷。三十，《文苑英華》作「三十二」，校云「集作三十」；《唐文粹》作「四十五」。

〔一四〕昌黎：縣名，今屬河北。韓退之：韓愈，有《柳子厚墓誌銘》。不淑：不善，哀悼死者之詞。《禮記·雜記上》：「弔者……曰：『寡君使某，如何不淑？』」

〔一五〕司馬子長：司馬遷，字子長。崔、蔡：東漢文學家崔瑗、蔡邕。《宋書·謝靈運傳論》：「王褒、劉向，揚、班、崔、蔡之徒，異軌同奔，遞相師祖。」

〔一六〕安定：郡名，即涇州，治所在今甘肅涇川北。皇甫湜：中唐古文家。《新唐書·皇甫湜傳》：「皇甫湜，字持正，睦州新安人。擢進士第，爲陸渾尉，仕至工部郎中。」湜自視甚高，「恃才傲物」，曾爲東都留守裴度從事，度以家財重修福先寺，擬請白居易爲碑。湜怒曰：「近捨某而遠徵白，信獲戾於門下矣。且某之文方白之作，自謂瑶琴寶瑟而比之桑間濮上之音也。然何門不可以曳長裾？某自此請長揖而退。」度遂以作碑事委之。及碑成，度以繒彩器玩千餘緡酬之。湜大怒，擲書於地，曰：「寄謝侍中，何相待之薄也。某之文，非常流之文也。曾與顧況爲集序外，未嘗造次許人。今者請製此碑，蓋受恩深厚耳。其辭約三千餘字，每字三匹絹，更減五分錢不得。」事見《唐闕史》卷上。

〔一七〕行己：猶行事，事跡。若：和。

【集評】

劉壎曰：唐劉禹錫作《柳柳州文集序》云：「韓退之曰：『雄深雅健，似司馬子長，崔、蔡不足多也。』」崔謂崔瑗，蔡謂蔡邕。山谷詠張文潛詩，亦用此意，有曰：「晁張班馬手，崔蔡不足云。」其善於

奪胎換骨如此，而世或未之知也。（《隱居通義》卷一一）

夔州謝上表〔一〕

臣某言：伏奉某月日制書，授臣使持節都督夔州諸軍事、守夔州刺史。跪受天詔，神魂震驚。云云。

伏惟文武孝德皇帝陛下，〔二〕垂衣穆清，睿鑒旁達。三統交泰，百神降祥，浹于華夷，盡致仁壽。〔三〕臣家本儒素，業在藝文，貞元中，三忝科第。〔四〕德宗皇帝，記其姓名，知無黨援，擢爲御史。〔五〕在臺三載，例遷省官，權臣奏用，分判錢穀。〔六〕竟坐連累，貶在遐藩。〔七〕先朝追還，方念淹滯；又遭讒嫉，出牧遠州。〔八〕家禍所鍾，〔九〕沈伏草土。《禮經》有制，〔一〇〕羸疾僅存，甘於畎畝，以樂皇化。

伏遇陛下大明御宇，照燭無私，念以殘生，舉其彝典，〔一一〕獲居善部，伏感天慈。臣即以今月二日到任上訖。硤水千里，巴山萬重。空懷向日之心，未有朝天之路。無任感恩戀闕之至。長慶二年正月五日。

【校注】

〔一〕表長慶二年正月在夔州作。夔州：州治在今重慶奉節。

〔二〕文武孝德皇帝：唐穆宗。《舊唐書·穆宗紀》：「（長慶元年七月）壬子，群臣上尊號曰文武孝德皇帝。」

〔三〕三統：《漢書·律曆志》：「三統者，天施、地化、人事之紀也。」交泰：《易·泰》：「天地交泰。」仁壽：見卷十三《賀除虔王等表》注。

〔四〕三忝科第：《舊唐書·劉禹錫傳》：「貞元九年擢進士第，又登宏辭科。」劉禹錫《子劉子自傳》：「既冠，舉進士，一幸而中試。間歲，又以文登吏部取士科。」

〔五〕御史：劉禹錫貞元十九年冬爲監察御史，參見附録簡譜。

〔六〕臺：指御史臺。省：謂尚書省。權臣：指王叔文。分判錢穀：指判户部度支鹽鐵案。劉禹錫《子劉子自傳》：「貞元二十一年春，德宗新棄天下，東宮即位。時有寒俊王叔文，以善弈棋得通籍博望，因間隙得言及時事，上大奇之。……至是起蘇州掾，超拜起居舍人，充翰林學士，遂陰薦丞相杜公（佑）爲度支鹽鐵等使。翌日，叔文以本官及内職兼充副使。未幾，特遷户部侍郎，賜紫，貴振一時。愚前已爲杜丞相奏署崇陵使判官，居月餘日，至是，改屯田員外郎，判度支鹽鐵等案。」

〔七〕遐藩：遠州，此指朗州。

〔八〕遠州：指連州。元和十年，劉禹錫自朗州召還又出守連州事，已見卷四《元和甲午歲詔書盡徵江湘客（略）》等詩注。

〔九〕家禍：指元和十四年劉母卒於連州事。

〔一〇〕《禮經》：指《儀禮》。制：指子爲父母守三年之喪的制度。《儀禮・喪服》：「疏衰，裳齊，牡麻絰，冠布纓，削杖，布帶，疏屨，三年者……父卒則爲母。」

〔一一〕彝典：常典。庾信《爲閻大將軍乞致仕表》：「尸禄素餐，久紊彝典。」

祭杜中丞文〔一〕殘句，題擬

事吴之心，雖云已矣；報智之志，豈可徒然。〔二〕

【校注】

〔一〕文長慶二年夏在夔州作。此文本集不載。《唐語林》卷二文學：「爲文自鬥異一對不得。予嘗爲大司徒杜公之故吏。司徒冢嫡之薨於桂林也，柩過渚宫。予時在朗州，使一介具奠酹，以申門吏之禮，爲一祭文云：『事吴之心，雖云已矣；報智之志，豈可徒然！』『報智』人或用之，『事吴』自思得者。」此段文字當引自《劉公嘉話録》，今據録殘文，並爲擬題。杜中丞：杜式方，杜佑之子。《舊唐書・杜佑傳》：「式方，字考元。……穆宗即位，轉兼御史中丞，充桂管觀察都防禦使。長慶二年三月，卒於位。」《舊唐書・穆宗紀》：「（長慶二年四月）庚辰，桂管觀察使杜式方卒。」《唐語林》中「朗州」當爲「夔州」之誤。

〔二〕吴：荀吴，春秋晉臣，荀偃之子。《左傳・襄公十九年》：「（荀偃）卒，而視，不可含。宣子盥而撫之曰：『事吴，敢不如事主！』猶視。欒懷子曰：『其爲未卒事於齊故也乎？』乃復撫之曰：『主苟終，所不嗣事於齊者，有如河。』乃瞑，受含。」禹錫受杜佑厚恩，欲於其子杜式方處報答，因杜式方已死，故徒有「事吴」之志。報智：報恩。智伯爲趙襄子所殺，其門客豫讓漆身爲厲，吞炭爲啞，行刺趙襄子，以報智伯，事見《戰國策·趙策一》。

夔州刺史廳壁記〔一〕

夔在春秋爲子國，楚并爲楚九縣之一。〔二〕秦爲魚復，漢爲固陵，蜀爲巴東，梁爲信州。〔三〕初城于瀼西，後周大總管龍門公拓王述登白帝，嘆曰：「此奇勢可居。」〔四〕遂移府于今治所。是歲，建德五年。〔五〕隋初，楊素以越公領總管，〔六〕又張大之。

唐興，武德二年詔書，其以信州爲夔州。〔七〕七年，增名都督府，督黔、巫一十九郡。〔八〕開元中，猶領七州。〔九〕天寶初，罷州置郡，號雲安。〔一〇〕至德二年，命嗣道王鍊爲太守，賜之旌節，統硤中五郡軍事。〔一一〕乾元初，復爲州，偃節于有司，〔一二〕第以防禦使爲稱。尋罷，〔一三〕以支郡隸江陵。按版圖方輸不足當通邑，而今秩與上郡齒，特以帶蠻夷故也。〔一四〕

故相國、安陽公乾曜嘗參軍事，修圖經，言風俗甚備。〔一五〕今以郡國更名之所以然著于壁云。凡名殊必以國，事建必以年，謹始也。長慶二年五月一日，刺史中山劉某記。

【校注】

〔一〕文長慶二年五月在夔州作。《輿地碑記目》卷四「夔州碑記」：「《唐夔州刺史廳壁記》，長慶二年五月一日刺史中山劉禹錫撰，今見存。」又見《寶刻叢編》卷十九引《復齋碑録》著録。

〔二〕夔：春秋國名。《左傳·僖公二十六年》：「夔子不祀祝融與鬻熊，楚人讓之，對曰：『我先王熊摯有疾，鬼神弗赦，而自竄於夔，吾是以失楚，又何祀焉。』秋，楚成得臣、鬥宜申帥師滅夔，以夔子歸。」注：「熊摯，楚嫡子，有疾不得嗣位，故别封爲夔子。」九縣：楚滅息、鄧、弦、黄、夔、江、六、蓼、庸九國，以爲九縣，詳見《左傳·宣公十二年》注。

〔三〕魚復：漢縣名。《通典》卷一七五「夔州奉節縣」：「漢魚復縣地，又有魚復故城在，北赤甲城是也。」固陵：或作故陵。《太平寰宇記》卷一四八「夔州」：「晉太康中復永安爲魚復，有故江關在江南岸，北對州城，即先主於此置故陵郡，後主改爲巴東郡。」《晉書·地理志上》：「建安六年，劉璋改永寧爲巴東郡。」《隋書·地理志上》「巴東郡」：「梁置信州，後周置總管府，大業元年，府廢。」

〔四〕瀼西：夔州地名，見卷五《竹枝詞九首》注。拓王述：即王述，《周書》卷一八、《北史》卷六二、《隋書》卷五四有傳。《北史》本傳云：「除中書舍人，修起居注，改封龍門郡公。……隋文帝爲丞相，授信州總管，位上大將軍。」按北魏時，曾賜姓王氏爲「拓王氏」，見《北史·王康傳》、《元和姓纂》卷一〇等，但王述賜姓之事，未見史載。白帝：即白帝城。

〔五〕建德：周武帝宇文邕年號，公元五七二—五七八年。

〔六〕楊素：《隋書》卷四八有傳。《隋書·高祖紀上》：「（開皇五年）十月壬辰，以上柱國楊素爲信州總管。」同書《楊素傳》：「拜信州總管……素居永安，造大艦。……及大舉伐陳，以素爲行軍元帥，引舟師趣三硤。……及還，拜荊州總管，進爵郢國公……改封越國公。」則楊素爲荊州總管後方封越國公。

〔七〕武德：唐高祖年號，公元六一八—六二六年。夔州：《通典》卷一七五夔州：「大唐武德二年，避皇外祖諱，改信州爲夔州。」注：「獨孤信也。」

〔八〕都督府：《唐會要》卷六八：「武德七年二月十二日，改大總管府爲大都督府。」黔：州名，治所在今四川彭水。巫：州名，治所在今湖南黔陽西。

〔九〕七州：《唐會要》卷六八都督府：「景雲二年六月二十八日制，於天下分置都府二十四，令都督糾察所管州刺史以下官人善惡。……夔州管忠、萬、歸、涪、黔、施等六州。」合夔州爲七州。

〔一〇〕雲安：《新唐書·地理志四》：「夔州雲安郡，下都督府，本信州巴東郡，武德二年更州名，天寶元年更郡名。」

〔一一〕道王鍊：道王李元慶曾孫，開元二十五年襲封嗣道王，廣德中官至宗正卿，見《舊唐書·李元慶傳》。時李鍊被任命爲夔峽節度使。《新唐書·方鎮表四》：至德二載，升夔州防禦使爲夔峽節度使；廣德二年，廢夔峽節度使。賈至《授嗣道王鍊雲安等五郡節度使制》：「敕：衛尉少卿、嗣道王鍊……可充雲安、夷陵、南浦、南平、巴東等五郡節度採訪處置防禦等使。」

〔二〕偃節於有司：將節存放於官府，不復授人，即罷節度使。

〔三〕尋罷：指罷防禦使。按《新唐書·方鎮表四》，廣德二年置夔、忠、涪都防禦使；大曆元年，荆南節度復領朗、澧、涪三州。則夔州之罷防禦使並隸荆南，當即在大曆元年。

〔四〕版圖：指土地面積。方輪：指賦税。《漢書·枚乘傳》：「方輪錯出，運行數千里不絕於道。」師古曰：「方軌而輸，雜出貢賦，入於天子。」通邑：通都大邑，交通方便、經濟發達的州府。上郡：上州。唐代按户口數將州分爲上、中、下三等。齒：並列。

〔五〕乾曜：源乾曜，開元四年、八年兩度爲相，封安陽郡公，見《舊唐書》本傳。其爲夔州參軍，修《夔州圖經》事，未詳。

賀册皇太子表〔一〕

臣某言：伏見制書，以十二月二十日册皇太子。盛禮斯畢，德音遐宣，萬國以貞，庶類咸說。云云。

伏惟文武孝德皇帝陛下，體元立極，〔二〕垂訓御時。既闡王猷，思安國本。前星位定，拱宸極以昭彰；蒼震氣宣，與天地而長久。〔三〕禮光匕鬯，〔四〕澤被華夷。宗祏有無疆之休，〔五〕生靈懷莫大之慶。臣恪居官次，遐守巴南，〔六〕不獲稱賀闕庭，無任踴躍屏營之至。長慶三年正月日。

【校注】

〔一〕表長慶三年正月在夔州作。皇太子：指敬宗李湛。《舊唐書·敬宗紀》：「諱湛，穆宗長子。……長慶元年三月封景王。二年十二月，立爲皇太子。」

〔二〕體元：謂以天地之元氣爲本體。《春秋·隱公元年》：「元年春，王正月。」注：「凡人君即位，欲其體元以居正，故不言一年一月也。」

〔三〕前星：指太子星。《漢書·五行志下之下》引《星傳》：「心，大星，天王也。其前星，太子；後星，庶子也。」宸極：北極星，代指君主。《論語·爲政》：「爲政以德，譬如北辰，居其所而衆星共之。」共，通拱。蒼震：東方，其色青，儲君之位。《易·説卦》：「帝出乎震。……萬物出乎震。震，東方也。」

〔四〕匕鬯：羹匙和秬黍釀的香酒，爲祭祀用品，代指祭祀。《易·震》：「震驚百里，不喪匕鬯。……出可以守宗廟社稷，以爲祭主也。」疏：「匕，所以載鼎實；鬯，香酒也，奉宗廟之盛者也。震卦施之於人，又爲長子……可以奉承宗廟彝器粢盛，守而不失也。」

〔五〕宗祏：宗廟。《左傳·莊公十四年》：「命我先人，典司宗祏。」疏：「宗祏者，慮有非常火災，於廟之北壁内爲石室，以藏木主。」

〔六〕巴南：指夔州，古巴國之地。

賀皇太子箋〔一〕

使持節都督夔州刺史劉某叩頭。伏惟皇太子殿下，祇膺詔册，光啟儲闈。展至性於三朝，承本枝於百代。〔二〕宗祏永固，〔三〕神人以和。四岳仰維嵩之高，百川承少海之潤。〔四〕某限以職守，不獲隨例稱慶宫庭，無任抃躍之至。

【校注】

〔一〕箋長慶三年正月夔州作。皇太子：李湛，參見前表。《叢刊》本「箋」上有「受册」二字。

〔二〕三朝：《漢書·孔光傳》顔師古注：「歲之朝，月之朝，日之朝，故曰三朝。」此指一日之中三次朝見請安。《禮記·文王世子》：「文王之爲世子，朝於王季日三。」本枝：樹幹和樹枝，喻皇族。《詩·大雅·文王》：「文王孫子，本支百世。」

〔三〕宗祏：宗廟，見前表注。

〔四〕四岳：謂東西南北四岳。嵩：指中岳嵩山。《詩·大雅·崧高》：「崧高維岳，駿極於天。」傳：「崧，高貌。山大而高曰崧。岳，四岳也。東岳岱，南岳衡，西岳華，北岳恒。」少海：東方大海，與維嵩均喻皇太子。《山海經·東山經》：「南望幼海。」郭璞注：「即少海也。《淮南子》曰：『東方大渚曰少海。』」

夔州始興寺移鐵像記〔一〕

佛薪盡于乾竺，而像教東行。〔二〕是法平等，故所至爲浄土；是身應供，故隨念如降生。〔三〕先是，魚復人有以利金爲彌勒像者，重千鈞，睟容瑞相，人天兩足。〔四〕梟氏卒事而它工未備，〔五〕故寓于西偏，不知其幾年矣。

寺僧法照，瞻禮發信，赤肩白足，入諸大城，乃至聚落，無空過者，積十餘年，得信財無量。〔六〕繇是購工以嘗巧，募徒而畢力，四輩增增，工麾以肱。〔七〕中樞外脈，陰轉陽動，欻如地踴，岌如山行。〔八〕大匠無言，尊容嚮明。〔九〕青蓮承趺，金獸捧持，藻井花鬘，葱籠四垂。〔一〇〕邑人膜拜，如佛出世。〔一一〕法照以願力能就，泣于佛前，因持片石，乞詞以示後。

按此寺始於宇文周，初瀕江埤庳，皇唐神龍中，爲水所壞。〔一二〕有波那頼耶國僧廣照，浮海而至，頓錫不去，遂移於今道場所。〔一三〕山曰磨刀，嶺曰虎岡，其經始與克修，皆蕃僧是力。後之有志者，豈無人哉！

法照夔人，姓穆氏，年十有五出家，依江陵名僧受具。〔一四〕肇自貞元二十年甲申歸此寺，願崇建有爲，凡修大殿，立菩薩大弟子侍佛左右，逮長慶癸卯有成，〔一五〕其善植德本者歟。

【校注】

〔一〕文云「長慶癸卯」，乃長慶三年在夔州作。

〔二〕佛薪：喻佛的肉體。薪盡，喻佛寂滅。《莊子·養生主》：「指（脂）窮於爲薪，火傳也，不知其盡也。」乾竺：印度的古稱。像教：佛教。

〔三〕平等：佛教語，謂一切法、一切衆生本無差別。《涅槃經》卷三：「如來善修，如是平等。」淨土：佛教語，謂莊嚴潔淨没有五濁（劫濁、見濁、煩惱濁、衆生濁、命濁）的極樂世界。《魏書·釋老志》：「伽藍淨土，理絶囂塵。」應供：梵語「訶羅訶」的意譯，爲如來十號之一，指斷一切惡，應受人天之供養者。降生：《彌勒下生經》謂彌勒佛從兜率天降生此世界。

〔四〕魚復：即夔州奉節，參見前《夔州刺史廳壁記》注。利金：指鐵。彌勒：佛教大乘菩薩之一，彌勒是姓，義爲慈氏，字阿逸多，意爲無勝。晬容：容貌温和潤澤。《文選》左思《魏都賦》：「魏國先生，有晬其容。」李善注引趙岐曰：「晬，潤澤貌也。」

〔五〕鳧氏：古代掌鑄鐘的官，此指鑄造工匠。《周禮·考工記·輈人》：「攻金之工……鳧氏爲聲。」疏：「按鳧氏爲鐘。此言聲者，鐘類非一，故言聲以包之。」它工：指佛寺殿宇建築。未備：原作「求備」，據明本、劉本、《叢刊》本、《全唐文》改。

〔六〕白足：參見卷二《送如智法師（略）》注。聚落：村落。《漢書·溝洫志》：「（黄河水）時至而去，則填淤肥美，民耕田之，或久無害，稍築室宅，遂成聚落。」信財：指佛教信徒布施的財物。

〔七〕嘗巧：試其巧藝。《禮記·檀弓下》：「（公輸）般，爾以人之母嘗巧，則豈不得以？」疏：「嘗，試也。欲以人母試己巧事。」四輩：指四衆弟子，即比丘（僧）、比丘尼（尼）、優婆塞（在家男信徒）、優婆夷（在家女信徒）。增增：衆多貌。《詩·魯頌·閟宫》：「烝徒增增。」肱：手臂。《詩·小雅·無羊》：「麾之以肱，畢來既升。」

〔八〕中樞外脈：此當指搬運鐵像的簡單機械，如滑輪和繩索之類。欻：迅速。地踴：地中涌出。《妙法蓮華經·從地涌出品》：「佛説是時娑婆世界三千大千國土皆振裂，而於其中有無量千萬億菩薩摩訶薩同時涌出。」岌：高貌。

〔九〕大匠：技藝高超的工匠。尊容：指佛像。嚮明：面向南方。《易·説卦》：「離也者，明也，萬物皆相見，南方之卦也。聖人南面而聽天下，嚮明而治，蓋取諸此也。」

〔一〇〕青蓮：青色蓮花座。青，原作「清」，據明本、劉本、《叢刊》本、《全唐文》改。趺：趺坐，兩足交疊而坐。藻井：繪有圖案形如井幹的天花板。花鬘：即華鬘，穿花成串，古印度人作爲頭上或身上的裝飾物。《大唐西域記》卷二：「首冠華鬘，身佩纓絡。」葱籠：盛貌。籠，原作「龍」，據明本、劉本、《叢刊》本改。垂：原作「重」，據明本、劉本、《叢刊》本、《全唐文》改。

〔一一〕膜拜：合掌加額，伏地跪拜。如：原作「始」，據明本、《叢刊》本、《全唐文》改。

〔一二〕宇文周：指北周宇文氏王朝，公元五五七—五八一年。埤庳：低濕。神龍：唐中宗李顯的年號，公元七〇五—七〇七年。

〔一三〕波那賴耶國：未詳。頓錫：猶駐錫。錫，僧人所持錫杖；原作「湯」，據明本、劉本、《叢刊》本、《全唐文》改。

〔一四〕受具：受具足戒，爲僧尼當受之戒，僧爲二百五十戒，尼爲五百戒。

〔一五〕癸卯：長慶三年（八二三）。

夔州論利害表〔一〕

臣某言：伏準元和十二年四月十八日敕，〔二〕諸州刺史如有利害可言者，不限時節，任自上表聞奏者。

臣伏見貞觀中，詔許群臣各上書言利便，馬周時一布衣，遂因中郎將常何獻策二十餘事，太宗深奇之，盡行其言，擢周爲御史。〔三〕至龍朔中，壁州刺史鄧弘慶進「平索看精」四字堪爲酒令，〔四〕高宗嘉之，亦行其言，遷弘慶爲朗州刺史。則知苟有所見，雖布衣之賤，遠守之微，亦可施用。況臣早受國恩，德宗朝忝爲御史，逮今歷事四朝，頻領藩條。〔五〕當陛下至明之時，是微臣竭節之日。

伏以守在遐郡，不敢廣有所陳。謹準敕上利害及當州公務，各具别狀以聞。〔六〕伏乞聖慈，俯賜昭鑒。無任感激屏營之至。謹差當州軍事衙官、守易州安義府别將員外置同正員、雲騎尉馮隨謹奉表以聞。〔七〕長慶三年十一月七日。

【校注】

〔一〕表長慶三年十一月在夔州作。利害：利病，爲政之得失。

〔二〕四月十八日敕：《唐會要》卷六八：「（元和）十二年四月敕：『自今已後，刺史如有利病可言，皆不限時節，任自上表聞奏，不須申報節度觀察使。』」

〔三〕貞觀：唐太宗李世民年號，公元六二七—六四九。馬周：字賓王，太宗時官至中書令，《舊唐書》卷七四、《新唐書》卷九八有傳。中郎將：皇帝禁軍十六衛五府各設中郎將一人，正四品下，「掌領校尉、旅帥、親衛、勛衛之屬宿衛者，而總其府事」，見《新唐書·百官志四上》。《舊唐書·馬周傳》：「少孤貧好學，尤精《詩》、《傳》，落拓不爲州里所敬。……至京師，舍於中郎將常何之家。貞觀三年，太宗令百僚上書言得失，何以武吏不涉經學，周乃爲何陳便宜二十餘事，令奏之，事皆合旨。太宗怪其能，問何，何答曰：『此非臣所能，家客馬周具草也。……』太宗即日召之……令直門下省。六年，授監察御史。」《文苑英華》「御史」下有「裏行」二字。

〔四〕龍朔：唐高宗李治第三個年號，公元六六一—六六三年。壁州：州治在今四川通江縣。鄧弘慶：未詳。《國史補》卷下：「國朝麟德中，壁州刺史鄧弘慶始創『平』、『索』、『看』、『精』四字令，至李稍雲而大備。」事又見《唐語林》卷八，其制未詳。

〔五〕四朝：謂德、順、憲、穆四朝。頻領藩條：屢爲刺史。漢代刺史以六條考察屬吏。《通典》卷三二：「（漢）武帝元封……五年，乃置部刺史，掌奉詔六條察州。」《晉書·應詹傳論》：「出撫藩條，則惠政斯洽。」

〔六〕别狀：另外的文狀。狀，向上級陳述意見或事實的文書。集中《奏記丞相府論學事》即同時奏上之别狀。

〔七〕易州：州治在今河北易縣。安義府：據《新唐書·地理志三》：易州有九府，安義爲其中之一。雲騎尉：勛官名，正七品上階，見《舊唐書·職官志一》。

奏記丞相府論學事〔一〕

十一月七日，使持節都督夔州諸軍事、夔州刺史劉某，謹奏記相公閤下。凡今能言者皆謂天下少士，而不知養才之道鬱堙而不揚，非天不生材也。亦猶不耕者而嘆廪庾之無餘，〔二〕非地不産百穀也。伏以貞觀中增築學舍千二百區，生徒三千餘人，時外夷上疏，請遣子弟入附於三雍者五國。〔三〕雖「菁菁者莪」，〔四〕育材之道不足比也。今之膠庠不聞絃歌，〔五〕而室廬圮廢，生徒衰少，非學官不欲振舉也，病無貲財以給其用。鯫生今有一見，使大學立富，幸遇相公在位，可以索言之。〔六〕

《禮》云："凡學官，春釋奠于其先師。"[一七]斯禮止于辟廱、頖宮，[一八]非及天下也。今四海郡縣咸以春秋上丁有事孔子廟，[一九]其禮不應於古，且非孔子意也。炎漢初定，群臣皆起屠販爲公卿，故孝惠、高后之間，置原廟於郡國。[一〇]逮孝元時，韋玄成以碩儒爲丞相，遂建議罷之。[一一]夫以子孫尚不敢違禮以饗其祖，況後學師先聖之道而首違之乎？《祭義》曰："祭不欲數。"[一二]《語》云[一三]："祭神如神在。"與其煩於舊饗，孰若行其教道？今夫子之教日頹靡，而以非禮之祀媚之，斯儒者所宜憤悱也！竊觀歷代，無有是事。

皇家武德二年，詔於國學立周公、孔子廟，四時致祭。[一四]貞觀十一年，又詔修宣尼廟於兖州。[一五]至二十年，許敬宗等奏，乃遣天下諸州縣置三獻官，其他如方社。[一六]敬宗非通儒，不能稽典禮。開元中，玄宗嚮學，與儒臣議，繇是發德音：其罷郡縣釋奠牲牢，唯酒脯以薦。[一七]後數年定令，時王孫林甫爲宰相，不涉學，委御史中丞王敬從刊之。[一八]敬從非文儒，遂以明衣牲牢，編在學令。[一九]是首失於敬宗而終失於林甫，習以爲常，罕有敢非之者。

謹按本州四縣，[二〇]一歲釋奠物之直緡錢十六萬有奇。舉天下之郡縣，當千七百不啻，羈縻者不在數中。[二一]凡歲中所出，於經費過四千萬，適資三獻官飾衣裳，飴妻子而已，於尚學之道無有補焉。前日詔書，許列郡守臣得以上言便事，今謹條奏，某乞下禮官博士，詳議典制，罷天下縣邑牲牢衣幣。如有生徒，春秋依開元敕旨用酒醴腶脩，腒鱐榛栗，示敬其事，而州府許如故儀。〔二二〕然後籍其資，半附益所隸州，使增學校；其半率歸國庠，猶不下萬計，築學室，具器用，豐餼食，增掌固以備使令。〔二三〕凡儒官，各加稍食。〔二四〕其紙筆鉛黃視所出州，率令折入。〔二五〕學徒既備，明經日課繕書若干紙，進士命讎校，亦如之。則貞觀之風，粲然不殊。其它郡國皆立程督，投紱懷璽，棫樸華華，良可詠矣。〔二六〕

伏惟相公發跡，咸自諸生，其尊素王之道，儀形四方，宜在今日。〔二七〕是以小生敢沿故事，以奏記于左右。姑舉其大較。至於證據纖悉，條奏具之。章下之日，乞留神省察，不勝大願。惶恐拜手稽首。

【校注】

〔一〕文長慶三年在夔州作。奏記：下級或百姓向州府等上級官府所上呈文。《論衡·對作》：「夫上書謂之奏，奏記轉易其名，謂之書。」《漢書·朱博傳》：「文學儒吏，時有奏記。」劉禹錫《夔州論利害表》：「謹準敕上利害及當州公務，各具別狀以聞。……長慶三年十一月七日。」奏記同時作，蓋即表中所云「別狀」。《新唐書·劉禹錫傳》：「又徙夔州刺史。禹錫嘗嘆天下學校廢，乃奏記宰相曰：……當時不用其言。」

〔二〕而：原作「不」，據劉本、《新唐書·劉禹錫傳》改。

〔三〕區：所、處。三雍：指國學。《漢書·河間獻王傳》：「武帝時，獻王來朝，獻雅樂，對三雍宮及詔策所問三十餘事。」注：「辟雍、明堂、靈臺也。」五國：指高麗、百濟、新羅、高昌、吐蕃五國。《唐會要》卷三五：「貞觀五年以後，太宗數幸國學太學，遂增築學舍一千二百間，國學、太學、四門亦增生員，其書、算等，各置博士。凡三千二百六十員。……已而高麗、百濟、新羅、高昌、吐蕃諸國酋長亦遣子弟，請入國學。於是國學之內八千餘人，國學之盛，近古未有。」《舊唐書・新羅國傳》：「（貞觀）二十二年，（新羅王）真德遣其弟國相、伊贊干金春秋及其子文王來朝……春秋請詣國學觀釋奠及講論。」

〔四〕菁菁者莪：《詩・小雅》篇名，詩云：「菁菁者莪，在彼中阿。」傳：「菁菁，盛貌。莪，蘿蒿也。」小序：「《菁菁者莪》，樂育才也。君子能長育人材，則天下喜樂之矣。」

〔五〕膠庠：學校。《禮記・王制》：「周人養國老於東膠，養庶老於虞庠。」注：「東膠亦大學……虞庠亦小學也。」絃歌：音樂，指學校教學活動。《史記・孔子世家》：「孔子講誦，絃歌不衰。」

〔六〕鯫生：禹錫自謂，參見卷十五《謝中書張相公啟》注。相公：按《新唐書・宰相表下》，時相爲李逢吉、牛僧孺。索言：盡言。

〔七〕《禮》：指《禮記》。釋奠：一種較簡樸的祭祀儀式。《禮記・文王世子》：「凡學，春官釋奠於其先師，秋冬亦如之。」注：「釋奠者，設薦饌酌奠而已，無迎尸以下之事。」

〔八〕辟廱、頖宮：即辟雍、泮宮，學校。《禮記・王制》：「小學在公宮南之左，大學在郊，天子曰辟廱，諸侯曰頖宮。」

〔九〕上丁：每月上旬丁日，此指二月及八月上旬丁日，參見卷二《和李六侍御（略）》注。

〔一〇〕炎漢：西漢，舊説漢以火德王，故稱。屠販：屠狗販繒。《史記·樊酈滕灌列傳》：「舞陽侯樊噲者，沛人也，以屠狗爲事。……潁陰侯灌嬰者，睢陽販繒者也。」劉勰《新論》：「樊、灌屠販之豎，蕭、曹斗筲之吏。」孝惠：西漢惠帝劉盈。高后：漢高祖吕后。原廟：建於京師以外的宗廟。《漢書·禮樂志》：「至孝惠時，以沛宫爲原廟。」師古曰：「原，重也，言已有正廟，更重立也。」

〔一一〕孝元：西漢元帝劉奭。韋玄成：西漢人，明經術，漢元帝時位至丞相。碩儒：大儒。《漢書·韋玄成傳》：「初，高祖時，令諸侯王都皆立太上皇廟。至惠帝尊高祖廟爲太祖廟，景帝尊孝文廟爲太宗廟，行所嘗幸郡國各立太祖、太宗廟。至宣帝本始二年，復尊孝武廟爲世宗廟，行所巡狩亦立焉。凡祖宗廟在郡國六十八，合百六十七所。……一歲祠，上食二萬四千四百五十五，用衛士四萬五千一百二十九人，祝宰樂人萬二千一百四十七人，養犧牲卒不在數中。……丞相玄成、御史大夫鄭弘……七十人皆曰：『……臣等愚以爲宗廟在郡國，宜無修，臣請勿復修。』奏可。」

〔一二〕《祭義》：《禮記》篇名。數：頻繁。《禮記·祭義》：「祭不欲數，數則煩，煩則不敬。」

〔一三〕《語》：《論語》。《論語·八佾》：「祭如在，祭神如神在。」

〔一四〕武德：唐高祖年號，公元六一八—六二六年。《舊唐書·禮儀志四》：「高祖武德二年，國子立周公、孔子廟。」

〔一五〕宣尼廟：孔子廟，孔子追封宣尼王。兗州：今屬山東。兗州曲阜爲孔子故里。《唐會要》卷三五：「（貞觀）十一年七月二十四日，修宣尼廟於兗州，給户二十充享祀焉。」

〔一六〕許敬宗：杭州新城人，高宗時官至宰相，《舊唐書》卷八二、《新唐書》卷二二三上有傳。三獻官：謂初獻、亞獻、終獻官。《舊唐書·禮儀志四》：「（貞觀）二十一年詔曰：『左丘明、卜子夏……總二十二座，春秋二仲，行釋奠之禮。』初以儒官自爲祭主，直云博士姓名，昭告於先聖。又州縣釋奠，亦以博士爲主。（許）敬宗等又奏曰：『……學官主祭，全無典實。且名稱國學，樂用軒懸，樽俎威儀，蓋皆官備，在於臣下，理不合專。……今請國學釋奠，令國子祭酒爲初獻，祝辭稱「皇帝謹遣」，仍令司業爲亞獻，國子博士爲終獻。其州學，刺史爲初獻，上佐爲亞獻，博士爲終獻。縣學，令爲初獻，丞爲亞獻，博士既無品秩，請主簿及尉通爲終獻。若有闕，並以次差攝。州縣釋奠，既請各刺史、縣令親獻主祭，望準祭社，同給明衣，修附禮令，以爲永則。』」

〔一七〕牲牢：供祭祀用的牲畜。脯：乾肉。《舊唐書·禮儀志四》：「（開元）十九年正月，春秋二時社及釋奠，天下州縣等停牲牢，唯用酒脯，永爲常式。」

〔一八〕定令：修定開元格式律令。林甫：李林甫。《舊唐書》本傳稱其爲唐「高祖父弟長平王叔良之曾孫」，故爲「王孫」。王敬從：兩《唐書》無傳。《全唐文》卷三一三孫逖《太子右庶子王公神道碑》：「公諱敬從，字某，京兆人也。……三入華省，再登禁闥，歷尚書禮部司勛員外、考功郎中、給事中，拜中書舍人。是時也，張曲江（九齡）、李晉公（林甫）更踐中樞，公與徐安貞、韋陟、孫逖，繼揮宸翰。……居數歲，命公御史中丞，又改太子右庶子。」《新唐書·藝文志二》：「《開元新格》十卷。《格式律令事類》四十卷。中書令李林甫、侍中牛仙客、御史中丞王敬從……等刪定。開元二十五年上。」

〔一九〕明衣：祭祀所著禮服。《論語·鄉黨》：「齋，必有明衣，布。」學令：學館格令。

〔二〇〕本州：指夔州。《新唐書·地理志四》「夔州」：「縣四：奉節、雲安、巫山、大昌。」

〔二一〕千七百：唐時縣的概數。不啻：不止。羈縻者：指不直接派員管理，但聯絡維繫的州郡。《通典》卷一七二「州郡二」：「開元二十一年分爲十五道。……大凡郡府三百二十有八，縣千五百七十有三，羈縻州郡不在其中。」

〔二二〕腶脩：搗碎並加有佐料的乾肉。《儀禮·有司》：「取糗與腶脩，執以出。」注：「腶脩，搗肉之脯。」腶，原作「暇」，據劉本改。腒鱐：《周禮·天官·庖人》：「夏行腒鱐，膳膏臊。」注引鄭司農曰：「腒，乾雉。鱐，乾魚。」鱐，《叢刊》本作「鱅」。

〔二三〕篹：通饌。掌固：小吏。御史臺臺院、察院有掌固十二人，見《新唐書·百官志三》。學館當亦如之。

〔二四〕稍食：按月發放的俸禄。《周禮·天官·宮正》：「均其稍食。」注：「稍食，禄廩。」疏：「云『稍食禄廩』者，稍則稍稍與之，則月俸是也。」

〔二五〕鉛黄：古代用來塗改文字者。《夢溪筆談》卷一：「館閣新書浄本有誤書處，以雌黄塗之，……一漫則滅，仍久而不脱，古人謂之鉛黄。」

〔二六〕投紱懷璽：（王公貴人）收藏其印綬，指謙遜向學。潘岳《閒居賦》：「兩學齊列，雙宇如一，右延國胄，左納良逸。祁祁生徒，濟濟儒術，或昇之堂，或入之室。教無常師，道在則是。故髦士投紱，名王懷璽，訓若風行，應若草靡。」棫樸：《詩·大雅·棫樸》：「芃芃棫樸，薪之槱之。」傳：「芃芃，木盛貌。棫，白桵也。樸，枹木也。槱，積也。山木茂盛，萬民得而薪之。賢人衆多，國家得用蕃興。」華華，《叢刊》本作「皇華」，劉本、《全唐文》作「菁莪」。

〔二七〕發跡：自卑微而至富貴。諸生：學館生徒。蓋時相李逢吉、牛僧孺均曾入國學，爲生徒。素王：指孔子，有德而無其位，故稱素王。《論衡·定賢》：「孔子不王，素王之業在于《春秋》。」儀形：即儀刑，可爲法式、典範。《詩·大雅·文王》：「儀刑文王，萬邦作孚。」

慰國哀表〔一〕

臣某言：上天降禍，大行皇帝奄棄萬國。〔二〕奉諱號擗，糜潰五情。〔三〕伏惟皇帝陛下，孝思至性，攀號罔極。臣恭守所部，不獲陪位西宫，〔四〕伏增感慕之至。謹奉表陳慰以聞。長慶四年二月日。

【校注】

〔一〕表長慶四年二月在夔州作。國哀：國喪，指皇帝之死。《舊唐書·穆宗紀》：「（長慶四年正月）辛未，上大漸，詔皇太子監國。壬申，上崩於寢殿，時年三十，群臣上謚號曰睿聖文惠孝皇帝，廟號穆宗。」

〔二〕大行：死之婉語。皇帝已死停喪未上謚號、廟號者，稱大行皇帝，此指唐穆宗。《史記·李斯列傳》：「今大行未發，喪禮未終。」《通典》卷七九：「天命有終，往而不返，故曰大行。天子新崩，太子已即位，梓宮在殯，存亡有别，不可但稱皇帝，未及定謚，故曰大行皇帝。」

〔三〕擗：以手撫胸捶胸。五情：喜、怒、哀、樂、怨。此猶言五中、五内，指五臟。蔡琰《悲憤詩》：「見此崩五内，恍惚生狂痴。」

〔四〕陪位西宫：謂參加守靈等喪禮。皇帝駕崩，例停靈於西宫。《舊唐書·憲宗紀下》：「是夕，上崩於大明宫之中和殿……辛丑，宣遺詔。壬寅，移仗西内。」西内，即西宫。

賀龍飛表〔一〕

臣某言：伏見詔書，正月二十六日皇帝陛下嗣登寶位，萬國同歡，日月繼明，乾坤交泰。〔二〕云云。

伏惟皇帝陛下，欽承顧命，惟懷永圖。以大孝奉宗祧，以至仁蘇品物。洞照寰海，統和神人。聖祚延長，從今無極，群生鼓舞，自此大寧。臣限守遐藩，〔三〕恪居官次，不獲奔馳拜舞，稱賀闕庭，無任抃躍屏營之至。長慶四年二月日。

【校注】

〔一〕表長慶四年二月在夔州作。龍飛：指新皇帝即位，《文苑英華》作「登極」。《易·乾》：「九五，龍飛在天，利見大人。」疏：「猶若聖人有龍德，飛騰而居天位，德備天下，爲萬物所瞻睹，故天下利見此居王位之大人。」《舊唐書·敬宗紀》：「（長慶）二年十二月，立爲皇太子。四年正月壬申，穆宗崩。癸酉，皇太子即位柩前，時年十六。」

〔二〕繼明：相繼照耀，喻相繼爲帝。《易·離》：「大人以繼明照於四方。」乾坤：天地。交泰：萬物通泰。《易·泰》：「天地交，泰。」注：「泰者，物大通之時也。」

〔三〕限守：原無「限」字，據《文苑英華》增。

賀册太皇太后表〔一〕

臣某言：伏見制書，以二月十七日册立太皇太后。〔二〕徽章克備，慶賜遂行。榮冠古今，澤周寰海。云云。

伏惟皇帝陛下，纘承列聖，歡奉兩宫。〔三〕太皇太后含飴保和，重光疊慶。〔四〕漢儀盛於長信，周祚興於大任。〔五〕方之聖朝，彼有慚德。臣遠守巴峽，不獲稱慶闕庭，無任抃躍屏營之至。長慶四年三月日。

【校注】

〔一〕表長慶四年三月在夔州作。太皇太后：憲宗郭皇后，敬宗祖母。《新唐書·后妃傳下》：「憲宗懿安皇后郭氏，汾陽王子儀之孫。父曖，尚昇平公主，實生后。憲宗爲廣陵王，聘以爲妃。……是生穆宗。……敬宗立，號太皇太后。」

〔二〕十七日：明本、劉本作「十八日」。《舊唐書·敬宗紀》：「（長慶四年三月）己亥，册大行皇帝皇太后爲太皇太后。」按據《二十史朔閏表》，是月辛巳朔，己亥爲十九日。

〔三〕兩宮：謂敬宗祖母憲宗郭皇后及敬宗母穆宗王皇后。

〔四〕含飴：《後漢書·明德馬皇后傳》：「肅宗即位，尊后曰皇太后。……太后報曰：『……吾但當含飴弄孫，不能復關政矣。』」重光：指郭后子穆宗、孫敬宗均爲帝。

〔五〕漢儀：漢代制度。長信：西漢長安宮名。《漢書·外戚傳上》：「漢興，因秦之稱號，帝母稱皇太后，祖母稱太皇太后。」《漢官儀》卷下：「帝祖母稱長信宮，帝母稱長樂宮。」《漢書·孝成班倢伃傳》：「趙氏姊妹驕妒，倢伃恐久見危，求共養太后長信宮。」大任：周文王之母。《詩·大雅·思齊》：「思齊大任，文王之母。」疏：「常思齊敬之德不惰慢者，大任也，大任乃以此德爲文王之母。」

賀册皇太后表〔一〕

臣某言：伏見制書，以二月二十五日册立皇太后。盛禮畢陳，德音遠被。一人有慶，萬國同歡。云云。

伏惟皇太后稟靈作合，誕聖表祥，徽號極域中之尊，慈仁爲天下之母。〔二〕陛下君臨有國，子道無違。長樂宫中，永獻南山之壽；濯龍門上，再揚東漢之風。〔三〕率土臣子，不勝歡抃。臣遠守荒服，不獲稱慶闕庭，無任踴躍屏營之至。

【校注】

〔一〕表長慶四年二月在夔州作。皇太后：指穆宗王皇后，敬宗之母。《新唐書·后妃傳下》：「穆宗恭僖皇后王氏……生敬宗。長慶時，册爲妃。敬宗立，上尊號爲皇太后。」《舊唐書·敬宗紀》：「（長慶四年二月）乙巳，上率群臣詣光順門册皇太后。」按據《二十史朔閏表》，是月辛巳朔，乙巳爲二十五日。

〔二〕天下之母：指皇帝之母，皇太后。《漢書·元后傳贊》：「王莽之興，由孝元后，歷漢四世，爲天下母。」

〔三〕長樂宫：西漢長安宫名。《漢官儀》卷下：「帝母稱長樂宫。」南山之壽：《詩·小雅·天保》：「如南山之壽，不騫不崩。」濯龍：東漢洛陽園名，馬皇后家居此。《後漢書·明德馬皇后傳》：「建初元年，（帝）欲封爵諸舅，太后不聽……詔曰：『凡言事者皆欲媚朕以要福耳。……吾爲天下母，而身服大練，食不求甘，左右但著帛布，無香熏之飾者，欲身率下也。以爲外親見之，當傷心自敕；但笑言，太后素好儉。前過濯龍門上，見外家問起居者，車如流水，馬如游龍，倉頭衣緑褠，領袖正白，顧視御者，不及遠矣。故不加譴怒，但絶歲用而已，冀以默愧其心。……』」注：「濯龍，園名也，近北宫。」

賀赦表〔一〕

臣某言：伏見今月三日制書大赦天下者。大明初昇，萬物咸覩，涣汗一發，神人以和。〔二〕云云。

伏惟皇帝陛下，天資睿聖，神啟昌期，端拱受萬國之朝，承顔奉兩宫之慶。〔三〕初嗣大位，克揚孝心，三光協明，〔四〕和氣來應。臣伏讀赦令，首於奉園陵，盡誠敬，親九族，蘇兆人，次及定章程，止進獻，已逋責，滌夙瑕。〔五〕内照于九重，則歸嬪嬙，放鷹犬；外明于四目，則求隱士，開直聲。〔六〕柔遠以仁，則還其係虜；賞延以禮，則澤及後昆。〔七〕菲食遵夏禹之規，弋綈法漢文之儉。〔八〕墜典咸舉，舊章再明。昇平之期，正在今日。發號之始，疾於春風；殊私所及，霈若時雨。

臣幸逢昌運，歷事五朝，出守遐藩，僅垂二紀。〔九〕欣承雷雨作解之澤，〔一〇〕不勝犬馬戀主之誠。瞻望帝鄉，無任屏營懇悃之至。長慶四年三月二十七日。〔一一〕

【校注】

〔一〕表長慶四年三月在夔州作。赦：指敬宗即位後大赦。《舊唐書·敬宗紀》：「（長慶四年三月）壬子，上御丹鳳樓，大赦天下。」《全唐文》卷六八敬宗《御丹鳳樓大赦文》，即此次大赦赦文。

〔二〕大明：日。《禮記·禮器》：「大明生於東，月生於西。」涣汗：指大赦詔書，參見卷十三《賀復吴少誠官爵表》注。

〔三〕端拱：端身拱手，謂無爲而治。隋煬帝《冬至乾陽殿受朝》：「端拱朝萬國，守文繼百王。」兩宫：指兩宫太后，即敬宗母穆宗王皇后與敬宗祖母憲宗郭皇后，參見前《賀册太皇太后表》與《賀册皇太后表》。

〔四〕三光：日月星。

〔五〕園陵：帝王陵墓。兆人：億萬百姓。進獻：指常貢之外進貢的錢物。逋責：欠債。夙瑕：原有過犯者。敬宗《御丹鳳樓大赦文》：「自長慶四年三月二日昧爽已前，大辟罪已下，罪無輕重，常赦所不原者，咸赦除之。左降官縱元敕云『終身不齒』者，亦與收録。諸色得罪人，先有敕云『縱逢恩赦不在免限並别敕安置』者，亦放還。京畿諸縣應今年夏青苗錢，並宜放免；秋青苗錢並河南府夏苗錢，每貫放二百文。……其天下常貢之外，更不得別有進獻，縱節度、觀察使入朝，亦不得進奉。」

〔六〕九重：指宮中。嬪嬙：指宮女。四目：《書·舜典》：「明四目，達四聰。」傳：「廣視聽於四方，使天下無壅塞。」敬宗《御丹鳳樓大赦文》：「老宮人及殘病不堪使役，並有父母羸老疾病者，並委所司選擇放出。鷹犬之類，本備蒐狩，委所司量留多少，其餘並解放，仍勒州府更不得進來。」赦文又有委諸道節度觀察使、諸州刺史舉賢良方正能直言極諫者之文，已見卷五《送裴處士應制舉》注。

〔七〕柔遠：安撫遠方之人。《禮記·中庸》：「柔遠人則四方歸之。」係虜：俘虜。賞延：《書·大禹謨》：「罰弗及嗣，賞延於世。」傳：「嗣亦世，俱謂子。延，及也。父子罪不相及，而及其賞。」後昆：後世。《書·仲虺之誥》：「垂裕後昆。」敬宗《御丹鳳樓大赦文》：「其諸軍先擒獲吐蕃生口配在諸處者，宜委本道資給，放還本國。」又：「其元和已來，兩河節度使全家歸闕者，如張茂昭、王承元、程權、劉總、田宏正等五家，在本道日所有債務，並有異於法制之事，被人言訴者，一切不得爲理，仍各與一子正員官。」

〔八〕菲食：飲食節儉。《論語·泰伯》：「子曰：『禹，吾無間然矣。菲飲食，而致孝乎鬼神。』」弋綈：黑色厚繒。《漢書·文帝紀贊》：「孝文皇帝即位二十三年，宮室苑囿、車騎服御無所增益，有不便，輒弛以利民。……身衣弋綈，所幸慎夫人衣不曳地，帷帳無文繡，以示敦樸，爲天下先。」注：「弋，黑色也。綈，厚繒。」

〔九〕五朝：指德、順、憲、穆、敬五朝。二紀：二十四年。劉禹錫自貞元十九年（八〇三）登朝爲監察御史，至長慶四年（八二四）已二十二年，故云「僅垂」。

〔一〇〕雷雨作解：指大赦。《易·解》：「雷雨作解，君子以赦過宥罪。」

〔一一〕三月：原作「二月」，據明本、劉本改。

論利害表〔一〕

臣某言：伏準今年正月五日德音，〔二〕宜令諸道觀察使、刺史各具當處利害附驛以聞者。伏惟皇帝陛下，睿哲自天，纘承列聖，〔三〕善述先志，發揚德音。率土人臣，不勝慶幸。臣虔奉詔旨，宣示蒸黎。伏以華夏不同，土宜各異，詳求利病，謹具奏聞。伏乞聖慈，俯賜昭鑒。

臣伏覽《國史》，竊見開元十八年朝集使至京，玄宗臨軒親問利害，時宣州刺史裴耀卿上便宜事，論轉輸甚詳，竟不行下。〔四〕至二十一年，耀卿爲京兆尹，再以前事奏論，方見允納。比及三年，漕運七百萬石，省脚三十餘萬貫。當耀卿前不見納，必有人非之。及後數年，方展其效。

臣僻守遠郡，敢望言行，祇奉詔書，或冀萬一，伏惟明主擇之。無任懇悃屏營之至。

長慶四年五月十四日。

【校注】

〔一〕表長慶四年五月在夔州作。

〔二〕正月五日德音：按《唐大詔令集》卷八五有《長慶元年正月一日德音》，中云：「唯水旱猶虞，蒸黎重困，公私蓄積，頗有未豐。宜令諸道觀察使、刺史，各具當處利害。其有弊事可革，有益於人者，並言何術可以漸致富庶，附驛以聞。」當即表所云「德音」；「五日」或「一日」，當有一誤。

〔三〕承：原作「成」，據《叢刊》本、《文苑英華》改。

〔四〕《國史》：見卷十三《爲杜司徒讓淮南立去思碑表》注。朝集使：各州郡赴京師賀新正的使者，參見卷六《歷陽書事七十四韻》注。裴耀卿：字焕之，開元中爲相，《舊唐書》卷九八、《新唐書》卷一二七有傳。《新唐書·食貨志三》：「開元十八年，宣州刺史裴耀卿朝集京師，玄宗訪以漕事，耀卿條上便宜。……玄宗初不省。二十一年，耀卿爲京兆尹，京師雨水，穀踴貴，玄宗將幸東都，復問耀卿漕事，耀卿因請『罷陝陸運，而置倉河口，使江南漕舟至河口者，輸粟於倉而去，縣官雇舟以分入河、洛。置倉三門東西，漕舟輸其東倉，而陸運以輸西倉，復以舟漕，以避三門之水險』。玄宗以爲然。乃於河陰置河陰倉，河清置柏崖倉，三門東置集津倉，西置鹽倉，鑿山十八里以陸運。……凡三歲，漕七百萬石，省陸運傭錢三十萬緡。」

洗心亭記〔一〕

天下聞寺數十輩，而吉祥尤章章。〔二〕蹲名山，俯大江，荆吴雲水，〔三〕交錯如繡。始予以不到爲恨，今方弭所恨而充所望焉。既周覽讚嘆，於竹石間最奇處得新亭，彤焉如巧人畫鰲背上物。〔四〕即之四顧，遠邇細大，雜然陳乎前，引人目去，求瞬不得。

徵其經始，曰僧義然。嘯侶爲工，即山求材，槃高孕虚，萬景坌來。詞人處之，思出常格；禪子處之，遇境而寂；憂人處之，百慮冰息。鳥思猿情，繞梁歷榱。月來松間，雕鏤軒墀；石列筍簴，藤蟠蛟螭〔五〕；修竹萬竿，夏含涼飈，斯亭之實録云爾。

然上人舉如意挹我曰：〔六〕「既志之，盍名之以行乎遠夫！」余始以是亭圜視無不適，始適乎目而方寸爲清，〔七〕故名洗心。長慶四年九月二十三日，劉某記。

【校注】

〔一〕文長慶四年九月自夔州赴和州途經鄂州作。

〔二〕吉祥：吉祥寺，在鄂州大冶。《古今圖書集成·方輿匯編·職方典》卷一一二一武昌府大冶縣：「吉祥寺，在吉祥山之陽。相傳隋文帝微時，常舟行江中，夜夢無左手。翌明登岸，詣草庵中，有老僧，以夢告之。答曰：『無左手者，獨拳也，當此大興。』及即位，乃建此寺。」《大清一統志》卷二五九「武昌府」：「吉祥寺，在大冶縣東四十里；舊稱吴王隱此，蓋楊行密，非孫權也。又謁爲隋文帝微時居此，尤謬。」章章：著名。

〔三〕荆吴：楚與吴。鄂州處長江中游，上游爲古楚地，下游爲古吴地。

〔四〕鰲背上物：仙山，相傳東海中仙山在龜背上，見卷十五《吏隱亭述》注。

〔五〕筍簴：即簨簴，古代懸鍾磬的架子。《禮記·明堂位》：「夏后氏之龍簨簴。」注：「簨簴，所以縣鍾磬也。横曰簨，飾之以鱗屬，植曰簴，飾之以鸁屬、羽屬。」螭：無角的龍。

〔六〕如意：器物名，執於手中，可用以搔癢、指畫。僧人講經時，也可以寫經於上以備遺忘。

〔七〕方寸：心，參見卷十四《上杜司徒啟》注。

和州謝上表〔一〕

臣某言：伏奉制書，授臣使持節和州諸軍事、守和州刺史。臣自理巴賨，不聞善最，恩私忽降，慶抃失容。〔二〕云云。

伏惟皇帝陛下，丕承寶祚，光闡鴻猷。有漢武天人之姿，禀周成睿哲之德。〔三〕發言合古，舉意通神，委用得人，動植咸説。〔四〕理平之速，從古無倫，微臣何幸，獲覩昌運。臣業在詞學，早歲策名。〔五〕德宗尚文，擢爲御史。出入中外，歷事五朝；累承恩光，三换符竹。〔六〕在分憂之寄，禄秩非輕，而素蓄所長，效用無日。〔七〕臣聞一物失所，〔八〕前王軫懷，今逢聖朝，豈患無位。臣即以今月二十六日到所任上訖。

伏以地在江淮，俗參吴楚，災旱之後，〔九〕綏撫誠難。謹當奉宣皇恩，慰彼黎庶，久於其道，冀使知方。〔一〇〕伏乞聖慈，俯賜昭鑒。臣遠守藩服，不獲拜舞闕庭，無任懇悃屏營之至。謹差當州軍事衙官章興奉表陳謝以聞。〔一一〕長慶四年十月二十六日。

【校注】

〔一〕表長慶四年十月在和州作。和州：州治在今安徽和縣。

〔二〕巴賨：指夔州。《晉書·李特載記》：「巴人呼賦爲賨，因謂之賨人焉。及漢高祖爲漢王，募賨人平定三秦，既而求還鄉里。高祖以其功，復同豐、沛，不供賦税，更名其地爲巴郡。」善最：好的政績。《新唐書·百官志一》載文武百官政績考核法：「流内之官，叙以四善……善狀之外有二十七最。……一最四善爲上上，一最三善爲上中，一最二善爲上下，無最而有二善爲中上，無最而一善爲中中，職事粗理，善最不聞爲中下。」

〔三〕漢武：漢武帝劉徹。杜甫《八哀詩·贈太子太師汝陽郡王璡》：「汝陽讓帝子，眉宇真天人。」周成：周成王姬誦。睿哲：聰明智慧。

〔四〕説：通悦。

〔五〕策名：書名於簡策，指及第爲官。

〔六〕符竹：竹使符，漢代刺史符信，見卷五《始至雲安（略）》注。劉禹錫爲連、夔、和三州刺史，故云「三换」。三，原作「王」，據明本、劉本、《叢刊》本、《文苑英華》、《全唐文》改。

〔七〕分憂之寄：任方面要員，爲皇帝分憂，參見卷十三《謝濠泗兩州割屬淮南表》注。所長：當指前所云「業在詞學」而言。

〔八〕一物失所：《梁書·武帝紀》：「詔曰：『古人云：一物失所，如納諸隍。』」《孟子·萬章上》：「天下之民，匹夫匹婦有不被堯舜之澤者，若己推而内之溝中。」

〔九〕災旱：《新唐書·五行志一》：「長慶二年，江淮饑。」《舊唐書·穆宗紀》：「（長慶二年閏十月）甲寅，詔：『江淮諸州，旱損頗多，所在米價不免踊貴，眷言疲困，須議優矜。宜委淮南、浙西東、宣歙、江西、福建等道觀察使，各於當道有水旱處，取常平義倉斛斗，據時估減半價出糶，以惠貧民。』……十二月……淮南奏和州饑，烏江百姓殺縣令以取官米。」

〔一〇〕知方：知禮。《論語·先進》載子路對孔子語：「千乘之國，攝乎大國之間，加之以師旅，因之以饑饉，由也爲之，比及三年，可使有勇，且知方也。」注：「方，義方。」《荀子·君道》：「尚賢使能，則民知方。」

〔一一〕章興：劉本作「章典」。

祭韓吏部文〔一〕

高山無窮，太華削成，人文無窮，夫子挺生，典訓爲徒，百家抗行。〔二〕當時勍者，皆出其下，古人中求，爲敵蓋寡。〔三〕貞元之中，帝鼓薰琴，奕奕金馬，文章如林。〔四〕君自幽谷，升於高岑，鸞鳳一鳴，蜩螗革音。〔五〕手持文柄，高視寰海，權衡低昂，瞻我所在。三十餘年，聲名塞天。公鼎侯碑，志隧表阡，〔六〕一字之價，輦金如山。

權豪來侮，人虎我鼠；然諾洞開，人金我灰。〔七〕親親尚舊，宜其壽考；天人之學，可與論道。〔八〕二者不至，〔九〕至者其誰？豈天與人，好惡背馳？昔遇夫子，聰明勇奮。常操利刃，開我混沌。〔一〇〕子長在筆，予長在論。〔一一〕持矛舉盾，〔一二〕卒不能困。時惟子厚，竄言其間，贊詞愉愉，固非顏顏。〔一三〕磅礴上下，羲、農以還。〔一四〕會於有極，服之無言。逸數字。

岐山威鳳不復鳴，華亭别鶴中夜驚。〔一五〕畏簡書兮拘印綬，思臨慟兮志莫就。〔一六〕生芻一束酒一杯，故人故人歆此來〔一七〕！

【校注】

〔一〕文長慶四年十二月在和州作。韓吏部：韓愈。《舊唐書·韓愈傳》：「愈復爲吏部侍郎。長慶四年十二月卒，時年五十七，贈禮部尚書，謚曰文。」

〔二〕太華：華山，形如削成，參見卷一《華山歌》注。人文：指禮樂教化。《易・賁》：「觀乎人文，以化成天下。」典訓：指儒家經典。《尚書》中有《堯典》、《大禹謨》、《湯誥》、《伊訓》等。孔安國《尚書序》：「典謨訓誥誓命之文凡百篇。」抗行：即抗衡。

〔三〕勍者：强有力者。《左傳・僖公二十二年》：「且今之勍者，皆吾敵也。」爲敵：相匹敵可爲敵手者。

〔四〕之中：「之」字原無，據劉本、《全唐文》增。薰琴：即琴。《孔子家語・辨樂》：「昔者舜彈五絃之琴，造南風之詩，其詩曰：『南風之薰兮，可以解吾民之愠兮。』」鼓薰琴，即好文學之意。德宗好文能詩，今《全唐詩》存其詩十五首。奕奕：高大，美盛。金馬：金馬門，代指朝廷官署。《後漢書・馬援傳》：「孝武皇帝時，善相馬者東門京，鑄作銅馬法獻之，有詔立馬於魯班門外，則更名魯班門曰金馬門。」

〔五〕幽谷：《詩・小雅・伐木》：「出自幽谷，遷於喬木。」高岑：高山。鸞鳳：喻指韓愈。蜩：蟬。螗：蟬的一種。《詩・大雅・蕩》：「如蜩如螗。」革音：改變聲音。

〔六〕志隧表阡：爲人作碑誌。隧，墓穴。阡，墓道。墓誌置於墓中，碑以表墓，立於墓前墓道上。

〔七〕人虎我鼠：人畏之如虎，我以爲鼠。人金我灰：人以爲金，我以爲灰。

〔八〕可與論道：謂可處宰相三公高位。《書・周官》：「兹惟三公，論道經邦，燮理陰陽。」

〔九〕二者：指壽考與高位。

〔一〇〕混沌：天地未分時的元氣狀態，此指己之蒙昧。

〔一一〕筆：《文心雕龍·總術》：「今之常言，有文有筆。」此指注重情采的記叙文或應用文。論：議論文。

〔一二〕持矛舉盾：喻相互辯難。《韓非子·難一》：「楚人有鬻矛與盾者，譽之曰：『吾盾之堅，莫能陷也。』又譽其矛曰：『吾矛之利，於物無不陷也。』或曰：『以子之矛，陷子之盾，何如？』其人弗能應也。」

〔一三〕子厚：柳宗元字。竄言：插話，參與議論。愉愉：和樂貌。顔顔：同㘖㘖，争貌。《韓非子·揚權》：「一棲兩雄，其鬥㘖㘖。」

〔一四〕上下：猶言古今。羲、農：伏羲氏與神農氏，均傳説中上古帝王。

〔一五〕岐山：山名，在今陝西岐山縣東北。《國語·周語上》：「周之興也，鸑鷟鳴於岐山。」鸑鷟，即鳳凰。華亭：用陸機事，詳見卷一《飛鳶操》注。别鶴：陶淵明《擬古九首》：「上弦驚别鶴，下弦操孤鸞。」

〔一六〕簡書：《詩·小雅·出車》：「王事多難，不遑啟居。豈不懷歸，畏此簡書。」傳：「簡書，戒命也。」拘印綬：拘於官守。臨慟：臨喪慟哭，親臨弔祭。

〔一七〕芻：草。《詩·小雅·白駒》：「生芻一束，其人如玉。」《後漢書·徐稚傳》：「及林宗有母憂，稚往弔之，置生芻一束於廬前而去。衆怪不知其故，林宗曰：『此必南州高士徐孺子也。《詩》

不云乎，「生芻一束，其人如玉」，吾何德以堪之！』」歆：享。

【集評】

龔頤正曰：劉夢得稱韓文云：「鸞鳳一鳴，蜩螗革音。」東坡有「振鬣長鳴，萬馬皆喑」。（《芥隱筆記》）

賀改元赦表〔一〕

臣某言：伏見今月七日制書大赦天下者。帝游出震，聖澤如春，神人以和，天地交泰。〔二〕云云。

伏惟皇帝陛下，丕承鴻業，光闡睿圖。吉日展嚴配之儀，〔三〕告天陳太平之盛。九廟成禮，百神降祥；鑾輅旋衡，風雲改色。〔四〕殊私廣被，再弘莫大之恩；寶曆惟新，更啟無疆之祚。兩宮承慶，〔五〕四海永寧。率土臣子，上千萬壽。

臣恪居官次，不獲稱賀闕庭，無任屏營之至。謹差當州軍事衙官、試慈州吉昌府別將徐倫奉表陳賀以聞。寶曆元年二月十六日。

【校注】

〔一〕表寶曆元年二月在和州作。《舊唐書·敬宗紀》：「寶曆元年春正月……辛亥，親祀昊天上帝於南郊，禮畢，御丹鳳樓，大赦，改元寶曆元年。」

〔二〕出震：即帝位。《易·説卦》：「帝出乎震。」如春：曹植《七啟》：「民望如草，我澤如春。」夏侯太初《樂毅論》：「我澤如春，下應如草。」神人以和：《書·舜典》：「八音克諧，無相奪倫，神人以和。」

〔三〕嚴配：指祭天時以先祖配享。《孝經·聖治章》：「人之行，莫大於孝。孝莫大於嚴父，嚴父莫大於配天。」

〔四〕九廟：《禮記·王制》：「天子七廟。」唐玄宗開元十年六月增置京師太廟爲九室，參見卷十三《爲京兆李尹賀遷獻懿二祖表》注。鑾輅：即鑾路，天子車駕。《禮記·月令·孟春之月》：「天子居青陽左个，乘鸞路，駕倉龍。」注：「鸞路，有虞氏之車，有鸞和之節，而飾之以青，取其名耳。」衡：車前横木，代指車。

〔五〕兩宫：指皇太后與太皇太后，參見前《賀册太皇太后表》、《賀册皇太后表》注。

上僕射李相公啟〔一〕

某啟：州吏還，伏蒙擺落常態，手筆具書，言及貞元中登朝人逮今無十輩。〔二〕及發中書相公一函，〔三〕具道閣下亟言曩游，顔間頗有哀色。夫溝中之木，與犧象同體，追琢不至，坐成枯薪，朱而藍之，猶足爲器。〔四〕苟液樠曲戾，不足枉斧斤，願爲庭燎，以照嘉客。〔五〕

謹啟。

【校注】

〔一〕啟寶曆元年二月在和州作。李相公：李逢吉。《新唐書·宰相表下》：長慶二年六月甲子，兵部尚書李逢吉守門下侍郎，同中書門下平章事；四年六月乙酉，逢吉爲尚書左僕射。

〔二〕登朝：謂爲朝官。《新唐書·李逢吉傳》：「字虚舟……舉明經，又擢進士第。范希朝表爲振武掌書記，薦之德宗，拜左拾遺。」禹錫貞元十九年爲監察御史，故均於貞元中登朝。

〔三〕中書相公：指李程。《新唐書·宰相表下》：長慶四年五月乙卯，吏部侍郎李程同中書門下平章事；寶曆元年正月辛酉，程守中書侍郎。

〔四〕溝中之木：禹錫自喻。犧象：古代酒器，多用於祭祀。《禮記·明堂位》：「犧象，周尊也。」疏：「畫沙羽及象骨飾尊也。」同體：謂材質相同。追琢：雕琢。《詩·大雅·棫樸》：「追琢其章，金玉其相。」傳：「追，雕也。金曰雕，玉曰琢。」朱藍：兩種正色，此謂漆成朱藍之色。

〔五〕液樠：脂液流溢。曲戾：彎曲扭轉。《莊子·人間世》：「匠石之齊，至乎曲轅，見櫟社樹，其大蔽牛，絜之百圍，其高臨山十仞而後有枝，其可以爲舟者旁十數。觀者如市，匠伯不顧，遂行不輟。弟子厭觀之，走及匠石，曰：『自吾執斧斤以隨夫子，未嘗見材如此其美也。先生不肯視，行不輟，何邪？』曰：『已矣，勿言之矣，散木也。以爲舟則沈，以爲棺槨則速腐，以爲器則速毁，以爲門户則液樠，以爲柱則蠹。是不材之木也，無所可用，故能若是之壽。』」樠：原作

「瞞」，據明本、劉本、《叢刊》本、《全唐文》改。庭燎：庭中火把。《詩・小雅・庭燎》：「夜如何其，夜未央，庭燎之光。君子至止，鸞聲將將。」傳：「庭燎，大燭。」箋：「於庭設大燭，使諸侯早來朝。」

和州刺史廳壁記〔一〕

歷陽，古揚州之邑，於天文直南斗魁下，在春秋實句吴之封，後爲楚所取。〔二〕秦併天下，以隸九江，而六爲九江治所。〔三〕晉平吴，復隸淮南。〔四〕至永興初，自析爲郡，益之以烏江。〔五〕宋臺建，目爲南豫州，又益之以龍亢。〔六〕梁之亡，北齊圖霸功，擁貞陽侯以歸，王僧辯來迎，會于兹地，二國和協，故更名和州。〔七〕陳、隋間無所革。國朝因隋，武德中更龍亢爲含山。〔八〕初，開元詔書以口算第郡縣爲三品，〔九〕是爲下州。元和中，復命有司參校之，遂進品第一。〔一〇〕

按見户萬八千有奇，輸緡錢十六萬，歲貢纖紵二篚，吴牛蘇二鈞，糝鱘九甕，茅蒐七千兩。〔一一〕鎮曰梁山，浸曰歷湖。〔一二〕田藝四穀，豢全六擾。〔一三〕廬有旨酒，庖有腴魚。神仙故事，在郊在藪。玄元有臺，彭鏗有洞，名山曰鷄籠，名塢曰濡須。〔一四〕異有血閫，祥有沸井。〔一五〕城高而堅，亞父所營。〔一六〕州師五百，環峙于東南，瀨江劃中流爲水疆，揭旗樹旆，十有六戍。〔一七〕自孫權距陳，出入六代，常爲宿兵之地，多以材能人處之。〔一八〕本朝混一，號爲善部，然用人差輕，非復曩時之比也。

始，余以尚書郎得譴刺連山，今也由巴東來牧。〔一九〕考前二邦之籍與版圖，纔什五六，而地徵三之。〔二〇〕究其所從來，生植有本。女工尚完堅，一經一緯，無文章交錯之奇；男夫尚墾闢，功苦戀本，無即山近鹽之逸；市無嗤眩，工無雕彤，無游人異物以遷其志。〔二一〕副徵令者率非外求，幾百爲一出於農桑故也。〔二二〕繇是而言，瘠天下者其在多巧乎〔二三〕！寶曆元年六月二十一日，刺史中山劉某記。

【校注】

〔一〕文寶曆元年六月在和州作。和州：州治在今安徽和縣。《輿地紀勝》卷四八「和州碑記」：「《和州刺史廳壁記》，在設廳西，唐劉禹錫文。」

〔二〕南斗：即斗宿，共六星。南斗魁，指南斗六星中最大最亮的星。和州屬吴地，是斗宿的分野。句吴：即吴。《史記·吴太伯世家》：「太伯之奔荆蠻，自號句吴。」索隱：「顔師古注《漢書》，以吴言『句』者，夷語之發聲，猶言『於越』耳。」

〔三〕九江：秦郡名。《漢書·地理志上》「九江郡」：「縣十五……歷陽，都尉治。」六：古城名，在今安徽壽縣。《史記·項羽本紀》：「當陽君黥布爲楚將，常冠軍，故立布爲九江王，都六。」正義引《括地志》：「故六城在壽州安豐縣南百三十二里，本六國，偃姓，皋繇之後所封也，黥布亦皋繇之後，居六也。」

〔四〕淮南：郡名。《晉書·地理志下》「淮南郡」：「統縣十六……歷陽。」烏江：縣名，今屬安徽。

〔五〕永興：晉惠帝司馬衷年號，公元三〇四—三〇六年。

〔六〕宋臺：劉宋以州統郡，於州建行臺，歷陽郡屬揚州。龍亢：漢縣名，故治在今安徽蒙城東南龍亢集。《宋書·州郡志二》：「歷陽太守，晉惠帝永興元年分淮南立，屬揚州。安帝割屬豫州。《永初郡國》唯有歷陽、烏江、龍亢三縣。」又：「永初三年，分淮東爲南豫州，治歷陽。」

〔七〕貞陽侯：蕭淵明。《北齊書·蕭明傳》：「蘭陵人，梁武帝長兄，長沙王懿之子。……封湞陽侯。……梁主既納侯景，詔明率水陸諸軍趨彭城，大圖進取。……渡淮未幾，官軍破之，盡俘其衆。魏帝昇門樓，親引見明及諸將帥，釋其禁，送於晉陽，世宗禮明甚重。」蕭明即淵明，《北齊書》避唐高祖李淵諱省「淵」字。《資治通鑑》卷一六六：「（紹聖元年正月）辛丑，齊立貞陽侯淵明爲梁主。……五月……王僧辯遣使奉啟於貞陽侯淵明，定君臣之禮……遣左民尚書周弘正至歷陽奉迎。」

〔八〕含山：縣名，今屬安徽。《新唐書·地理志五》「和州歷陽郡」：「含山，上，武德六年析歷陽之故龍亢縣地置，八年省。長安四年復置，更名武壽。神龍元年復故名。」

〔九〕口算：按人口徵收的賦税。《唐會要》卷七〇：「開元十八年三月十七日敕：太平時久，户口日殷，宜以四萬户已上爲上州，二萬五千户爲中州，不滿二萬户爲下州。」《太平寰宇記》卷一二四「和州」：「開元户二萬一千。」

〔一〇〕進品第一：進爲上州。《唐會要》卷七〇「淮南道」：「新升上州：滁州、和州、舒州、濠州、蘄州，並元和六年九月升。」

〔一一〕見：通現。牛蘇：當是牛肉鬆一類食品。蘇，用同酥。糝鱘：當是用甜酒糟腌製的鱘魚之類食品。茅蒐：即茜草，可作染料。《詩·小雅·瞻彼洛矣》「韎韐有奭」疏：「奭者，赤貌。……以其用茅蒐之草染之，其草色赤故也。」

〔一二〕鎮：區域内最高大的山。《書·舜典》「封十有二山」疏：「州内雖有多山，取其最高大者以爲其州之鎮。」《太平寰宇記》卷一二四「和州歷陽縣」：「梁山在縣南七十里，俯臨江水，南對江南之博望山。《宋書》云：孝武帝大明七年祀梁山，大閲水軍於中江。」浸：湖澤之總名。歷陽湖，見卷六《歷陽書事七十四韻》注。

〔一三〕四穀：四種穀物。《小學紺珠》：「四穀，秬、秠、穈、芑。」六擾：六畜。《周禮·夏官·職方氏》：「其畜宜六擾。」注：「六擾，馬、牛、羊、鷄、犬、豕。」

〔一四〕玄元：老子，唐時追封爲太上玄元皇帝。老君臺、彭鏗洞、鷄籠山、濡須塢，均見卷六《歷陽書事七十四韻》注。

〔一五〕閫：門檻。血閫、沸井事，均見卷六《歷陽書事七十四韻》注。

〔一六〕亞父：范增，歷陽城爲范增所築，見卷六《歷陽書事七十四韻》注。

〔一七〕蕝：標志。《國語·晉語八》：「置茅蕝，設望表。」注：「蕝，謂束茅而立之。」

〔一八〕六代：吴、東晉、宋、齊、梁、陳。宿兵：駐軍。

〔一九〕連山：郡名，即連州。巴東：郡名，即夔州。

〔二〇〕籍：户口。此謂和州户口、面積僅爲連、夔二州十分之五六，而賦税則三倍於二州。

〔二一〕戀本：此指依附於土地與農業。《晉書·石勒載記》：「遼西流人，悉有戀本之思。」鹽：鹽池。《史記·吴王濞列傳》：「即山鑄錢，煮海水爲鹽。」嗤眩：指商業欺騙行爲，參見卷十二《賈客詞》注。雕彤：雕鏤花紋，盛加彩繪。

〔二二〕副：合。徵令：指詔令所徵求，即貢品。百爲：百事，百物。

〔二三〕多巧：荀悦《石顯論》：「僞生於多巧，邪生於多欲，是以君子不尚也。」

劉禹錫全集編年校注卷十七　文　大和上

猶子蔚適越戒〔一〕

猶子蔚晨跪于席端曰：「臣幼承叔父訓，始句萌至於扶疏。〔二〕前日不自意，有司以名污賢能書，又不自意，被丞相府召爲從事。〔三〕重兢累愧，懼貽叔父羞。今當行，乞辭以爲戒。」

余曰：若知彝器乎？〔四〕始乎斲輪，因入規矩，刳中廉外，枵然而有容者，理膩質堅，然後加密石焉。〔五〕風戾日晞，不副不聱五交反。〔六〕然後青黄之，鳥獸之，飾乎瑶金，貴在清廟。〔七〕其用也冪以養潔，其藏也櫝以養光。〔八〕苟措非其所，一有毫髮之傷，儡然與破甑爲伍矣。〔九〕

汝之始成人，猶器之作朴，〔一〇〕是宜力學爲礱斲，親賢爲青黄，睦僚友爲瑶金，忠所奉爲清廟，盡敬以爲冪，慎微以爲櫝，去怠以護傷，在勤而行之耳。設有人思被重霄而挹顥氣，病無階而升，有力者揭層梯而倚泰山，然而一舉足而一高，非獨揭梯者所能也。凡大位未嘗曠，故世多貴人，唯天爵并者乃可偉耳。〔一二〕夫偉人之一顧踰乎華章，而一非亦慘乎黥刖，行矣，慎諸〔一三〕！　吾見垂天之雲在爾肩腋間矣。〔一三〕

昔吾友柳儀曹嘗謂吾文雋而膏，〔一四〕味無窮而炙愈出也。　遲汝到丞相府，居一二日，袖吾文入謁，以取質焉。〔一五〕丞相，吾友也。　汝事所從如事諸父，藉有不如意，推起敬之心以奉焉，無忽。〔一六〕

【校注】

〔一〕文大和元年在洛陽作。　猶子：兄弟之子。《禮記·檀弓上》：「喪服，兄弟之子，猶子也，蓋引而進之也。」蔚：劉蔚，生平不詳。　劉禹錫自云「一身零丁」（《謝上連州刺史表》）、「一身主祀」（《上門下武相公啟》），蓋無兄弟。　劉蔚當是其從兄之子，或是劉蒧之兄弟，參見卷三《八月十五日夜桃源玩月》注。　越：越州，今浙江紹興，時爲浙江東道觀察使治所。《嘉泰會稽志》卷十六：「《禹穴碑》，鄭昉（魴）撰，元禎（稹）銘，韓杍材行書，陸洿篆額，寶曆丙午秋九月作。　後有大和元年八月三日中山劉蔚續記二行，在龍瑞宮。」《寶刻類編》卷五劉蔚：「《清泉寺大藏經記》，韓杍材撰並書。　篆額。　大和二年九月，明。《春分投簡陽明洞天》，元威明、白居易撰。　王璹八分書。　篆額。　大和三年正月十五日立，越。」明州屬浙東，元威明即元稹，劉蔚當於大和元年赴越州元稹幕中。

〔二〕臣：劉蔚自稱。　句萌：種子發芽，此喻己始生。《禮記·月令·季春之月》：「生氣方盛，陽氣發泄，句者畢出，萌者盡達。」注：「句，屈生者。芒而直曰萌。」扶疏：枝葉茂盛，喻己長大。司馬相如《上林賦》：「垂條扶疏。」

〔三〕賢能書：《周禮・地官・鄉大夫》：「三年則大比，考其德行道藝，而興賢者能者……獻賢能之書於王。」此指登進士第。又不自意：原作「又自不意」，據劉本、《全唐文》乙。丞相府：指元稹浙東觀察使幕府。元稹長慶中爲相，後出爲浙東觀察使，參見卷五《白舍人自杭州寄新詩（略）》注。

〔四〕彝器：祭器。

〔五〕斲輪：斲削木材製作車輪，此指木匠加工。因：原作「困」，據明本、劉本、《叢刊》本、《全唐文》改。刳：挖空。廉：稜角，此用作動詞，使成稜角。《叢刊》本作「度」。枵然：中空貌。密石：細磨石，參見卷十四《砥石賦》注。

〔六〕風戾日晞：風吹日曬。副：開裂。《詩・大雅・生民》：「不坼不副。」聱：不平，指變形。

〔七〕清廟：宗廟。《詩・周頌》有《清廟》詩。

〔八〕幂：以帷幕遮蔽。櫝：木匣。

〔九〕儡然：喪敗貌。甑：瓦製煮器。《後漢書・郭太傳》：「孟敏……客居太原，荷甑，墮地，不顧而去。林宗見而問其意。對曰：『甑以破矣，視之何益。』」林宗，郭太字。

〔一〇〕作朴：製作。《書・梓材》：「若作梓材，既勤樸斲，惟其涂丹雘。」傳：「如梓人治材爲器，已勞力樸治斲削，惟其當塗以漆丹以朱而後成。」

〔一二〕曠：空缺。天爵：指高尚的道德。《孟子·告子上》：「仁義忠信，樂善不倦，此天爵也。」

〔一三〕華章：猶華衮。范寧《春秋穀梁傳序》：「一字之褒，寵逾華衮之贈。」黥刖：刺面和斷足，古代兩種刑罰。

〔一三〕垂天之雲：《莊子·逍遥游》：「（鯤鵬）怒而飛，其翼若垂天之雲。」

〔一四〕柳儀曹：柳宗元，見卷一《闕下口號呈柳儀曹》注。

〔一五〕遲：待。丞相府：指元稹浙東幕府。取質：應對求證。《禮記·曲禮上》：「雖質君之前，臣不諱也。」注：「質，猶對也。」

〔一六〕起敬之心：謂侍奉父母的孝心。《禮記·内則》：「父母有過，下氣怡色，柔聲以諫。諫若不入，起敬起孝，説（悦）則復諫。」

汴州刺史廳壁記〔一〕

本朝以浚儀爲汴州刺史治所。〔二〕自隋釃新渠，〔三〕吸黄河而東行，州含其樞，爲天下劇。内屏王室，東雄諸侯，居無事時，常帶廉察使。〔四〕兵興已還，益以節旄，用人得否，繫國輕重。〔五〕長慶四年，詔書命河南尹敦煌令狐公來莅來刺，錫之介圭、使印、兵符，汴人交賀，肴醳騰貴。〔六〕惟是邦始都于魏惠王，始郡于宇文周。〔七〕星躔回環，天駟垂光。〔八〕地爲四戰，故其俗右武；人具五都，故其氣習豪。〔九〕公自爲宰相時，已熟四方之利病，凡所戾止，參然前知。〔一〇〕既視事三日，挹群吏，與之言曰：「吾食止圭田，吾用止公入。〔一一〕凡它給過制傷廉浼潔者悉罷之，壹歸乎公藏。〔一二〕凡曲防苛禁不情乖體者悉刬之，〔一三〕壹出乎令典。凡關征船算奪時專利者悉更之，〔一四〕壹遵乎詔條。」然後刑罷事而詳，賞以時而均，興學以勸藝，示寬以化勇，居數月，而汴州人恂恂然無復故態，明年大成。〔一五〕議者若曰：奕奕浚都，國之咽頤，咀清咽和，旁暢四支，東夏黠馬，由我以肥。〔一六〕是浚之治，非所澤于所履而已。

初，公七代祖在隋爲納言，大業中，持節居此，亦號刺史，距今餘二百年，公實能似。〔一七〕既拜闕，發魚書，合左右契，由阼階躋，遐踵前武，歆然如聞其馨香，肅然如睹其形容。信乎，君子之澤遠而有光輝也。〔一八〕它日，命游梁客志之，書于廳事。〔一九〕謹按前賢之在此堂者，張平原首之，陸氏撰《節度使記》，揭於東壁，詳矣。〔二〇〕今公命爲《刺史記》，書於右端，謹月而日之，以公爲冠。〔二一〕大和元年夏五月某日記。

【校注】

〔一〕文大和元年五月在洛陽作。

〔二〕浚儀：汴州州治所在縣，今河南開封。《元和郡縣圖志》卷七「汴州」：「開封縣，望，郭下，理東界。……浚儀縣，望，郭下，理西界。」

〔三〕釃：疏導。新渠：指通濟渠。《通典》卷一七七「汴州」：「有通濟渠，隋煬帝開，引黄河水，以通江淮漕運。」

〔四〕廉察使：考察地方官吏善惡的官員，天寶以前或名巡察使，或名按察使，或名采訪使，多以地方官吏兼任。《新唐書·百官志四下》：「景雲二年，置都督二十四人，察刺史以下善惡。……汴、兖……十州爲中都督。」《通典》卷一七二：「開元二十一年，分爲十五道，置采訪使，以檢察非法。……河南，理陳留郡。」陳留郡，即汴州。

〔五〕兵興：指安史之亂。益以節旄：升爲節度使。《新唐書·方鎮表二》：至德元載，始置河南節度使，治汴州，領郡十三。

〔六〕敦煌：郡名，今屬甘肅。令狐公：令狐楚，長慶四年自河南尹爲汴州刺史、宣武軍節度使，參見卷六《和汴州令狐相公到鎮改月（略）》注。《舊唐書·令狐楚傳》：「自言國初十八學士德棻之裔。」同書《令狐德棻傳》：「先居敦煌，代爲河西右族。」介圭：大圭，參見卷十三《爲京兆李尹答于襄州第一書》注。肴醳：酒肴。左思《魏都賦》：「肴醳順時。」

〔七〕魏惠王：名罃，公元前三六九—前三一九年在位。《史記·魏世家》：「三十一年……徙治大梁。」宇文周：北周宇文氏政權。《元和郡縣圖志》卷七「汴州浚儀縣」：「本漢舊縣，屬陳留郡，故大梁也。魏惠王自安邑徙此，因浚水爲名。後魏於此置梁州，周宣帝改爲汴州，縣屬之。」

〔八〕天駟：即房宿，東方七宿之一。《爾雅·釋天》：「天駟，房也。」汴州屬古豫州，爲房宿分野。《史記·天官書》：「房、心，豫州。」

〔九〕四戰：四面作戰，指地勢平坦，無險可守，易受攻擊。《史記·樂毅列傳》：「趙，四戰之國也，其民習兵。」右武：尚武。五都：指四方。班固《西都賦》：「州郡之豪傑，五都之貨殖。」唐肅宗時以京兆爲上都，洛陽爲東都，鳳翔爲西都，江陵爲南都，太原爲北都。

〔一〇〕戾止：《詩·魯頌·泮水》：「魯侯戾止，言觀其旂。」傳：「戾，來。止，至。」參然：錯雜貌。

〔一一〕挹：通揖。圭田：古時卿大夫以下所受之田。《孟子·滕文公下》：「卿以下必有圭田，圭田五十畝。」注：「古者卿以下至於士，皆受圭田五十畝，所以供祭祀也。圭，潔也。」唐代官員有職分田、永業田，「凡給田而無地者，畝給粟二斗」，又官府有公廨田，「供公私之費」。見《新唐書·食貨志五》。

〔一二〕涴：污染。公藏：官府府庫。

〔一三〕曲防：《孟子·告子下》：「無曲防。」朱熹集注：「不得曲爲隄防，壅泉激水，以專小利，病鄰國也。」此但指曲意的防範。不情乖體：不近人情，有乖大體。

〔一四〕關征船算：指陸路、水路所收取的商品過境税。如貞元九年，張滂奏「出茶州縣若山及商人要路，以三等定估，十税其一」等。

〔一五〕麗：附着。《禮記·王制》：「郵罰麗於事。」恂恂然：謙恭謹慎貌。

〔一六〕奕奕：美盛貌。四支：即四肢，喻指汴州附近的州縣。《易·坤》：「美在其中，而暢於四支。」黠馬：野性難馴之馬，喻指汴州。《漢書·張敞傳》：「初，敞爲京兆尹，而敞弟武拜爲梁相。是時，梁王驕貴，民多豪强，號爲難治。敞問武：『欲何以治梁？』武敬憚兄，謙不肯言。敞使吏送至關，戒吏自問武，武應曰：『馭黠馬者利其銜策。梁國大都，吏民凋敝，且當以柱後惠文彈治之耳。』秦時獄法吏冠柱後惠文，武意欲以刑法治梁。吏還道之，敞笑曰：『審如掾言，武必辨治梁矣。』」肥：富裕。

〔一七〕七代祖：指令狐熙。納言：門下省長官。大業：隋煬帝年號，公元六〇五—六一七年。似：通嗣，繼承。《隋書·令狐熙傳》：「高祖受禪之際，熙以本官行納言事。……及上祠太山還，次汴州，惡其殷盛，多有姦俠，於是以熙爲汴州刺史。……其年來朝，考績爲天下之最。」按，據《隋書》本紀及《禮儀志》，隋代唯文帝開皇十五年祠泰山，大業中無祠泰山事。自開皇十五年（五九五）至大和元年（八二七），已二百三十餘年。

〔一八〕拜闕：刺史到任後，望闕拜謝皇恩。魚書：刺史魚形符信，分左右，參見卷二《早春對雪奉寄澧州元郎中》注。阼階：堂前東階，爲主位。前武：前人足跡。其：指令狐熙。澤：德澤，流風餘韻。《孟子·離婁下》：「君子之澤，五世而斬。」

〔一九〕游梁客：劉禹錫自謂。實曆二年冬，禹錫罷和州歸洛陽時曾游汴州，見卷七《洛中逢白監同話游梁之樂（略）》注。廳事：官府辦公處。《三國志·吴書·諸葛恪傳》：「出行之後，所坐廳事屋棟中折。」

〔二〇〕張平原：張鎬。《新唐書》本傳：「玄宗西狩，鎬徒步扈從。俄遣詣肅宗所。數論事，擢諫議大夫，尋拜中書侍郎，同中書門下平章事。……尋詔兼河南節度使，都統淮南諸軍事。……帝還京師，封南陽郡公，詔以本軍鎮汴州，捕平殘寇。……貶辰州司户參軍。代宗初，起爲撫州刺史，遷洪州觀察使，更封平原郡公。」陸氏：名未詳，其所撰《河南節度使廳壁記》亦不存。

〔二一〕月而日：原作「日而月」，據明本、劉本、《叢刊》本、《全唐文》改。爲冠：爲首。

舉姜補闕倫自代狀〔一〕

東都尚書省：前左補闕姜倫。右臣蒙恩，授尚書主客郎中，分司東都，伏準建中元年正月五日敕，常參官上後三日舉一人自代者。〔二〕臣伏詳詔旨，欲達聰旁求，〔三〕發揚幽遠，故人人得言所知，不當循其階次也。臣伏以前件官有儒學士行，蒙以諫官徵。會其年老被疾，不堪上道，有司按視如狀，不復逼迫。〔四〕至今家居，而篤志無倦。臣謹舉爲郎吏，分司別都，冀優賢振滯，兩得其道。云云。大和元年六月十四日。

【校注】

〔一〕狀大和元年六月在洛陽作。姜倫：《册府元龜》卷九八帝王部徵聘：「敬宗長慶四年四月乙未，以布衣姜倫爲補闕。」

〔二〕建中元年敕：參見卷十三《舉崔監察群自代狀》注。

〔三〕旁求：《書·太甲》：「旁求俊彦，啟迪後人。」

〔四〕會其：原作「命真」，據明本、劉本、《叢刊》本、《全唐文》改。

謝裴相公啟〔一〕

某啟：某遭罹不幸，歲將二紀，雖累更符竹，而未出網羅。〔二〕親知見憐，或有論薦。如陷還濘，動而愈沈，甘心終否，無路自奮。〔三〕豈意天未剿絶，仁人持衡，紆神慮於多方，起堙沈於久廢。居剥極之際，一陽復生；出坎深之中，平路資始。〔四〕通籍郎位，分曹樂都。〔五〕喬木展舊國之思，〔六〕行雲有故山之戀。姻族相賀，壺觴盈門。官無責詞，始自今日。禽魚之志，誓以死生；草木之年，惜其晼晚。〔七〕章程有守，拜謝無由，瞻望巖廊，虔然心禱。〔八〕謹啟。

【校注】

〔一〕啟大和元年六月在洛陽作。裴相公：裴度。《新唐書·宰相表下》：寶曆二年「二月丁未，裴度守司空，同中書門下平章事」；「八月丙申，度判度支」；十二月「庚申，度兼門下侍郎」。啟爲謝主客郎中分司東都之任命而作。

〔二〕 罹：原無此字，據《文苑英華》補。二紀：二十四年。符竹：竹使符，指爲州刺史，參見卷九《酬喜相遇同州（略）》注。自永貞元年（八〇五）至大和元年（八二七），首尾二十三年，其間劉禹錫曾爲連、夔、和三州刺史。

〔三〕 還濘：旋轉於泥阬中。《左傳·僖公十五年》：「戰於韓原，晉戎馬還濘而止。」注：「濘，泥也。還，便旋也。小駟不調故墮泥中。」終否：始終不幸。《易·序卦》：「物不可以終否，故受之以同人。」

〔四〕 剥極、坎深：參見卷十四《上淮南李相公啟》注。

〔五〕 通籍：列門籍於宫門，指爲朝官，參見卷二《酬元九院長（略）》注。分曹：分司。欒都：指東都洛陽。張衡《南都賦》：「於顯欒都，既麗且康。」

〔六〕 舊國：指故鄉，劉禹錫占籍洛陽。顔延之《還至梁城作》：「故國多喬木，空城凝寒雲。」

〔七〕 晼晚：日暮。陸機《嘆逝賦》：「時飄忽其不再，老晼晚其將及。」

〔八〕 巖廊：指朝堂，參見卷七《奉和司空裴相公（略）》注。

謝竇相公啟〔一〕

某啟：某一辭朝列，二十三年，雖轉郡符，未離謫籍。卑濕生疾，衰遲鮮歡。望故國而未歸，如痿人之念起。〔二〕昨蒙罷免，甘守丘園。〔三〕相公不棄舊游，特哀久廢，每奉華翰，賜之衷言。果蒙新恩，重忝清貫。〔四〕薦延有漸，拯拔多方。六律變幽谷之寒，一丸銷彌年之疹。〔五〕鎩翮將舉，危心獲安，布武夷途，自此而始。〔六〕分曹有繫，拜謝無由，瞻望德藩，坐馳精爽。〔七〕無任感激之至，謹啟。

【校注】

〔一〕啟大和元年六月在洛陽爲謝主客郎中分司東都之任命而作。竇相公：竇易直，《舊唐書》卷一六七、《新唐書》卷一五一有傳。《舊唐書·敬宗紀》：「（長慶四年五月乙卯）以朝議郎、守尚書户部侍郎、兼御史大夫、判度支、上柱國、賜紫金魚袋竇易直爲朝散大夫，本官同中書門下平章事、判度支。」

〔二〕痿人：肢體不能動作的痿痹之人。《史記·韓信盧綰列傳》載韓王信亡入匈奴後答柴將軍招降書語：「今僕亡匿山谷間，旦暮乞貸蠻夷。僕之思歸，如痿人不忘起，盲者不忘視也，勢不可耳。」

〔三〕丘園：家園。劉禹錫寶曆二年秋罷和州刺史，歸洛陽閒居，見卷六《罷和州游建康》等詩注。

〔四〕清貫：清貴的官班。唐代職事官以清濁區分，依次補授，三品以上官及尚書省郎中、員外郎等爲清官，見《舊唐書·職官志一》。

〔五〕六律：即十二樂律，陰陽各六。《文選》顔延之《秋胡詩》：「寒谷待鳴律。」李善注引劉向《別録》：「鄒衍在燕，有谷寒，不生五穀，鄒子吹律而温，至生黍也。」一丸：一顆丸藥。疹：通疢，疾病。劉琨《答盧諶書》：「負杖行吟，則百憂俱至；塊然獨坐，則哀憤兩集。時復相與舉觴對膝，破涕爲笑，排終身之積慘，求數刻之暫歡。譬由疾疢彌年，而欲以一丸銷之，其可得乎？」

〔六〕鎩翮：傷殘的鳥翅。布武：放步行走。武，足跡。《禮記·曲禮上》：「堂上接武，堂下布武。」

〔七〕分曹：分司，此指尚書省東都留臺。精爽：精魂。潘岳《寡婦賦》：「馳精爽於丘墓。」

汴州鄭門新亭記〔一〕

亭于西門，尊闕路也。〔二〕實相公以心規，群僚以辭叶，而百工以樂成。〔三〕斧斤無聲，丹素有嚴，主人肅客，落以金石。〔四〕走鄭之門，嶔爲右垣；黄河一支，滉瀁北軒。〔五〕前瞻東顧，甍動軌直；含景生姿，遡空欲翔。汴城具八方之人，殊形詭言，而耳目一說。〔六〕初公來臨，擁節及門，馭吏曰：「此鄭州門。」公心非之，若曰野哉。〔七〕居無何，即舊號而更之曰鄭門。故事，王人大僚之去來，元侯前驅，翊門而旋，率立馬塵坌中，挹策爲禮。〔八〕公心不然之，乃下亭令于執事。〔九〕

按亭東西函丈者三之有奇，〔一〇〕而南北五之有贏。樂縣宴豆，前後以位；棋闔對明，弭掀順時。〔一一〕修梁衡建，中虛上荷；圓脊方廉，高卑中經。〔一二〕簾爐茵帟，文梔睆榻，儲以應猝，周用而宜。〔一三〕乃命尹闔視亭長，抱關視掌固，啟閉拚除，是謹是孜。〔一四〕錫命賜胙，勞迎贈餞，我當躬行，汝先去汝蠲。〔一五〕挾膳提醪，生芻縞衣，我寮展事，靡問文武，汝唯上汝從。〔一六〕凡入而修容，凡出而修軷，裼襲威儀，勿籍勿訶。〔一七〕

繇是貴人稱諸朝，群吏詠於家，行者誇于道。與人同其安者，人人驛其聲而吟之，始乎諓諓而成乎龐鴻，欲無文字不可也。〔一八〕公遂條白其所以然，遠命學古者書之。〔一九〕公姓令狐氏，以文章典内外書命，以謨明登左右相，以飛語策免，以思材復徵。〔二〇〕自有浚師，〔二一〕無如今治。文武兩熾，其古之大臣歟！

【校注】

〔一〕文大和元年在洛陽作。汴州：州治在今河南開封。鄭門：汴州之西門，因西通鄭州而得名。

〔二〕闕路：向闕之路。《元和郡縣圖志》卷七「汴州」：「西至上都一千二百八十里。」

〔三〕相公：指時爲汴州刺史、宣武軍節度使的令狐楚，曾相憲宗、穆宗。心規：精心謀劃。叶：通協，贊助。樂成：樂其成功。《史記·商君列傳》：「民不可與慮始，而可與樂成。」

〔四〕丹素：彩色，此指有彩繪的亭。嚴：威嚴。肅客：引導客人進入，參見卷十四《絶編生墓表》注。落以金石：以建碑刻石紀其成功。落，古代建築物落成時的祭禮。

〔五〕走：歸，往。鄭：指鄭州，在汴州西一百四十里。嶔：高峻。右垣：劉本作「石垣」。黄河一支：指汴水，因隋修運河之故，遂與黄河相通。滉瀁：水波摇動貌。

〔六〕詭：異。説：通悦。

〔七〕野哉：《論語·子路》：「子路曰：『衛君待子而爲政，子將奚先？』子曰：『必也正名乎。』子路曰：『有是哉，子之迂也。奚其正？』子曰：『野哉，由也。』」疏：「夫子見子路言迂，故曰：不達理哉，此仲由也。」汴州門而名之曰「鄭州門」，是名不正，故云「野哉」。

〔八〕王人：朝廷使者。元侯：諸侯之長，此指汴州刺史、宣武軍節度使。翊：翊衛，此指依傍。塵坌：塵土。挹：通揖。策：馬鞭。

〔九〕亭令：建亭之令。

〔一〇〕函丈：一丈見方之地，此但指長度。《禮記·曲禮上》：「席間函丈。」注：「函猶容也。講問宜相對容丈，足以指畫也。」同書《文王世子》注：「席之制，廣三尺三寸三分，則是所謂函丈也。」

〔一一〕縣：懸本字。《周禮·春官》：「小胥……正樂縣之位。」注：「樂縣謂鍾磬之屬，縣於筍簴者。」宴豆：宴會用食器。豆，盛肉器。棋闔：方正如棋盤的門窗。闔，門扇。弭掀：按下或掀起，謂開闔。

〔一二〕衡：通横。脊：屋脊。廉：指屋檐四角。中經：合於法度。

〔一三〕茵：墊褥之類。帟：座上承塵平幕。文椸：有彩繪的衣架。睆：有光澤貌。應猝：應倉促不時之需。

〔一四〕尹閽：門尹與閽人，門吏。《國語·周語中》：「門尹除門。」注：「門尹，司門也。」《周禮·天官》：「閽人掌守王宫之中門之禁。」抱關：門卒。《荀子·榮辱》：「抱關擊柝。」注：「抱關，門卒也。」亭長、掌固：均低級小吏。《新唐書·百官志一》「尚書省」：「以亭長啓閉，傳禁約；以掌固守當倉庫及陳設。諸司皆如之。」此謂以鄭門之門吏與門卒兼管此新亭。拚除：掃除。《禮記·少儀》：「掃席前曰拚。」謹：謹慎。孜：勤勉。

〔一五〕錫命賜胙：皇帝賞賜爵位、章服與物品，此指朝廷派來使者。胙，祭肉。先：引導。蠲：清潔。

〔一六〕生芻縞衣：指祭奠之事。生芻，青草，菲薄祭品。《後漢書·徐稚傳》：「及林宗有母憂，稚往弔之，置生芻一束于廬前而去。衆怪，不知其故。林宗曰：『此必南州高士徐孺子也。《詩》不云乎：「生芻一束，其人如玉。」吾何德以堪之？』」縞衣：白衣。唯：應答。

〔一七〕修容：更換服飾等。《禮記·檀弓下》：「季孫之母死……曾子與子貢弔焉……入於其廐而脩容焉。」注：「更莊飾。」軷：祭行道之神。裼襲：裘上加裼衣，不盡覆其裘曰裼，盡覆之曰襲。《禮記·表記》疏：「禮盛者，以襲爲敬。……禮不盛者，以裼爲敬。」威儀：各種禮儀。《禮記·中庸》：「禮儀三百，威儀三千。」疏：「威儀三千者，即儀禮行事之威儀。」勿籍：不登記。《左傳·成公二年》：「晉侯使鞏朔獻齊捷於周……王以鞏伯宴，而私賄之。使相告之曰：『非禮也，勿籍。』」注：「籍，書也。」訶：訶問。

〔一八〕驛：通繹，連續不斷。諓諓：《漢書·李尋傳》：「悦諓諓之言。」注：「諓諓，小善也。」龐鴻：渾然宏大。張衡《靈憲》：「有物渾成，先天地生，其氣體故未可得而形，其遲速故未可得而紀也。如是者又永久焉，斯謂龐鴻。」

〔一九〕學古者：劉禹錫自謂。

〔二〇〕典内外書命：指爲翰林學士及中書舍人。左右相：此指分别以門下侍郎及中書侍郎同平章事。策免：罷免。令狐楚罷相貶出後復徵爲太子賓客。以上均參見卷十九《唐故相國贈司空令狐公集紀》。

〔二一〕有浚師：指汴州置節度使，駐軍。師，《叢刊》本作「帥」。

管城新驛記〔一〕

大和二年閏三月，滎陽守歸厚上言：「臣治所直天下大逵，肘武牢而咽東夏，誰何宜謹，啟閉宜度。〔二〕先是，驛于城中，馹遽不時，四門牡鍵，通夕弗禁。請更于外隧，永永便安。」〔三〕制曰：可。守臣奉詔，無征命，無奪時，縻羨財，募游手。〔四〕逮八月既望，新驛成，鄭人胥説。〔五〕琢石而紀，曰：

在兑之方，面玄負陽，門衙周道，牆蔭行栗，境勝于外也。〔六〕遠購名材，旁延世工，墍塗宣晳，瓴甓剛滑，術精于内也。〔七〕蘧廬有甲乙，牀帳有冬夏，庭容牙節，廡卧囊橐，示禮而不慁也。〔八〕内庖外廄，高倉邃庫，積薪就陽，峙芻就燥，有素而不愆也。主吏有第，役夫有區，師行者有饗亭，孥行者有別邸。〔九〕周以尚墉，〔一〇〕乃樓其門。勞迎展躅潔之敬，餞別起登臨之思。〔一一〕溱洧波瀾，嵩丘雲烟，四時萬象，來貺于我。〔一二〕走轂奔蹄，遄征急宣，入而忘勞，出必屢顧，其傳舍之尤乎！〔一三〕

太守姓楊氏，字貞一，華陰弘農人。〔一四〕鄭爲雄州，〔一五〕非聞人大吏不得在其選。夫驛之宜遷于外也，前此二千石嘗言之而重改作，〔一六〕若貞一可謂果於從政而決行其言，惜夫未施於大也。

【校注】

〔一〕文大和二年八月在長安作。管城：鄭州屬縣，今河南鄭州市。《元和郡縣圖志》卷八「鄭州管城縣」：「自漢至隋皆爲中牟縣。隋開皇十六年，於此置管城縣，屬管州。大業二年，改管州爲鄭州，縣又屬焉。」

〔二〕滎陽守：即鄭州刺史。《新唐書·地理志二》：「鄭州滎陽郡，雄，武德四年置，治虎牢城。貞觀七年徙治管城。」滎，原作「榮」，據明本、劉本、《叢刊》本、《全唐文》改。歸厚：楊歸厚，字貞一，劉禹錫長子咸允岳父，參見卷十八《祭虢州楊庶子文》注。大逵：大道。武牢：虎牢關，避唐太祖李虎諱改「虎」爲「武」。關在今河南滎陽汜水鎮，故近在肘腋。東夏：中原東部。誰何：稽查訶問。啟閉：（城門）開啟與關閉。度：合法度。

〔三〕馹：驛馬。牡鍵：鎖鑰。外隧：郊外。隧，通遂，城郊。

〔四〕征命：征發民夫之命。奪時：誤農時。羨財：經費節餘。游手：游民。

〔五〕胥：皆。説：通悦。

〔六〕兑之方：西方。《易·説卦》：「兑，正秋也。」疏：「位是西方之卦。斗柄指西，是正秋八月也。」玄：北方。《吕氏春秋·有始》：「北方曰玄天。」負陽：背陽。周道：大道，官道。《詩·小雅·何草不黄》：「有棧之車，行彼周道。」行栗：《左傳·襄公九年》：「杞人、郳人從趙武、魏絳斬行栗。」注：「行栗，表道樹。」疏：「行，道也。」

〔七〕世工：祖輩世代相傳的工匠。塈塗：粉刷。宣：周遍。皙：白。瓴甓：磚瓦。

〔八〕蘧廬：驛舍。《莊子·天運》：「仁義，先王之蘧廬也，止可以一宿，而不可久處。」郭象注：「蘧廬，猶傳舍也。」甲乙：等級差别。牙節：即旌節。唐制節度使賜雙旌雙節，觀察使亦如之，見《新唐書·百官志四下》。圂：雜亂。

〔九〕區：小屋。《漢書·胡建傳》：「區，小室之名，若今小庵屋之類耳。」師行者：率軍而行者。饗亭：犒饗勞軍之亭。孥行者：攜家小而行者。别邸：猶别館，指安置隨行家屬的房屋。

〔一〇〕尚：高；明本、劉本、《叢刊》本、《全唐文》作「高」。《廣雅·釋詁》：「尚，高也。」

〔一一〕蠲潔：潔浄。蠲，通涓。登臨之思：傷别懷人之思。宋玉《九辯》：「登山臨水兮送將歸。」

〔一二〕溱洧：鄭州境内二水名。《元和郡縣圖志》卷八「鄭州新鄭縣」：「溱水，源出縣西北三十里平地。」又：「洧水，縣東北三十二里。」嵩丘：嵩山。

〔一三〕轂：車轂，代指車。蹄：代指馬。遄征：急行。急宣：下達緊急詔令。

〔一四〕華陰弘農人：當乙爲「弘農華陰人」。弘農，漢郡名，治所在今河南靈寶。華陰，縣名，漢屬弘農郡，唐屬華州。據《新唐書・宰相世系二下》，楊歸厚乃楊震十八世孫。《後漢書・楊震傳》：「弘農華陰人也。」

〔一五〕雄州：唐代各州除按户口分爲上、中、下三等外，又據政治、軍事地位置有六雄州、十望州，見《唐會要》卷七〇。鄭州爲雄州，已見前注引《新唐書・地理志》。

〔一六〕重改作：以遷驛之事爲繁重，畏難。

代郡開國公王氏先廟碑〔一〕

唐制：五等有爵服而無山川。〔二〕登于三事，得立四廟，備物崇祀，以交神明，敬先報本，以輔孝治，有國之令典也。〔三〕

維長慶三年，前相國王公始卜廟于西京崇業里。〔四〕公時鎮劍南東川，上章曰：「臣涯官秩印綬，品俱第三，請如式以奉宗廟。」〔五〕制曰：可。是歲仲冬，申命長男孟堅祔其主于三室。〔六〕明年，公入爲御史大夫，復以十二月躬行烝祭。〔七〕間歲，公出梁州，就拜司空，禮崇異數，廟加祀室。〔八〕大和二年，增新室既成，祔顯考于尊位，告饗由禮，觀之者以

爲世程。〔九〕

第一室曰上儀同、幽州别駕府君諱元政，以妣博陵崔氏配。〔一〇〕第二室曰湖州安吉縣令、贈尚書刑部員外郎府君諱實，以妣贈扶風縣太君馬氏配。〔一一〕第三室曰朝散大夫、青州司馬、贈户部侍郎府君諱祚，〔一二〕以妣贈武威郡太夫人賈氏配。第四室曰温州刺史、贈太尉府君諱晃，〔一三〕以妣贈魯國太夫人博陵崔氏配。

初，周靈王太子晉遇浮丘公，化爲神仙，時人號曰王家，其後遂以命氏。〔一四〕顯於秦者王翦，三世將秦師，子孫分居晉、代間。〔一五〕東漢有徵君霸，霸孫甲亦號徵君，徙居祁縣，爲著姓，故至于今爲太原人。〔一六〕自漢涉魏，益以熾昌。凡十葉，至後魏度支尚書、廣陽侯冏。〔一七〕廣陽有二子：神念、神感。〔一八〕神念南奔梁，神感北仕齊。惟儀同府君，廣陽侯五代孫也，唐興于太原，實從義旗，佐成王業，故有開府儀同之寵。〔一九〕惟刑部府君以功臣子理二邑，不躋貴仕，故有錫羡後大之祥。〔二〇〕惟户部府君幼孤，以孝聞於鄉曲；未冠，以文售於有司，由前進士補延州臨安縣主簿。〔二一〕會詔徵賢良，策在甲科，授瀛州饒陽尉，歲滿，遷渭南。〔二二〕天后在神都，而東畿差重，遂由渭南轉河陽。〔二三〕適逢建萬象神宮，〔二四〕甸内吏分董其役，因上書切諫，繇是名益聞。開元初，以大理司直馳軺車，聯讞大獄，閩禺朔漠，所至决平。〔二五〕早以欒棘傷生，晚成劇恙，樂就夷曠，故不至大官。〔二六〕惟太尉府君生於治平時,〔二七〕以文學自奮。年十有五,賁然從秋賦。〔二八〕明年春,升名於司徒。〔二九〕又一年,玄宗御層樓,發德音,懸文詞政術科以罝髦士,府君策最高,授太常寺太祝。〔三〇〕未幾,復以能通《道德》、《南華》、《沖虚》三真經,進盩厔尉。〔三一〕天寶中,歷左拾遺、左補闕、禮部司勳二外郎。〔三二〕屬幽陵亂華,遣兵南服,因佐閩粤,改檢校比部郎中、行軍司馬。〔三三〕時中原甫寧,江南爲吉地,二千石多用名德,乃以府君牧温州,朝廷虚公卿以俟高第。〔三四〕及聞訃,永嘉人輟舂罷社,搢紳間以不淑相弔焉。〔三五〕雖位負于道,而邁德垂矩,後之人得以纘承丕揚之。〔三六〕其儲休啟佑,〔三七〕有自云爾。

生三子,皆聰明絶人。長曰沼,以神童仕至檢校禮部郎中。〔三八〕次曰潔,以奇文仕至國子司業。〔三九〕今代郡公,實季子也。早在文士籍,射策連中,〔四〇〕咸世其家。貞元中,德宗聞其名,自藍田尉召入禁中視草。〔四一〕厥後,三典書命,再參内廷。〔四二〕憲宗器之,付以國柄,〔四三〕翊贊有道。雖册免,〔四四〕常居大僚。今年,自梁州請覲,上思用舊臣爲羽儀,遂領太常,其公府如故。〔四五〕以一心事六君,〔四六〕顯官重務,靡不揚歷。且夫起諸生至三公,而心愈卑,道益廣。出授黄鉞,以伯諸侯,入服華章,以謁家廟,追崇極大位,血食備多室,享全榮而奉昭薦。嗚呼,公侯之孝歟〔四七〕!宜書廟器,以視橋公之三鼎。〔四八〕其辭曰:

閟宇神庭,邃清而嚴,上公之儀,四室耽耽。〔四九〕犧以潔牲,粢以大糦,交神尚敬,合魄尚氣。〔五〇〕子侄宗工，駿奔奉事；副笄侈袂，儼恪居次。〔五一〕孝孫兢兢，執爵而升，以祼以擩，以伏以興。〔五二〕水陸具來，膻薌畢登，列于圜方，其器增增。〔五三〕乃禴乃嘗，敬而追遠，二昭二穆，孝以尊本。〔五四〕瞻瞻几幄，蹜蹜堂梱，禮成起慕，涕落玄衮。〔五五〕濡露踐霜，〔五六〕誰無永懷？不如達者，哀與榮偕。逢時奮庸，誰不得位？不如仁人，以道爲貴。惟公之達兮，名以顯親；惟公之仁兮，德以澡身。〔五七〕六朝之清臣，一代之全人，宜其世家，翼翼振振。〔五八〕罔不肅祇，于廟之門。

【校注】

〔一〕文大和三年在長安作。王氏：指王涯。《新唐書》本傳：「文宗嗣位，召拜太常卿。……歲中，進尚書右僕射、代郡公。」題，《唐文粹》、《全唐文》作《唐興元節度使王公先廟碑》。按碑云「今年自梁州請覲……遂領太常」，則已不在興元任，故當以集爲是。《舊唐書·文宗紀上》：「（大和三年正月）己酉，以前山南西道節度使王涯爲太常卿。」碑當作於大和三年。《寶刻叢編》卷七長安縣引《京兆金石録》：「《唐王涯先廟殘記》，唐劉禹錫撰，長慶四年。」蓋因未見全碑之故。

〔二〕五等：指封爵。爵服：爵位章服。山川：指土地。《禮記·王制》：「王者之制禄爵，公、侯、伯、子、男，凡五等。」《新唐書·百官志一》：「凡爵九等：一曰王，食邑萬户，正一品；二曰嗣王、郡王，食邑五千户，從一品；三曰國公，食邑三千户，從一品；四曰開國郡公，食邑二千户，正二品；五曰開國縣公，食邑千五百户，從二品；六曰開國縣侯，食邑千户，從三品；七曰開國縣伯，食邑七百户，正四品上；八曰開國縣子，食邑五百户，正五品上；九曰開國縣男，食邑三百户，從五品上。」《通典》卷一九「封爵」：「大唐……並無其土，加『實封』者，乃給租庸。」

〔三〕三事：指三公。《詩·小雅·雨無正》：「三事大夫，莫肯夙夜。」疏：「三事大夫爲三公耳。」王涯在山南西道任上加檢校司空，見後。四廟：謂高祖、曾祖、祖、父四廟。《禮記·喪服小記》：「王者禘其祖之所自出，以其祖配之，而立四廟。」注：「高祖以下，與始祖而五。」

〔四〕王公：《文苑英華》作「王涯」。據《新唐書·宰相表中》，王涯元和十一年十二月入相，十三年八月罷爲兵部侍郎。崇業里：長安朱雀門大街西從北第五坊，見《唐兩京城坊考》卷三。

〔五〕劍南東川：唐方鎮名，治所在梓州，今四川三臺。王涯元和十五年爲劍南東川節度，參見卷五《和東川王相公新漲驛池八韻》注。式：法令。《唐會要》卷一九：「準禮：文武官二品以上祠四廟，五品以上祠三廟。」時王涯檢校禮部尚書，官秩正三品，印綬則當指其階官品級而言。

〔六〕孟堅：王涯長子，大和末官至兵部郎中、集賢殿學士，甘露之變中與王涯同遇害，見《舊唐書·王涯傳》。主：神主。三室：指曾祖、祖、父三室。

〔七〕明年：據碑，當是長慶四年，與下「間歲」語亦合。但《舊唐書·王涯傳》云涯長慶「三年，入爲御史大夫」，疑所記乃制下之日，而碑則記涯實際歸京之時。十二月：《叢刊》本、《文苑英華》、《唐文粹》作「十一月」。烝：冬祭。

〔八〕間歲：隔一年。梁州：即興元府，治所在今陝西漢中。《舊唐書·王涯傳》：「寶曆二年，檢校尚書左僕射、興元尹、山南西道節度使，就加檢校司空。」司空正一品，故當祀四室。祀室：原作「常祀」，據明本、劉本、《叢刊》本、《唐文粹》、《全唐文》改。

〔九〕顯考：指高祖。《禮記・祭法》：「是故王立七廟，一壇、一墠：曰考廟，曰王考廟，曰皇考廟，曰顯考廟，曰祖考廟。」疏：「曰顯考廟者，高祖也。」世程：世人榜樣。

〔一〇〕上儀同：當即上開府儀同三司，勛官名，正四品。《通典》卷三四：「大唐武德七年，改上開府儀同三司爲上輕車都尉。」幽州：治薊縣，今北京西南。幽，《叢刊》本作「豳」。博陵：漢郡名，治博陵，在今河北蠡縣南。博陵爲崔氏著望。

〔一一〕安吉縣：今屬浙江。實：《全唐文》作「寔」。扶風縣太君：外命婦封號。《新唐書・百官志一》：「凡外命婦有六：王、嗣王、郡王之母、妻爲妃，文武官一品、國公之母妻爲國夫人，三品以上母、妻爲郡夫人，四品母、妻爲郡君，五品母、妻爲縣君。」

〔一二〕朝散大夫：文散階五品。青州：州治在今山東益都。

〔一三〕晃：原作「冕」，《文苑英華》、《全唐文》、兩《唐書・王涯傳》、《新唐書・宰相世系二中》均作「晃」，《郎官石柱題名》禮部員外郎有王晃，據改。

〔一四〕周靈王太子晉：王子晉，即王子喬，其遇浮丘公事，見卷七《鶴嘆二首》注。《新唐書・宰相世系二中》：「王氏出自姬姓。周靈王太子晉以直諫廢爲庶人，其子宗敬爲司徒，時人號曰『王家』，因以爲氏。」

〔一五〕王翦：與其子賁、孫離三世爲秦將。《史記·白起王翦列傳》：「王翦及其子賁皆已死……秦使王翦之孫王離擊趙。……或曰：『王離，秦之名將也，今將强秦之兵攻新造之趙，舉之必矣。』客曰：『不然，夫爲將三世者必敗。』」晉、代：泛指今山西境。

〔一六〕徵君：對被徵召者的尊稱。霸：指王霸。《後漢書·逸民傳》：「王霸字儒仲，太原廣武人也，少有清節。……隱居守志，茅屋蓬户，連徵不至。以壽終。」霸孫甲：未詳。祁縣：今屬山西。

〔一七〕十葉：十代。《新唐書·宰相世系二中》：「霸長子殷，後漢中山太守，食邑祁縣。四世孫寔，三子：允、隗、懋。懋……六世孫光，後魏并州刺史，生冏，度支尚書、護烏丸校尉、廣陽侯，因號『烏丸王氏』。」冏爲王霸十三世孫，此碑中「霸孫甲」之「孫」或爲泛稱。

〔一八〕神念：王神念，《梁書》卷三九、《南史》卷六三有傳。

〔一九〕儀同府君：王涯高祖王元政。義旗：指李淵太原起兵事。大業十三年，李淵爲太原留守，李世民與劉文静「勸舉義兵」，見《舊唐書·高祖紀》。

〔二〇〕刑部府君：王涯曾祖王賓。錫羨：賜與多福。《文選》揚雄《甘泉賦》：「怬胤錫羨。」注引應劭曰：「錫，與也。羨，饒也。……言神明饒與福祥，廣跡而開統也。」後大：後裔昌大。

〔二一〕户部府君：王涯祖父王祚。前進士：即及第進士。《唐摭言》卷一：「得第謂之『前進士』。」延州：州治在今陝西延安。臨安縣：未詳。延州無臨安縣，當爲延安縣之訛。

〔二二〕詔徵賢良：謂制科舉，見卷五《送裴處士應制舉》注。瀛州：治所在今河北河間。饒陽：今屬河北。渭南：今屬陝西；《叢刊》本「南」下有「尉」字。

〔二三〕天后：武則天。神都：東都洛陽，嗣聖元年九月改名神都，見《舊唐書·則天皇后紀》。河陽：《叢刊》本作「河南」；武后時，河陽、河南均東都畿縣。

〔二四〕萬象神宫：即明堂。《資治通鑑》卷二〇四：「（垂拱四年）二月庚午，毁乾元殿，于其地作明堂。……（十二月）辛亥，明堂成，高二百九十四尺，方三百尺，凡三層……號曰萬象神宫。」

〔二五〕司直：大理寺屬官，掌出使推按。軺車：輕便馬車，使者所乘。《史記·季布欒布列傳》：「朱家乃乘軺車之洛陽。」索隱：「謂輕車，一馬車也。」讞：議罪。閩禺：今福建、廣東一帶。決平：決獄，此指斷獄公平。《史記·酷吏列傳》載客責讓杜周語：「君爲天子決平，不循三尺法。」

〔二六〕欒棘：指爲父母服喪。《詩·檜風·素冠》：「庶見素冠兮，棘人欒欒兮。」傳：「棘，急也。欒欒，瘠貌。」箋：「喪禮，既祥祭而縞冠素紕。時人皆解緩，無三年之恩於其父母，而廢其喪禮，故覬幸一見素冠。」庾信《周大將軍聞嘉公柳遐墓誌》：「霜露履之，哀哉欒棘。」夷曠：閒適放曠。

〔二七〕太尉府君：指王晃。

〔二八〕賁然：文飾盛貌。《詩·小雅·白駒》：「皎皎白駒，賁然來思。」疏：「其服賁然而有盛飾。」秋賦：州、府鄉試。

〔二九〕升名司徒：謂進士及第。《禮記·王制》：「命鄉論秀士，升之司徒，曰選士。」

〔三〇〕德音：此指皇帝詔書。文詞政術科：制科名目，未詳何年置。罝：捕兔網，此用作動詞；劉本作「烝」。髦士：俊才。《詩·小雅·甫田》：「攸介攸止，烝我髦士。」傳：「髦，俊也。」太祝：太常寺屬官，掌出納神主，祭祀時跪讀祭文等，正九品上。

〔三一〕《道德》、《南華》、《沖虛》三真經：即《老子》、《莊子》、《列子》。《舊唐書·玄宗紀下》：「（開元）二十九年春正月丁丑，制兩京、諸州各置玄元皇帝廟並崇玄學，置生徒，令習《老子》、《莊子》、《列子》、《文子》，每年準明經例考試。……（天寶元年二月）莊子號爲南華真人，文子號爲通玄真人，列子號爲沖虛真人，庚桑子號爲洞虛真人。其四子所著書改爲真經。」盩厔：今陝西周至。

〔三二〕左拾遺：明本、劉本、《全唐文》作「右拾遺」。司駕外郎：即駕部員外郎，屬兵部，天寶十一載改爲司駕員外郎，副駕部郎中，掌輿輦、車乘、傳驛、廄牧馬牛雜畜之籍，見《新唐書·百官志一》。

〔三三〕幽陵：指幽州。《史記·五帝本紀》：「北至於幽陵。」正義：「幽州也。」幽陵亂華，指安史叛亂。行軍司馬：節度使屬官，「掌弼戎政，居則習蒐狩，有役則申戰守之法」。見《新唐書·百官志四下》。王晃當曾爲嶺南節度行軍司馬。

〔三四〕二千石：指刺史，相當於漢俸禄二千石之太守。温州：今屬浙江。

〔三五〕訃：原無此字，據明本、劉本、《全唐文》補。輟舂：停止舂筑時的送杵聲，表示哀悼。《禮記·曲禮上》：「鄰有喪，舂不相。」注：「相，謂送杵聲。」罷社：見卷四《湖南觀察使故相國袁公挽歌》注。不淑：不善，弔唁之詞。《禮記·雜記上》：「（弔者）曰：『寡君聞君之喪，寡君使某，如何不淑。』」注：「淑，善也。如何不善，言君痛之甚，使某弔。」

〔三六〕負：辜負，不稱。邁德：行布其德。《書·大禹謨》：「皋陶邁種德。」垂矩：垂範。纘承丕揚：繼承並發揚光大。

〔三七〕儲休：儲蓄其美。啟佑：庇佑後人。《書·君牙》：「啟佑我後人。」

〔三八〕沼：《新唐書·宰相世系二中》「烏丸王氏」：「沼，禮部郎中。」神童：童子科。《新唐書·選舉志上》：「凡童子科，十歲以下，能通一經及《孝經》、《論語》，卷誦文十，通者予官；通七，予出身。」沼爲鳳翔節度使判官，建中四年十月爲李楚琳所殺，見《舊唐書·張鎰傳》、《資治通鑑》卷二二八。

〔三九〕奇文：疑指明字科，唐代取士科目之一。《漢書·揚雄傳》：「劉棻嘗從雄學作奇字。」師古曰：「古文之異者。」司業：國子監副長官；《文苑英華》作「祭酒」。

〔四〇〕射策：應舉。《舊唐書·王涯傳》：「貞元八年進士及第，登宏辭科。」

〔四一〕視草：爲翰林學士，見卷一《逢王二十學士入翰林（略）》注。

〔四二〕典書命：掌中書制誥。參內廷：爲翰林學士。《舊唐書·王涯傳》：「釋褐藍田尉。（貞元）二十年十一月，召充翰林學士，拜右拾遺、左補闕、起居舍人，皆充內職。元和三年，爲宰相李吉甫所怒，罷學士，守都官員外郎，再貶虢州司馬。五年，入爲吏部員外。七年，改兵部員外郎、知制誥。九年八月，正拜舍人。十年，轉工部侍郎、知制誥……學士如故。」

〔四三〕國柄：掌國之權柄，指宰相之職。據《舊唐書》本傳，王涯元和十一年十二月加中書侍郎、同平章事。

〔四四〕册免：册書罷免。《舊唐書·王涯傳》：「（元和）十三年八月罷相，守兵部侍郎，尋遷吏部。」

〔四五〕羽儀：羽毛儀飾，指表率。《易·漸》：「鴻漸于陸，其羽可用爲儀。」領太常：主管太常寺。《新唐書·百官志三》：「太常寺，卿一人，正三品……掌禮樂、郊廟、社稷之事。」公府：三公之府，此處指王涯在興元節度使任上所加司空而言。

〔四六〕六君：指德、順、憲、穆、敬、文六宗。

〔四七〕鉞：大斧。古大將出師，授鉞以專征伐。《三國志·魏書·曹休傳》：「帝征孫權，以休爲征東大將軍，假黄鉞。」伯諸侯：爲諸侯之長，指爲節度使。伯，《叢刊》本、《全唐文》作「臨」。

〔四八〕廟器：宗廟的祭器。橋公：橋玄，東漢人，官至太尉。三鼎：指祭祀重器。《漢書·郊祀志上》：「黄帝作寶鼎三，象天地人……皆嘗鬺亨上帝鬼神。」蔡邕《故太尉橋公廟碑》：「咨度禮則，文德銘於三鼎，武功勒於征鉞，官簿次第、事之實録書於碑陰，以昭光懿。」

〔四九〕閟宇：指家廟。《詩·魯頌·閟宫》：「閟宫有侐。」傳：「閟，閉也。」耽耽：屋宇深邃貌。《文選》左思《魏都賦》：「翼翼京室，耽耽帝宇。」

〔五〇〕潔牲：潔浄的牲畜。《後漢書·明帝紀》：「故薦嘉玉絜牲以禮河神。」大糦：大而飽滿的穀物。《詩·商頌·玄鳥》：「大糦是承。」箋：「糦，黍稷也。」

〔五一〕宗工：衆官，此當指主事的族人。《書·酒誥》：「百僚庶尹，惟亞惟服宗工。」傳：「及次大夫服事尊官，亦不自逸。」駿奔：《詩·周頌·清廟》：「駿奔走在廟。」疏：「駿，疾也。疾奔走，言勸事也。」副笄：上加飾物的髮簪，指婦女。《詩·鄘風·君子偕老》：「副笄六珈。」箋：「既笄而加飾，如今步摇上飾。」侈袂：大袖。儼恪：肅穆虔敬。《禮記·祭義》：「嚴威儼恪。」

〔五二〕祼：祭祀時以酒澆地。《書·洛誥》：「王入太室祼。」疏：「祼者，灌也。王以圭瓚酌鬱鬯之酒以獻尸，尸受祭而灌於地，因奠不飲，謂之祼。」擩：祭名。《周禮·春官·大祝》：「辨九祭……六曰擩祭。」注：「擩祭，以肝肺菹擩鹽醢中以祭也。」伏、興：謂跪拜。

〔五三〕水陸、膻薌：指各種祭品。《禮記·祭義》：「亨孰膻薌。」圜方：指圓形或方形的器皿。增增：《詩·魯頌·閟宫》：「烝徒增增。」傳：「增增，多也。」

〔五四〕禴、嘗：均祭名。《詩·小雅·天保》：「禴祠烝嘗，於公先王。」傳：「春曰祠，夏曰禴，秋曰嘗，冬曰烝。」昭穆：宗廟或墓地輩次的排列，以始祖居中，子、曾孫等依次居左，稱昭；孫、玄孫等居右，稱穆。

〔五五〕蹜蹜：小步恭謹貌。《禮記·玉藻》：「執龜玉，舉前曳踵，蹜蹜如也。」疏：「言舉足狹數。」堂梱：猶堂上。梱，通閫，門檻。玄衮：三公的黑色祭服。《詩·小雅·采菽》：「又何予之，玄衮及黼。」疏：「玄衮者，玄衣而畫以衮龍。」

〔五六〕濡露踐霜：謂孝子感時念親，參見卷二《送僧元暠南游》注。

〔五七〕澡身：《禮記·儒行》：「儒有澡身而浴德。」疏：「謂能澡絜其身，不染濁也。浴德，謂沐浴於德，以德自清也。」

〔五八〕世家：承其家業。《漢書·賈誼傳》：「賈嘉最好學，世其家。」注：「言繼其家業。」世，原作「出」，據明本、劉本、《叢刊》本、《全唐文》改。翼翼：《詩·小雅·楚茨》：「我稷翼翼。」傳：「蕃廡貌。」振振：《詩·魯頌·有駜》：「振振鷺。」傳：「群飛貌。」

彭陽侯令狐氏先廟碑〔一〕

今上元年某月，汴州刺史、宣武軍節度副大使知節度事、汴宋亳等州觀察處置使、銀青光禄大夫、檢校禮部尚書、兼御史大夫、上柱國、彭陽縣開國伯令狐公西嚮拜章上言：「守臣楚，蒙被恩澤，列爲元侯，得立家廟，以奉常祀。」〔二〕制書下其奏于有司。於是，善相考祥，得地於京師通濟里。〔三〕居無何，新廟成。公以守藩故，申命季弟監察御史定卜牲練日。〔四〕越八月丁亥，祔饗三室。〔五〕坎墉以尚幽，設幄以迎精，禮無尤違，神用寧謐。〔六〕第一室曰秦州上邽縣尉諱濬，〔七〕以妣太原王氏配。第二室曰綿州昌明縣令、贈吏部尚書

諱崇亮，〔八〕以妣贈太原郡夫人河東柳氏配。第三室曰太原府功曹參軍、贈太子太保諱承簡，以妣贈魏國太夫人富春孫氏配。〔九〕

明年十月，公由浚郊以介圭入覲，真拜户部尚書，進爵爲侯。〔一〇〕既辭戎旃，〔一一〕得以列侯謁三廟。是歲南至，〔一二〕上不視朝，又得以展時祭。先期致齊，栗然以敬；既齊盡志，歆然永思。〔一三〕奉其百順，陳以具物，始躋而虔恭，終獻而汍瀾。〔一四〕既卒事，顧麗牲之石，宜有刊紀，乃俾家老授其諜于所知云。〔一五〕

令狐，晉邑也，晉大夫魏顆以輔氏之功始封焉。〔一六〕其易名曰文，《國語》所謂令狐文子是已。〔一七〕其先文王之昭畢公高之裔，畢萬爲晉卿，始封于魏，自萬至顆蓋四世。〔一八〕其後三十七世，藍田侯虯仕拓跋魏爲敦煌郡太守，〔一九〕子孫因家，遂占數爲郡人。藍田之孫熙，在隋爲納言。〔二〇〕惟上邽府君，〔二一〕納言之玄孫，道克肖而位不至。惟尚書府君，西州之右族，光未耀而德已基。〔二二〕惟太保府君，志爲君子儒，以經明居上第，調補陽安縣主簿。〔二三〕歷正平尉、汾州司法參軍、陝州大都督府兵曹，終于太原府首掾。〔二四〕始以顓經進，〔二五〕既仕，旁通百家。愛《穀梁子》清而婉，左丘明《國語》辨而工，司馬遷《史記》文而不華，咸手筆朱墨，究其微旨。〔二六〕愷悌以肥家，信誼以急人，德充齒耋，獨享天爵。〔二七〕故休祐集于身後，徽章流乎佳城。〔二八〕凡以子貴承澤降命書告第者，始贈尚書祠部郎中，再贈禮部尚書，三加右僕射，四爲今稱。〔二九〕先夫人亦四徙封，蜜印纍纍。〔三〇〕邦族聳慕。生三子，皆才，彭陽公爲嗣。次子從，端實肅給，今爲檢校膳部郎中，參河東軍事。〔三一〕季子前所謂監察御史，今主柱下方書，温敏而有文，綽綽然真令兄弟。〔三二〕

唯彭陽以詞筆取科名，累參侍從，由博士主尚書牋奏，典内外書命，遂登樞衡，言文章者以爲冠。〔三三〕擁節總戎，率身和衆，留惠于盟津，變風于浚都，言方略者以爲能。〔三四〕夫浚師嘵嗜難治，〔三五〕乘釁竊發，寖成習俗。莅止五載，飲和革心，束馬來朝，熊羆隕涕，問公還期，觴必祝之。〔三六〕留爲常伯，旋命居守。〔三七〕汴人聞公之東，近而愈懷，翹翹瞿瞿，〔三八〕盡西其首，言遺愛者可紀焉。貴而率禮，老而能慕，怵惕乎霜露，齊莊乎廟祧，睦其仲季，施及鄉黨，言孝悌者歸厚焉。〔三九〕勒銘于碑，以代夷鼎。〔四〇〕文曰：

已孤之孝，莫如備物。〔四一〕顯顯新廟，四阿三室，時惟仲月，卜用柔日。〔四二〕醴醆苾芬，牲牷博腯，籩甒在堂，蕭膋在庭。〔四三〕孝孫烝烝，躬若奉盈，低簪委紳，薦俎登鉶。〔四四〕肸蠁交感，〔四五〕涕流緣纓。禮以備儀，誠以致美，祖考來格，錫之丕祉。〔四六〕工祝告訖，退循軒戺，乃授風人，作詩以紀。〔四七〕猗歟，彭陽之寵光，佐憲皇、穆皇。〔四八〕西省東臺，迭爲侍郎，國之大政，咨爾平章。〔四九〕敬宗凝旒，俾鎮雍丘。〔五〇〕入爲地官，令守東周。〔五一〕彭陽之忠厚，宜介福以壽。〔五二〕東郊既釐，可復朝右。〔五三〕綿綿其胄，繫于周舊。〔五四〕由我顯起，必昌其後。

大和紀元，〔五五〕作廟之首。刻碑廟門，龍集己酉。〔五六〕

【校注】

〔一〕文云「刻碑廟門，龍集己酉」，乃大和三年在長安作。彭陽侯：彭陽縣開國侯。彭陽，漢縣名，治所在今甘肅鎮原東南。開國縣侯爲九等封爵之第六等，從三品，食邑千户。令狐氏：令狐楚。題，《文苑英華》、《全唐文》作《東都留守令狐楚家廟碑》，《唐文粹》作《唐宣武軍節度副大使檢校禮部尚書令狐公先廟碑銘并序》。廟立於大和元年，時楚爲宣武軍節度使；文則作於大和三年，時楚在東都留守任，故諸書不同。《寶刻叢編》卷八萬年縣引《集古録目》：「《唐令狐楚先廟碑》，唐禮部郎中、集賢院學士劉禹錫撰並書。大和初，楚爲宣武節度使，始立家廟於京師通濟里。碑以太和三年立。」《金石録》卷一〇：「《唐令狐公先廟碑》，劉禹錫撰並正書，大和五年。」「五年」當爲「三年」之誤。

〔二〕今上元年：唐文宗大和元年。某月：《全唐文》作「七月十三日」。汴州：今河南開封，時爲宣武軍節度使治所，轄汴、宋（今河南商丘）、亳（今河南亳縣）、潁（今安徽阜陽）四州。銀青光禄大夫：唐代文散官階二十九等，從三品爲銀青光禄大夫。上柱國：唐代勛官十二級中最高一級，視正二品。彭陽縣開國伯：唐代九等封爵中的第七等，食邑七百户，正四品上。元侯：諸侯之長，此指爲節度使。

〔三〕相：相宅。考祥：考察吉凶的徵兆。《易·履》：「視履考祥。」疏：「祥謂徵祥。」通濟里：長安朱雀門街東第三街最南坊。

〔四〕定：令狐定，字履常，元和十一年進士，官至桂管觀察使，附見《舊唐書·令狐楚傳》。卜牲：占卜以選定祭祀用牲畜。《左傳·僖公三十一年》：「禮不卜常祀，而卜其牲、日。」注：「卜牲與日，知吉凶。」練日：選日。《漢書·禮樂志》：「練時日。」師古曰：「練，選也。」

〔五〕三室：謂父、祖、曾祖三廟。

〔六〕坎墉：使牆壁凹坎，以便存放神主。幄：帷幕。迎精：迎神。尤違：過失。

〔七〕秦州：州治在上邽縣，今甘肅天水。濬：令狐楚曾祖父。《新唐書·宰相世系五下》：「濬，上邽令。」與碑異。

〔八〕綿州：州治在今四川綿陽東。昌明縣：縣治在今四川江油南。崇亮：令狐楚祖父。

〔九〕承簡：令狐楚父。《新唐書·宰相世系五下》：「承簡，字居易，太原府功曹參軍。」《寶刻叢編》卷八引《京兆金石録》：「《唐贈司空令狐承簡碑》，子楚撰並書，元和七年。」按司空正一品，太子太保從一品。本碑載令狐承簡四次贈官爲祠部郎中、禮部尚書、右僕射、太子太保，元和中不可能贈司空，疑《叢編》「元和」乃「大和」之誤。

〔一〇〕浚郊：即汴州，其地有浚水。《詩·鄘風·干旄》：「孑孑干旄，在浚之郊。」介圭：大圭，參見卷十三《爲京兆李尹答于襄州第一書》注。真拜：實授，相對於「檢校」官而言。

〔一一〕戎旃：軍旗，代指節度使之軍職。

〔一二〕南至：冬至。《左傳・僖公五年》：「日南至。」疏：「日南至者，冬至日也。」

〔一三〕致齊：即致齋。齊，通齋。家祭前，當致齋一日，以清整身心，見《新唐書・禮樂志三》。栗然：肅敬貌。盡志：盡心。《禮記・祭統》：「外則盡物，內則盡志，此祭之心也。」歆然：欣喜貌。

〔一四〕百順：於忠孝之道無所不順，猶言孝心。《禮記・祭統》：「賢者之祭也，必受其福。……福者，備也，百順之名也。無所不順者之謂備，言內盡於己而外順於道也。」具物：指祭品。《禮記・祭義》：「孝子將祭……比時具物不可以不備。」躋：昇階。虔恭：恭敬。終獻：祭祀三次獻酒的最後一次，此指祭畢。汍瀾：流淚貌。陸機《弔魏武帝文》：「涕垂睫而汍瀾。」

〔一五〕麗牲之石：繫牲畜的石碑，後以刻文字紀功德。《文心雕龍・誄碑》：「宗廟有碑，樹之兩楹，事止麗牲，未勒勛績。而庸器漸缺，故後代用碑，以石代金，同乎不朽。」家老：古卿大夫家中有家臣、室老，此指家中主事者。諜：譜諜。

〔一六〕令狐：春秋晉邑，故址在今山西臨猗。輔氏：晉地。《左傳・宣公十五年》：「秋七月，秦桓公伐晉，次於輔氏。……魏顆敗秦師於輔氏，獲杜回，秦之力人也。」

〔一七〕易名：賜謚。《禮記・檀弓下》：「公叔文子卒，其子戍請謚於君曰：『日月有時，將葬矣，請所以易其名者。』」令狐文子：魏顆之子魏頡，謚曰文，稱令狐文子，見《國語・晉語七》。此云顆「易名曰文」，似誤，「其」下或奪「子頡」等字。

〔一八〕昭：昭穆之昭，此指子。畢公高爲周文王第十五子，見《元和姓纂》卷八「魏氏」。《新唐書·宰相世系五下》：「令狐氏出自姬姓。周文王子畢公高裔孫畢萬爲晉大夫，生芒季。芒季生武子魏犨。犨生顆，以獲秦將杜回功，别封令狐，生文子頡，因以爲氏。」

〔一九〕虬：附見《周書·令狐整傳》。《新唐書·宰相世系五下》：「虬，字惠獻，後魏敦煌郡太守、鸇陰縣子。」

〔二〇〕熙：仕隋爲吏部尚書、封武康公，「高祖受禪之際，熙以本官行納言事」，見《隋書》本傳。納言：即侍中，門下省長官，隋文帝避其父楊忠諱改納言。

〔二一〕上邽府君：指令狐濬。

〔二二〕尚書府君：指令狐崇亮。西州：指敦煌郡，漢屬涼州刺史部，時呼涼州爲西州。《隋書·令狐整傳》：「代爲西州之豪右。」

〔二三〕太保府君：指令狐承簡。君子儒：《論語·雍也》：「女爲君子儒，無爲小人儒。」集解：「君子爲儒，將以明道；小人爲儒，則矜其名。」經明：即明經，科舉常科之一。陽安縣：故治在今四川簡陽西北，《唐文粹》作「安陽」，唐相州有安陽縣，今屬河南。

〔二四〕正平：在今山西新絳縣境。汾州：州治在今山西汾陽。首掾：屬吏之首。州府屬吏功曹、倉曹、户曹、田曹、兵曹、法曹，以功曹爲首。

〔二五〕顓：通專。

〔二六〕《穀梁子》：即《春秋穀梁傳》，相傳爲穀梁赤所作。范寧《春秋穀梁傳序》：「《穀梁》清而婉，其失也短。」楊士勛疏：「清而婉者，辭清義通。」辨：通辯，長於說理。

〔二七〕愷悌：和易近人。肥家：使家庭和睦興旺。《禮記·禮運》：「父子篤，兄弟睦，夫婦和，家之肥也。」誼：通義。急人：急人之所急。德充齒耋：德高年長。《莊子》有《德充符》篇。七十歲曰耋，或以八十爲耋。天爵：自然的爵位。《孟子·告子上》：「仁義忠信，樂善不倦，此天爵也。」

〔二八〕徽章：旗幟。《戰國策·齊策一》：「章子爲變其徽章，以雜秦軍。」注：「徽，幟名也。」宋之問《范陽王挽詞》：「贈秩徽章洽，求書秘草成。」佳城：墳墓，見卷一《途次敷水驛（略）》注。

〔二九〕今稱：指太子太保。四爲今稱，《文苑英華》、《唐文粹》、《全唐文》作「四進太保，五爲上公」，蓋令狐承簡大和中追贈司空後所追改。

〔三〇〕蜜印：蠟質官印，用於追贈死者。權德輿《哭劉四尚書》：「命賜龍泉重，追榮蜜印陳。」

〔三一〕從：令狐從，官至郢州刺史，見《關中金石文字存佚考》卷五《令狐紞墓誌》。肅給：言辭敏捷。《國語·晉語七》：「知羊舌職之聰敏肅給也，使佐之。」

〔三二〕季子：前文所云令狐定。主柱下方書：即爲監察御史。《史記·張丞相列傳》：「秦時爲御史，主柱下方書。」集解引如淳曰：「方，版也，謂書事在版上者也。……或曰：四方文書。」綽綽：寬緩貌。《詩·小雅·角弓》：「此令兄弟，綽綽有裕。」

〔三三〕取科名：謂登進士第。《舊唐書·令狐楚傳》：「楚兒童時已學屬文，弱冠應進士，貞元七年登第。」「詞筆取科名」五字，《文苑英華》作「才名翰飛」。博士：指太常博士。典内外書命：掌翰林院及中書省制敕等起草工作。登樞衡：爲相。樞衡，中樞、權衡，代指中央權力中心。關於令狐楚歷官，參見卷十九《唐故相國贈司空令狐公集紀》。

〔三四〕擁節總戎：持節統軍，指爲節度使。盟津：即孟津，古黄河津渡名，在今河南孟縣西南，唐時爲河陽懷三城節度使治所。元和十三年，令狐楚自華州刺史授河陽懷節度使，見《舊唐書·憲宗紀下》。浚都：即汴州，有浚水，戰國時魏惠王遷都於此。方略：權謀策略。

〔三五〕浚師：汴州宣武軍將士。嚄唶：大笑大叫，謂驕縱喧嘩，不遵號令。

〔三六〕五載：令狐楚自長慶四年至大和二年爲宣武軍節度使，首尾五年。飲和：以和順的態度待人。《莊子·則陽》：「故或不言而飲人以和，與人並立而使人化。」革心：改易其心。關於令狐楚在汴州政績，參見卷六《客有話汴州新政（略）》注。束馬：猶乘馬。束，羈束，控馭。熊羆：兩種猛獸，喻指勇武將士。

〔三七〕常伯：指户部尚書，龍朔元年一度改名司元太常伯，見《舊唐書·職官志二》。居守：指東都留守。令狐楚大和二年九月入朝爲户部尚書，三年三月，出爲東都留守，見卷七《和令狐相公入潼關》、卷八《同樂天送令狐相公赴東都留守》注。

〔三八〕翹翹：高舉貌，謂翹首。瞿瞿：瞪視貌。

〔三九〕率禮：遵禮。霜露：謂感時念親，參見卷二《送僧元暠南游》注。齊莊：肅敬。齊，通齋。《禮記·中庸》：「齋莊中正，足以有敬也。」廟祧：即廟。祧，遠祖廟。仲季：兄弟。孝悌：孝順父母，友愛兄弟。《論語·學而》：「孝弟也者，其爲仁之本與。」

〔四〇〕夷鼎：即彝鼎。彝，酒尊。《禮記·祭統》：「『勤大命，施於烝彝鼎。』此衛孔悝之鼎銘也。」

〔四一〕已孤：謂父母已故。備物：祭品齊備。《禮記·祭義》：「孝有三：小孝用力，中孝用勞，大孝不匱。……博施備物，可謂不匱矣。」

〔四二〕顯顯：盛大光明貌。《詩·大雅·假樂》：「假樂君子，顯顯令德。」四阿：《周禮·考工記·匠人》：「四阿重屋。」注：「四阿，若今四柱屋。」柔日：雙數日。《禮記·曲禮上》：「外事以剛日，内事以柔日。」疏：「剛，奇日也。十日有五奇五偶……乙、丁、己、辛、癸五偶爲柔日也。」

〔四三〕醴：甜酒。醆：白酒。《禮記·禮運》：「醴醆在户。」苾芬：芳香。《詩·小雅·楚茨》：「苾芬孝祀，神嗜飲食。」牲牷：毛色純的牲畜。博腯：肥大。《左傳·桓公六年》：「吾牲牷肥腯。」又：「奉牲以告曰：博碩肥腯。」博，《唐文粹》作「肥」。籩：竹編食器。甒：瓦製酒器。蕭膋：艾蒿與油脂。《漢書·禮樂志》：「焫膋蕭，延四方。」李奇曰：「膋，腸間脂也。蕭，香蒿也。」師古曰：「以蕭焫脂，合馨香也。」蕭，原作「簫」，據明本、劉本、《全唐文》改。

〔四四〕烝烝：進貌。《書·堯典》：「克諧以孝，烝烝乂，不格奸。」傳：「烝，進也。」躬：《金石録》卷二九《唐令狐公先廟碑》跋：「集本云『躬若奉盈』，而碑本『躬』作『躳』。案《史記·魯周公世家》云：『躬躬然如畏。』徐廣云：『躬躬，謹敬貌也，出《三倉》。』後人不知『躬』字所出，遂改爲『躬』，誤矣。其他異同尚多，不盡録也。」按，今字書無「躬」字。躬，一作船，從身，從吕。船、躬，均當爲「躬」字之異體。奉：捧本字。《禮記·祭義》：「孝子如執玉，如奉盈。」疏：「言孝子對神，容貌敬慎，如執持玉之大寶，如奉盈滿之物。」低簪：低頭。紳：大帶。低頭彎腰，故紳委垂。俎：盛牲的禮器。鉶：盛羹的禮器。

〔四五〕肸蠁：分布。《漢書·司馬相如傳》：「衆香發越，肸蠁布寫。」師古曰：「盛作也。」《辭通》卷十五：「蠁爲知聲蟲，聲入則此蟲即知之，故以肸蠁喻靈感通微之切。」

〔四六〕格：至。《書·益稷》：「祖考來格。」丕祉：大福。束皙《補亡詩》：「以介丕祉。」

〔四七〕工祝：司祭祀的人。告訖：告以成禮。《詩·小雅·楚茨》：「孝孫徂位，工祝致告。」傳：「致告，告利成也。」戺：堂前兩旁的階級。風人：詩人。

〔四八〕猗歟：嘆美之詞。憲皇：唐憲宗李純。穆皇：唐穆宗李恒。

〔四九〕西省、東臺：分别指中書省和門下省，龍朔元年曾分别改名爲東臺、西臺。平章：商議處理。

〔五〇〕敬宗：唐敬宗李湛。凝旒：冠上玉串静止，謂端坐不動。雍丘：縣名，屬汴州，今河南杞縣。鎮雍丘謂爲宣武節度使。

〔五一〕地官：指户部尚書。東周：指東周都城所在地洛陽。守東周即爲東都留守。

〔五二〕介：助。《詩·小雅·小明》：「神之聽之，介爾景福。」

〔五三〕釐：治理。《書・畢命》：「命畢公保釐東郊。」傳：「命畢公，使安理治正成周東郊。」朝右：朝班之右。復朝右，謂歸朝爲大僚。

〔五四〕綿綿：不絶貌。《詩・大雅・綿》：「綿綿瓜瓞，民之初生。」周舊：令狐氏爲周文王後裔，故云。

〔五五〕大和：唐文宗李昂第一個年號，公元八二七—八三五年。

〔五六〕龍：指歲星，即木星，古人用以紀年。《左傳・襄公二十八年》：「蛇乘龍。」注：「龍，歲星。歲星，木也，木爲青龍。」龍集己酉即大和三年。

牛頭山第一祖融大師新塔記〔一〕

初，摩訶迦葉授佛心印，〔二〕得其人而傳之。至師子比丘，凡二十五葉，而達摩得焉，東來中華，華人奉之爲第一祖。〔三〕又三傳至雙峰信公，〔四〕雙峰廣其道而歧之。一爲東山宗，能、秀、寂，其後也。〔五〕一爲牛頭宗，巖、持、威、鶴林、徑山，〔六〕其後也。分慈氏之一支，爲如來之別子，咸有祖稱，粲然貫珠。〔七〕

大師號法融，姓韋氏，延陵人。〔八〕少爲儒，博極群書。既而嘆曰：「此仁誼言耳，吾志求出世間法。」〔九〕遂入句曲，依僧炅，改逢掖而緇之。〔一〇〕徙居是山，宴坐石室。以慧力感通，故旱麓泉涌；以神功示現，故皓雪蓮生。〔一一〕巨蛇摧伏，群鹿聽法。〔一二〕貞觀中，雙峰過江，望牛頭，頓錫曰：「此山有道氣，宜有得之者。」〔一三〕乃來，果與大師相遇，性合神授，至于無言，同躋智地，密付真印。〔一四〕揭立江左，名聞九圍，學徒百千，如水歸海。〔一五〕由其門而爲天人師者，〔一六〕皆脈分焉。顯慶二年，報身示滅。〔一七〕道在後覺，神依故山，戒香不絶，龕坐未飾。〔一八〕夫豈不思乎？蓋神期冥數，必有所待。

大和三年，潤州牧、浙江西道觀察使、檢校禮部尚書趙郡李公，在鎮三閏，百爲大備，尚理信古，儒玄交修，始下令，禁桑門販佛以眩人者，而於真實相深達焉。〔一九〕常謂大師像設宜從本教，言自我啟，因自我成，乃召主吏，籍我月入，得緡錢二十萬，俾秣陵令如符經營之。〔二〇〕三月甲子，新塔成。事嚴而工人盡藝，誠達而山神來護。願力既從，衆心知歸，撞鐘告白，龍象大會，諸天聲香之藴，如見如聞，即相生敬，明幽同感。〔二一〕尚書欲傳信于後，遠命愚志之。

夫上士解空而離相，中士著空而嫉有。〔二二〕不因相何以示覺？不由有何以悟無？彼達真諦而得中道者，當知爲而不有，賢乎以不修爲無爲也。

【校注】

〔一〕文大和三年在長安作。牛頭山：在今江蘇南京南。《元和郡縣圖志》卷二五「潤州上元縣」：

「牛頭山在縣南四十里，山有二峰，東西相對，名爲『雙闕』。」第一祖：謂法融，創佛教禪宗别支牛頭宗，爲第一祖，《續高僧傳》卷二一有傳。

〔二〕摩訶迦葉：即大迦葉，釋迦牟尼大弟子，佛教尊爲西天祖師一祖。心印：心法。《大般涅槃經》卷二：「爾時佛告諸比丘……我今所有無上正法悉以付囑摩訶迦葉。是迦葉者，當爲汝等作大依止。」《五燈會元》卷一「二祖阿難尊者」：「其仙衆中有二羅漢，一名商那和修，二名末田底迦，尊者知是法器，乃告之曰：『昔如來以大法眼付大迦葉，迦葉入定而付於我。我今將滅，用傳於汝。』」

〔三〕師子比丘：中印度人。達摩：即菩提達摩，南天竺國人，於梁武帝時來中國，爲禪宗初祖。參見卷十四《袁州萍鄉縣楊岐山故廣禪師碑》注。《五燈會元》卷一謂師子比丘爲西方祖師第二十四祖，又謂菩提達摩爲西方祖師二十七祖般若多羅弟子，與此不同。

〔四〕信公：釋道信，俗姓司馬，蘄州人，師僧璨，武德中返蘄春，居黄梅雙峰寺，高宗永徽中卒，代宗時謚大醫禪師，爲禪宗四祖，《續高僧傳》卷二一有傳。據《五燈會元》卷一，達摩傳慧可，慧可傳僧璨，僧璨傳道信，是爲「三傳」。

〔五〕東山宗：即禪宗。《舊唐書·神秀傳》：「初，弘忍與道信並住東山寺，故謂其法爲東山法門。」能：慧能，五祖弘忍弟子，禪宗南宗六祖，參見卷十五《大唐曹溪第六祖大鑒禪師第二碑》注。秀、寂：神秀、普寂。神秀俗姓李，爲五祖弘忍弟子，居荆州當陽山度門寺，則天時曾應詔至都，神龍二年卒，賜謚大通禪師，後尊爲禪宗北宗六祖，《宋高僧傳》卷八有傳。普寂俗姓馮，爲神秀弟子，玄宗開元中始於京城傳教，二十九年卒於興唐寺，賜謚大照禪師，《宋高僧傳》卷九有傳。

〔六〕牛頭宗：禪宗别支，因開創者法融居牛頭山而得名。巖：智巖，俗姓華，曲阿人，武德中出家，初師寶月，後謁法融，傳其法，《續高僧傳》卷二一有傳。持：法持，俗姓張，潤州江寧人，初從弘忍，後重事慧方，傳其法要，居金陵延祚寺，長安中卒，《宋高僧傳》卷八有傳。持，原作「待」，據明本、劉本、《叢刊》本、《全唐文》改。威：智威，俗姓陳，江寧人，依天保寺統法師出家，後謁法持，傳授正法，《宋高僧傳》卷八有傳。鶴林：寺名，在潤州。《輿地紀勝》卷七潤州：「鶴林寺，在黄鶴山，舊名竹林寺。……今爲報恩寺。」此指玄素，字道清，俗姓馬，潤州延陵人，師事智威，傳其法，後居鶴林寺，天寶十一載卒，後人多以俗氏名之曰馬祖，或稱爲馬素，《宋高僧傳》卷九有傳。徑山：山名，又寺名，在杭州。此指法欽，爲玄素弟子，《宋高僧傳》卷九有傳。《輿地紀勝》卷二「臨安府」：「徑山寺，在臨安縣北五十里。……唐代宗時有崑山朱氏子，祝髮曰法欽，游方至徑山，結庵。代宗召法欽赴闕，賜號國一禪師。」

〔七〕慈氏：佛教菩薩名，即彌勒佛。别子：猶别派。凡僧徒皆爲釋迦牟尼種子。《祖堂集》卷三：「牛頭宗六枝，第一是融禪師，第二智巖，第三慧方，第四法持，第五智威，第六惠忠也。」

〔八〕延陵：潤州屬縣，在今江蘇丹陽南。

〔九〕誼：通義。出世間法：佛法。

〔一〇〕句曲：山名，即茅山。僧炅：茅山僧。逢掖：儒者之衣，參見卷三《游桃源一百韻》注。緇：緇衣，黑色僧袍，此用如動詞。《續高僧傳》卷二一《法融傳》：「年十九，翰林墳典，探索將盡。……喟然嘆曰：『儒道俗文，信同糠秕；般若止觀，實可舟航。』遂入茅山，依炅法師剃除。」

〔一一〕慧力：智慧之力，佛教謂慧根增長，能破三界諸惑。旱麓：旱山之麓，此泛指山足。《詩·大雅·旱麓》：「瞻彼旱麓，榛楛濟濟。」傳：「旱：山名也。麓，山足也。」示現：佛教語，謂佛菩薩應機緣而現種種化身。皓雪：白雪。《續高僧傳》卷二一《法融傳》：「貞觀十七年，於牛頭山幽栖寺北巖下别立茅茨禪室。……所住食廚，基臨大壑，至於澈水，不可環階，乃顧步徘徊，指東嶺曰：『……若此可居，會當清泉自溢。』經宿，東嶺忽涌飛泉，清白甘美，冬温夏冷，即激引登峰，趣釜經廊。……又二十一年十一月巖下講《法華經》，於時素雪滿階，法流不絶，於凝冰内獲花二莖，狀如芙蓉，璨同金色。」

〔一二〕巨蛇、群鹿：《續高僧傳》卷二一《法融傳》：「(牛頭)山有石室，深可十步，融於中坐。忽有神蛇長丈餘，目如星火，舉頭揚威於室口，經宿，見融不動，遂去。……又感群鹿，依室聽伏，曾無懼容。有二大鹿直入通僧聽法，三年而去。」

〔一三〕雙峰：黄梅雙峰寺，此指四祖道信。《五燈會元》卷二《牛頭山法融禪師》：「唐貞觀中，四祖遥觀氣象，知彼山有奇異之人，乃躬自尋訪。問寺僧：『此間有道人否？』……别僧曰：『此去山中十里許，有一懶融，見人不起，亦不合掌，莫是道人麼？』祖遂入山，見師端坐自若，曾無所顧。祖問曰：『在此作甚麼？』師曰：『觀心。』祖曰：『觀是何人，心是何物？』師無對，便起作禮。……師曰：『還識道信禪師否？』……祖曰：『道信禪師，貧道是也。』師曰：『因何降此？』祖曰：『特來相訪。……吾受璨大師頓教法門，今付於汝。汝今諦受吾言，只住此山。向後當有五人達者，紹汝玄化。』祖付法訖，遂返雙峰終老。」

〔一四〕真印：即心法。

〔一五〕江左：江東。九圍：九州。《詩·商頌·長發》：「帝命式於九圍。」疏：「謂九州爲九圍者，蓋以九分天下，各爲九處，規圍然。」

〔一六〕天人師：如來十號之一。《五燈會元》卷一：「菩薩於二月八日明星出時成道，號天人師。」此指傳佛法且有祖號者。

〔一七〕顯慶：唐高宗李治第二個年號。顯慶二年，公元六五七年。報身：佛法、報、應三身之一。示滅：死亡，佛教謂示人以滅。

〔一八〕故山：當指鷄籠山。法融顯慶二年正月二十三日卒，窆於金陵後湖鷄籠山，見《續高僧傳》本傳、《祖堂集》卷三。龕：此指僧人盛放遺骸的墳塔。《釋氏要覽》卷下：「今釋氏之周身，其形如塔，故名龕。」

〔一九〕李公：李德裕。三閏：三閏年。李德裕長慶二年九月爲潤州刺史、浙西觀察使，參見卷六《和浙西李大夫霜夜對月（略）》注。據《二十史朔閏表》，長慶二年閏十月，寶曆元年閏七月，大和二年閏三月，至大和三年已歷三閏年。百爲：各種措施。《書·多方》：「至於百爲。」傳：「至於百端所爲。」桑門：即沙門，僧。販佛以眩人：利用佛教以騙人牟利。據《舊唐書·李德裕傳》載，「徐州節度使王智興聚貨無厭，以敬宗誕月，請於泗州置僧壇，度人資福，以邀厚利，江淮之民皆群黨渡淮」，李德裕奏論罷之。傳又載：「寶曆二年，亳州言出聖水，飲之者愈疾，德裕奏曰：『臣訪聞此水，本因妖僧誑惑，狡計丐錢。數月已來，江南之人，奔走塞路。每三二十家，都顧（雇）一人取水。擬取之時，疾者斷食葷血，既飲之後，又二七日蔬飧，危疾之人，俟之愈病。其水斗價三貫，而取者益之他水，沿路轉以市人，老疾飲之，多至危篤。昨點兩浙、福建百姓渡江者，日三五十人。臣於蒜山渡已加捉搦。若不絶其根本，終無益黎甿。……乞下本道觀察使令狐楚，速令填塞，以絶妖源。』從之。」真實相：《妙法蓮華經·法師品》：「此經開方便門，示真實相。」參見卷三《送慧則法師（略）》注。

〔二〇〕像設：依式構造墳墓。《文選》宋玉《招魂》：「像設君室，靜閑安些。」王逸注：「像，法也。言乃爲君造設第室，法像舊廬所在之處，清靜寬閒，可安之。」此指法融之葬當依佛教起塔。月入：每月俸禄。秣陵令：指上元縣令。《元和郡縣圖志》卷二五「潤州上元縣」：「秣陵故縣在縣東南四里。本金陵地也，秦改爲秣陵。」

〔二〕龍象：佛教以水行龍力最大，陸行象力最大，故以龍象喻修行勇猛有大力的阿羅漢，此指高僧大德。諸天：佛教謂三界共三十二天，統稱諸天。藴：通藴，聚積。相：佛教稱物質世界可感知的形象狀態，此指法融新塔及有關法會，寶相莊嚴。

〔三〕上士：佛經中稱菩薩，此指精通佛理的人。《釋氏要覽》卷上引《瑜珈論》：「無自利利他行者，名下士。有自利無利他者，名中士。有二利，名上士。」離相：知相（指建塔寺、設法會）非實有，但不予否定，而用以度化世人。著空而嫉有：執著於空而否定有，即不主張建塔寺、設法會等。

授倉部郎中制〔一〕

敕：周制，倉人以辨於邦用，廩人以待乎匪頒。〔二〕後代或均輸，或平糴，皆周官倉廩之職也。〔三〕於戲！王者藏於天下，吾何私焉。收斂以時，儲蓄必謹，俾夫凶荒無患，貧富克均。宜味京坻之詩，勿守豆區之限。〔四〕可。

【校注】

〔一〕本文及後列諸制均作於大和三年左右。此及下數制劉禹錫本集未收，見《文苑英華》卷三八九、《全唐文》卷五九九。岑仲勉《讀全唐文札記》云：「劉禹錫下收《授倉部郎中制》、《授主客郎中制》、《授比部郎中制》、《授屯田郎中制》各一首，按下文又有《擬太子太傅制》、《擬太子太保制》二首，卷六〇〇又有擬册皇太子、齊王、邠王、晉王、公主册文共六首，禹錫未嘗知制誥，則其文皆擬文也，四『授』字謂應改作『擬』字，以昭其實而從同。」李肇《翰林志》：「興元元年敕：翰林學士朝服序班宜準諸司官知制誥例，凡初遷者，中書門下召令右銀臺門候旨，其日入院，試制書答共三首，詩一首……試畢封進。可者翌日受宣。」授中書舍人前當亦有試制書批答之事。《舊唐書·劉禹錫傳》：「大和中，度在中書，欲令知制誥，執政又聞（《重游玄都觀》）詩序，滋不悦，累轉禮部郎中、集賢院學士。」各制當是擬授中書舍人時作，時約在大和三年。倉部郎中：尚書省户部倉部一曹的長官。《新唐書·百官志一》「尚書省户部」：「倉部郎中、員外郎各一人，掌天下庫儲，出納租税、禄糧倉廩之事。以木契百，合諸司出給之數，以義倉、常平倉備凶年，平穀價。」

〔二〕倉人：《周禮·地官·倉人》：「倉人掌粟入之藏，辨九穀之物，以待邦用。」廩人：《周禮·地官·廩人》：「廩人掌九穀之數，以待國之匪頒。」注：「匪讀爲分，分頒謂委人之職諸委積也。」釋文：「廩人掌米，倉人掌穀。」

〔三〕均輸：漢武帝時創置的一種理財的制度，於大司農下置均輸令，統一征收、買賣、運輸貨物，以調劑各地供應，平抑物價。《史記·平準書》：「而桑弘羊爲大農丞，筦諸會計事，稍稍置均輸以通貨物矣。」集解引孟康曰：「謂諸當所輸於官者，皆令輸其土地所饒，平其所在時價，官更於他處賣之，輸者既便而官有利。《漢書·百官表》，大司農屬官有均輸令。」平糴：官府采取的一種儲糧備荒的措施，即在豐年收購儲存糧食，在歉年以平價出售。《漢書·食貨志上》：「是故善平糴者，必謹觀歲有上、中、下孰……小饑則發小孰之所斂，中饑則發中孰之所斂，大饑則發大孰之所斂，而出糴之。故雖遇饑饉水旱，糴不貴而民不散，取有餘以補不足也。」《周官》：即《周禮》。倉廩：即倉人、廩人。

〔四〕味：《英華》作「詠」，據《全唐文》改。京坻之詩：《詩·小雅·甫田》：「曾孫之稼，如茨如梁；曾孫之庾，如坻如京。」傳：「京，高丘也。」箋：「坻，水中之高地也。」豆區：量器名。《左傳·昭公三年》：「齊舊四量：豆、區、釜、鍾。四升爲豆，各自其四，以登於釜。釜十則鍾。」

授主客郎中制〔一〕

敕：漢制，尚書郎四人，一人主營部，成帝又置客曹，主外國戎狄事，皆今主客之任也。〔二〕其後或東西列職，左右分名，統彼行人之家，綏其外臣之務。〔三〕朝聘則定位，宴會則辨儀，穆我四門，深於九譯。〔四〕用委藁街之政，克資粉署之賢。〔五〕可。

【校注】

〔一〕文約大和三年作。本文劉禹錫集不載，見《文苑英華》卷三八九、《全唐文》卷五九九。題上或當有「擬」字，參見前《授倉部郎中制》注。主客郎中：尚書省禮部主客一曹的長官。《新唐書・百官志一》「禮部」：「主客郎中、員外郎各一人，掌二王後、諸蕃朝見之事。」

〔二〕營部：軍隊行軍中按部伍安營。《後漢書・耿秉傳》：「秉性勇壯而簡易於事，軍行常自被甲在前，休止不結營部。」《通典》卷二二：「郎官謂之尚書郎，漢置四人，分掌尚書事，一人主匈奴營部，一人主羌夷，一人主吏民，一人主財帛委輸。」置：《英華》作「署」，據《全唐文》改。客曹：《通典》卷二三：「漢成帝初置尚書，有客曹，主外國夷狄。」

〔三〕分名：《通典》卷二三：「（客曹，）後光武分改爲南主客、北主客二曹。……至晉氏，分爲左右南北四主客。」行人：使者。《左傳・襄公三年》：「韓獻子使行人子員問之。」注：「行人，通使之官。」

〔四〕朝聘：古代諸侯朝見天子。宴：《英華》作「晏」，據《全唐文》改。四門：四方之門。《書・舜典》：「賓於四門，四門穆穆。」九譯：多次輾轉翻譯，指遠方國家。《文選》張衡《東京賦》：「重舌之人九譯，僉稽首而來王。」薛綜注：「九譯，言始至中國者也。」

〔五〕藁街：西漢長安中街道名，爲外國使館所在處。《漢書・陳湯傳》：「臣湯將義兵，行天誅……斬郅支首及名王以下，宜縣（懸）頭槀街蠻夷邸間。」師古曰：「槀街，街名，蠻夷邸在此街也。邸，若今鴻臚客館也。」粉署：尚書省。《漢官儀》卷上：「尚書郎奏事明光殿，省中皆胡粉塗壁。」

授比部郎中制〔一〕

敕：周以司會質歲成，漢以計相經國用。〔二〕或考百官之要，或制三年之期，稽以簿書，辨其名物。俾夫會算必得，經費無差，充選望郎，以臨計吏。〔三〕可。

【校注】

〔一〕文約大和三年作。本文劉禹錫集不載，見《文苑英華》卷三八九、《全唐文》卷五九九。題上或當有「擬」字，參見前《授倉部郎中制》注。比部郎中：尚書省刑部所屬之比部一曹的長官。《新唐書·百官志一》刑部：「比部郎中、員外郎各一人，掌句會内外賦斂、經費、俸禄、公廨、勛賜、贓贖、徒役課程、逋欠之物，及軍資、械器、和糴、屯收所入。」《舊唐書·職官志二》：比部郎中「周知内外之經費，而總勾之」。

〔二〕司會：《周禮》官名，主管財經及官吏政績的考察。質：評定、估量。《禮記·禮制》：「司會以歲之成質於天子。」注：「質，平也。」疏：「謂奏上文簿聽天子平量之。」歲成：一年的成績。《周禮·天官·司會》：「司會掌邦之六典、八法、八則之貳，以逆邦國都鄙官府之治。……凡在書契版圖者之貳，以逆群吏之治，而聽其會計。以參互考日成，以月要考月成，以歲會考歲成。」疏：「歲計曰會。以一歲之會計考當歲成事文書。」計相：掌天下計簿的官員，漢置。《史記·張丞相列傳》：「遷爲計相……明習天下圖書計籍。蒼又善用算律曆，故令蒼以列侯居相府。」集解引文穎曰：「能計，故號曰計相。」國用：國家經費收支。

〔三〕望郎：指尚書省郎官。李商隱《酬令狐郎中見寄》：「望郎臨古郡，佳句灑丹青。」馮浩注：「《山公啟事》：『舊選尚書郎，極清望也，號稱大臣之副。』按稱清郎、望郎以此。」計吏：掌計簿的官吏。

授屯田郎中制〔一〕

敕：《詩》云「雨我公田，遂及我私」，蓋美大田之盛，思賢主之詩。〔二〕人必先公而後私者，藉力而耕，其來尚矣。周以司徒莅職，漢以侍郎訓田。〔三〕今則務切如雲，任專列宿，總於豫政，克藉公才。〔四〕可。

【校注】

〔一〕文約大和三年作。本文劉禹錫集不載，見《文苑英華》卷三八九、《全唐文》卷五九九。題上或當有「擬」字，參見前《授倉部郎中制》注。屯田郎中：尚書省工部屯田一曹的長官。《新唐書·百官志一》「工部」：「屯田郎中、員外郎各一人，掌天下屯田及京文武職田、諸司公廨田，以品給焉。」

〔二〕「雨我」二句：《詩·小雅·大田》中句，箋云：「其民之心，先公後私，令天主雨於公田，因及私田爾。此言民怙君德，蒙其餘惠。」小序：「《大田》，刺幽王也，言矜寡不能自存焉。」

〔三〕司徒：《周禮》有地官大司徒、小司徒，「大司徒之職，掌建邦之土地之圖，與其人民之數，以佐王安擾邦國」。侍郎：漢官名，即尚書郎。《漢官儀》卷上：「尚書郎……初入臺，稱郎中，滿歲稱侍郎。」又：「尚書郎四人……一人主天下户口土田墾作。」

〔四〕如雲：喻莊稼茂盛。李康《運命論》：「褰裳而涉汶陽之丘，則天下之稼如雲矣。」列宿：指尚書省郎官。《後漢書·明帝紀》：「郎官上應列宿，出宰百里，有非其人，則民受其殃。」豫政：《後漢書·周章傳》：「是時中常侍鄭衆、蔡倫皆秉勢豫政，章數進直言。」

擬太子太傅制〔一〕

敕：太子太傅，古今之重任也。其使吾子目見正事，耳聞正道，左右前後，無非正人，繄爾太傅之力。〔二〕久虛其位，式佇端人，以爾命之，朕無慚德。可。

【校注】

〔一〕文約大和三年作。此文本集不載，見《文苑英華》卷四〇三、《全唐文》卷五九九。參見前《授倉部郎中制》注。太子太傅：東宮官。《新唐書·百官志四上》「東宮官」：「太子太師、太傅、太保，各一人，從一品，掌輔導皇太子。」

〔二〕賈誼《新書·傅職》：「左右前後，莫非賢人，以輔相之。」

擬太子太保制〔一〕

敕：《禮》云，三王之教，「太子入則有保，出則有師，是以教諭而德成也」，其實一焉。〔二〕必擇恭敬温文以輔道其德，使吾太子觀爾之道景行之。〔三〕無人則虛，〔四〕不求充位，校德而命，其稱厥官。可。

【校注】

〔一〕文約大和三年作。此文本集不載，見《文苑英華》卷四〇三、《全唐文》卷五九九。參見前《授倉部郎中制》注。太子太保：東宮官，見前《擬太子太傅制》注。

〔二〕三王：指夏禹、商湯、周文王武王。《禮記·文王世子》：「三王教世子……立太傅、少傅以養之，欲其知父子君臣之道也。……太傅在前，少傅在後，入則有保，出則有師，是以教喻而德成也。」

〔三〕恭敬温文：《禮記·文王世子》：「三王教世子，必以禮樂。樂所以修内也，禮所以修外也。禮樂交錯於中，發形於外，是故其成也懌，恭敬而温文。」景行：景仰奉行。《詩·小雅·車舝》：「高山仰止，景行行止。」箋：「古人有高德者，則慕仰之，有明行者，則而行之。」

〔四〕虛：虛其位。《禮記·文王世子》：「設四輔及三公，不必備，唯其人，語使能也。」《新唐書·百官志四上》：「自太師以下唯其人，不必備。」

擬册皇太子文〔一〕

維某年月日，皇帝若曰：於戲，《易》云「明兩作離，大人以繼明照於四方」，蓋所以毓其明德，繼於正體，邦本由是固，萬方由是寧。〔二〕粵祖宗之闡帝業，亦莫不由此而繼於明德。肆予一人，緒承大寶，纂奉丕構，懼有失墜，以貽先帝之羞，永懷主器以繼明，用副予不德。〔三〕咨爾元子王某，襲列聖之姿，體健行之質。〔四〕吹銅秉異，辨日耀奇，早習德成，克敬師保。〔五〕事業可大，和順積中，天縱温文，生知孝悌。洎分茅土，望出東平，符彩昭彰，禮樂文錯。〔六〕固可正位重震，〔七〕爲天下儲君；人神叶從，德任相稱。仰稽令典，光載盛儀，是用册命爾爲皇太子，往欽哉！　夫富貴莫大於家天下，忠孝莫大於敬君親。俟爾一人，貞於萬國。必咨正事，必近正人，必杜逸游，必樂善道。求諫如不及，惡佞如探湯。〔八〕懋爾厥修，惟懷克和，以貳於朕躬，無忝祖宗之烈。〔九〕可不慎歟！

【校注】

〔一〕文約大和三年作。此文本集不載，見《文苑英華》卷四四三、《全唐文》卷六〇〇。參見前《授倉部郎中制》注。

〔二〕離：《周易》卦名。《易·離》：「象曰：明兩作離，大人以繼明照於四方。」注：「繼謂不絶也。明照，相繼不絶曠也。」疏：「離爲日月，爲明，今存上下二體。……今明之爲體，前後各照，故云明兩作離……必取兩明前後相續，乃得作離卦之美。……若明不繼續，則不得久爲照臨。」正體：指正統的繼承人。《易·震》「震驚百里，不喪匕鬯」疏：「震卦施之於人，又爲長子，長子則正體於上，將所傳重，出則撫軍，守則監國，威震驚於百里，可以奉承宗廟彝器粢盛，守而不失也。」《禮記·文王世子》「登餕受爵以上嗣，尊祖之道也」疏：「適（嫡）子是先祖之正體，故使受爵於尸及昇餕。」邦本：國家根本。《書·五子之歌》：「民惟邦本，本固邦寧。」

〔三〕肆：故。大寶：指帝位。《易·繫辭下》：「聖人之大寶曰位。」丕構：猶大業。唐玄宗《過晉陽宫》：「顧循承丕構，怵惕多憂虞。」主器：主宗廟祭器，指皇太子。《易·序卦》：「主器者莫若長子，故受之以震。」

〔四〕王某：皇子例封王，此即以「某王」爲皇太子。健行：《易·乾》：「象曰：天行健，君子以自强不息。」

〔五〕吹銅：吹銅製律管。賈誼《新書·胎教》：「太子生而泣，太師吹銅，曰聲中某律。」辨日：《晉書·明帝紀》：「幼而聰哲，爲元帝所寵異。年數歲，嘗坐置膝前，屬長安使來，因問帝曰：『汝謂日與長安孰遠？』對曰：『長安近。不聞人從日邊來，居然可知也。』元帝異之。明日宴群僚，又問之，對曰：『日近。』元帝失色，曰：『何乃異間者之言乎？』對曰：『舉目則見日，不見長安。』由是益奇之。」師保：掌教導太子的官員，見前《擬太子太保制》注。

〔六〕分茅土：古代分封諸侯，以白茅包土授予受封者，作土地和權力的象徵，此指封王。東平：郡名，即鄆州，此謂「王某」曾受封爲鄆王。符彩：玉的紋理光彩。《文選》左思《蜀都賦》：「符彩彪炳，暉麗灼爍。」劉逵注：「符采，玉之横文也。」

〔七〕震：《周易》卦名，震位是太子儲君之位，參見前注。

〔八〕探湯：將手伸入沸水中。《論語·季氏》：「見善如不及，見不善如探湯，吾見其人矣，吾聞其語矣。」

〔九〕懋：勉。貳：副貳。烈：功業。

擬册齊王文〔一〕

維某年月日，皇帝若曰：啟兹東國，境於青州，略嵎夷，導濰、淄。〔二〕鹽絺貢庭，檿絲入篚。〔三〕粤在少昊，爲爽鳩之域；沃若殷商，乃薄姑之丘。〔四〕周實太公之國，積海岱之饒，習戎革之盛。〔五〕因俗簡禮，〔六〕其政易成。咨爾第二子某，直諒多聞，温裕有立。〔七〕樂於爲善，力其未能。行本貞廉，言依忠孝，固可錫兹青社，〔八〕俾藩於東。是用命使某官某乙，持節册命爾爲齊王。往欽哉！宜聽朕命。夫敬人可以理國，後己可以得人。〔九〕謂

己不明，任賢良以爲明；謂己不德，資師傅以爲德。國安則備爾忠孝，人散則忝爾君親。慎乃厥修，無替休命。〔一〇〕

【校注】

〔一〕文約大和三年作。此文本集不載，見《文苑英華》卷四四五、《全唐文》卷六〇〇。參見前《授倉部郎中制》注。

〔二〕青州：州治在益都，今屬山東省。《元和郡縣圖志》卷一〇「青州臨淄縣」：「古營丘之地，吕望所封，齊之都也。太公後二十九代康公，爲田和所滅。和立爲齊侯，後稱王，五代至王建，爲秦所滅。秦立爲縣……自漢至後魏，並屬齊郡。」嵎夷：地名，在青州。濰、淄：二水名。《書·禹貢》：「海岱惟青州。嵎夷既略，濰、淄其道。」傳：「嵎夷，地名。用功少曰略。濰、淄二水復其故道。」

〔三〕鹽絺：海鹽與葛布。檿絲：柘蠶絲。篚：圓形竹筐。《書·禹貢》：「海岱惟青州……厥貢鹽絺……厥篚檿絲。」傳：「絺，細葛。……檿，桑。」疏：「《釋木》云，檿桑，山桑。郭璞曰，柘屬也。」

〔四〕少昊：傳説中上古帝王。《元和郡縣圖志》卷一〇「青州」：「古少昊氏之墟，《禹貢》青州之地。」爽鳩：相傳爲少昊時的官名。《左傳·昭公十七年》：「爽鳩氏，司寇也。」注：「鳩，聚也。治民上聚，故以鳩爲名。」薄姑：一作蒲姑，古地名，春秋齊舊都。《史記·齊太公世家》：

「於是武王已平商而王天下，封師尚父於齊營丘。……胡公徙都薄姑，而當周夷王之時。」《元和郡縣圖志》卷一〇「青州博昌縣」：「蒲姑故城，在縣東北六十里，齊舊都也。」

〔五〕太公：姜尚，佐周武王滅殷，封於齊。《史記·齊太公世家》：「太公望吕尚者……本姓姜氏，從其封姓，故曰吕尚。」海岱：東海與泰山。《書·禹貢》：「海岱惟青州。」傳：「東北據海，西南據岱。」

〔六〕因俗簡禮：《史記·齊太公世家》：「太公至國，脩政，因其俗，簡其禮，通商工之業，便魚鹽之利，而人民多歸齊，齊爲大國。」

〔七〕直諒多聞：《論語·季氏》：「益者三友……友直，友諒，友多聞，益矣。」疏：「直謂正直，諒謂誠信，多聞謂博學。」温裕：温和寬厚。

〔八〕青社：祭祀東方土神處，借指東方。齊在東方，故云青社。《史記·三王世家》載封齊王册文：「於戲！小子閎，受兹青社。」褚先生曰：「《春秋大傳》曰：『天子之國有泰社。東方青，南方赤，西方白，北方黑，上方黄。』故將封於東方者取青土，封於南方者取赤土，封於西方者取白土，封於北方者取黑土，封於上方者取黄土。各取其色物，裹以白茅，封以爲社。此始受封於天子者也，此之爲主土。主土者，立社而奉之也。」

〔九〕《英華》「後己」上有「然」字，據《全唐文》删。

〔一〇〕替：廢棄。休命：美善的命令，此指天子册封齊王的命令。《書·説命下》：「敢對揚天子之休命。」

擬册楚王文〔一〕

惟某年月日，皇帝若曰：衡岳峙靈，雲夢潤德，錫十朋以備神物，包三脊以供王祭。〔二〕浮江潛漢，實曰渚宫，俗輕而佻，上難其化。〔三〕咨爾第三子某，正性自得，懿行克修。曠淡居心，〔四〕寬裕推己。移此成器，綏於荆蠻；錫爾赤社，以屏南土。〔五〕是用命使某官某乙，持節册命爾爲楚王。往欽哉！宜聽朕命。於戲！布政在寬，革俗先信。分吾之憂，以惠黎庶；勵爾之志，以報君親。爲子爲臣，克忠克孝。臻於一德，在理一邦。祇敬勿休，無忝我命。

【校注】

〔一〕文約大和三年作。此文本集不載，見《文苑英華》卷四四五、《全唐文》卷六〇〇。參見前《授倉部郎中制》注。

〔二〕衡岳：南岳衡山。雲夢：楚澤藪名。司馬相如《子虚賦》：「臣聞楚有七澤，嘗見其一……名曰雲夢。雲夢者方九百里。」十朋：指占卜用的龜甲，參見卷五《送張盥赴舉》注。《書·禹貢》：「九江納錫大龜。」三脊：指茅草。《史記·封禪書》：「江淮之間，一茅三脊。」《左傳·

僖公四年》載齊師伐楚時管仲責備楚子之辭：「爾貢包茅不入，王祭不共，無以縮酒，寡人是征。」疏：「束茅立之，祭前沃酒其上，酒滲下去，若神飲之，故謂之縮。」

〔三〕江、潛、漢：均楚地水名。《書·禹貢》：「浮于江、沱、潛、漢。」渚宫：楚宫名，故址在今湖北江陵，參見卷二《酬竇員外郡齋宴客（略）》注。

〔四〕曠：《英華》作「廣」，據《全唐文》改。

〔五〕赤社：祭祀南方土神處，代指南方。《史記·三王世家》載封淮南王册文：「於戲！小子胥，受茲赤社！」楚在南方，故云赤社，參見前《擬册齊王文》注。

擬册邠王文〔一〕

惟某年月日，皇帝若曰：朕讀《詩》至《豳風》，見古公亶父之跡，然後知王業之難。〔二〕仰惟我高祖、太宗之櫛沐風雨，以啟天下，是用兢惕，若墮泉谷。〔三〕豳之舊地，積德之餘，俗厚而忠，人悦其上。王於茲土，克懋賢戚。咨爾第四子某，質重性和，神清氣茂，威儀儼若，恬淡寡言，介然風規，坐鎮流俗。固可將吾勤儉，宣化豳郊；錫爾白社，〔四〕藩於西土。是用命使某官某乙，持節册命爾爲邠王，往欽哉！宜聽朕命。於戲！播種者，后稷、公劉之業〔五〕；善繼者，古公亶父之志。積德行義，國人戴之。《詩》有《七月》之章，非惟王業艱難，亦俗阜化成之風也。爾其日夜思之。訓以温柔之教，〔六〕無奪農時，使獨戴周德，以忝我一人之命。

【校注】

〔一〕文約大和三年作。此文本集不載，見《文苑英華》卷四四五、《全唐文》卷六〇〇。參見前《授倉部郎中制》注。邠：古邑名，唐置豳州，治所在今陝西彬縣。《元和郡縣圖志》卷三「邠州」：「《禹貢》雍州之域，周之先公劉所居之地。《詩·大雅》云『篤公劉，于豳斯館』，是也。《周本紀》曰，后稷子不窋末年，夏政衰，奔戎翟之間。至公劉，修后稷之業，乃國于豳。徐廣云『新平漆縣東北有豳亭』，是也。按豳國城在今州理東北二十九里三水縣界，古豳城是也。……武德元年復爲豳州，開元十三年，以『豳』字與『幽』字相涉，詔……改爲『邠』字。」

〔二〕《豳風》：《詩經》十五國風之一。古公亶父：周文王的祖父。《史記·周本紀》：「公劉卒，子慶節立，國於豳。……子古公亶父立。古公亶父復修后稷、公劉之業，積德行義，國人皆戴之。」按《詩·豳風·七月》小序云：「《七月》，陳王業也。周公遭變故，陳后稷先公風化之所由，致王業之艱難也。」疏：「此詩主意於豳之事，則所陳者處豳地之先公公劉、大王之等耳。」

〔三〕高：《英華》作「太」，據《全唐文》改。櫛沐風雨：以風爲櫛梳髮，以雨洗頭，喻不避風雨，勞苦奔波。《莊子·天下》：「禹親自操槖耜而九雜天下之川，腓無胈，脛無毛，沐甚雨，櫛疾風。」泉谷：即淵谷，避唐高祖李淵諱改。

〔四〕白社：祭祀西方土神處，代指西方。郊在西方，故云白社，參見前《擬册齊王文》注。

〔五〕后稷、公劉：周之先祖。《史記·周本紀》：「周后稷，名弃。……弃爲兒時，屹如巨人之志。其游戲，好種樹麻、菽，麻、菽美。及爲成人，遂好耕農，相地之宜，宜穀者稼穡焉，民皆法則之。……后稷卒，子不窋立。不窋末年，夏后氏政衰，去稷不務。不窋以失其官而奔戎狄之間。不窋卒，子鞠立。鞠卒，子公劉立。公劉雖在戎狄之間，復修后稷之業，務耕種，行地宜，自漆、沮度渭，取材用，行者有資，居者有畜積，民賴其慶，百姓懷之，多徙而保歸焉，周道之興自此始，故詩人歌樂思其德。」

〔六〕訓：《英華》作「談」，據《全唐文》改。

擬册晉王文〔一〕

維某年月日，皇帝若曰：涉河之東，千里而廣，右浸衛水，左據常山。〔二〕蒲版唐堯所封之丘，歷山虞舜隱耕之地，晉陽我高祖誓衆之野。〔三〕本晉國也，而謂之唐，〔四〕其人憂深思遠，有帝堯之遺風焉，故我國家，因之以啟王業。將我朝政，保茲舊邦；克建戚藩，以任賢德。咨爾第五男某，和裕禀質，端貞理身，撝謙似不能，〔五〕好善如不足。行歸於厚，口無擇言；本孝克家，資忠體國。固可嚴奉啟聖之域，綏懷積德之邦，錫爾黑社，以藩於北。〔六〕是用命使某官某乙，持節册命爾爲晉王。往欽哉！宜聽朕命。於戲！踐唐堯之地，理虞舜之人，開高祖之域。爾其兢兢底慎，以臨其人，思流愷悌之風，祗敬興王之地。無一舉足以忘我祖宗艱難之業。往利厥土，以孚於休。

【校注】

〔一〕文約大和三年作。此文本集不載，見《文苑英華》卷四四五、《全唐文》卷六〇〇。參見前《授倉部郎中制》注。

〔二〕河：黄河。衛水：水名。《書·禹貢》：「恒、衛既從，大陸既作。」疏：『衛水出常山靈壽縣東北，入滹沱。」常山：即恒山。《元和郡縣圖志》卷一八「定州恒陽縣」：「恒山，在縣北一百四十里，常水所出。《周官·職方氏》『并州山鎮曰恒山』，是爲北岳。漢以避文帝諱改曰常山。至周武帝平齊，復名恒山。」又卷一三「河東道太原府」引《太康地記》：「并州不以衛水爲號，又不以恒山爲名，而言并者，蓋以其在兩谷之間乎？」

〔三〕蒲版：即蒲坂，相傳爲舜都，在今山西永濟。《元和郡縣圖志》卷一二「河東道河中府」：「按今州，本帝舜所都蒲坂也。春秋時，爲魏、耿、楊、芮之地。《左傳》曰：『晉獻公滅魏以賜畢萬。』服虔注曰：『魏在晉之蒲坂。』」按，《史記·五帝本紀》正義引《帝王紀》：「堯都平陽，於《詩》爲唐國。」《太平御覽》卷八〇引《帝王世紀》：「帝堯氏作，始封於唐，今中山唐縣是也。」此云蒲坂爲堯所封之丘，未詳。歷山：即中條山。《史記·五帝本紀》：「舜耕歷山，漁雷澤。」正義引《括地志》：「蒲州河東縣雷首山，一名中條山，亦名歷山……此山西起雷首山，東至吴坂，凡十一名，隨州縣分之。歷山南有舜井。」晉陽：縣名，爲太原府郭下縣，今山西太原。縣有古晉陽城、晉陽宫，見《元和郡縣圖志》卷一三。隋大業十三年，唐高祖爲太原留守，於此起兵，事見《舊唐書·高祖紀》。

〔四〕唐：《元和郡縣圖志》卷一三「太原府」：「按今州又爲唐國，帝堯爲唐侯所封，又爲夏禹之所都也。《帝王世紀》曰：『帝堯始封於唐，又徙晉陽，及爲天子，都平陽。』平陽即今晉州，晉陽即今太原也。」

〔五〕撝謙：《易·謙》：「無不利，撝謙，不違則也。」疏：「所以指撝皆謙者，以不違法則，動合於理，故無所不利也。」

〔六〕啟聖：開創帝業。黑社：祭祀北方土神處，代指北方。晉在北方，故云黑社，參見前《擬册齊王文》注。

擬公主册文〔一〕

惟某年月日，皇帝若曰：桃李發詠，〔二〕雲日連輝；禮秩克柔，肅雍載美。築館大國，〔三〕建號名邦，乃躅通規，用光懿範。咨爾長女，金枝寵慶，玉質輝奇；藴異體和，含章挺秀。〔四〕柔順懿德，幽閒可貞，已及初笄，〔五〕言從下嫁。主之以同姓叔父，配之以貴族閨人。式遵舊儀，錫是土宇。是用命使某官某，持節册命爾爲某公主。於戲！「何彼襛矣」，《詩》之國風，蓋美王姬，能成婦道。〔六〕爾其克念，以敬所從，無忝我之休命。不其猗歟〔七〕！

【校注】

〔一〕文約大和三年作。此文本集不載，見《文苑英華》卷四四六、《全唐文》卷六〇〇。參見前《授倉部郎中制》注。

〔二〕桃李發詠：《詩·召南·何彼襛矣》：「曷不肅雝，王姬之車。何彼襛矣，華如桃李。」小序：「《何彼襛矣》，美王姬也。雖則王姬，亦下嫁於諸侯，車服不繫其夫，下王后一等，猶執婦道，以成肅雝之德也。」傳：「肅，敬；雝，和。」

〔三〕築館：《左傳·莊公元年》：「夏，單伯送王姬。秋，築王姬之館於外。」注：「王將嫁女於齊，既命魯爲主，故單伯送女，不稱使也。……公在諒闇，慮齊侯當親迎，不忍便以禮接於廟，又不敢逆王命，故改築舍於外。」後以築館爲公主出嫁故事。

〔四〕金枝：皇室子女的美稱。慶：《全唐文》作「愛」。

〔五〕笄：簪，加笄爲女子成年之禮。《禮記·内則》：「女子……十有五年而笄，二十而嫁。」注：「女子許嫁，笄而字之；其未許嫁，二十則笄。」

〔六〕何彼襛矣：《詩·召南》篇名。傳：「襛，猶戎戎也。」箋：「喻王姬顏色之美盛。」疏：「戎者，華形貌，故重言之。」成：《全唐文》作「遵」。

〔七〕猗：《英華》作「徛」，據《全唐文》改。

擬門下侍郎平章事制〔一〕

門下：天地至大，任四時以成功；元首雖尊，託三台而佐理。〔二〕況外居黄閣，入奏青蒲，寅亮皇猷，緝熙帝載，以相予位，以安兆人。〔三〕必有夢卜之期，式重將明之職。〔四〕求其具位，果獲良臣。

【校注】

〔一〕文約大和三年作。此文本集不載，見《文苑英華》卷四四九，卷云出《玉堂遺範》，目録署劉禹錫作。參見前《授倉部郎中制》注。

〔二〕四時：《論語·陽貨》：「天何言哉，四時行焉，百物生焉，天何言哉！」元首：《書·益稷》：「股肱喜哉，元首起哉。」傳：「元首，君也。」三台：星名，指三公、宰相，參見卷四《南海馬大夫遠示著述（略）》注。

〔三〕黄閣：漢代丞相聽事處，門塗黄色。衛宏《漢舊儀》卷上：「丞相聽事閣……曰黄閣。」青蒲：指天子内庭。《漢書·史丹傳》：「丹以親密臣得侍視疾。候上間獨寢時，丹直入卧内，頓首伏青蒲上。」應劭曰：「以青規地曰青蒲，自非皇后不得至此。」寅亮：恭敬信奉。《書·周官》：「寅亮天地，弼予一人。」緝熙：《詩·周頌·敬之》：「日就月將，學有緝熙於光明。」箋：「緝熙，光明也。」帝載：帝業。《書·舜典》：「舜曰：『咨四岳，有能奮庸熙帝之載。』」傳：「載，事也。」

〔四〕夢卜：用殷高宗夢求得傅説、周文王卜求得姜尚事。《史記·齊太公世家》：「西伯將出獵，卜之，曰『所獲非龍非彲，非虎非羆，所獲霸王之輔』。於是周西伯獵，果遇太公於渭之陽，與語大悦……載與俱歸，立爲師。」餘參見卷六《和汴州令狐相公到鎮改月（略）》注。將明之職：宰相輔佐之職。《詩·大雅·烝民》：「王命仲山甫，式是百辟。……肅肅王命，仲山甫將之。邦國若否，仲山甫明之。」

擬中書侍郎平章事制〔一〕

門下：四輔齊耀，衆星拱於北辰；百職分官，萬物歸於西掖。〔二〕翱翔鳳閣，泛泳龍池；報我祖宗，格於上帝。〔三〕今獲良弼，天實賚予。〔四〕

【校注】

〔一〕文約大和三年作。此文本集不載，見《文苑英華》卷四四九，卷云出《玉堂遺範》，目録署劉禹錫作。參見前《授倉都郎中制》注。

〔二〕四輔：星名，北極星旁四顆小星。《晉書·天文志一》：「抱北極四星曰四輔，所以輔佐北極而出度授政也。」北辰：即北極星。《爾雅·釋天》：「北極謂之北辰。」《論語·爲政》：「爲政以德，譬如北辰，居其所而衆星共（拱）之。」西掖：中書省别名，中書侍郎爲中書省副長官。《漢官儀》卷上：「左右曹受尚書事。前世文士以中書在右，因謂中書爲右曹，亦稱西掖。」

〔三〕鳳閣：中書省别稱，武后光宅元年，改中書省曰鳳閣，見《新唐書·百官志二》。龍池：在唐長安興慶宫中。《類編長安志》卷三興慶池：「《景龍文館記》：『在隆慶坊。本是平地，垂拱後因雨水流潦成小池，近五王宅，號爲五王子池。後因分龍首渠水灌之，日以滋廣，至景龍中，瀰亘數頃，澄泓皎潔，有雲氣，或見黄龍出其中。』置興慶宫，後謂之龍池。」

〔四〕良弼：輔弼之賢臣。賚：賞賜。《書·説命上》：「恭默思道，夢帝賚予良弼，其代予言。」傳：「夢天與我輔弼良佐，將代我言政教。」

爲裴相公進東封圖狀〔一〕

集賢殿御書院《開元東封圖》一面。右臣謹按開元十三年，玄宗皇帝以天下太平，登封東岳，聲明文物，振耀古今。伏惟陛下丕承耿光，再闡鴻業，祖宗盛事，紹復有期。臣所以寫成此圖，輒敢上獻。

至於繪畫，躬自指揮，徵史氏之文，纂禮容之要。山川氣象，悉擬真形；羽衛威儀，咸稽故實。所冀睿情一覽，遐想玄蹤。臣叨榮過深，抱疾已久，望陛下告成之日，〔二〕心必前知；嗟老臣將謝之年，身恐不見。疲羸之際，感激倍深。前件圖謹差某官某謹詣光順門上進。〔三〕謹奏。

【校注】

〔一〕狀大和三年末或四年春在長安作。裴相公：裴度。《舊唐書·裴度傳》載大和四年六月文宗詔，稱「特進、守司徒（當作空）、兼門下侍郎、同中書門下平章事、充集賢院大學士、上柱國、晉國公、食邑三千户、食實封三百户裴度」，知度時充集賢院大學士，劉禹錫則以禮部郎中充集賢院學士，故代草奏表。文云「臣叨榮過深，抱疾已久」，亦與後《裴相公讓官第一表》等合。東封圖：圖寫唐玄宗東封泰山場景的圖畫。玄宗開元十三年東封事見卷四《平齊行》詩注。

〔二〕告成：封禪時告其成功於神明。蓋當時有封禪之議，其事未詳。

〔三〕光順門：在唐長安大明宫中。《唐兩京城坊考》卷一「大明宫」：「集賢殿書院，院西有南北街，街北出光順門。外命婦朝皇后及百官上書，皆於此門。」

爲裴相公賀册魯王表〔一〕

臣某言：伏見制書，以今月日册魯王禮畢，皇家有慶，寶祚無疆，既榮本枝，克固盤石。〔二〕云云。

伏惟皇帝陛下，德符列聖，道冠前王，孝敬承兩宮之歡，虔恭奉九廟之祀。〔三〕先崇大禮，慶浹天人；次念建封，事兼家國。伏以魯王夙承睿訓，特稟天姿，爰擇吉辰，光膺寵册。既示之以君親之道，又錫之以禮義之邦。〔四〕寰海聞風，室家相慶。臣自嬰疾疹，已歷旬時，不獲展禮明庭，拜舞稱賀。

【校注】

〔一〕表大和四年正月在長安作。裴相公：裴度，參見前《謝裴相公啟》。魯王：李永。《舊唐書·文宗紀下》：「大和四年春正月……戊子，詔封長男永爲魯王。」

〔二〕臣某言：「言」字原無，據明本、劉本、《全唐文》增。本枝：指皇室子孫。《詩·大雅·文王》：「文王孫子，本支百世。」盤石：大石。盤，通磐。《漢書·文帝紀》：「高帝王子弟，地犬牙相制，所謂盤石之宗也。」

〔三〕兩宮：謂文宗祖母憲宗懿安郭皇后以及敬宗母恭僖王太后、文宗生母貞獻蕭太后。《舊唐書·穆宗貞獻皇后蕭氏傳》：「文宗孝義天然。大和中，太皇太后（憲宗郭皇后）居興慶宮，寶曆太后（穆宗王皇后）居義安殿，皇太后（穆宗蕭皇后）居大内，時號『三宫太后』。上五日參拜，四節獻賀。」九廟：唐代宗廟。《通典》卷四七「天子宗廟」：「開元……十年，制移中宗神主就正廟，仍創立九室。其後，制獻祖、懿祖、太祖、代祖、高祖、太宗、高宗、中宗、睿宗太廟九室也。」

〔四〕君親之道：事君事親的忠孝之道。禮義之邦：魯爲孔子故鄉，故云。

代諸郎中祭王相國文〔一〕

維大和四年月日，某官等敬祭于故相國、贈太尉太原王公之靈。〔二〕

嗚呼，天以和氣，鍾於貴人，含光不曜，煦物如春。發自貢士，驟爲庭臣，鴻雁聯行，共陵青雲。〔三〕既操利權，兼秉國鈞，食禄甚厚，奉身如貧。〔四〕井絡之隅，益部爲大；斗牛之下，揚州繁會。〔五〕受社臨戎，油幢曲蓋；印綬重疊，恩華霈霈。〔六〕簿領如山，處之若閑，榷筦之權，往而復還。〔七〕炎炎暐暐，出入二紀，未曾傷物，屢有薦士。〔八〕急難友弟，謹厚訓子，顔閔熙熙，不形愠喜。處己无咎，得君如此，若木方高，盲飆欻起。〔九〕三台之氣，變見在時；五福之來，盛衰有期。〔一〇〕晚下黄閣，車騎威遲；夕歸華堂，言笑嘻怡。〔一一〕詰朝愀然，有恙求醫；未撤琴瑟，俄懸素旗。〔一二〕宸衷震悼，朝右悽悲，詔下褒崇，恩殊等夷。〔一三〕靈輀既駕，真宅將歸，笳簫咽而復揚，風日慘而無輝。〔一四〕元亮等或早挹清塵，或晚承泛愛，昔修禮於門梱，今纏悲乎祖載。〔一五〕幽顯雖異，音徽未昧，神之格思，歆此誠酹。〔一六〕尚饗！

【校注】

〔一〕文大和四年正月在長安作。諸郎中：指趙元亮等。王相公：王播，大和四年正月暴卒，參見卷八《哭王僕射相公》注。本文《全唐文》卷七八二重收作李商隱文。張采田《玉谿生年譜會箋》卷一：「案此篇《全唐文》與劉禹錫互見，字句微有異同，而《劉賓客外集》亦載之，文格似近夢得，或非義山之文也。」岑仲勉《玉谿生年譜會箋平質》：「按文云『維大和四年月日，某官等敬祭於……元亮等』，元亮即趙元亮，見《郎官柱》左中，諸郎中左中最高，故由元亮領銜，核其時代亦合。四年初，禹錫方以郎中充集賢，必在與祭之列，所以由其秉筆。若商隱則是歲中方居天平幕，無緣捉刀。倘謂千里外求教於年未弱冠之書生，南省中衮衮諸公，其能堪耶？故就事實論，可斷必非李文。」

〔二〕太尉：唐時爲三公之一，正一品。《舊唐書·王播傳》：「大和元年……六月，拜尚書左僕射、同平章事。……二年，進封太原公、太清宫使。四年正月，患喉腫暴卒，時年七十二。廢朝三日，贈太尉。」

〔三〕貢士：鄉貢進士。《舊唐書·王播傳》：「播擢進士第，登賢良方正制科，授集賢校理。」鴻雁：喻兄弟，此指王播弟王起。李宗閔《故丞相尚書左僕射贈太尉太原王公神道碑銘》：「公之仲弟曰炎，季曰起，與公三人俱用文學奮於江左，西游長安，七中甲乙，時議偉之。」《舊唐書·王起傳》：「入爲吏部侍郎。文宗即位，加集賢學士、判院事。……改兵部侍郎。大和二年，出爲陝虢觀察使，兼御史大夫。四年，入拜尚書左丞。」播、起同在朝，故云「聯行」。

〔四〕利權：財權。操利權，指爲鹽鐵轉運使。秉國鈞：指爲宰相。鈞，原作「均」，據劉本、《叢刊》本、《全唐文》改。《舊唐書·王播傳》：「（元和）六年三月，轉刑部侍郎，充諸道鹽鐵轉運使。」據傳，播長慶元年十月、大和元年六月兩次爲相，均兼領鹽鐵轉運。

〔五〕井絡：井宿，指蜀地。蜀爲井宿分野。《河圖括地象》：「岷山之精，上爲井絡。」益部：益州，漢代爲十三刺史部之一，中唐以後爲西川節度使治所。斗牛：斗宿和牛宿。《史記·天官書》正義引《星經》：「南斗、牽牛：吴越之分野，揚州。」揚州：唐時爲淮南節度使治所。

〔六〕受社：受脤於社，指爲節度使統兵於外，參見卷六《和汴州令狐相公到鎮改月（略）》詩注。《舊唐書·王播傳》：「元和……十三年，檢校户部尚書、成都尹、劍南西川節度使。……長慶元年七月，徵還。……明年三月……以播代（裴度）爲淮南節度使。」霈霈：雨盛貌，此喻恩澤之盛。

〔七〕簿領：文書公務。《舊唐書·王播傳》：「播長於吏術，雖案牘鞅掌，剖析如流，黠吏詆欺，無不彰敗。……使務填委，胥吏盈廷取決，簿書堆案盈几，他人若不堪勝，而播用此爲適。」榷筦之權：指鹽鐵專賣的利權。《舊唐書·王播傳》：「敬宗即位……罷鹽鐵轉運使。時中尉王守澄用事，播自落利權，廣求珍異，令腹心吏内結守澄，以爲之助。……明年正月，播復領鹽鐵轉運使。」

〔八〕炎炎：盛貌。暐暐：光彩貌。《舊唐書·王播傳》：「李巽領鹽鐵，奏爲副使、兵部郎中。元和五年，代李夷簡爲御史中丞。……十月，代許孟容爲京兆尹。……六年三月，轉刑部侍郎，充諸道鹽鐵轉運使。」自元和五年至大和四年，首尾已二十一年。

〔九〕若木：神話中木名。《山海經・大荒北經》：「有赤樹，青葉赤華，名曰若木。」郭璞注：「生崑崙西附西極，其華光赤下照地。」盲飆：盲風，疾風。《禮記・月令・孟秋之月》：「盲風至，鴻雁來，玄鳥歸。」盲，原作「音」，劉本、《全唐文》作「商」，此據《叢刊》本改。

〔一〇〕三台：即三能，星官名。《史記・天官書》：「魁下六星，兩兩相比者，名曰三能。三能色齊，君臣和；不齊，爲乖戾。輔星明近，輔臣親强；斥小，疏弱。」集解引蘇林曰：「能，音台。」五福：見卷十一《傷韋賓客縝》詩注。

〔一一〕晚：劉本、《全唐文》作「曉」。黄閣：宰相辦公處。《漢舊儀》：「丞相聽事門曰黄閣，不敢洞開朱門，以別於人主，故以黄塗之，謂之黄閣。」威遲：緩行貌。

〔一二〕詰朝：次日早晨。撤琴瑟：撤去樂器，因有疾不舉樂。《儀禮・既夕禮》：「（士）有疾……養者皆齊，徹琴瑟。」素旗：白旗，指書寫死者姓名官位等的明旌。曹植《王仲宣誄》：「何用誄德，表之素旗。」

〔一三〕等夷：指同輩、同列。《史記・留侯世家》：「今諸將皆陛下故等夷。」

〔一四〕靈輀：喪車。真宅：墓穴。《漢書・楊王孫傳》：「千載之後，棺槨朽腐，乃得歸土，就其真宅。」

〔一五〕元亮：趙元亮。元，原作「玄」，據《全唐文》改。《舊唐書・趙憬傳》：「子元亮……官至左司郎中、侍御史知雜事，卒。」《郎官石柱題名新著録》左司郎中第九行：「獨孤朗鄭肅趙元亮……」由《舊唐書·鄭肅傳》可推知趙元亮大和四年前後任左司郎中。挹：通揖。清塵：見卷一《許給事見示（略）》詩注。修禮：以禮謁見。門梱：門。梱，通閫，門限。祖載：葬前舉柩載置車上，行送靈祖祭禮，稱爲祖載。陸機《挽歌詩》：「死生各異倫，祖載當有時。」

〔一六〕格：至。歆：享。

裴相公讓官第一表〔一〕并批答

臣某言：臣去冬得疾，近日加劇。西夕之景，豈能久留，及其未亂，披露誠懇。臣犬馬之齒六十有七，〔二〕壽雖不長，亦不爲短。位忝公台，近十五年，皆由際會，非以才進。〔三〕常懼官謗，以招國刑。今被病得死，保其始終，爲幸甚厚，豈復咨嗟？所恨者，遇聖明之君，不得佐成太平之化。自量氣力，忽恐奄然，則有微素，無階上達。〔四〕伏惟聖慈昭鑒，憐而察之。云云。

伏以三公非曠職之地，宰相非卧理之官。伏枕之初，已有陳乞，請罷真食，兼辭貴階，伏蒙優詔，纔遂一事。〔五〕頻降中使，慰勉再三，專令御醫，旦夕診視。苟安名器，不覺經時，主恩則深，公議不可。伏思陛下臨御之始，宰臣四人，逮今零落，忽已一半。〔六〕臣且危惙，〔七〕餘年幾何？唯易直外鎮，〔八〕獨得無恙。竊推此理，權位難居。伏乞賜臣停官，許在家養疾，就閑辭禄，或冀有瘳。害盈福謙，〔九〕固是神理。儻天眷綢厚，〔一〇〕念以伏事多年，臣之所陳，未蒙便遂，則國朝勛舊，以疾辭位者，皆得致仕官，使其家居，足以頤養。既有成例，著於舊章，伏望天恩，特賜哀允。

【校注】

〔一〕表大和四年春夏間於長安代裴度作。裴相公：裴度。《舊唐書》本傳：「度年高多病，上疏懇辭機務，恩禮彌厚。文宗遣御醫診視，日令中使撫問。四年六月，詔曰：『……特進、守司徒（當爲司空）、兼門下侍郎、同中書門下平章事，充集賢殿大學士、上柱國、晉國公、食邑三千户、食實封三百户裴度……適值留侯之疾，瀝懇牢讓，備列奏章……而體力未和，音容尚阻……可司徒、平章軍國重事，待疾損日，每三日、五日一度入中書，散官勛封實封如故，仍備禮册命。』」

〔二〕犬馬之齒：年齡。《漢書·趙充國傳》：「臣……犬馬之齒七十六。」《舊唐書·裴度傳》稱度開成四年卒，年七十五，則大和五年年六十七。《新唐書·裴度傳》稱度開成三年卒，年七十六，則大和六年年六十七。《容齋隨筆》卷一「裴晉公禊事」：「度以四年三月始薨。《新史》以爲三年，誤也。《宰相表》卻載其三年十二月爲中書令，四年三月薨，而帝紀全失書。獨《舊史》紀、傳爲是。」按裴度卒於開成四年，但其享年卻當從《新傳》作七十六，則大和四年正六十七歲。因大和四年九月裴度已出鎮襄州，五年、六年均不在長安，不得有上表辭官及劉禹錫代爲草表之事。

〔三〕公台：三公，上應三台星。按據《舊唐書·穆宗紀》，裴度元和十五年九月始守司空，至大和四年僅得十一年。若自元和十年六月始拜相計，則又已十六年。均與「近十五年」之語不合。

〔四〕奄然：猶奄忽，迅疾貌，此喻死亡。《後漢書·趙岐傳》：「有重疾，卧蓐七年，自慮奄忽，乃爲遺令敕兄子。」微素：微誠。

〔五〕伏枕：卧病在牀。真食：即食實封。《通典》卷十九封爵：「大唐國王、郡王、國公、郡公、開國郡公、縣公、開國侯、伯、子凡九等，並無其土，加實封者，乃給租庸。」據《舊唐書》本傳，裴度時食實封三百户。貴階：指階官。時裴度爲特進，正二品。

〔六〕四人：據《新唐書·宰相表下》，文宗即位初，宰臣有竇易直、王播、韋處厚及度。韋處厚大和二年十二月卒，見卷十九《唐故中書侍郎平章事韋公集紀》注。王播大和四年正月暴卒，見前《代諸郎中祭王相國文》注。時存者惟竇易直與度二人。

〔七〕危惙：危殆。惙，疲累。

〔八〕易直：竇易直。《舊唐書》本傳：「大和二年十月罷相，檢校左僕射、平章事、襄州刺史、山南東道節度使。」

〔九〕害盈福謙：降禍於驕盈者而降福於謙退者。《易·謙》：「鬼神害盈而福謙。」

〔一〇〕綢：通稠。

【附録】

批答　唐文宗

省表具之（知）。夫爵位崇高，以酬勳德；君臣協契，諒在始終。斯乃前王之令圖，有國之彝典也。况卿輔相憲祖，逮于朕躬，履歷四朝，夷險一致。服事君之大節，推濟物之深誠，道光朝倫，行滿天下。倚注之意，豈同它人？屬朕纂曆御乾，興師伐叛，騷動累歲，端憂靡遑。及河朔載寧，郊丘畢事，方欲咨詢元老，康靖生靈。不虞寒暑所侵，勤勞遘疾。雖國醫診視，中使省臨，憂屬之誠，頃刻在念。忽覽章奏，退讓官榮，雖知止之心，則思避寵；而謀猷之體，斯乃爲時。寢食之間，勉加頤養。其所陳乞，非朕意焉。（《劉賓客文集》卷一五）

第二表〔一〕并批答

臣某言：臣所獻章表，發於至誠，伏奉批答，未蒙允許。外負公責，内迫私情，祈於必遂，敢守難奪。云云。

臣束髮以來，號爲强力，及其晚節，亦未甚衰，一朝被病，遂至綿惙。〔二〕臣自思省，得其端倪。非因飲食不節，無有霧露之犯。〔三〕蓋由才微而任重，功薄而賞厚，竊位既久，妨賢則多。以積年之過幸，致今日之沈疾。不能酌損，所以生災；悟雖已晚，情實非矯。

伏惟陛下念其委使之久，察其危苦之詞，特降深恩，救臣不逮。無冒榮之咎，得遂性之宜，物議不形，病心自泰。忍死俟命，披肝再陳。伏乞聖慈，俯賜容納。無任迫切懇禱之至。〔四〕

【校注】

〔一〕大和四年春夏間於長安代裴度作，參見前《裴相公讓官第一表》。

〔二〕束髮：束髮爲髻，指成童。《大戴禮記·保傅》：「束髮而就大學。」强力：强健有力。綿惙：纏綿困頓，病危。《世説新語·德行》：「劉尹在郡，臨終綿惙。」

〔三〕霧露：指寒暑氣候等。《後漢書·皇后紀論》：「身犯霧露於雲臺之上，家嬰縲紲於囹犴之下。」

〔四〕禱：原作「倒」，據劉本改。

【附録】

批答　　唐文宗

省表具之（知）。卿勛績崇高，誠節忠藎，秉心一德，宣力四朝。訏謨緝熙，弼于予理；勤勞事國，啟沃匪躬。功格道光，常所嘉尚。所疾未瘳，勉於善養。勿藥之喜，佇即痊平；台衮之司，倚卿爲重。乃累陳退讓，殊謂不然。宜體朕懷，即斷來表。（《劉賓客文集》卷一五）

第三表〔一〕并批答

臣某言：得疾踰年，在假三月，再有陳請，未蒙允從。慮其奄忽，〔二〕銜愧入地，伏惟聖慈，哀而信之。云云。

臣聞君之使臣，在知其心而聽其言，不以容尸禄爲惠也；臣之事君，在無隱情而盡忠節，不以受非據爲榮也。〔三〕然後上下交感，終始可詠。臣伏事陛下，五年于兹。葵藿微誠，已蒙識察；桑榆暮景，所冀哀憐。〔四〕豈令危惙之時，〔五〕更懼滿盈之禍？雖有藥石，安能調和。聖日難逢，生涯漸短，體羸無拜舞之望，心在有涕戀之悲。

臣伏覽《國史》，〔六〕備見前事。太宗朝李靖、高宗朝劉仁軌，皆自宰臣乞骸致政，其後知猶可用，復起于家。〔七〕進退之間，曲盡情禮；君臣之際，良史美談。伏望陛下，悉臣至誠，念臣羸病，許遂頤養，以保餘年。俟其有瘳，或冀萬一。〔八〕無任懇款惶迫之至。

【校注】

〔一〕大和四年春夏間於長安代裴度作，參見前《裴相公讓官第一表》。

〔二〕奄忽：指死亡，參見前《裴相公讓官第一表》注。

〔三〕尸禄：苟得俸禄。曹植《求自試表》：「故君無虚授，臣無虚受。虚授謂之謬舉，虚受謂之尸禄，《詩》之『素餐』，所由作也。」無隱情：《禮記・檀弓上》：「事君有犯而無隱。」非據：竊據。《易・繫辭下》：「非所困而困焉，名必辱。非所據而據焉，身必危。」

〔四〕葵藿：葵菜與豆葉兩種草本植物。曹植《求通親親表》：「若葵藿之傾葉，太陽雖不爲之回光，然終向之者，誠也。」桑榆：喻日暮，引申爲晚年。《太平御覽》卷三引《淮南子》：「日西垂景在樹端，謂之桑榆。」曹植《贈白馬王彪》：「年在桑榆間，影響不能追。」

〔五〕危惙：病危。

〔六〕《國史》：唐代官修的本朝史書。《舊唐書・韋述傳》：「國史自令狐德棻至於吴兢，雖累有修撰，竟未成一家之言。至述始定類例，補遺續闕，勒成《國史》一百一十三卷。」《新唐書・藝文志二》：「《國史》一百六卷。又一百一十三卷。」史，原作「書」，據明本、劉本、《全唐文》改。

〔七〕李靖：字藥師，唐初開國功臣，《舊唐書》卷六七、《新唐書》卷九三有傳。《舊唐書・李靖傳》：「拜尚書右僕射……（貞觀）八年，詔爲畿内道大使，伺察風俗。尋以足疾上表乞骸骨，言甚懇至。太宗遣中書侍郎岑文本謂曰：『朕觀自古已來，身居富貴，能知止足者甚少。……公能識達大體，深足可嘉。朕非直成公雅志，欲以公爲一代楷模。』乃下優詔，加授特進，聽在第攝養……患若小瘳，每三兩日至門下、中書平章政事。……未幾，吐谷渾寇邊，太宗顧謂侍臣曰：『得李靖爲帥，豈非善也！』靖乃見房玄齡曰：『靖雖年老，固堪一行。』太宗大悦，即以靖爲西海道行軍大總管，統兵部尚書侯君集……等五總管征之。」劉仁軌：字正則，相高宗，《舊唐書》卷八四、《新唐書》卷一〇八有傳。《舊唐書·劉仁軌傳》：「乾封元年，遷右相。……總章二年……以疾辭職，加金紫光禄大夫，聽致仕。咸亨元年，復授隴州刺史。」

〔八〕萬一：指有機會重爲國家效力。

【附録】

批答　唐文宗

省表具悉。謝病之制，雖起於昔賢；盡瘁之詞，亦標於古典。況卿有功於國，作相累朝，自匡輔眇身，又勤勞數載。豈可以微疾去位，以重望辭榮？章疏徒來，延遲彌切。至如太宗朝許李靖致政，高宗遂仁軌乞骸，朕非不知，事則有異。何者？時當明聖在上，理道已成，宰臣優游，固得自便。今則生物尚困，庶工未修，言念勛賢，方深倚注。惟此故事，恐難遽行。卿宜體是誠懷，力更頤養，必有多福，以扶大忠。無至確然，復陳章表。（《劉賓客文集》卷一五）

祭興元李司空文〔一〕

維大和四年月日，禮部郎中、集賢殿直學士劉禹錫謹以清酌之奠，敬祭于故相國、山南西道節度使、贈司空李公之靈。〔二〕

嗚呼！龜靈而刳，龍知而屠，古今同憤，天不可問。〔三〕公之挺生，德與位并；如瞻日月，豈贊其明。何以致之，姑話平生。追懷周旋，彌四十年，射策校文，接武聯翩，甸服同邑，明庭比肩。〔四〕公乘迅飆，陵厲非煙；愚觸駭機，迸落深泉。〔五〕一持化權，一謫海壖，本同末異，如矢別弦。〔六〕雲龍井蛙，勢不相見，二紀回泊，一朝會面。〔七〕公爲故相，愚似悲翁，契闊相遇，淒涼萬重，復以郎吏，交歡上公。〔八〕披襟道舊，劇談命酒，清洛泛舟，鑿龍攜手。〔九〕公入西關，愚亦徵還，削去苛禮，招邀清閒。〔一〇〕廣陌聯鑣，高臺看山，尋春適野，醉舞花間。〔一一〕

忽復登壇，總戎于外，子午危棧，巴梁古岸。〔一二〕夷風傖儜，獷俗悍害，陰謀密構，兇黨千輩。〔一三〕如嗾群犬，以逼騶虞；如縱炎火，以焚瑾瑜。〔一四〕時耶命耶，不慮不圖，物理神道，安知有無？嗚呼痛哉！玄天甚高，上訴何時？長夜無曉，〔一五〕斯焉永歸。風淒日昏，鼓咽簫悲，沈埋玉樹，〔一六〕誰不沾衣？平生故人，零落已稀。委化而盡，然猶怨咨；如何國楨，有此遭罹〔一七〕！挺災賦命，孰主張之？〔一八〕有肴在筵，有酒盈巵，神其來歆，已矣長辭。尚饗！

【校注】

〔一〕文大和四年二月在長安作。興元：府名，治所在今陝西漢中。李司空：李絳。《舊唐書》本傳：「文宗即位，徵爲太常卿。二年，檢校司空，出爲興元尹、山南西道節度使。三年冬，南蠻寇西蜀，詔徵赴援。絳於本道募兵千人赴蜀。及中路，蠻軍已退，所募皆還。興元兵額素定，募卒悉令罷歸。四年二月十日，絳晨興視事，召募卒，以詔旨喻而遣之，仍給以廩麥，皆怏怏而退。監軍使楊叔元貪財怙寵，怨絳不奉己，乃因募卒賞薄，衆辭之際，以言激之，欲其爲亂，以逞私憾。募卒……乃噪聚趨府，劫庫兵以入使衙。絳方與賓僚會宴，不及設備……爲亂兵所害，時年六十七。」餘參見卷八《美温尚書鎮定興元（略）》詩注。

〔二〕司空：李絳在山南西道節度使任上所加檢校銜，卒後贈司徒，此「司空」疑爲「司徒」之誤。《舊唐書·李絳傳》載文宗制云：「可贈司徒。」《唐代墓誌匯編》會昌〇〇九《唐故河南府司録李君（璆）墓誌銘》：「元和中忠鯁宰相，其後薨，贈司徒諱絳之長子。」又咸通〇一四《唐范陽盧夫人墓誌銘》：「璋，趙郡贊皇人，元和中相國、累檢校司空、興元節度、贈太傅諱絳謚貞公之季子。」蓋絳累贈至太傅。

〔三〕刳：剖開挖空。知：通智。《禮記·禮運》：「麟鳳龜龍，謂之四靈。」《莊子·外物》載，宋元君因夢得神龜，殺之以卜，「刳龜七十二鑽而無遺策」。同書《列禦寇》：「朱泙漫學屠龍於支離益。」

〔四〕射策校文：指科舉考試。接武：足跡相接。聯翩：相隨飛翔。據《登科記考》卷十三，李絳貞元八年進士，九年登博學宏辭科，劉禹錫貞元九年進士，十一年登吏部取士科，故云「接武聯翩」。甸服：指京兆府屬縣，此指渭南縣。《書·禹貢》：「五百里甸服。」傳：「規方千里之内謂之甸服，爲天子服治田，去王城面五百里。」明庭：明堂，指朝廷。《舊唐書・李絳傳》：「補渭南尉。貞元末，拜監察御史。」劉禹錫貞元十八年調補渭南主簿，故「同邑」；貞元十九年冬官監察御史，故「比肩」。

〔五〕迅飆：大風。陵厲：同淩厲，奮起。非煙：慶雲，吉祥的雲氣，此猶言青雲。《史記・天官書》：「若煙非煙，若雲非雲……是謂卿雲。」正義：「卿音慶。」《舊唐書・李絳傳》：「元和二年，以本官充翰林學士。」「陵厲」句指此。駭機：靈敏易觸發的機括。《後漢書・皇甫嵩傳》：「今將軍遭難得之運，蹈易駭之機。」深泉：即深淵。「迸落」句指劉禹錫永貞元年被貶事。

〔六〕持化權：持造化之權，指爲相。《新唐書・宰相表中》：元和六年十一月己丑，户部侍郎李絳爲中書侍郎、同中書門下平章事。海壖：海濱。謫海壖，指永貞元年劉貶連州刺史、再貶朗州司馬、後復爲連州刺史事。

〔七〕雲龍：喻李絳。《易・乾》：「雲從龍。」井蛙：自喻。《莊子・秋水》：「井蛙不可以語於海者，拘於墟也。」二紀：二十四年。劉、李二人永貞元年（八〇五）分別，至大和元年（八二七）春劉禹錫罷和州刺史歸，二人方會面於洛陽，時分別已二十三年。《舊唐書・李絳傳》：「寶曆二年九月……罷絳僕射，改授太子少師，分司東都。」

〔八〕郎吏：大和元年六月劉禹錫以主客郎中分司東都，見卷十七《舉姜補闕倫自代狀》。上公：三公。《舊唐書・文宗紀上》：「（大和元年正月辛丑）以太子少師、分司東都李絳檢校司空，兼太常卿。」司空爲三公之一。

〔九〕劇談：暢談，又指笑謔戲言。左思《蜀都賦》：「劇談戲論，扼腕抵掌。」命：原作「小」，據《叢刊》本改。鑿龍：山名，即龍門，在洛陽南，參見卷十《和李相公初歸平泉（略）》注。

〔一〇〕入西：劉本作「西入」。徵還：指己大和二年入朝爲主客郎中事。

〔一一〕聯鑣：並轡連騎。鑣，馬勒。大和初，劉、李同游杏園等地，參見卷七《杏園聯句》、《花下醉中聯句》諸詩注。

〔一二〕登壇：拜將，指出爲節度使。《舊唐書·文宗紀上》：「（大和三年正月）甲辰，以太常卿李絳檢校司空，兼興元尹、山南西道節度使。」子午：子午谷，自長安赴梁州經此。巴梁：古巴國及梁州，均指山南道。《元和郡縣圖志》卷二二「山南道洋州黄金縣」：「黄金水，出縣西北百畝山黄金谷。……其谷水陸艱險，語曰：『山水艱阻，黄金、子午。』……故鐵城在縣西北八十里，城在山上，言其險峻，故以『鐵』爲名。……驛即子午道也。」又「興元府南鄭縣」：「巴嶺在縣南一百九里……山南即古巴國。」

〔一三〕傖儜：粗俗鄙野。獽：古代西南地區少數民族。夷風、獽俗，均指山南道民風。《隋書·地理志二》「梁州」：「又有獽、狿、蠻、賨，其居處風俗、衣服飲食，頗同於獠，而亦與蜀人相類。」獽，原作「獷」，據劉本、《全唐文》改。悍害：兇惡。《文選》潘岳《射雉賦》：「山鷩悍害，猋迅已甚。」李善注：「其性悍戾憨害。」密構：劉本、《全唐文》作「密備」。

〔一四〕騶虞：古代傳説中的一種仁獸。《詩·召南·騶虞》傳：「騶虞，義獸也，白虎黑文，不食生物，有至信之德則應之。」瑾瑜：美玉。《書·胤征》：「火炎崐岡，玉石俱焚。」

〔一五〕長夜：喻指墳墓。陸機《挽歌詩》：「按轡遵長薄，送子長夜臺。」

〔一六〕玉樹：喻人物的美好。《世説新語·傷逝》：「庾文康亡，何揚州臨葬，云：『埋玉樹著土中，使人情何能已已。』」

〔一七〕委化：委身造化，聽任自然的變化。委化而盡，指自然死亡。國楨：國之楨幹，國家棟梁。《後漢書·盧植傳》：「植名著海内，學爲儒宗，士之楷模，國之楨幹也。」楨，劉本、《叢刊》本作「禎」。

〔一八〕挺：生。賦：予。主張：主宰。《莊子·天運》：「天其運乎？地其處乎？日月其争於所乎？孰主張是？」

代裴相祭李司空文〔一〕

四年月日，特進、守司空、兼門下侍郎、平章事裴度，謹以清酌少牢之奠，敬祭于故相國、魏郡公之靈。〔二〕

嗚呼！玉貞而折，不能瓦合；鸞鎩而萎，不同鷄群。〔三〕生兮若浮，守道不屈。惟公之生，福自維嵩，金石高韻，圭璋德容。〔四〕元和之初，左右憲宗，以才視草，以望登庸。〔五〕

振起直聲，〔六〕激揚清風，實有正氣，號爲名公。名成身退，猶係人望，入爲羽儀，出領藩方。〔七〕既師百辟，又副丞相，道冠搢紳，事參翼亮。〔八〕

某與公游，四十餘年，風期合契，禄位相先。〔九〕某忝司言，公持化權，應同宫徵，馥若蘭荃。〔一〇〕猥以姓名，稱于上前，發跡從微，微才獲宣。〔一一〕某爲免相，待罪梁山，公拜右揆，來從東川，極其歡娱，著在詩篇。〔一二〕某忝三入，〔一三〕公亦東還，里門相邇，賓閤常閑，退朝休澣，道舊開顔。

嗟呼！山川間之，忽在旦夕，豈意倉卒，遂成今昔。衣冠喪氣，風物含戚，强魂訴天，冤血成碧。〔一四〕嗚呼哀哉！某在病中，訃書始至，〔一五〕無力以哭，不言垂淚。今聞裧輤，首路而歸，隱几臨風，其心孔悲。〔一六〕嘉肴百籩，旨酒一巵，寄此誠素，神其來思。〔一七〕嗚呼哀哉！

【校注】

〔一〕文大和四年二月在長安作。裴相：裴度。李司空：李絳，參見前文注。

〔二〕特進：文散階官名。《新唐書·百官志一》：「凡文散階二十九……正二品曰特進。」魏郡公：當爲趙郡公之誤。《舊唐書·李絳傳》：「趙郡贊皇人也。」傳載文宗贈李絳司徒制，稱「趙郡開國公、食邑二千户李絳」。

〔三〕貞：堅。《宋書・顔延之傳》：「蘭薰而摧，玉貞則折。物忌堅芳，人諱明潔。」《世説新語・言語》：「毛伯成既負其才氣，常稱：『寧爲蘭摧玉折，不作蕭敷艾榮。』」瓦合：《禮記・儒行》：「毁方而瓦合。」注：「去己之大圭角，下與衆人小合也。」疏：「瓦合，謂瓦器破而相合也。」鎩：鎩羽，羽毛摧落。顔延之《五君詠》：「鸞翮有時鎩，龍性誰能馴？」鷄群：《晉書・嵇紹傳》：「紹始入洛，或謂王戎曰：『昨於稠人中始見嵇紹，昂昂然如野鶴之在鷄群。』」

〔四〕維嵩：《詩・大雅・崧高》：「崧高維岳，駿極於天。維岳降神，生甫及申。」傳：「岳降神靈和氣，以生申、甫之大功。」金石：喻品德之堅貞。《淮南子・泛論》：「聖人所由曰道，所爲曰事。道猶金石，一調不更；事猶琴瑟，每絃改調。」圭璋：玉製禮器，喻指品德高尚，參見卷一《華山歌》注。

〔五〕左右：即佐佑，輔佐。視草：指爲翰林學士，參見卷一《逢王二十學士入翰林（略）》注。登庸：舉用，指爲相。《書・堯典》：「疇咨若時登庸。」傳：「庸，用也。」李絳入翰林及爲相事，見前文注。

〔六〕直聲：《舊唐書・李絳傳》：「絳後因浴堂北廊奏對，極論中官縱恣、方鎮進獻之事。……前後朝臣裴武、柳公綽、白居易等，或爲姦人所排陷，特加貶黜，絳每以密疏申論，皆獲寬宥。」又云：「絳以直道進退，聞望傾於一時，然剛腸嫉惡，賢不肖太分，以此爲非正之徒所忌。」

〔七〕羽儀：表率。藩方：方鎮。《舊唐書・李絳傳》：「（元和）九年，罷知政事，授禮部尚書。……

十四年，檢校吏部尚書，出爲河中觀察使。……復爲兵部尚書。長慶元年，轉吏部尚書。是歲，加檢校尚書右僕射，判東都尚書省事，充東都留守。二年正月，檢校本官、兖州刺史、兖海節度觀察使。三年，復爲東都留守。」

〔八〕百辟：百官，僕射師長百僚。副丞相：指御史大夫。《漢官儀》卷上：「高皇帝置御史大夫，位次丞相。」《舊唐書·李絳傳》：「穆宗即位，改御史大夫。」又：「寶曆初，入爲尚書左僕射。」翼亮：輔佐。《晉書·王導傳》：導上疏遜位，詔曰：「公體道明哲，弘猷深遠，勛格四海，翼亮三世。」

〔九〕風期：風度品格。《晉書·習鑿齒傳》：「風期俊邁。」相先：互相遜讓。《禮記·儒行》：「儒有聞善以相告也，見善以相示也，爵位相先也。」

〔一〇〕司言：指中書舍人。持化權：指爲相。《舊唐書·裴度傳》：「元和六年，以司封員外郎知制誥，尋轉本司郎中。七年……使魏州宣諭。……使還，拜中書舍人。」時李絳正在相位。宫徵：五音中之二音，此謂如樂聲之調諧。《漢書·律曆志》：「五聲和八音諧而樂成。」蘭荃：兩種香草。荃，原作「筌」，據劉本、《全唐文》改。

〔一一〕微才：裴度自指。李絳薦裴度事未詳。《舊唐書·裴度傳》：「拜中書舍人。（元和）九年十月，改御史中丞。」或爲李絳所薦。

〔一二〕梁山：指梁州興元府，時爲山南西道節度使治所。《舊唐書·裴度傳》：「（長慶三年）罷度爲左僕射，李逢吉代度爲宰相。自是，逢吉之黨李仲言、張又新、李續等，内結中官，外扇朝士，立朋黨以沮度……俄出度爲山南西道節度使，不帶平章事。」右揆：尚書右僕射。東川：唐方鎮名，治所在梓州，今四川三臺。《舊唐書・敬宗紀》：「（寶曆元年四月）乙亥，以劍南東川節度、檢校司空李絳爲左僕射。」《舊唐書・李絳傳》漏叙東川一職。《新唐書・李絳傳》云：「徙東川節度使，復爲留守。寶曆初，拜尚書左僕射。」絳自東川入爲左僕射，復出爲留守，《新唐書・李絳傳》云自留守拜僕射亦誤。《紀》、《傳》並稱「左僕射」，文中「右揆」疑爲「左揆」之誤。李絳、裴度興元唱和詩今已不存。

〔三〕三入：三入爲相。據《新唐書・宰相表》，裴度元和十年、長慶二年曾兩度爲相，寶曆二年二月，復守司空、同中書門下平章事。

〔四〕成碧：《莊子・外物》：「故伍員流於江，萇弘死於蜀，藏其血，三年而化爲碧。」

〔五〕始：原作「殆」，據劉本、《叢刊》本、《全唐文》改。

〔六〕裧輤：靈車。裧，車帷。輤，柩車。隱几：憑几。

〔七〕簻：竹編食器，祭祀時用以盛果脯。誠：劉本、《全唐文》作「情」。

國學新修五經壁本記〔一〕

初，大曆中，名儒張參爲國子司業，始定《五經》，書於論堂東西廂之壁。〔二〕辯齊、魯之音，取其宜；考古今之文，取其正。〔三〕繇是諸生之師心曲學，〔四〕偏聽臆説，咸束之而歸于大同。揭揭高懸，積六十歲，崩剥污衊，淟然不鮮。〔五〕今天子尚文章，尊典籍，於苑囿不加尺椽，而成均以治學上言，遽賜千萬。〔六〕時祭酒皞實尸之，博士公肅實佐之。〔七〕國庠重嚴，過者必式，遂以羨贏，再新壁書。〔八〕懲前土塗不克以壽，乃析堅木負墉而比之。〔九〕其制如版櫝而高廣，其平如粉澤而潔滑。背施陰關，使衆如一，附離之際，無跡可尋。〔一〇〕堂皇靚深，〔一一〕兩廡相照。申命國子能通法書者，分章揆日，逐其業而繕寫焉。〔一二〕筆削既成，讎校既精，白黑彬斑，瞭然飛動。〔一三〕以蒙來求，焕若星辰；以敬來趨，肅如神明；以疑來質，決若蓍蔡。〔一四〕由京師而風天下，覃及九譯，咸知宗師，非止服逢掖者鑽仰而已。〔一五〕於是學官某等暨生徒凡四百二十有八人請金石刻，〔一六〕且歌之曰：

「我有學宇，既傾而成之。我有壁經，既昧而明之。孰規摹之？孰發揮之？祭酒維齊，博士維韋。俾我學徒，絃歌以時。切切祁祁，不敖不嬉。〔一七〕庶乎遒人，來采我詩。」〔一八〕

時余爲禮部郎，凡贊宗之事得以關決，故書之以移史官，宜附於藝文云。〔一九〕

【校注】

〔一〕文自云時「爲禮部郎」，當作於大和四年禮部郎中任上。國學：國子監。五經：《詩》、《書》、《易》、《禮》、《春秋》。此實指《周易》等十二種書籍。此次書經於國子監壁，始於大曆中張參，後開成中鄭覃復刻之於石，即《開成石經》。清王昶《金石萃編》卷一一〇跋開成《石刻十二經》云：「按石刻十二經，《周易》九卷，《尚書》十三卷，《毛詩》二十卷，《周禮》十二卷，《儀禮》十七卷，《禮記》二十卷，《春秋左氏傳》三十卷，《公羊傳》十二卷，《穀梁傳》十二卷，《孝經》一卷，《論語》十卷，《爾雅》三卷……而《文宗紀》稱，開成二年冬鄭覃進石壁九經一百六十卷，是書經之事昉於張參，覃因木本難於久遠，故奏請刻石。……紀、傳皆言九經凡一百六十卷，今以諸經卷數合《周易略例》計之，適得百六之數。……即張參《文字》號稱『五經』，則證各書亦十二經並見，則所謂『五經』、『九經』者，亦括大旨而言。況參《自序》謂經典之文六十餘萬，而石經末都計總數云六十五萬二百五十二字，則張氏實包括十二經爲言。」

〔二〕張參：大曆中官國子司業，著《五經文字》三卷，見《新唐書・藝文志一》。國子司業：國子監副長官。司，原作「同」，據明本、劉本、《叢刊》本、《文苑英華》、《唐文粹》、《全唐文》改。論堂：講堂。舒元輿《問國學記》：「次至於西，有高門，門中有厦屋。問之曰：『此論堂也。』」張參《五經文字序例》：「自頃考功、禮部課試貢舉，務於取人之急，許以所習爲通，人苟趨便，不求當否。字失六書，猶爲一事；五經本文，蕩而無守矣。十年夏六月，有司以職事之病，上言其狀，詔委國子儒官勘校經本，送尚書省。參幸承詔旨，得與二三儒者分經鈎考而共決之。……卒以所刊，書於屋壁。……猶慮歲月滋久，官曹代易，儻復蕪污，失其本真，乃命孝廉生顔傳經收集疑文互體，受法師儒，以爲定例，凡一百六十部，三千二百三十五字，分爲三卷。……大曆十一年六月七日國子司業張參序。」

〔三〕齊、魯之音：漢儒所傳《詩》有齊、魯、毛、韓四家，《論語》有魯《論》、齊《論》，見《漢書·藝文志》。諸家讀音或有不同。古今之文：《漢書·藝文志》：「訖孝宣世，有歐陽、大小夏侯氏，立於學官。……武帝末，魯恭王壞孔子宅，欲以廣其宫，而得古文《尚書》及《禮記》、《論語》、《孝經》凡數十篇，皆古字也。……劉向以中古文校歐陽、大小夏侯三家經文……文字異者七百有餘，脱字數十。」按古文謂科斗文，以别於漢代通用的隸書。考：原作「者」，據明本、劉本、《叢刊》本、《文苑英華》、《唐文粹》、《全唐文》改。

〔四〕師心：自師其心，固執己見。曲學：偏於一隅、拘執不通之學。

〔五〕揭揭：高舉貌。污巇：塗抹。《漢書·梁平王襄傳》：「污巇宗室。」注：「巇，音秣，謂塗染也。」澳然：污穢，不光鮮貌。

〔六〕不加尺椽：謂不修建宫室。尺椽，小木。顔延之《北使洛》：「伊瀔絶津濟，臺館無尺椽。」成均：即國子監。《新唐書·百官志三》：「垂拱元年，改國子監曰成均監。」治學：《文苑英華》、《全唐文》作「治國學」。

〔七〕祭酒：國子監長官。皞：齊皞。《元和姓纂》卷三「河間齊氏」：德宗朝宰相齊映有弟「皞，京兆司録」。所載爲元和七年見官，依其兄弟名，以從「日」作暤爲是。暤登貞元十一年進士第，見《登科記考》卷一四。按大和五年國子祭酒爲裴通，見卷八《裴祭酒尚書見示（略）》注，故齊暤當大和四或三年在祭酒任。公肅：韋公肅，《新唐書》卷二〇〇有傳，云「元和初爲太常博士兼修撰」，「以官壽卒」。

〔八〕國庠：國學。《漢書·儒林傳序》：「鄉里有教，夏曰校，殷曰庠，周曰序。」式：致敬。《書·武成》疏：「式者，車上之橫木。男子立乘，有所敬則俯而憑式，遂以式爲敬名。」《禮記·曲禮上》：「入里必式。」羨贏：所餘經費。

〔九〕負墉：背靠牆。比：排列。

〔一〇〕陰闕：暗門。衆：指衆多木版。附離：即附麗，依附連接。可尋：原作「而尋」，據《唐文粹》改。

〔一一〕堂皇：官署大堂。靚：通靜。

〔一二〕國子：古稱貴族子弟，此指國子監學生。《周禮·地官·師氏》：「以三德教國子。」注：「國子，公卿大夫之子弟。」遜：退讓。遜其業，謂暫停或減少其學業。

〔一三〕彬斑：猶彬駁，錯雜。謝朓《和劉中書繪入琵琶峽望積布磯》：「赬紫共彬駁，雲錦相凌亂。」瞭然：明白貌。

〔一四〕蒙：蒙昧，不明。《易·蒙》：「童蒙求我，初筮告。」疏：「蒙者，微昧暗弱之名。」蓍蔡：卜筮。蓍，蓍草。蔡，大龜。《淮南子·說山》：「大蔡神龜，出於溝壑。」注：「大蔡，元龜之所出地名，因名其龜爲大蔡。」

〔一五〕覃：延及。九譯：多次輾轉翻譯，言極遠之地。《宋書·武帝紀》：「九譯來庭。」逢掖：儒者之衣。服逢掖者，指儒生，見卷三《游桃源一百韻》注。

〔一六〕某等：《叢刊》本、《文苑英華》、《唐文粹》、《全唐文》作「陳師正等」。

〔一七〕切切：《論語·子路》：「子曰：『切切偲偲，怡怡如也，可謂士矣。』」注：「切切偲偲，相切責之貌。」祁祁：《詩·召南·采蘩》：「被之祁祁，薄言還歸。」傳：「祁祁，舒遲也，去事有儀也。」敖：通遨，遨游。

〔一八〕遒人：古代官名。《漢書·食貨志上》：「孟春之月，群居者將散，行人振木鐸，徇於路以采詩。」師古曰：「行人，遒人也，主號令之官。」

〔一九〕禮部郎：此指禮部郎中。大和三至五年，劉禹錫任此職。瞽宗：殷學宫名。《禮記·文王世子》：「禮在瞽宗，書在上庠。」注：「學禮樂於殷之學。」關決：處理決定。唐代尚書省禮部掌禮樂、學校之事。藝文：指史書，《漢書》有《藝文志》。云：原作「志」，據明本、劉本、《全唐文》改。

鄭州刺史東廳壁記〔一〕

古諸侯之居，公私皆曰寢，其它室曰便坐。〔二〕今凡視事之所皆曰廳，其它室以辨方爲稱。〔三〕今年鄭州刺史楊君作東廳，〔四〕既成而落之，且以書抵余爲記。

按國章以甲乙第方域，大凡環天子之居爲雄州。〔五〕鄭實邇王畿，故望雄；視其版多貴人，且當大逵，故務劇。〔六〕君侯始來三日，司稅掾舉七縣董租之吏累百。〔七〕君曰：「此百螣也。」〔八〕悉罷之，用户符而輸入益辦。〔九〕司貢掾舉梨林之征，〔一〇〕請户曉。君曰：「盡弛之，勿籍。」〔一一〕用平賈而果益精。〔一二〕里無吏跡，民去痼疾，授牘占租，如臨詛盟。〔一三〕土毛人力，〔一四〕日夕相長。故周歲而完焉，比年而愈肥。雖軍興，饋輓旁午，大將牙旗往復相踵，而里中清夷，鷄犬音和。〔一五〕人既寧而物有餘，政既成而日多暇，圜視舊宇，宜有以更之，且書得時，亦以謹始。因列名氏授受，月而日之，庶乎繼踐于兹者知貫珠之首。〔一六〕其山望澤浸，土風甿俗，與前賢之耿光，備於正位，有天寶中詞人杜頠之文在。〔一七〕

大和四年某月日。

【校注】

〔一〕文大和四年在長安作。

〔二〕寢：《爾雅·釋宮》：「無東西廂有室曰寢。」周制：天子六寢，路寢一，小寢五。路寢，治事之所。小寢，燕息之地也。便坐：《漢書·張禹傳》：「禹見之於便坐。」注：「便坐，謂非正寢，在於旁側，可以延賓者也。」

〔三〕辨方：辨識所在方位。《周禮·天官·冢宰》：「辨方正位。」鄭司農云：「別四方，正君臣之位。」

〔四〕楊君：楊歸厚，時爲鄭州刺史，見前《管城新驛記》注。

〔五〕以甲乙第方域：謂州分等第。天子之居：指京師。《通典》卷三三：「開元中，定天下州府，自京都及都督、都護府之外，以近畿之州爲四輔，其餘爲六雄、十望、十緊及上、中、下之差。」注：「鄭、陝、汴、絳、懷、魏六州爲六雄。」

〔六〕王畿：指東都洛陽。《元和郡縣圖志》卷八「鄭州」：「西至東都二百八十里。」參見前《管城新驛記》注。版：寫字用木板，此指書寫壁記、題名的木板。貴人：指爲鄭州刺史者。大逵：大路。務劇：公務繁劇。

〔七〕司税掾：指司倉參軍，掌租調等。舉：推舉。七縣：指鄭州所轄管城、滎陽、滎澤、原武、陽武、新鄭、中牟七縣，見《元和郡縣圖志》卷八。

〔八〕百螣：各種害蟲。《禮記·月令》：「仲夏……行春令，則五穀晚熟，百螣時起。」注：「螣，蝗之屬。」

〔九〕户符：將應交賦税數量、日期直接下達各户的公文。

〔一〇〕司貢掾：當指掌雜徭之司户參軍。梨林：梨樹果園。

〔一一〕弛：解除。籍：征收（賦税）。

〔一二〕平賈：平抑價格。

〔三〕占租：自報應納租税。《漢書·昭帝紀》：始元五年，「令民得以律占租」。注：「諸當占租者家長身各以其物占。占不以實……罰金二斤，没入其不自占物。」詛盟：誓約。《書·吕刑》：「罔中於信，以覆詛盟。」

〔四〕土毛：草木，此指莊稼。《左傳·昭公七年》：「封略之内，何非君土？食土之毛，誰非君臣？」注：「毛，草也。」

〔五〕軍興：指大和元年七月滄景節度使李同捷反事，至三年五月始平。饋輓：軍隊糧餉物資運輸。旁午：縱横交錯。《漢書·霍光傳》：「受璽以來二十七日，使者旁午。」

〔六〕「因列」二句：指書寫歷任刺史姓名及除替年月，即所謂「刺史題名」。貫珠：珠串。

〔七〕耿光：光輝。《書·立政》：「以覲文王之耿光。」杜顗：據《登科記考》卷七，爲開元十五年進士，今《全唐文》卷三五八存杜顗文四篇，其《鄭州刺史廳壁記》已佚。

天平軍節度使廳壁記〔一〕

元和十四年春二月，王師平河南負固之地十有二州。〔二〕憲宗視地圖户版，俾參其地。〔三〕三月有詔，其以曹、濮隸鄆爲一隅，按部三郡，統兵三萬，乃新其軍，錫號天平。〔四〕蓋承天威以平暴悖，志勛揚休，在稱爲雄。新邦始俠，污俗猶用，朝廷革之以漸，故命功臣或辦吏以帥焉。〔五〕大和三年冬，天平監軍使以故侯病聞。〔六〕上方注意治本，乃以牙璋玉節鼎右僕射官稱賜東都留守令狐公，〔七〕曰：「予擇文武惟汝兼，前年鎮汴州有顯庸，往年弼憲宗有素貴，徒得君重，剛吾四支。」〔八〕公西拜稽首，登車有耀。不踰旬，抵治所，夾清河而域之。〔九〕

惟鄆州在春秋爲須句之國，涉漢爲濟東，蓋禹貢兖州之域。〔一〇〕宣精在上，奎爲文宿；畫野在下，魯爲儒鄉。〔一一〕故其人知書，風俗信厚。天寶末，大憝起於幽都，虜將因兵鋒取其地，右勇左德，積六十年。〔一二〕公之來思，如古醫之治劇病，宣泄頤養，氣還神復。大凡抗詔條國式，於身以先之，示菲約以裕人，信賞罰以格物。〔一三〕物力日完，人風自移。涉月報政，踰年鼎治。〔一四〕牙門之容，暨暨而恭；壘門之容，仡仡而和；里中之容，闐闐而遂。〔一五〕勞者以安，去者以歸，分星不揺，田祖降福。〔一六〕凡革前非，罷供第無名錢歲鉅萬，菽粟如之，錦繒且千兩。去苛法急征、毁家償租之令，故流庸自占四萬室。〔一七〕衆無吁咨，和氣乃來，三田仍稔，〔一八〕草木咸瑞，豈偶爾哉！

初，斯堂西墉有刺史記，而元戎雄尊之位虚其左方，〔一九〕豈有待邪？公命愚志之，俾來者仰公，知變風之自。大和五年夏四月二十六日記。

【校注】

〔一〕文大和五年四月在長安作。天平軍：唐方鎮名，治所鄆州，在今山東東平東北。《金石録》卷一〇：「《唐天平軍節度使廳記》，劉禹錫撰，沙門有璘八分書，大和五年四月。」

〔二〕負固：憑藉險固。《周禮・夏官・大司馬》：「九伐之法正邦國……負固不服則侵之。」此指淄青節度使李師道，據河南道淄、青等十二州反，元和十四年二月爲大將劉悟所殺，參見卷四《平齊行》注。

〔三〕户版：户籍。參：同叁，三分，指分淄青一道爲三鎮，參下注。

〔四〕曹：州名，治所在今山東曹縣西北。濮：州名，治所在今山東鄄城北。《舊唐書，憲宗紀下》：「（元和十四年三月）戊子，以華州刺史馬總鄆濮曹等州觀察等使；己丑，以義成軍節度使薛平爲青州刺史，充平盧軍節度、淄青齊登萊等州觀察等使；以淄青四面行營供軍使王遂爲沂州刺史，充沂海兖密等都團練觀察等使。析李師道所據十二州爲三鎮也。」《新唐書・方鎮表二》：元和十五年，鄆曹濮節度使賜號天平軍。

〔五〕倈：來，至，謂來歸順。《漢書・景武昭宣元成功臣表》引《詩》：「徐方既倈。」注：「倈，古來字。」污俗：惡俗。《書・胤征》：「舊染污俗，咸與惟新。」功臣：指武將。前此曾任命武人劉濟、烏重胤爲天平軍節度使。辦吏：幹吏。

〔六〕監軍使：皇帝派駐軍中負責監軍的使者，玄宗後專以宦官爲之。故侯：指崔弘禮。《舊唐書・崔弘禮傳》：「以弘禮爲天平軍節度使……理鄆三載，改授東都留守，仍遷刑部尚書。詔赴闕，以疾未至。大和四年十月，復除留守，是歲十二月卒。」

〔七〕牙璋：兵符。玉節：節度使之信物。鼎：新授之意。《易·雜卦》：「鼎，取新也。」令狐公：令狐楚，參見卷八《酬鄆州令狐相公官舍言懷見寄(略)》注。

〔八〕顯庸：大功。弼：輔弼，爲相。徒得君重：《漢書·汲黯傳》載，武帝召黯爲淮陽太守，黯辭以病，武帝曰：「顧淮陽吏民不相得，吾徒得君重，卧而治之。」師古曰：「徒，但也。重，威重也。」剛：强化。《國語·鄭語》：「是以和五味以調口，剛四支以衛體。」

〔九〕清河：古濟水下游，參見卷八《酬令狐相公春日言懷見寄》注。域之：猶治之。

〔一〇〕須句：春秋國名。《元和郡縣圖志》卷一〇「鄆州」：「《禹貢》兗州之域。春秋時屬宋，即魯附庸須句國，太昊之後，風姓。」濟東：漢郡國名。《漢書·地理志下》：「東平國，故梁國，景帝中六年，别爲濟東國。」《禹貢》：《尚書》篇名，中有「濟河爲兗州」之文。

〔一一〕宣精：散布光明，指星宿。《後漢書·班固傳》：「三光宣精。」注：「宣，布也；精，明也。」奎：星宿名，西方七宿之一。《初學記》卷二一引《孝經援神契》：「奎主文章。」畫野：分野。儒鄉：儒學發源地。孔子魯曲阜人，孟子魯鄒人，故云。

〔一二〕大憝：巨姦大惡，指安禄山、史思明。《書·康誥》：「元惡大憝。」虜將：指侯希逸；其取河南地爲節度使事詳見卷四《平齊行》注。

〔一三〕抗：舉。詔條：法令條文。國式：國家制度。菲約：節儉。裕：引導。格物：正物之不正。

〔一四〕報政：報告政績。《史記·魯周公世家》：「魯公伯禽之初受封之魯，三年而後報政周公。」鼎治：大治。

〔五〕牙門：即衙門，公府之門。暨暨：《禮記·玉藻》：「戎容暨暨。」注：「暨暨，果毅貌。」壘門：軍營之門。仡仡：勇壯貌。《書·秦誓》：「仡仡勇夫，射御不違。」闐闐：盛貌。遂：和順。

〔六〕分星：分野上應之星宿。星不摇則相應的地區安定。《周禮·春官·保章氏》：「以星土辨九州之地，所封封域皆有分星，以觀妖祥。」田祖：農神。《周禮·春官·籥章》：「凡國祈年於田祖。」注：「田祖，始耕田者，謂神農也。」

〔七〕流庸：流亡在外爲人傭作者。自占：自報人口賦税，見前《鄭州刺史東廳壁記》注。

〔八〕吁咨：嘆息。三田：《禮記·王制》：「天子諸侯無事則歲三田：一爲乾豆，二爲賓客，三爲充君之庖。」注：「三田者，夏不田。」此指各季的收成。仍：頻仍。

〔九〕元戎：指節度使。左方：指東牆。

高陵縣令劉君遺愛碑〔一〕

縣内之大夫，鮮有遺愛在其去者。蓋邑居多豪，政出權道，非有卓然異績結于人心，浹于骨髓，安能久而愈思？〔二〕大和四年，高陵人李士清等六十三人，思前令劉君之德，詣縣請金石刻。縣令以狀申府，府以狀考于明法吏。吏上言：謹按寶應詔書，凡以政績將立碑者，其具所紀之文上尚書考功，有司考其詞，宜有紀者，乃奏。〔三〕明年八月庚午，詔

曰：可。今書其章明有以結人心者，揭于道周云。〔四〕

涇水東行，注白渠，釃而爲三，以沃關中，故秦人常得善歲。〔五〕按水部式，決洩有時，畎澮有度，居上游者不得擁泉而顓其腴。〔六〕每歲少尹一人行視之，以誅不式。〔七〕兵興已還，寖失根本，涇陽人果擁而顓之。〔八〕公取全流，浸原爲畦；私開四竇，澤不及下。〔九〕涇田獨肥，它邑爲枯。地力既移，地征如初。〔一〇〕人或赴訴，泣迎尹馬，而占涇之腴皆權倖家，榮勢足以破理，訴者覆得罪。繇是咋舌不敢言，〔一一〕吞冤銜忍，家視孫子。

長慶三年，高陵令劉君勵精吏治，視人之瘼，如熛疽在身，〔一二〕不忘決去。乃循故事，考式文暨前後詔條。〔一三〕又以新意，請更水道，入于我里；請杜私竇，〔一四〕使無棄流；請遵田令，無使越制。別白纖悉，列上便宜。〔一五〕掾吏依違不決。〔一六〕居二歲，距寶曆元年，端士鄭覃爲京兆，〔一七〕秋九月，始具以聞。事下丞相、御史，御史屬元谷實司察視，持詔書，詣渠上，盡得利病，還奏青規中。〔一八〕上以谷奉使有狀，乃俾太常撰日，京兆下其符，司録姚康、士曹掾季紹實成之，縣主簿談孺直實董之。〔一九〕冬十月，百衆雲奔，憤與喜并，口謡手運，不屑鼛鼓。〔二〇〕揆功什七八，而涇陽人以奇計賂術士，上言曰：「白渠下，高祖故墅在焉，子孫當恭敬，不宜以畚鍤近阡陌。」〔二一〕上聞，命京兆立止絶。君馳詣府控告，且發其以賂致前事。又謁丞相，請以顙血污車茵。〔二二〕丞相彭原公斂容謝曰：「明府真愛人。陛下視元元無所

吝，第未周知情僞耳。」〔二三〕即入言上前。翌日，果有詔許訖役。〔二四〕

仲冬，新渠成。涉季冬二日，新堰成。駛流渾渾，如脈宣氣，蒿荒漚冒，迎耜釋釋。〔二五〕開塞分寸，皆如詔條，有秋之期，投鍤前定。〔二六〕孺直告已事，君率其寮，躬勞倈之。〔二七〕烝徒歡呼，奮襏襫而舞。〔二八〕咸曰：「吞恨六十年，而明府雪之。擿姦犯豪，卒就施爲。嗚呼，成功之難也如是！請名渠曰劉公，而名堰曰彭城。」〔二九〕按股引而東，千七百步，其廣四尋，而深半之。〔三〇〕兩涯夾植杞柳萬本，下垂根以作固，上生材以備用。仍歲旱沴，〔三一〕而渠下田獨有秋。渠成之明年，涇陽、三原二邑中，〔三二〕又擁其衝爲七堰，以折水勢，使下流不厚。君詣京兆府索言之，府命從事蘇特至水濱，盡撤不當擁者。〔三三〕繇是邑人享其長利，生子以劉名之。

君諱仁師，字行輿，彭城人，武德名臣刑部尚書德威之五代孫，大曆中詩人商之猶子。〔三四〕少好文學，亦以籌畫干東諸侯，〔三五〕遂參幕府。歷尹劇縣，〔三六〕皆以能事見陟，率不時而遷。既有績于高陵，轉昭應令，俄兼檢校水曹外郎充渠堰副使，且錫朱衣銀章。〔三七〕計相愛其能，表爲檢校屯田郎中、兼侍御史，斡池鹽于蒲，錫紫衣金章。〔三八〕歲餘，以課就加司勛正郎、中執法。〔三九〕理人爲循吏，理財爲能臣，一出於清白故也。

先是，高陵人蒙被惠風，而惜其舍去，發于胸懷，播爲聲詩，今采其旨而變其詞，志於石。文曰：

噫，涇水之逶迤，溉我公兮及我私。〔四〇〕水無心兮人多僻，錮上游兮乾我澤。時逢理兮官得材，墨綬鬣兮劉君來。〔四一〕能愛人兮恤其隱，心既公兮言既盡。縣申府兮府聞天，積憤刷兮沈痾痊。劃新渠兮百畎流，行龍蛇兮止膏油。遵水式兮復田制，無荒區兮有良歲。嗟劉君兮去翺翔，遺我福兮牽我腸。紀成功兮鎸美石，求信詞兮昭懿績。

【校注】

〔一〕據碑中「大和四年……明年八月」之語，文大和五年八月在長安作。高陵：京兆府屬縣，今屬陝西。劉君：劉仁師。《新唐書·地理志一》「京兆府高陵縣」：「有古白渠，寶曆元年，令劉仁師請更水道，渠成，名曰劉公，堰曰彭城。」《唐會要》卷八九「疏鑿利人」：「大（寶）曆二年二月，以詔（昭）應令劉仁師充修渠堰副使。初，仁師爲高陵令，上言鄭白渠可利者遠，而涇陽獨有之，條理上聞，其弊遂革，關中大賴焉。」《寶刻類編》卷五李成戎、周大元：「《高陵縣令劉仁師頌德碑》，劉禹錫撰，成戎書，大元篆額。寶曆中刻，京兆。」當誤以始興開渠事之年爲作碑之年。「縣」字原脱，據卷首目録補。

〔二〕權道：謂權宜之計。浹：通徹。《淮南子·原道》：「不浸於肌膚，不浹於骨髓。」

〔三〕寶應：唐肅宗李亨的年號，僅一年（七六二）。考功：尚書省吏部所轄曹司名。《新唐書·百官志一》「尚書省」：「考功郎中、員外郎各一人，掌文武百官功過善惡之考法及其行狀。」

〔四〕道周：道旁。《詩·唐風·有杕之杜》：「有杕之杜，生於道周。」

〔五〕白渠：漢武帝時白公在關中平原所修建的人工灌溉水渠。釃：疏導。三：指太白渠、中白渠與南白渠。《漢書·溝洫志》：「太始二年，趙中大夫白公復奏穿渠。引涇水，首起谷口，尾入櫟陽，注渭中，袤二百里，溉田四千五百餘頃，因名曰白渠。民得其饒，歌之曰：『田於何所？池陽、谷口。鄭國在前，白渠起後。舉臿爲雲，決渠爲雨。涇水一石，其泥數斗。且溉且糞，長我禾黍。衣食京師，億萬之口。』言此兩渠饒也。」《元和郡縣圖志》卷一「涇陽縣」：「太白渠，在縣東北十里。中白渠，首受中白渠，東流入高陵縣界。南白渠，首受中白渠，東南流，亦入高陵縣界。」善歲：豐收年。《管子·小問》：「牧民者厚收善歲，以充倉廩。」注：「善歲，謂有年。」

〔六〕水部：尚書省工部所轄曹司，「掌津濟、船艫、渠梁、堤堰、溝洫、漁捕、運漕、碾磑之事」，見《新唐書·百官志一》。式：法式，制度。甽澮：水渠。《書·益稷》：「浚甽澮。」疏：「廣尺深尺謂之甽……廣二尋深二仞謂之澮……皆通水之道也。」擁泉：壅塞水道。顓：通專。腴：指利益。

〔七〕少尹：指京兆府少尹。誅：懲治。《新唐書·百官志三》「都水監河渠署」：「涇、渭、白渠，以京兆少尹一人督視。」

〔八〕兵興：指天寶十四載安史之亂。寖：漸。涇陽：縣名，今屬陝西。

〔九〕公：公然。竇：引水的決口。下：下游。

〔一〇〕涇：涇陽縣。地力：土地的肥沃程度。移：改變。地征：土地賦稅。

〔一一〕咋舌：咬舌，不敢説話。

〔一二〕熛疽：即瘭疽，一種毒瘡；劉本、《全唐文》作「瘭疽」。《神農本草·獸部·犀》：「瘭疽：毒瘡，喜著十指，狀如代指，根深至肌，能壞筋骨。」《後漢書·鮮卑傳》：「夫邊垂之患，手足之蚧搔；中國之困，胸背之瘭疽。」

〔一三〕式文：法令條文。

〔一四〕杜：堵塞。私竇：私自開掘的引水口。

〔一五〕别白：分析辨明。便宜：應辦之事。

〔一六〕依違：反復遲疑。

〔一七〕鄭覃：文宗開成中官至宰相，《舊唐書》卷一七三、《新唐書》卷一六五有傳。《舊唐書·敬宗紀》：「（寶曆元年閏七月）壬午朔，以權知工部侍郎鄭覃爲京兆尹。」

〔一八〕元谷：元從質子，見《元和姓纂》卷四「河南洛陽元氏」。青規：即青蒲，指宫禁中御前奏事之所。《漢書·史丹傳》：「丹以親密臣得侍視疾，候上間獨寢時，丹直入卧内，頓首伏青蒲上。」應劭曰：「以青規地曰青蒲。」

〔一九〕撰：選擇。司録：司録參軍事。士曹：士曹司士參軍事。唐西都、東都、北都各有司録參軍事二人，正七品上」，又各有士曹司士參軍事，「掌津梁、舟車、舍宅、工藝」，見《新唐書·百官志四下》。姚康：《唐詩紀事》卷五〇：「康字汝諧，南仲孫也。登元和十五年進士第，大中時爲太子詹事。開成時曾以贓敗。」康長慶中曾以試右武衛倉曹參軍爲劍南西川觀察推官，亦見《唐詩紀事》。季紹：未詳。談孺直：時當爲高陵縣主簿，餘未詳。

〔二〇〕鼛鼓：大鼓。《詩·大雅·綿》：「百堵皆興，鼛鼓不勝。」傳：「鼛，大鼓也，長一丈二尺。」箋：「百堵同時起，鼛鼓不能止之使休息也。」

〔二一〕術士：方術之士，指以占卜星相爲業的人。高祖故墅：李淵舊居。《元和郡縣圖志》卷二「高陵縣」：「龍躍宮在縣西十四里，高祖太武皇帝龍潛舊居也，武德六年置。」畚鍤：畚箕和鐵鍬，運土挖土工具。

〔二二〕顙：額頭。顙血，謂叩頭至額破流血。車茵：車上席。《漢書·丙吉傳》：「此不過汚丞相車茵耳。」

〔二三〕彭原公：李程。《新唐書》本傳：「敬宗初，以本官同中書門下平章事……加中書侍郎，進彭原郡公。」明府：唐人對縣令的稱謂。元元：百姓。第：但。情僞：事情真相。《左傳·僖公二十八年》：「民之情僞，盡知之矣。」

〔二四〕訖役：完工。

〔二五〕渾渾：滾滾。漚冒：浸泡漫溢。耜：農具，此指犁碗。釋釋：明本、劉本作「澤澤」，澤通釋，解散貌。《詩·周頌·載芟》：「其耕澤澤。」疏：「《釋訓》云：『釋釋，耕也。』舍人曰：釋釋，猶藿藿，解散之意。」

〔二六〕有秋：豐收。投鍤：放下鐵鍬，指工程完成。

〔二七〕躬勞俠之：親自慰勉。

〔二八〕烝徒：衆人。襏襫：《管子·小匡》：「今夫農……首戴苧蒲，身服襏襫。」注：「襏襫，謂粗堅之衣，可以任苦著者也。」

〔二九〕六十年：按自天寶十四載（七五五）安史亂起至寶曆元年（八二五）已七十一年。然鄭、白二渠之利爲少數人所專佔，實不自安史亂始。《元和郡縣圖志》卷一「京兆尹雲陽縣」：「大唐永徽六年，雍州長史長孫祥奏言：『往日鄭、白渠溉地四萬餘頃，今爲富商大賈，競造碾磑，止溉一萬許頃。』於是高宗令分檢渠上碾磑，皆毀撤之。未幾，所毀皆復。廣德二年，臣吉甫先臣文獻公（李栖筠）爲工部侍郎，復陳其弊，代宗亦命先臣拆去私碾磑七十餘所。歲餘先臣出牧常州，私製如初。至大曆中，利所及纔六千二百餘頃。」擿：揭發。

〔三〇〕股：大腿，此指新渠，對原有幹渠而言如股之於身。步：長度單位，六尺爲步，見《莊子·庚桑楚》陸德明釋文。尋：長度單位，八尺曰尋。

〔三一〕仍歲：連年。旱沴：旱災。

〔三二〕三原：京兆府屬縣，今屬陝西。

〔三三〕索：盡。蘇特：大和九年自殿中侍御史貶潘州司户，見《舊唐書・文宗紀下》。特爲蘇冕子，大中中歷膳部員外郎，陳、湖、鄭三州刺史，見岑仲勉《郎官石柱題名新考訂》、《元和姓纂四校記》卷三。

〔三四〕彭城：郡名，即徐州，爲劉氏著望。劉德威：《舊唐書》卷七七、《新唐書》卷一〇六有傳。《新唐書・劉德威傳》云德威「貞觀初，歷大理卿、綿州刺史……後遷刑部尚書」，又歷同州刺史，永徽三年卒於官，則其爲刑部尚書亦在貞觀中。商：劉商，中唐前期詩人。《唐才子傳》卷四：「劉商，字子夏，徐州彭城人。擢進士第。貞元中，累官比部員外郎，改虞部員外郎。數年，遷檢校兵部郎中，後出爲汴州觀察判官。辭職掛印，歸舊業。……樂府歌詩，高雅殊絶。擬蔡琰《胡笳曲》，膾炙當時。」按劉商大曆初爲合肥令，大曆末以檢校郎中參李勉永平節度使幕府，參見傅璇琮《唐才子傳校箋》第二册《劉商傳》箋。猶子：姪兒。

〔三五〕東諸侯：關東地區節度使、觀察使等地方長官。

〔三六〕尹：治理。劇縣：事務繁劇的大縣。

〔三七〕昭應：京兆府屬縣，治所在今陝西臨潼。據《新唐書・地理志一》，高陵爲畿縣，昭應爲次赤。水曹外郎：水部員外郎。渠堰副使：當爲都水監官員，不常置。《新唐書・百官志三》「都水監」：「使者二人，正五品上。掌川澤、津梁、渠堰、陂池之政，總河渠、諸津監署。」劉仁師寶曆二年以昭應令充渠堰副使，已見前注引《唐會要》。錫朱衣銀章：即賜緋。唐制：散階五品以上服緋，佩銀魚袋，三品以上服紫，佩金魚袋，稱爲章服；如官員品卑，特恩賞賜，稱爲賜緋或賜紫。參見《新唐書・車服志》。

〔三八〕計相：兼度支、鹽鐵使的宰相，此指王播。《舊唐書》本傳：「明年（按指寶曆二年）正月，播復領鹽鐵轉運使。……（大和元年）六月，拜尚書左僕射，同平章事，領使如故。」斡：通管，管領。蒲：蒲州，即河中府，治所在今山西永濟。《元和郡縣圖志》卷一二「河中府解縣」：「鹽池，在縣東十里。女鹽池，在縣西北三里。東西二十五里，南北二十里。鹽味少苦，不及縣東大池鹽。……今大池與安邑縣池總謂之兩池，官置使以領之，每歲收利納一百六十萬貫。」《唐會要》卷八八鹽鐵使：「安邑、解縣兩池，置榷鹽使一員。」錫紫衣金章：即賜紫。

〔三九〕課就：税收完成。司勛正郎：司勛郎中。中執法：御史中丞。《後漢書・百官志三》：「御史中丞一人，千石。」注引蔡質《漢儀》：「其二人者更直。執法省中者，皆糾察百官，督州郡。」

〔四〇〕公、私：謂公田及私田。《詩・小雅・大田》：「雨我公田，遂及我私。」及：原作「爲」，據劉本、《叢刊》本改。

〔四一〕墨綬：繫印的黑色綬帶。《漢書・百官公卿表》：「縣令、長，皆秦官，掌治其縣。萬户以上爲令，秩千石至六百石。」又：「凡吏……秩比六百石以上，皆銅印墨綬。」纍：下垂貌。

毗盧遮那佛華藏世界圖讚〔一〕

佛説《華嚴經》，直入妙覺，不由諸乘，非大圓智不能信解。〔二〕德宗朝，有龍象觀公，能於是經瞭第一義，居上都雲華寺，名聞十方。〔三〕沙門嗣肇，是其上足，以經中九會，纂成《華藏圖》，俾人瞻禮。〔四〕即色生敬，因請余讚之。即説讚曰：

清浄不染花中蓮，捧持世界百億千。踴出香海浩無邊，風輪負之晝夜旋。〔五〕大雄九會化諸天，釋梵八部來森然。〔六〕從昏至覺不依緣，初初極極性自圓。〔七〕寫之綃素色相全，〔八〕是色非色言非言。

【校注】

〔一〕贊大和二至五年在長安作。毗盧遮那佛：梵語，一作毗盧舍那佛，佛真身之尊稱。華藏世界：釋迦如來真身毗盧遮那佛浄土，最下爲風輪，風輪上有香水海，海中生大蓮華，蓮華中包藏微塵數之世界，故稱蓮華藏世界，略稱華藏世界。華藏世界圖，即圖寫《華嚴經》所説華藏世界法會之圖畫。《宋高僧傳》卷五《唐代州五臺山清涼寺澄觀傳》：「觀嘗於新創雲花寺般若閣下畫《華藏世界圖相》。」讚即爲此而作。

〔二〕《華嚴經》：全名爲《大方廣佛華嚴經》，爲華嚴宗之主要經典。妙覺：佛教稱修行的最高境界，即無上正覺。妙，原作「如」，據明本、劉本、《叢刊》本、《全唐文》改。大圓智：廣大圓滿的智慧。

〔三〕龍象：水行龍力最大，陸行象力最大，佛教因喻稱修行勇猛有大力的阿羅漢爲龍象，後以指高僧。李白《贈宣州靈源寺仲濬公》：「此中積龍象，獨許濬公殊。」觀公：澄觀，俗姓夏侯氏，越州山陰人。年十一出家，十四受戒，遍尋名山，旁求秘藏。大曆末，居五臺山大華嚴寺，撰《華嚴經》新疏。貞元五年，詔入長安，朝臣齊抗、韋渠牟、武元衡、鄭絪、李吉甫、權德輿等咸從戒訓，元和年卒，年七十餘。著有《華嚴經疏》六十卷等，後世尊爲華嚴宗四祖，《宋高僧傳》卷五有傳。上都：長安。雲華寺：即新創之雲花寺，餘未詳。

〔四〕上足：高弟。九會：《華嚴經》舊有二譯本，一爲六十卷本，分寂滅道場會、普光法堂會、忉利天會、夜摩天宫會、兜率天宫會、他化自在天宫會、普光法堂重會、給孤獨園會，共八會；一爲唐實叉難陀譯八十卷本，將六十卷《華嚴經》中他化自在天宫會分爲他化天與普光明殿二處，故爲九會。澄觀「長講《華嚴》大經」，故所畫爲九會之圖像。圖：原無此字，據《叢刊》本、《文苑英華》、《全唐文》增。

〔五〕浩：原作「沽」，據明本、劉本、《叢刊》本、《全唐文》改。風輪：佛教空、風、水、金四輪之一。華藏世界在風輪上。《大方廣佛華嚴經·華藏世界品》：「此華藏莊嚴世界海有須彌山，微塵數風輪所持。其最下風輪名平等……最在上者名殊勝威光藏，能持普光摩尼莊嚴香水海。此香水海有大蓮華，名種種光明蕊香幢，華藏莊嚴世界海住在其中。四方均平，清淨堅固，金剛輪山，周匝圍遶。」

〔六〕大雄：釋迦牟尼尊號。《妙法蓮華經·從地涌出品》：「善哉善哉，大雄世尊！」八部：天龍八部。《釋氏要覽》卷三聽法徒衆：「四衆八部：四衆，一比丘，二比丘尼，三清信男，四清信女；

八部，一天，二龍，三夜叉，四乾闥婆，五阿修羅，六迦樓羅，七緊那羅，八摩睺羅迦。」《華嚴經》：世尊摩竭提國阿蘭若法菩提場師子座説法，「有十佛世界微塵數菩薩摩訶薩所共圍遶」。

〔七〕性：法性，佛教諸法的本性，即佛法。圓：宗密《大方廣圓覺修多羅了義經略疏》卷上：「圓是滿足，無虧無缺。」

〔八〕色相：指圖畫的形象。《大方廣佛華嚴經》卷一：「諸色相海，無邊顯現。」佛教主萬物皆空，「色即是空，空即是色」，以無相爲歸，稱人或物一時呈現、可以感知的外在形象爲色相，故下有「是色非色」之語。

劉禹錫全集編年校注卷十八 文 大和下

蘇州謝上表〔一〕

臣某言：伏奉制書，授臣使持節蘇州諸軍事、守蘇州刺史。始從郎署，出領郡章，承命若驚，省躬增感。〔二〕云云。伏惟皇帝陛下，受上玄之眷佑，揚列聖之耿光，大康黎元，慎擇牧守，德音每發，品物咸蘇。〔三〕

臣本書生，素無黨援，謬以薄伎，三登文科。〔四〕德宗皇帝，擢爲御史，在臺三載，例轉省官。〔五〕永貞之初，權臣領務，〔六〕遂奏録用，蓋聞虚名。唯守職業，實無朋附，竟坐飛語，貶在遐藩。〔七〕憲宗皇帝後知事情，卻授刺史，凡歷外任，二十餘年。〔八〕

伏遇陛下，應運重光，物無廢滯，收拾耆舊，塵忝班行。〔九〕即幸逢時，常思展效。在集賢院，四换星霜，〔一〇〕供進新書，二千餘卷。儒臣之分，甘老於典墳；優詔忽臨，又委之符竹。〔一一〕分憂誠重，戀闕滋深。石室之書，空留筆札；金閨之籍，已去姓名。〔一二〕本末可明，申雪無路。豈意聖慈弘納，不隔卑微，面辭之日，〔一三〕特許升殿。天顔咫尺，臣禮兢惶，不敢盡言，空懷誠懇。謝恩而出，生光於九陌之間；受訓而行，布政於五湖之外。〔一四〕臣即以今月六日到任上訖。伏以水災之後，〔一五〕物力索空，臣謹宣皇風，慰彼黎庶。臣聞有味之物，蠹蝕必生；有才之人，讒言必至。事理如此，古今同途，瞭然辨之，唯在明聖。伏惟陛下察臣此言，則天下之人無不幸甚。江海遠地，孤危小臣，雖雨露之恩，幽遐必被；而犬馬之戀，親近爲榮。云云。大和六年二月六日。

【校注】

〔一〕表大和六年二月在蘇州作。劉禹錫《子劉子自傳》：「明年追入，充集賢殿學士。轉蘇州刺史，賜金紫。」禹錫於大和五年十月十二日授蘇州刺史，六年二月到任，見後《蘇州舉韋中丞自代狀》。

〔二〕增：《叢刊》本作「知」，《文苑英華》校「集作知」。

〔三〕上玄：天。列：原作「烈」，據明本、劉本、《叢刊》本、《文苑英華》、《全唐文》改。

〔四〕三登文科：禹錫貞元中三登文科，見卷十六《夔州謝上表》注。

〔五〕省官：尚書省郎官。劉禹錫貞元十九年爲監察御史，貞元二十一年遷屯田員外郎，在御史臺首尾三載。《唐會要》卷六〇：「（大中）三年十一月，御史臺奏，應三院御史新除授月限。伏以當司官三十餘員，朝廷舊例，月限守官，年勞考績。今監察御史以二十五月爲限，殿中侍御史十八月，侍御史十三月。」

〔六〕權臣：當指王叔文。《子劉子自傳》：「貞元二十一年春，德宗新棄天下，東宫即位。時有寒俊王叔文，以善奕棋得通籍博望，因間隙得言及時事，上大奇之。……至是，起蘇州掾，超拜起居舍人，充翰林學士，遂陰薦丞相杜公爲度支鹽鐵等使。翌日，叔文以本官及内職兼充副使。未幾，特遷户部侍郎，賜紫，貴振一時。予前已爲杜丞相奏署崇陵使判官，居月餘日，至是，改屯田員外郎，判度支鹽鐵等案。」

〔七〕遐藩：遠州，指朗州。《子劉子自傳》：「於是叔文首貶渝州，後命終死。宰相貶崖州。予出爲連州，途至荆南，又貶朗州司馬。」

〔八〕「憲宗」四句：指元和十年召回京師，授連州刺史，歷夔、和二州刺史事。自永貞元年（八〇五）貶朗州，至大和元年（八二七）歸洛陽，首尾二十三年。

〔九〕塵忝班行：指已於文宗大和二年歸朝爲主客郎中兼集賢學士事。

〔一〇〕四换星霜：劉禹錫自大和二年春歸朝，至大和五年冬自禮部郎中、集賢直學士出爲蘇州刺史，在集賢院四年。

〔一一〕典墳：三墳五典，代指典籍。符竹：漢代刺史給竹使符，見卷五《始至雲安（略）》詩注。

〔一二〕石室：《史記·太史公自序》：「（太史公）卒三歲而遷爲太史令，紬史記石室金匱之書。」索隱：「石室、金匱，皆國家藏書之處。」金閨：《文選》江淹《别賦》：「金閨之諸彦，蘭臺之群英。」李善注：「金閨，金馬門也。」參見卷三《游桃源一百韻》詩注。籍：門籍，參見卷二《酬元九院長自江陵見寄》詩注。

〔一三〕面辭：《唐會要》卷六八：「開成元年……閏五月，中書門下奏：『伏準舊例，刺史授官後，皆於限內待延英開日，候對奏發日。詳度朝旨，蓋重治人之官，欲陛下觀其去就，察其言語，亦所以杜塞宰相陳情。故除刺史，並往往進狀便辭，蓋恐對奏之時，錯失乖誤。自今已後，除刺史，並望延英對了奏發日。地近限促，不遇坐日，亦望許於臺司通狀，待延英開日辭了進發。』敕旨，依奏。」

〔一四〕九陌：長安街道。漢長安城有八街九陌，見《三輔黄圖》卷二。五湖：太湖别名。《周禮·夏官·職方氏》：「東南曰揚州……其川三江，其浸五湖。」

〔一五〕水災：《舊唐書·五行志三》：「大和……四年夏……浙西、浙東……大水皆害稼。五年六月……浙東、浙西……大水，害稼。六年二月，蘇、湖二州大水。」蘇州屬浙西觀察使管轄。

蘇州上後謝宰相狀〔一〕 大和六年二月七日

朝議大夫、使持節蘇州諸軍事、守蘇州刺史、上柱國劉某。〔二〕右某今月六日到州上訖。某山東一書生，潦倒疏闊，在少壯日，猶不逮人；況今衰遲，智力愈短。相公哀憐不遇，擢授名邦，實荷弘獎，慚非器使。伏以當州繇大浸之後，〔三〕物力蕭然，飢寒殞仆，相枕于野。誓當悉心條理，續具奏論。才術素空，憂勞方始，懼無聞問，忝負恩知。不任瞻望懇迫之至。

【校注】

〔一〕狀大和六年二月在蘇州作。參見前表注。據《新唐書·宰相表下》，時相有路隨、李宗閔、牛僧孺。題下注原無。《叢刊》本題下注云：「大和六年十二月七日。」按劉禹錫大和五年十月授蘇州刺史，六年二月到任，「十」字爲衍文，今據删補。

〔二〕朝議大夫：文散階官名。《新唐書·百官志一》：「凡文散階二十九……正五品下曰朝議大夫。」上柱國：勛官名。《新唐書·百官志一》「尚書省」：「司勛郎中一人，員外郎二人，掌官吏勛級。凡十有二轉爲上柱國，視正二品。」

〔三〕𥧑：《叢刊》本注「一作經」。大浸：大湖澤，此指大水，參見前表注。浸，劉本作「祲」。

蘇州舉韋中丞自代狀〔一〕

蘇州狀上中書門下：　諸道鹽鐵轉運江淮留後、朝議郎、守太僕少卿、兼御史中丞、上柱國、賜紫金魚袋韋應物。〔二〕右臣伏奉去年十月十二日敕授使持節蘇州諸軍事、守蘇州刺史，〔三〕伏準建中元年正月五日制，刺史上後舉一人自代者。前件官歷掌劇務，皆有美名，執心不回，臨事能斷。今領職雖重，本官尚輕。伏以當州口賦，首出諸郡，況經災沴，切在撫綏。内省無能，輒敢公舉。司榷筦之利，誠藉時才，流愷弟之風，實惟邦本。〔四〕非敢臆説，以塞詔書。今具聞奏。云云。大和六年二月九日。〔五〕

【校注】

〔一〕狀大和六年二月在蘇州作。韋中丞：韋應物，不詳。趙與時《賓退録》卷九載沈明遠《韋應物補傳》，據此狀謂中唐詩人韋應物「大和，以太僕少卿兼御史中丞，爲諸道鹽鐵轉運江淮留後，年九十餘矣，不知其所終」。並云：「應物當開元、天寶，宿衛仗内爲郎，刺史於建中，以迄貞元。而文宗大和中，劉禹錫乃以故官舉之，計其年九十餘，而猶領轉輸劇職，應物何壽而康也！」蓋以爲劉禹錫薦以自代之韋應物即曾官左司郎中、蘇州刺史之中唐詩人韋應物。趙與時《賓退録》卷九曾引葉夢得《南宫詩話》、胡仔《苕溪漁隱叢話》以駁其説。錢大昕《十駕齋養新録》卷一二：「韋應物貞元二年由左司郎中出爲蘇州刺史。而《劉禹錫集》中有大和六年除蘇州舉韋應物自代狀。宋葉少藴、胡元任已疑其非一人。而沈作喆撰韋傳，合而一之。篇末雖亦有疑詞，終未敢決。近世陳少章景雲，據白樂天於元和中謫江州後貽書元微之，於文盛稱韋蘇州詩，又言『當蘇州在時，人亦未甚愛重，必待身後，人始貴之』，則是時蘇州已殁。而劉狀又在是書十年以後，則其所舉必别是一人矣。樂天守蘇日，夢得以詩酬之云：『蘇州刺史例能詩，西掖今來替左司。』言白之詩名足繼左司耳，非謂實代其任也。沈傳謂『貞元二年補外，得蘇州刺史，久之，白居易自中書舍人出守吳門，應物罷郡，寓郡之永定佛寺』，則誤甚矣。白公出守，在長慶間，距貞元初垂四十年，豈有與韋交代之理乎！」陳沆《詩比興箋》卷三亦駁沈傳之誤，可參看。

〔二〕江淮留後：鹽鐵轉運江淮使院長官。江淮使院，即揚子留後。《唐會要》卷八七：「元和五年……詔曰：『……今度支鹽鐵，泉貨是司，各有分巡，置於都會，爰命貼職，周視四方，簡而易從，庶叶權便。政有所弊，事有所宜，皆得舉聞，副我憂寄。以揚子鹽鐵留後爲江淮已南兩稅使，江陵留後爲荆衡漢沔東界彭蠡南及日南兩稅使。』」參見卷二《詠古二首有所寄》注。朝議郎：文散階官名。《新唐書·百官志一》：「凡文散階二十九……正六品上曰朝議郎。」

〔三〕伏奉去年十月十二日敕授使持節蘇州諸軍事守：二十字原作「蒙恩授」，據《叢刊》本改補。

〔四〕榷筦：鹽鐵等國家專賣事業。《漢書·車千秋傳》：「（桑弘羊）自以爲國家興榷筦之利，伐其功。」師古曰：「榷謂專其利使入官也。筦即管字也，義與幹同，皆謂主也。」愷弟：即愷悌，又作豈弟，和樂簡易。《詩·大雅·洞酌》：「豈弟君子，民之父母。」注：「樂以强教之，易以説安之。」弟，原作「第」，據明本、劉本、《叢刊》本、《全唐文》改。邦本：治國之本。《書·五子之歌》：「民惟邦本，本固邦寧。」

〔五〕二月：原作「十二月」，劉禹錫於大和六年二月六日到蘇州任，狀作於到任後三日，即二月九日，「十」字爲衍文，徑删。

祭虢州楊庶子文〔一〕

維大和六年月日，蘇州刺史劉禹錫謹遣軍吏某乙，具少牢清酌之奠，敬祭于故虢州楊公之靈。

嗚呼！利劍多缺，真玉喜折，〔二〕俊人不壽，爲氣所嗤。子之少孤，〔三〕率性自然，早有名字，結交世賢。席勢馳聲，龍秋鳥㕚，試文再售，毛翮愈鮮。〔四〕歷佐侯藩，拾遺君前，伏閤論事，侵削内權。〔五〕克揚直聲，不愠左遷，一斥于外，君門邈焉。五剖竹符，皆有聲績：南浦潛化，巴人啞啞；比陽布和，戰地盡闢；壽春武斷，姦吏奪魄；滎波砥平，士庶同適。〔六〕朝典陟明，俾臨本州，錫以貴綬，腰金晝游。〔七〕輿疾而來，風煙爲愁，静治三載，〔八〕卧分主憂。直氣潛銷，頹丸不留，〔九〕九天難問，萬化同休。嗚呼惜哉〔一〇〕！

與君交歡，已過三紀，〔一一〕維私之愛，與衆無比。乃命長嗣，爲君半子，誰無外姻，君實知己。〔一二〕昔與君游，俱爲壯年，怒人言命，笑人言天。閲事未多，信書太堅，方階尺木，已墜九泉。〔一三〕謫年易深，潛病難痊，不見南楚，方知北軒。〔一四〕嗚呼嗟哉！見機不早，追悔已晚，猶希耉老，容或宣展。〔一五〕以閑相期，以晦相勉，一丘可樂，萬累皆遣。〔一六〕圖就散秩，婆娑京輦，天命不長，願言莫展。〔一七〕

嗚呼痛哉！君卧弘農，余來姑蘇，飛書要約，言念鼎湖。〔一八〕我車載脂，爲子疾驅，入境闃寂，唯逢素書，發函驚視，翰不自濡。〔一九〕相去一舍，〔二〇〕豈無肩輿？君爲病嬰，我爲吏拘，兩不如意，嗟哉命夫！君今往矣，無復可道；我今泛然，一委玄造。〔二一〕平生親友，零落太早，無望拔茅，盡悲宿草。〔二二〕到郡浹辰，君不起聞，寢門一慟，我哀如焚。〔二三〕彭彭輤車，來葬洛濱，敬修賻禮，泣送行人。〔二四〕方丈之羞，薦君明魂，三赤之版，寫予哀文。〔二五〕淒涼山河，慘淡風雲，已矣長别，嗟哉楊君！

【校注】

〔一〕文云「到郡浹旬，君不起聞」，當大和六年二月中旬在蘇州作。虢州：州治在今河南靈寶。楊庶子：楊歸厚，曾爲太子右庶子，大和四年自鄭州刺史轉虢州刺史，見卷六《春日書懷寄東洛（略）》、卷八《寄楊虢州》注。

〔二〕真玉喜折：見卷十七《代裴相祭李司空文》注。

〔三〕少孤：指楊歸厚父楊昱早卒。《新唐書·宰相世系一下》「楊氏觀王房」：昱，偃師丞；子歸厚，右拾遺。

〔四〕席：憑藉。馳聲：孔稚圭《北山移文》：「馳聲九州牧。」秋：馬騰驤貌。《漢書·禮樂志二》：「飛龍秋，游上天。」岱：輕舉貌。試文再售：指科第連中。楊歸厚貞元十八年進士，見卷五《寄唐州楊八歸厚》詩注。

〔五〕侯藩：指方鎮幕府。楊歸厚佐幕事不詳。侵削：《全唐文》作「侵及」。内權：指宦官。楊歸厚爲左拾遺，因極論中官之姦被貶事，見卷二《寄楊八拾遺》注。

〔六〕竹符：竹使符，漢代刺史符信，參見卷五《始至雲安（略）》注。南浦：郡名，即萬州，治所在今重慶萬縣。《新唐書·地理志四》：「萬州南浦郡……縣三：南浦、武寧、梁山。」楊歸厚元和十四年爲萬州刺史，白居易有《初到忠州登東樓寄楊八使君》等詩。啞啞：言笑聲。《易·震》：「言笑啞啞。」比陽：縣名，屬唐州。楊歸厚長慶元年爲唐州刺史，見卷五《寄唐州楊八歸厚》等詩注。闢：開墾。壽春：郡名，即壽州。《新唐書·地理志五》：「壽州壽春郡。」楊歸厚長慶三年爲壽州刺史，見卷五《寄楊八壽州》詩注。姦吏：指唐慶。《册府元龜》卷七〇〇「牧守部·貪黷」：「唐慶前爲壽州刺史，長慶四年，刺史楊歸厚告論慶違赦敕，科配百姓税錢及破用官庫錢物等事，慶犯正入己贓四千七百餘貫，敕……除名，長流崖州。」滎波：滎澤之波，指鄭州。《元和郡縣圖志》卷八「鄭州滎澤縣」：「滎澤，縣北四里。《禹貢》：濟水溢爲滎。今濟水亦不復入也。」楊歸厚大和二年爲鄭州刺史，見卷十七《管城新驛記》注。

〔七〕陟：升遷。《書·舜典》：「三考黜陟幽明。」本州：指虢州。楊歸厚虢州弘農人，參見卷八《寄楊虢州》注。貴綬：指賜金紫。腰金：腰懸金印。晝游：《史記·項羽本紀》：「項王……曰：『富貴不歸故鄉，如衣繡夜行，誰知之者？』」

〔八〕三載：楊歸厚自大和四年至大和六年爲虢州刺史，首尾三年。

〔九〕頹丸：日月，時光。《禮記·月令》疏：「日似彈丸，月似鏡體，或以爲月亦似彈丸。」韓愈《秋懷》：「日月如彈丸。」丸，原作「凡」，《叢刊》本作「景」，劉本、《全唐文》作「几」，几、凡，均當爲「丸」之形誤，徑改。

〔一〇〕嗚：原作「爲」，據劉本、《叢刊》本、《全唐文》改。

〔一一〕三紀：三十六年。劉禹錫與楊歸厚交往，當在貞元九年（七九三）劉應進士試時，至大和六年（八三二）首尾四十年，故「過三紀」。

〔一二〕長嗣：長子。半子：女婿。《舊唐書·回紇傳》：「今爲子婿，半子也。」劉禹錫《名子説》：「長子曰咸允，字信臣；次曰同廙，字敬臣。」妻楊歸厚女者，疑爲咸允。《舊唐書·劉禹錫傳》：「子承雍，登進士第，亦有才藻。」《唐代墓誌匯編》乾符〇二六《唐故嶺南節度使右常侍楊公女子書墓誌》：「顯考公常□□□諱發第七女。……子書之諸姊皆託華胄，如户部侍郎、翰林學士劉公承雍五朝達，皆子書之姊婿。」承雍既妻楊發女，當是劉禹錫次子同廙改名。參見卷二十《名子説》。

〔一三〕階尺木：指登朝爲官。《三國志·吴書·太史慈傳》：「龍欲騰翥，先階尺木。」九泉：地下深處，指劉、楊二人先後遭貶謫。

〔一四〕謫年：未詳，疑爲「謫年」之形誤。劉、楊二人均曾久貶在外，故云。此句劉本作「誦易年深」。軒：車。北軒，猶北轅。《戰國策·魏策四》：「魏王欲攻邯鄲，季梁……往見王曰：『今者臣來，見人於太行，方北面而持其駕，告臣曰：我欲之楚。臣曰：君之楚，將奚爲北面？曰：吾馬良。臣曰：馬雖良，此非楚之路也。曰：吾用多。臣曰：用雖多，此非楚之路也。曰：吾御者善。此數者愈善，而離楚愈遠耳。今王……猶至楚而北行也。』」

〔一五〕見機：《易·繫辭下》：「君子見機而作，不俟終日。」耇老：老年人，此指年老。《國語·晉語八》：「吾聞國家有大事，必順於典刑，而訪咨於耇老，而後行之。」宣展：宣洩舒展。

〔一六〕晦：指韜晦。一丘：指隱居之地。《漢書·叙傳》：「漁釣於一壑，則萬物不奸其志；栖遲於一丘，則天下不易其樂。」萬累：世事各種牽纏。蕭統《解二諦義》：「若達其致，萬累斯遣。」

〔一七〕散秩：閒散官職。婆娑：舞貌。《詩·陳風·東門之枌》：「子仲之子，婆娑其下。」京輦：京師，在天子輦轂之下。

〔一八〕弘農：郡名，即虢州。《新唐書·地理志二》：「虢州弘農郡。」姑蘇：指蘇州。《元和郡縣圖志》卷二五「蘇州」：「隋開皇九年平陳，改爲蘇州，因姑蘇山爲名，山在州西四十里。」鼎湖：在虢州。此謂二人相約在劉禹錫赴蘇州途中于湖城會面。《元和郡縣圖志》卷六「虢州湖城縣」：「本漢湖縣，屬京兆尹，即黄帝鑄鼎之處，後漢改屬弘農郡。」黄帝鑄鼎鼎湖，參見卷十二《翠微寺有感》詩注。

〔一九〕載脂：給車塗上油。《詩·邶風·泉水》：「載脂載舝。」闃寂：静寂。何遜《行經孫氏陵》：「闃寂今如此，望望沾人衣。」翰：筆。翰不自濡，謂書信請他人代寫。

〔二〇〕一舍：三十里。《左傳·僖公二十三年》：「其辟君三舍。」韋昭注：「古者師行三十里而舍。」

〔二一〕玄造：天。

〔二二〕拔茅：喻指互相提攜，共致通顯。《易·泰》：「初九，拔茅茹，以其匯，徵吉。」注：「茅之爲物，拔其根而相牽引者也。……三陽同志，俱志在外，初爲類首，已舉則從，若茅茹也。」宿草：隔年之草。《禮記·檀弓上》：「朋友之墓，有宿草而不哭焉。」

〔二三〕浹辰：十二日。《左傳·成公九年》：「浹辰之間，而楚克其三都。」疏：「浹爲周匝也。……從子至亥爲十二辰。」我哀：「我」字原闕，《叢刊》本作「其」，此據《全唐文》補。

〔二四〕彭彭：有力貌。《詩·大雅·烝民》：「四牡彭彭。」輤車：靈車。賻禮：喪禮奠儀。行人：使者。

〔二五〕方丈之羞：衆多祭品。《墨子·辭過》：「美食方丈，目不能遍視……口不能遍味。」三赤：即三尺。赤，通尺。

祭福建桂尚書文〔一〕

維大和六年月日，蘇州刺史劉禹錫謹以清酌之奠，敬祭于故福建團練使桂公之靈。鶡化鵬征，擘波沖天；士逢其時，捨笈乘軒。〔二〕始識尚書，貞元季年，詣我南省，〔三〕袖文一編，便坐接語，其容温然。星歲未幾，鄙夫南遷，〔四〕滯留江湘，魚鳥周旋。尚書遇

知，變化如蟬，秉憲朝右，剖符江壖。〔五〕交趾化行，容州績宣，凡曰循吏，莫居我先。〔六〕

大和之初，再遂良覿，分務東洛，〔七〕門里同陌。余復郎位，公爲賓客，蔚然貴臣，綬紫鬢白。〔八〕俄俱西還，列于清班，來訪書殿，〔九〕登樓看山。見領八屯，循街九關，賀遷閩越，紅旆雙殷。〔一〇〕克有淑聲，搢紳之間，愕嫠鼓舞，强悍低跧。〔一一〕

延平古津，峭壁孱顔，豈意龍劍，沈晶不還〔一二〕！復魄侯堂，歸舟建浦，雙表何在？虎丘之下。〔一三〕恭承嘉命，來牧吾土，言念昔游，忽成千古。哀哀孝嗣，率禮無違，言奉几席，歸乎洛師。〔一四〕敬陳奠筵，泣對靈帷，平生不忘，歆此一巵。嗚呼哀哉！

【校注】

〔一〕文大和六年在蘇州作。桂尚書：桂仲武。《舊唐書·文宗紀下》：「（大和四年三月）乙亥，以衛尉卿桂仲武爲福建觀察使。」

〔二〕鵾化鵬征：用《莊子》事，見卷一《韓十八侍御見示（略）》注。笈：書箱。《晉書·王裒傳》：「負笈游學。」軒：古代大夫乘坐的車子。《左傳·閔公二年》：「衛懿公好鶴，鶴有乘軒者。」捨笈乘軒，指由學子入仕。

〔三〕南省：尚書省。劉禹錫貞元二十一年爲尚書屯田員外郎，初識桂仲武當在其時。

〔四〕南遷：指貶朗州司馬事。

〔五〕如蟬：夏侯湛《東方朔畫贊》：「蟬蛻龍變，棄俗登仙。」秉憲：持憲，在御史臺爲官（其事不詳）。剖符：爲刺史。江壖：江邊。桂仲武曾爲唐州刺史（參後），前此曾爲濱江何州刺史亦不詳。

〔六〕交趾：郡名，即安南都護府，治所在今越南河内市。《新唐書·地理志七上》：「安南中都護府，本交趾郡，武德五年曰交州，治交趾。調露元年曰安南都護府。」容州：州治在今廣西容縣，唐時爲容管經略使治所。《舊唐書·憲宗紀下》：「（元和十四年十月）丙寅，以唐州刺史桂仲武爲安南都護。」《新唐書·南蠻傳下》：「及安南兵亂，殺都護李象古，擢唐州刺史桂仲武爲都護，逗留不敢進，貶安州刺史。」《舊唐書·穆宗紀》：「（長慶二年十一月）辛未，以前安南都護桂仲武爲邕管經略使。」據岑仲勉《唐方鎮年表考證》，《舊紀》「邕管」乃「容管」之誤。

〔七〕良覿：良晤，猶歡聚。分務：分司。東洛：東都洛陽。

〔八〕復郎位：指大和元年劉禹錫爲主客郎中分司洛陽，時桂仲武當爲太子賓客分司，亦在洛陽。

〔九〕書殿：集賢殿書院。大和二年，劉禹錫入朝爲主客郎中、集賢直學士。

〔一〇〕八屯：指皇宮衛士。《文選》張衡《西京賦》：「衛尉八屯，警夜巡晝。」薛綜注：「衛尉率吏士周宮外，於四方四角立八屯士，士則傅宮外向爲廬舍，晝則巡行非常，夜則警備不虞。」九關：指宮門。《楚辭·招魂》：「虎豹九關，啄害下人些。」王逸注：「言天門凡有九重。」時桂仲武入朝爲衛尉卿。《新唐書·百官志三》「衛尉寺」：「卿一人，從三品。……掌器械文物，總武庫、武器，守宮三署。」閩越：古國名，指福建。《元和郡縣圖志》卷二九「福州」：「今爲福建觀察使理所。……《禹貢》揚州之域。本閩越，秦併天下，以閩中下郡，作三十六郡之數，今州即閩中郡之地也。漢初又爲閩越國。」殷：深紅色。

〔二〕惸：孤獨者。嫠：寡婦。跧：踡伏。

〔三〕延平：津名，在福建觀察使所轄劍州，見卷七《洛中酬福建陳判官見贈》注。孱顔：山高峻貌。龍劍：用雷煥劍入水化龍事，參見卷六《浙西李大夫示述夢四十韻(略)》注。此以化龍不還喻桂仲武之死。

〔三〕復魄：持死者之衣登屋以招魂。《晉書·韓友傳》：「王睦病死，已復魄。」侯堂：指福建觀察使館署。《禮記·曾子問》：「公館復，私館不復。」建浦：指建陽溪，自福州北返經此。《元和郡縣圖志》卷二九「建州建安縣」：「建陽溪，一名建安水，在州西四百步，南流入福州界。」雙表：成對的華表，常樹於墓前，故代指墳墓。《文選》潘岳《懷舊賦》：「巖巖雙表，列列行楸。」虎丘：山名，在蘇州，見卷九《虎丘寺見元相公二年前題名(略)》注。

〔四〕洛師：洛陽。師，京師。《書·洛誥》：「予惟乙卯，朝至於洛師。」

蘇州謝賑賜表〔一〕

臣某言：伏奉去年二月十五日敕，蘇州宜賜米一十二萬石，委刺史據户均給者。〔二〕

恩降九天，澤流萬姓。

伏以臣當州去年災沴尤甚，水潦雖退，流庸尚多。臣前月到任，奉宣聖旨，闔境老幼，無不涕零。詢訪里閭，備知凋瘵，方具事實，便欲奏論。聖慈憂人，照燭幽遠，特有賑恤，救其災荒。蒼生荷再造之恩，儉歲同有年之慶。〔三〕臣忝爲長吏，倍萬常情，無任感激抃躍之至。大和六年三月二十四日。

【校注】

〔一〕表大和六年三月在蘇州作。《舊唐書·文宗紀下》：「（大和六年二月）戊寅，蘇、湖二州水，賑米二十二萬石，以本州常平義倉斛斗給。」表即爲此而作。

〔二〕去年：「年」字當衍。十二，《舊紀》作「二十二」，是蘇、湖二州賜米總數。

〔三〕儉歲：荒年。

魏生兵要述〔一〕

余爲書殿學士四年，所與居皆鴻生彦士，一旦詔下，懷吴郡章而東。〔二〕門下生咸惜是行，且曰：「吴中富士，〔三〕必有知書、宜爲太守所禮者。」及下車，閲客籍，森然三千。有鉅鹿魏生，持所著書來謁曰：「不佞始讀書爲文章，凡二十年，在貢士中，孤鳴甚哀，卒無善聽者。〔四〕退而收視易慮，伏北窗下，考前言，成《兵要》十編。度諸侯未遑是事，將筏而西，求一言以生羽翼。」

予取書觀之，始自黄帝伏蚩尤，至于隋氏平江南，語春秋、戰國事最備。〔五〕磅礴下上數千年間，其捃摭評議無遺策，用是以干握兵符貴人，宜有虚己而樂聞者。子盍行乎！吾知元侯上舍，不獨善鷄鳴、彈長鋏、三五、九九之伎顓之而已。〔六〕

【校注】

〔一〕文大和六年在蘇州作。魏生：名未詳。《兵要》：魏生所著書名，十卷。此書《新唐書·藝文志》、《宋史·藝文志》均未著録，蓋早佚。據文中所云，此書乃集上古至隋初戰例，並加評議而成。

〔二〕吴郡：即蘇州。

〔三〕吴中：指蘇州一帶。韋應物蘇州刺史任上作《郡齋雨中宴集》：「吴中盛文史，群彦今汪洋。方知大藩地，豈曰財賦强！」

〔四〕鉅鹿：郡名，即邢州，州治在今河北邢臺。鉅鹿爲魏姓著望。不佞：無才，謙詞，此代指自己。《左傳·昭公二十五年》：「公曰：『寡人不佞，不能事父兄，以爲二三子憂，寡人之罪也。』」貢士：鄉貢進士。

〔五〕取書：《叢刊》本、《文苑英華》作「取其書」。蚩尤：傳説中黄帝時九黎部落首領。《史記·五帝本紀》：「蚩尤作亂，不用帝命。於是黄帝乃徵師諸侯，與蚩尤戰於涿鹿之野，遂禽殺蚩尤。」

江南：指陳。《隋書・高祖紀下》：「（開皇九年正月）辛未，賀若弼拔陳京口，韓擒虎拔陳南豫州。……丙子，賀若弼敗陳師於蔣山，獲其將蕭摩訶。韓擒虎進師入建鄴，獲其將任蠻奴，獲陳主叔寶，陳國平。」

〔六〕元侯：諸侯之長。上舍：待上客的館舍。鷄鳴：《史記・孟嘗君列傳》：「孟嘗君入秦，昭王……囚孟嘗君，謀欲殺之。孟嘗君使人抵昭王幸姬求解。幸姬曰：『妾願得君狐白裘。』……最下坐有能爲狗盜者……夜爲狗，以入秦宫臧中，取所獻狐白裘至，以獻秦王幸姬。幸姬爲言昭王，昭王釋孟嘗君。孟嘗君得出，即馳去。……夜半至函谷關。……關法：鷄鳴而出客。……客之居下坐者有能爲鷄鳴，而鷄齊鳴，遂發傳出。」彈鋏：彈劍鋏。《史記・孟嘗君列傳》：「初馮驩聞孟嘗君好客，躡蹻而見之。……孟嘗君置傳舍十日，孟嘗君問傳舍長曰：『客何所爲？』答曰：『馮先生……彈其劍而歌曰：長鋏歸來乎，食無魚。』孟嘗君遷之幸舍，食有魚矣。五日，又問傳舍長，答曰：『客復彈劍而歌曰：長鋏歸來乎，出無輿。』孟嘗君遷之代舍，出入乘輿車矣。五日，孟嘗君復問傳舍長。舍長答曰：『先生又嘗彈劍而歌曰：長鋏歸來乎，無以爲家。』孟嘗君不悦。」三五：指天文。《史記・天官書》：「爲天數者，必通三五。」索隱：「三謂三辰，五謂五星。」九九：指數學。《漢書・梅福傳》：「齊桓之時，有以九九見者……」注：「九九，算術，若今《九章》、《五曹》之輩。」

彭陽唱和集引〔一〕

丞相彭陽公始由貢士，以文章爲羽翼，怒飛于冥冥；及貴爲元老，以篇詠佐琴壺，取適乎閑燕，鏘然如朱絃玉磬，故名聞于世間。〔二〕鄙人少時，亦嘗以詞藝梯而航之，中途見險，流落不試，而胸中之氣伊鬱蜿蜒，泄爲章句，以遣愁沮，悽然如焦桐孤竹，〔三〕亦名聞于世間。雖窮達異趣，而音英同域，故相遇甚歡。其會面必抒懷，其離居必寄興，重酬累贈，體備今古，好事者多傳布之。

今年，公在并州，余守吴門，相去迴遠，而音徽如近。〔四〕且有書來抵曰：「三川守白君編録與吾子贈答，緘縹囊以遺余，白君爲詞以冠其前，號曰《劉白集》。〔五〕悠悠思與所賦亦盈于巾箱，盍次第之以塞三川之誚？」〔六〕於是緝綴，凡百有餘篇，以《彭陽唱和集》爲目，勒成兩軸，爾後繼賦，附于左方。〔七〕大和七年二月五日，中山劉禹錫述。

【校注】

〔一〕文大和七年二月在蘇州作。彭陽：漢縣名，隋改彭原縣，屬慶州，故城在今甘肅慶陽西南。令狐楚曾封爵彭陽縣開國伯，見卷十七《彭陽侯令狐氏先廟碑》。《新唐書·藝文志四》：「《彭陽唱和集》三卷，令狐楚、劉禹錫。」此集北宋時尚存，宋敏求編《劉賓客集外集》，後序云輯自

「《彭陽唱和集》五十二」。《外集》卷四中詩，即輯自《彭陽唱和集》。今人卞孝萱有《令狐楚、劉禹錫彭陽唱和集復原》，見《中華文史論叢》一九八〇年第一輯。

〔二〕貢士：鄉貢進士。《新唐書·選舉志上》：「唐制，取士之科……由州縣者曰鄉貢。」冥冥：深遠貌，指天空。揚雄《法言·問明》：「鴻飛冥冥，弋人何篡焉。」朱絃玉磬：廟堂雅樂。《禮記·樂記》：「清廟之瑟，朱絃而疏越，壹倡而三嘆，有遺音者矣。」又《明堂位》：「拊搏、玉磬、揩擊、大琴、大瑟、中琴、小瑟，四代之樂器也。」

〔三〕燋桐：用蔡邕事，參見卷四《答楊八敬之絶句》注。孤竹：《周禮·春官·大司樂》：「孤竹之管，雲和之琴瑟。」注：「孤竹，竹特生者。」

〔四〕并州：今山西太原。令狐楚大和六年二月爲太原尹、河東節度使，見卷九《令狐相公自天平移鎮太原（略）》注。吴門：蘇州。迴：劉本、《全唐文》作「迴」。

〔五〕三川守：河南尹。《元和郡縣圖志》卷五「河南府」：「（秦）昭襄王立爲三川郡，漢改爲河南郡。」白君：白居易。白大和四年十二月至七年四月爲河南尹，屢見詩注。縹囊：淡青色絲帛製成的書囊。蕭統《文選序》：「詞人才子，則名溢於縹囊；飛文染翰，則卷盈乎緗帙。」《劉白集》：即《劉白唱和集》。《新唐書·藝文志四》：「《劉白唱和集》三卷，劉禹錫、白居易。」白居易《劉白唱和集解》：「彭城劉夢得，詩豪者也，其鋒森然，少敢當者。予不量力，往往犯之。……一二年來，日尋筆硯，同和贈答，不覺滋多。至大和三年春已前，紙墨所存者，凡一百三十八首。其餘乘興扶醉率然口號者，不在此數。因命小姪龜兒編録，勒成兩卷，仍寫二本……附兩家集。……己酉歲三月五日樂天解。」己酉，大和三年。此集北宋時尚存，宋敏求編《劉賓客集外集》，後序云輯自「《劉白唱和集》一百七、聯句八」，今《外集》卷一、卷二中詩即輯自《劉白唱和集》。

〔六〕巾箱：放置頭巾、文件或書籍的小箱篋。諳：劉本、《全唐文》作「請」。

〔七〕兩軸：兩卷。《新唐書·藝文志四》載《彭陽唱和集》三卷，蓋後續有所附益者，參見卷十九《彭陽唱和集後引》。方：《叢刊》本作「云」。

蘇州賀册皇太子表〔一〕

臣某言：伏奉制書，以今月七日册皇太子。德音遐布，盛禮畢陳，國本永安，人心同慶。云云。

伏惟皇帝陛下以繼天之聖，有知子之明，義兼君親，禮重宗祏。〔二〕龍樓肇建，展嘉禮於三朝；鳳曆延長，固本枝於萬葉。〔三〕臣守在遐郡，不獲稱慶闕庭，無任踴躍屏營之至。

大和七年八月十七日。

【校注】

〔一〕表大和七年八月在蘇州作。皇太子：指李永。《舊唐書·莊恪太子傳》：「莊恪太子永，文宗長子也，母曰王德妃。大和四年正月，封魯王。六年……十月，降詔册爲皇太子。」同書《文宗紀下》：「（大和六年十月）甲子，詔魯王永宜册爲皇太子。……（七年）八月甲申朔，御宣政殿，册皇太子永。」按《唐大詔令集》卷二八《册魯王爲皇太子文》：「維大和七年歲次癸丑，八月甲申朔，七日庚寅，皇帝若曰……」知册禮實行於八月七日，《文宗紀》「册」上奪「庚寅」二字。

〔二〕宗祏：宗廟。《左傳·莊公十四年》：「先君桓公，命我先人典司宗祏。」注：「宗祏，宗廟中藏主石室。」

〔三〕龍樓：指太子東宫，參見卷十《自左馮歸洛下酬樂天（略）》注。三朝：天子處理政事的地方，此指朝廷。《周禮·秋官·朝士》注：「周天子、諸侯皆有三朝：外朝一，内朝二。」《禮記·文王世子》：「其朝於公，内朝則東面北上，臣有貴者以齒。……其在外朝，則以官，司士爲之。……其在宗廟之中，則如外朝之位。」鳳曆：即曆。《左傳·昭公十七年》：「我高祖少皞摯之立也，鳳鳥適至，故紀於鳥。……鳳鳥氏，曆正也。」本枝：喻宗室，屢見前注。

蘇州賀册皇太子牋〔一〕

朝議大夫、使持節蘇州諸軍事、守蘇州刺史、上柱國劉某叩頭叩頭。伏惟皇太子殿下，允膺上嗣，光啟東朝，蒼震發前星之輝，黄離表重輪之瑞。〔二〕位居守器，禮重承祧，萬國以貞。九圍咸説。〔三〕某限以守郡，不獲稱慶宫庭。云云。〔四〕

【校注】

〔一〕箋大和七年八月在蘇州作，參見前表注。

〔二〕蒼震、前星：見卷十六《賀册皇太子表》注。黄離：《易·離》：「黄離元吉。」疏：「黄者，中色。離者，文明。居中得位而處於文明，故元吉也。」重輪：日月外圍形成的光暈，古人以爲祥瑞。《隋書·音樂志中》：「煙雲同五色，日月並重輪。」張説《重輪頌》：「皇帝臨潞州，景龍元年七月十有四日夜，月重輪。」

〔三〕守器：太子主宗廟之器。《易·序卦》：「主器者，莫若長子。」王褒《皇太子箴》：「文昌著於前星，秬鬯由於守器。」承祧：承奉宗廟祭祀。沈約《立太子詔》：「自昔哲後，降及近代，莫不立儲樹嫡，守器承祧。」貞：正。《禮記·文王世子》：「一有元良，萬國以貞。世子之謂也。」九圍：猶九州，天下。

〔四〕云云，劉本作「無任踴躍屏營之至」。

蘇州謝恩賜加章服表〔一〕

臣某言：伏奉去年十一月二十七日詔書，〔二〕加臣賜紫金魚袋餘如故者。恩降重霄，榮沾陋質，虚黷陟明之典，恐興彼己之詩。〔三〕寵過若驚，喜深生懼。中謝。

臣起自書生，業文入仕。德宗朝爲御史，以孤直在臺；順宗朝爲郎官，以緣累出省。〔四〕憲宗皇帝，後知其冤，特降敕書，追赴京國。〔五〕緣有虚稱，恐居清班，務進者争先，上封者潛毁。〔六〕巧言易信，孤憤難申，俄復一麾，外轉三郡。〔七〕伏遇陛下，膺期御宇，大振滯淹，哀臣宿舊，猥見收拾，職兼書殿，官忝儀曹。〔八〕微勞未宣，薄命多故，又離省署，重領郡符。延英面辭，〔九〕親承教誨，銜命即路，星言載馳。到任之初，便逢災疫，奉宣聖澤，恭守詔條，上禀睿謀，下求人瘼。才術雖短，憂勞則深，幸免流離，漸臻完復。皆承聖化所及，遂使人心獲安，豈由微臣薄劣能致！

臣素乏親黨，家本孤貧。年衰無酒色之娱，〔一〇〕性拙無博奕之藝。自領大郡，又逢時災，晝夜苦心，寢食忘味。曾經誣毁，每事防虞；唯託神明，更無媒援。豈期片善，上達宸聰，回日月之重光，燭江湖之下國。絲綸褒異，苦節既彰；印綬煒煌，老容如少。〔一一〕望雲天而拜舞，豈盡丹誠；視環玦以裴回，〔一二〕空嗟白首。無任感激屏營之至。云云。大和七年十二月十六日。

【校注】

〔一〕表大和七年十二月在蘇州作。加章服：此指賜金紫。《新唐書·車服志》：「高宗給五品以上隨身魚銀袋，以防召命之詐，出内必合之。三品以上金飾袋。……景龍中，令特進佩魚，散官佩魚自此始也。……景雲中，詔衣紫者魚袋以金飾之，衣緋者以銀飾之。開元初……中書令張嘉貞奏，致仕者佩魚終身。自是，百官賞緋、紫，必兼魚袋，謂之章服。」《子劉子自傳》：「轉蘇州刺史，賜金紫。」按唐制，章服按散階品級，五品以上服緋，三品以上服紫，散官品級不到五品或三品特恩賞賜者，稱爲賜緋或賜紫。時劉禹錫散官爲朝議大夫，正五品下，僅可服緋，今特許服金紫，故爲「恩賜」。

〔二〕去年：「年」字當是衍文。

〔三〕虚：《文苑英華》、《全唐文》作「既」。陟明之典：官吏考核升降的制度。《書·舜典》：「三載考績，三考，黜陟幽明。」彼己之詩：《詩·曹風·候人》：「彼其之子，三百赤芾。……彼其之子，不稱其服。」箋：「『不稱』者，言德薄而服尊。」《文選》曹植《求自試表》：「將掛風人彼其之譏。」李善注引《毛詩》作「彼其之子」。其，或作「己」。《詩·王風·揚之水》「彼其之子」傳：「其或作記，或作己，讀聲相似。」

〔四〕緣累：牽連。出省：指自尚書郎貶朗州司馬。

〔五〕追赴京國：指元和十年奉詔還長安事。

〔六〕封：封事，密封的奏章。

〔七〕一麾：即一揮，指出爲刺史，參見卷二《送李策秀才（略）》注。三郡：指連、夔、和三州刺史。

〔八〕書殿：集賢殿書院。儀曹：禮部，指爲禮部郎中，參見卷一《闕下口號呈柳儀曹》注。

〔九〕延英：唐長安大明宮中便殿名，乃皇帝退朝後召見臣下之處。《唐兩京城坊考》卷一「大明宫」：「由紫宸而西，歷延英殿。」

〔一〇〕色：劉本作「食」。

〔一一〕綸綸：詔書。綸，細繩。《禮記·緇衣》：「王言如絲，其出如綸。」煒煌：光明貌。

〔一二〕環玦：玉環與玉玦。《荀子·大略》：「絶人以玦，反絶以環。」楊倞注：「古者臣有罪，待放於境，三年不敢去，與之環則還，與之玦則絶。」裴回：同徘徊。

蘇州加章服謝宰相狀〔一〕

右某素乏吏才，謬居劇郡，以無庸之器，當難治之時，恭守詔條，勤求人瘼。伏以聖德柔遠，皇明燭幽，凡有上陳，皆可其奏，遂令管見，得及疲黎，自承雨露之恩，非有循良之政。猥蒙朝獎，特降命書，顧逢掖之腐儒，被華章之貴服，有黷陟明之典，誠招彼己之譏。〔二〕限以守官，不獲拜謝，瞻望榮感，心魂載馳。云云。大和七年十二月日。

【校注】

〔一〕狀大和七年十二月在蘇州作，參見前表注。

〔二〕逢掖：儒者之衣，參見卷三《游桃源一百韻》注。陟明、彼己：均見前表注。

劉氏集略説〔一〕

子劉子曰：五達之井，百汲而盈科，未必涼而甘，所處之勢然也。〔二〕人之詞待扣而揚，猶井之利汲耳。

始余爲童兒，居江湖間，喜與屬詞者游，謬以爲可教，視長者所行止，必操觚從之。〔三〕及冠，舉秀才，〔四〕一幸而中説。有司懼不厭於衆，亟以口譽平之。長安中多循空言，以爲誠，果有名字，〔五〕益與曹輩畋漁于書林，宵語途話，琴酒調謔，一出於文章。俄被召爲記室參軍，會出師淮上，恒磨墨於楯鼻，或寢止群書中。〔六〕居一二歲，由甸服升諸朝，凡三進班，而所掌猶外府。〔七〕或官課平，或爲人所倩，昌言奏記，移讓告諭，奠神志葬，咸猥并焉。〔八〕及謫于沅、湘間，爲江山風物之所蕩，往往指事成歌詩；或讀書有所感，輒立評議。窮愁著書，古儒者之大同，非高冠長劍之比耳。〔九〕

前年，蒙恩澤，授以郡符。居海壖，多雨慝作。〔一〇〕適晴，喜，躬曬書于庭，得已書四十通。〔一一〕逌爾自哂曰：「道不加益，焉用是空文爲？真可供醬蒙藥楮耳！」〔一二〕它日，子婿博陵崔生關言曰〔一三〕：「某也鼎游京師，偉人多問丈人新書幾何，且欲取去。而某應曰無有，輒愧起於顔間。今當復西，期有以弭愧者。」由是删取四之一爲《集略》，以貽此郎，非敢行乎遠也。

【校注】

〔一〕文大和七年在蘇州作。《劉氏集略》：劉禹錫自選集，十卷，已佚。

〔二〕五達：指交通要道。《史記・酈生陸賈列傳》：「夫陳留天下之衝，四通五達之郊也。」盈科：形容水多。科，坎地。《孟子・離婁下》：「源泉混混，不舍晝夜，盈科而後進，放乎四海。」注：「言水不舍晝夜而進，盈，滿。科，坎。」

〔三〕屬詞者：指文學之士。劉禹錫少年時曾從權德輿、皎然、靈澈等游，參見卷十三《獻權舍人書》及後《澈上人文集紀》。操觚：持簡，寫作。《文選》陸機《文賦》：「或操觚以率爾，或含毫而邈然。」李善注：「觚，木之方者，古人用之以書，猶今之簡也。」

〔四〕秀才：唐代科舉考試的名目，此指進士試。《唐六典》卷四：「凡舉試之制，每歲仲冬，率與計偕，其科有六：一曰秀才，試方略策五條。此科取人稍峻，貞觀已後遂絶。」《新唐書・選舉志上》：「高宗永徽二年，始停秀才科。」

〔五〕有名字：指進士及第。

〔六〕記室參軍：南北朝官名，即唐時掌書記。劉禹錫貞元十六年爲杜佑徐泗淮節度使掌書記，隨軍出師淮上，參見卷十三《讓同平章事表》注。楯鼻：即盾鼻，盾牌的把手。《北史・荀濟傳》：「濟初與梁武帝布衣交，知梁武當王，然負氣不服，謂人曰：『會楯上磨墨作檄文。』」《資治通鑑》卷一六〇載荀濟語，作「會於楯鼻上磨墨檄之」。

〔七〕甸服：指京畿，參見卷十七《祭興元李司空文》注。劉禹錫貞元十九年自京兆渭南主簿遷監察御史，又遷屯田員外郎。外府：此指度支鹽鐵使府。劉禹錫爲屯田員外郎，判度支鹽鐵案。

〔八〕課：要求。倩：請託。昌言：正言。《書·大禹謨》：「禹拜昌言曰『俞』。」移讓告諭：官府文書。移讓用於官府各部門之間，告諭用於對下級或百姓。奠神志葬：指祭文及墓碑、墓誌一類文字。

〔九〕窮愁著書：《史記·平原君虞卿列傳》：「虞卿……不得意，乃著書，上採《春秋》，下觀近世……以刺譏國家得失，世傳之曰《虞氏春秋》。」贊曰：「然虞卿非窮愁，亦不能著書以自見於後世云。」高冠長劍：指達官貴人。《後漢書·宦者傳》：「若夫高冠長劍，紆朱懷金者，布滿宫闈。」

〔一〇〕海壖：海邊地，此指蘇州。劉禹錫大和五年授蘇州刺史。慝作：陰濕氣生。《左傳·莊公二十五年》：「唯正月之朔，慝未作。」

〔一一〕四十通：四十卷。劉禹錫此後尚有大量作品。《新唐書·藝文志四》：「《劉禹錫集》四十卷。」蓋劉禹錫去世後他人所編，其作品遺佚尚多。

〔一二〕逌爾：笑貌。醬蒙：覆蓋醬罎子。《漢書·揚雄傳》：「鉅鹿侯芭常從雄居，受其《太玄》、《法言》焉。劉歆亦嘗觀之，謂雄曰：『空自苦！今學者有禄利，然尚不能明《易》，又如《玄》何！

吾恐後人用覆醬瓿也。』」藥楮：包藥之紙。楮，原作「褚」，據明本、劉本、《全唐文》改。

〔三〕博陵：郡名，治所在今河北安平，爲崔氏著望。崔生：名未詳。關言：禀告。

澈上人文集紀〔一〕

釋子工爲詩，尚矣。休上人賦《别怨》，約法師哭范尚書，咸爲當時才士之所傾嘆。〔二〕厥後，比比有之。上人生於會稽，〔三〕本湯氏子，聰察嗜學，不肯爲凡夫，因辭父兄出家，號靈澈，字源澄。雖受經論，一心好篇章，從越客嚴維學爲詩，遂籍籍有聞去。〔四〕維卒，乃抵吴興，與長老詩僧皎然游，講藝益至。〔五〕皎然以書薦于詞人包侍郎佶，包得之大喜，又以書致于李侍郎紓。〔六〕是時，以文章風韻主盟於世者曰「包李」，以是上人之名由二公而颺，如雲得風，柯葉張王。〔七〕以文章接才子，以禪理説高人，風儀甚雅，談笑多味。貞元中西游京師，名振輦下，緇流疾之，造飛語激動中貴人，因侵誣得罪徙汀州。〔八〕會赦，歸東越，時吴、楚間諸侯多賓禮招延之。元和十一年，終於宣州開元寺，年七十有一。〔九〕門人遷之，建塔於越之山陰天柱峰之陲，〔一〇〕從本教也。

初，上人在吴興，居何山，〔一一〕與晝公爲侣。皎然字晝，時以字行。時予方以兩髦執筆硯，〔一二〕陪其吟詠，皆曰孺子可教。後相遇于京、洛，與支、許之契焉。〔一三〕上人没後十七年，予爲吴郡，其門人秀峰捧先師之文來，乞詞以志，且曰：「師嘗在吴，賦詩僅二千首。今删取三百篇，勒爲十卷。自大曆至元和，凡五十年間，接詞客聞人酬唱，别爲十卷。〔一四〕今也思行乎昭世，求一言羽翼之。」

因爲評曰：世之言詩僧多出江左。靈一導其源，護國襲之；清江揚其波，法振沿之。如么絃孤韻，瞥入人耳，非大樂之音。〔一五〕獨吴興晝公能備衆體。晝公後，澈公承之。至如《芙蓉園新寺》詩云「經來白馬寺，僧到赤烏年」，《謫汀州》云「青蠅爲弔客，黄耳寄家書」，可謂入作者閫域，豈獨雄於詩僧間邪？〔一六〕

【校注】

〔一〕文大和七年在蘇州作。澈上人：靈澈，元和十一年卒。文云「上人没後十七年」，爲大和七年。《新唐書·藝文志四》：「僧靈徹《詩集》十卷。」其集今佚。

〔二〕休上人：湯惠休，劉宋詩僧，見卷一《廣宣上人寄在蜀與韋令公唱和詩卷（略）》注。《别怨》：當即湯惠休《怨詩行》，見《樂府詩集》卷四一。詩云：「明月照高樓，含君千里光。巷中情思滿，斷絶孤妾腸……」江淹有擬作，見《文選》卷三一。約法師：南齊僧慧約，字德素，俗姓婁，曾入竟陵王邸，沈約隆昌中外任，攜與同行。約罷郡，相攜出都，還住鍾山草堂寺，文章往復。傳見《續高僧傳》卷六。沈約有《憩郊園和約法師采藥》詩，見《藝文類聚》卷八一。范尚書：范雲，齊、梁間詩人，官至尚書右僕射，《梁書》卷一三、《南史》卷五七有傳。《詩紀》卷八九録陶弘景《和約法師臨友人》詩：「我有數行淚，不落十餘年。今日爲君盡，並灑秋風前。」並云：「《歷代吟譜》云，慧約字德素，有哭范荀詩云云。乃以此作慧約作，或別有考也。」按，南朝五史無范荀其人，此詩或即慧約《哭范尚書》詩，或爲陶弘景和慧約《哭范尚書》之作。

〔三〕會稽：郡名，即越州，今浙江紹興。

〔四〕嚴維：中唐詩人。《唐才子傳》卷三《嚴維傳》：「維字正文，越州人，初隱居桐廬，慕子陵之高風。至德二年，江淮選補使、侍郎崔渙下以詞藻宏麗，進士及第。……授諸暨尉。……仕終右補闕。……詩情雅重，挹魏、晉之風，鍛煉鏗鏘，庶少遺恨。」《宋高僧傳》卷五《靈澈傳》：「故秘書郎嚴維、劉隋州長卿、前殿中侍御史皇甫曾，睹面論心，皆如膠固，分聲唱和，名散四陬。」

〔五〕吴興：郡名，即湖州。皎然：中唐詩僧。《新唐書·藝文志四》：「《皎然詩集》十卷。字清晝，姓謝，湖州人，靈運十世孫，居杼山。顔真卿爲刺史，集文士撰《韻海鏡源》，預其論著。貞元中，集賢御書院取其集以藏之，刺史于頔爲序。」于頔《釋杼山皎然集序》：「有唐吴興開士釋皎然，字清晝，即康樂之十世孫，得詩人之奧旨，傳乃祖之菁華，江南詞人，莫不楷範。」

〔六〕包佶：字幼正，潤州延陵人，擢進士第，官終秘書監。附見《新唐書·劉晏傳》。皎然《贈包中丞書》：「今海内詩人，以中丞爲龍門。……今之馳疏，實有所薦。有會稽沙門靈澈，年三十有六……故秘書郎嚴維、隨州劉使君長卿、前殿中皇甫侍御曾常所稱耳。及上人自浙右來湖上見存，並示製作，觀其風裁，味其情致，不下古手，不傍古人，則向之嚴、劉、皇甫所許，疇今所覿，則三君之言，猶未盡上人之美矣。」皎然《與權從事德輿書》：「靈澈上人，足下素識，其文章挺拔瑰奇，自齊、梁以來，詩僧未見其偶。」李紓：字仲舒，天寶末拜校書郎；貞元中，終於禮部侍郎任。《舊唐書》卷一三七、《新唐書》卷一六一有傳。包佶貞元八年五月卒於秘書監任，見權德輿《祭故秘書包監文》；李紓同年二月卒於吏部尚書任，見《舊唐書·德宗紀下》。包李齊名主盟文壇及靈澈入長安在貞元八年前數年中。

〔七〕張王：茂盛。

〔八〕緇流：僧徒。中貴人：宦官。汀州：州治在今福建長汀。靈澈因何事得罪未詳。

〔九〕宣州：今屬安徽。開元寺：《輿地紀勝》卷十九「宣州碑記」有孟拱辰《開元寺大殿記》。年七十有一：「年」字原無，據《全唐文》增。

〔一〇〕山陰：縣名，屬越州。天柱峰：未詳。

〔一一〕何山：在湖州烏程縣。《太平寰宇記》卷九四「湖州烏程縣」：「何山亦曰金蓋山。晉何楷居此修儒業。楷後爲吴興太守，改金蓋爲何山。」

〔一二〕兩髦：古代兒童髮式，頭髮分垂兩邊至眉。《詩·鄘風·柏舟》：「髧彼兩髦，實維我儀。」

〔一三〕支、許：支遁、許詢。《晉書·謝安傳》：「寓居會稽，與王羲之及高陽許詢、桑門支遁游處，出則漁弋山水，入則言詠屬文，無處世意。」

〔一四〕別爲十卷：按《新唐書·藝文志四》集部總集類有「僧靈徹《酬唱集》十卷」，注：「大曆至元和中名人。」蓋即此集。今亦佚。

〔一五〕靈一：唐詩僧，《全唐詩》存詩一卷。獨狐及《唐故揚州慶雲寺律師一公塔銘》：「公諱靈一，俗姓吴，廣陵人也。……寶應元年冬十月十六日終於杭州龍興寺。……公智刃先覺，法施無方，每禪誦之隙，輒賦詩歌事，思入無間，興含飛動。潘、阮之遺韻，江、謝之闕文，公能綴之。」護國：唐詩僧。《唐詩紀事》卷一三：「護國，江南人，攻詞翰。」《全唐詩》存詩十二首。清江：會稽人，不詳氏族。初禮曇一律師，後從守直和尚爲弟子，大曆中傳忠國師心要，事見《宋高僧傳》卷一五《唐襄州辯覺寺清江傳》。《全唐詩》存清江詩一卷。法振：生平未詳。李益有《送賈校書東歸寄振上人》詩。么絃：最小絃。瞥入：暫入。瞥，目光掠過。

〔一六〕《芙蓉園新寺》、《謫汀州》：二詩全篇已佚。白馬寺：在洛陽東。《魏書·釋老志》：「後孝明帝夜夢金人，項有日光，飛行殿庭，乃訪群臣，傅毅始以佛對。帝遣郎中蔡愔、博士弟子秦景等使於天竺，寫浮屠遺範。……愔之還也，以白馬負經而至，漢因立白馬寺於洛城雍門西。」赤烏：吴大帝孫權年號，公元二三八—二五一年。《三國志·吴書·吴主傳》：「赤烏元年……秋八月……詔曰：『間者赤烏集於殿前，朕所親見，若神靈以爲嘉祥者，改年宜以赤烏爲元。』……於是改年。」《高僧傳》卷一《康僧會傳》：「時吴地初染大法，風化未全，僧會欲使道振江左，興立圖寺，乃杖錫東游，以吴赤烏十年初達建鄴，營立茅茨，設像行道。」青蠅：用虞翻事，見卷二《遥傷丘中丞》注。黄耳：犬名。《晉書·陸機傳》：「初，機有駿犬，名曰黄耳，甚愛之。既而覊寓京師，久無家問，笑語犬曰：『我家絶無書信，汝能齎書取消息不？』犬摇尾作聲，機乃爲書，以竹筩盛之而繫其頸。犬尋路南走，遂至其家，得報還洛。其後因以爲常。」闔域：範圍。闔，門檻。

唐故相國李公集紀〔一〕

天以正氣付偉人，必飾之，使光耀于世。粹和絪緼積于中，鏗鏘發越形乎文。〔二〕文之細大視道之行止，故得其位者，文非空言，咸繫于訏謨宥密，〔三〕庸可不紀？惟唐以神武定天下，群慝既讋，驟示以文，《韶》、《英》之音，與鉦鼓相襲。〔四〕故起文章爲大臣者，魏文貞以諫諍顯，馬高唐以智略奮，岑江陵以潤色聞，無草昧汗馬之勞，而任遇在功臣上。〔五〕唐之貴文至矣哉！後王纂承，多以國柄付文士。元和初，憲宗遵聖祖故事，視有宰相器者，貯之内庭，繇是釋筆硯而操化權者十八九，公實得時而光焉。〔六〕

公諱絳，字深之，趙郡人，在貢士中傑然有奇表。既登太常第，又以詞賦昇甲科，授秘書省校書郎。〔七〕歲滿從調，有司設甲乙問以觀決斷，〔八〕復居高品。補渭南尉，擢拜監察御史。未幾，以本官充翰林學士，居中轉尚書主客員外郎，歷司勳郎中、知制誥，遷中書舍人。〔九〕風儀峻整，敷奏讜切，言事感動，上輒目送之。一旦召至浴堂門，與語半日，曰：

「將移用于大位，宜稔孰民聽。」〔一〇〕遂出爲户部侍郎，遷中書侍郎、同平章事，毅然有直聲。〔一一〕及册免，而問望益大。〔一二〕周旋公卿間，五爲尚書，歷御史大夫、左僕射，一以三公領太常，刺近輔、居保釐、登齋壇皆再焉。〔一三〕大和三年，以司空鎮南鄭，居二歲，坐氣剛玉折，海内冤惜之。〔一四〕

後三年，嗣子前京兆府户曹掾璆、次子前監察御史裏行頊等，〔一五〕泣持遺草請編之。肇自從試有司，至于宰天下，詞賦詔誥，封章啟事，歌詩贈餞，金石颺功，凡四百餘篇，勒成二十卷。上所以知君臣啟沃之際，〔一六〕下所以備風雅詩聲之義。洪鐘駭聽，瑶瑟清骨。其在翰苑，及登台庭，亟言大事，誠貫理直，感通神祇，龍鱗收怒，天日回照，古所謂一言興邦者，信哉〔一七〕！始愚與公爲布衣游，及仕畿服，〔一八〕幸公同邑。其後雖翔泳勢異，而不以名數革初心。〔一九〕今考其文，至論事疏，〔二〇〕感人肺肝，毛髮皆聳。嗚呼，其盛唐之遺直歟〔二一〕！

【校注】

〔一〕文大和七年在蘇州作。李公：李絳，參見卷十七《祭興元李司空文》注。《新唐書·藝文志四》：「《李絳集》二十卷。」集佚。今《全唐文》存文二卷，《全唐詩》存詩二首。

〔二〕粹和絪緼：天地間元氣交會和合的狀態。《易·繫辭下》：「天地絪緼，萬物化醇。男女構精，萬物化生。」疏：「絪緼，相附著之義。言天地無心，自然得一。唯二氣絪緼，共相和會，萬物感之，變化而精醇也。」鏗鏘發越：聲音響亮而昂揚。

〔三〕訏謨：謀劃。宥密：寬仁寧静。《詩・周頌・昊天有成命》：「成王不敢康，夙夜基命宥密。」傳：「宥，寬；密，寧也。」

〔四〕慝：惡人。讋：同慴。《韶》、《英》：相傳爲舜樂。《莊子・至樂》：「奏《九韶》以爲樂。」《吕氏春秋・古樂》：「帝舜乃令質修《九招》、《六列》、《六英》，以明帝德。」《九招》即《九韶》。鉦鼓：軍中用以指揮的樂器。

〔五〕魏文貞：魏徵，卒謚文貞。《舊唐書》本傳：「薨……謚曰文貞。……帝親製碑文，並爲書石。其後追思不已。……嘗臨朝謂侍臣曰：『夫以銅爲鏡，可以正衣冠；以古爲鏡，可以知興替；以人爲鏡，可以明得失。……今魏徵殂逝，遂亡一鏡矣。』」史臣曰：「臣嘗閲《魏公故事》，與文皇討論政術，往復應對，凡數十萬言。其匡過弼違，能近取譬，博約連類，皆前代諍臣之不至者。其實根於道義，發爲律度，身正而心勁。上不負時主，下不阿權幸，中不侈親族，外不爲朋黨，不以逢時改節，不以圖位賣忠……前代諍臣，一人而已。」馬高唐：馬周。《舊唐書》本傳：「轉中書舍人。周有機辯，能敷奏，深識事端，動無不中。太宗嘗曰：『我於馬周，暫不見則便思之。』……（貞觀）十八年，遷中書令，依舊兼太子右庶子。周既職兼兩宫，處事精密，甚獲當時之譽。……二十二年卒。……高宗即位，追贈尚書右僕射、高唐縣公。」岑江陵：岑文本。《舊唐書》本傳：「文本才名既著，李靖復稱薦之，擢拜中書舍人，漸蒙親顧。初，武德中詔誥及軍國大事，文皆出於顔師古。至是，文本所草詔誥，或衆務繁湊，即命書僮六七人隨口並寫，須臾悉成，亦殆盡其妙。時中書侍郎顔師古以譴免職……於是以文本爲中書侍郎，專典機密。……封江陵縣子。……拜中書令。」草昧：草創。汗馬之勞：戰功。

〔六〕内庭：指翰林院，在宫中。操化權：爲相。《舊唐書・職官志二》：「翰林院：天子在大明宫，其院在右銀臺門外；在興慶宫，院在金明門内；若在南内，院在顯福門。……玄宗即位，張説、陸堅、張九齡、徐安貞、張垍等，召入禁中，謂之翰林待詔。王者尊極，一日萬機……故嘗簡當代士人，以備顧問。至德已後，天下用兵，軍國多務，深謀密詔，皆從中出，尤擇名士，翰林學士得充選者，文士爲榮。……德宗好文，尤難其選。貞元已後，爲學士承旨者，多至宰相焉。」按元和中翰林學士李吉甫、裴垍、李程、李絳、崔群、蕭俛、令狐楚、王涯、段文昌、杜元穎、李德裕、李紳、韋處厚、路隋等十四人，後均官至宰相。白居易《李留守相公見過池上泛舟舉酒話及翰林舊事因成四韻以獻之》：「同時六學士，五相一漁翁。」

〔七〕太常：禮部。太常第即進士第。《通典》卷二五：「令太常者……周時曰宗伯，爲春官，掌邦禮。」《舊唐書・李絳傳》：「絳舉進士，登宏辭科，授秘書省校書郎。」

〔八〕甲乙：指吏部銓選考試。《通典》卷一五「選舉三」：「後日月寖久，選人猥多，案牘淺近，不足爲難，乃採經籍古義，假設甲乙，令其判斷……佳者登於科第，謂之『入等』，其甚拙者謂之『藍縷』，各有昇降。選人有格限未至而能試文三篇，謂之『宏詞』，試判三條，謂之『拔萃』，亦曰『超絶』。詞美者，得不拘限而授職。」

〔九〕居中：在翰林院供職期間。丁居晦《重修承旨學士壁記》：「李絳：元和二年四月八日自監察御史充，加主客員外郎；四年四月十七日，加司勛員外郎、知制誥；五月十八日賜緋；五年五月五日，加司勛郎中，依前充；十二月，遷中書舍人，賜紫；六年二月二十七日出院，拜户部侍郎。」

〔一〇〕浴堂門：唐長安大明宫中浴堂殿門。《唐兩京城坊考》卷一「大明宫」：「由紫宸而東，經綾綺殿、浴堂殿……以達左銀臺門。」注：「殿有浴堂門，見《順宗實録》。」民聽：劉本作「民隱」。《新唐書・宰相表中》：元和六年「十一月己丑，户部侍郎李絳爲中書侍郎、同中書門下平章事」。

〔一一〕毅：《叢刊》本作「殷」，《文苑英華》校「集作殷」。

〔一二〕問望：聲望。《叢刊》本、《文苑英華》、《全唐文》作「聞望」。

〔一三〕五爲尚書：《舊唐書・李絳傳》：「（元和）九年罷知政事，授禮部尚書。」據傳，絳後一爲吏部尚書，三爲兵部尚書。歷御史大夫、左僕射：《舊唐書・李絳傳》：「穆宗即位，改御史大夫。……寶曆初，入爲尚書左僕射。」三公：唐以太尉、司徒、司空爲三公。大和二年李絳曾檢校司空、太常卿，見卷十七《祭興元李司空文》注。近輔：京師附近的大郡，此指華州。《通典》

卷三三："開元中……以近畿之州爲四輔。"注："同、華、岐、蒲四州謂之四輔。"《舊唐書·李絳傳》："(元和)十年，檢校户部尚書，華州刺史。"據《新唐書》本傳，李絳曾爲河中節度使，治河中府，即蒲州，亦爲四輔之一。居保釐：指爲東都留守。《書·畢命》："命畢公保釐東郊。"《舊唐書·穆宗紀》："(長慶二年三月)甲寅……前東都留守李絳復拜舊官。"齋壇：即拜將之壇。《史記·淮陰侯列傳》載，劉邦欲拜韓信爲將，蕭何曰："王必欲拜之，擇良日，齋戒，設壇場，具禮，乃可耳。"此指爲節度使。據《新唐書》本傳，李絳曾爲河中節度使、東川節度使。

〔一四〕南鄭：即興元府，爲山南東道節度使治所。李絳死於興元兵亂，見卷十七《祭興元李司空文》注。

〔一五〕璆：李絳長子。《新唐書·宰相世系二上》："璆，河南府司録參軍。"據《唐代墓誌匯編》會昌〇〇九《唐故河南府司録李君(璆)墓誌》，璆字子韞，以門蔭入仕，歷太常協律、大理主簿、大理司直、京兆府士曹、澠池令、河南府司録，會昌元年卒。此云"户曹"，與誌異。頊：李絳次子。《李璆墓誌》："母弟雲陽令頊。"《新唐書·宰相世系二上》："頊，衢州刺史。"

〔一六〕啟沃：以理開導君主。《書·説命上》："啟乃心，沃朕心。"

〔一七〕龍鱗：指君主。《韓非子·説難》："夫龍之爲蟲也柔，可狎而騎也，然其喉下有逆鱗徑尺，若人有嬰之者，則必殺人。人主亦有逆鱗，説者能無嬰人主之逆鱗，則幾矣。"天日：喻指皇帝。回照：謂聽從諫言，改變看法和態度。一言興邦：《論語·子路》："定公問：『一言而可以興邦，有諸？』孔子對曰：『言不可以若是其幾也。人之言曰：爲君難，爲臣不易。如知爲君之難也，不幾乎一言而興邦乎？』」《新唐書·李絳傳》：「初，承璀討王承宗，議者皆言古無以宦人統師者，絳當制書，固争，帝不能奪，止詔宰相授敕。……又數論宦官横肆、方鎮進獻等事……帝果怒。絳謝曰：『陛下憐臣愚，處之腹心之地，而惜身不言，乃臣負陛下；若上犯聖顔，旁忤貴倖，因而獲罪，乃陛下負臣。』於是帝動容曰：『卿告朕以人所難言者，疾風知勁草，卿當之矣。』」

〔一八〕畿服：京畿，指京兆府渭南縣，參見卷十七《祭興元李司空文》注。

〔一九〕名數：《漢書·高帝紀》：「民前或相聚，保山澤，不書名數。」注：「名數，户籍也。」此代指富貴爵禄。杜甫《投贈哥舒開府翰二十韻》：「茅土加名數，山河誓始終。」革初心：改變本心。

〔二〇〕論事疏：今《全唐文》卷六四五存李絳《陳時務疏》、《論賢疏》等十八道。

〔二一〕遺直：正直之遺風。《左傳·昭公十四年》：「仲尼曰：『叔向，古之遺直也。』」注：「言叔向之直有古人遺風。」

【集評】

林紓曰：文極典重。中間有云「龍鱗收怒，天日回照」，仍近六朝語。

（《林氏選評名家文集·劉賓客集》）

吴蜀集引〔一〕

長慶四年，余爲歷陽守，今丞相趙郡李公時鎮南徐州，每賦詩，飛函相示，且命同作。〔二〕爾後，出處乖遠，亦如鄰封。〔三〕凡酬唱始於江南而終於劍外，〔四〕故以「吴蜀」爲目云。

【校注】

〔一〕文大和七年在蘇州作。《吴蜀集》：劉禹錫、李德裕唱和詩集。《新唐書·藝文志四》：「《吴蜀集》一卷。劉禹錫、李德裕唱和。」此集北宋尚存，宋敏求編《劉賓客集外集》，後序云輯自「《吴蜀集》十七」，今《外集》卷七中與李德裕唱和詩，即録自此集。

〔二〕歷陽：郡名，即和州。劉禹錫長慶四年秋爲和州刺史，見卷五《别夔州官吏》注。李公：李德裕。南徐州：潤州。《元和郡縣圖志》卷二五「潤州」：「晉咸和中，郗鑒自廣陵鎮於此，爲僑徐州理所。……後徐州寄理建業，又爲南兖州，後又爲南徐州。」長慶四年，李德裕在潤州刺史、浙西觀察使任上，參見卷六《和浙西李大夫霜夜對月（略）》注。《新唐書·宰相表下》：大和七年「二月丙戌，兵部尚書李德裕守本官，同中書門下平章事」。

〔三〕鄰封：鄰州。封，疆界。

〔四〕劍外：劍門關以南，指蜀中。李德裕大和四年十二月爲劍南西川節度使，參見卷八《和西川李尚書（略）》等詩注。今《外集》輯自《吴蜀集》的十七首詩中，有四首作於大和末、開成中，當是後來續附入。

唐故朝議郎守尚書吏部侍郎上柱國賜紫金魚袋贈司空奚公神道碑〔一〕

嗚呼，有唐清臣尚書吏部侍郎奚公，貞元十五年十月甲子薨于位，詔贈禮部尚書，太常考行，謚曰某。〔二〕是歲臘月丁酉，葬於萬年縣之某原。〔三〕後三十有四年，子爲諸侯，爲大夫，門户有煒，於是門下生琢石紀德，揭于我阡云。〔四〕

公諱陟，字殷衡。〔五〕其先在夏爲車正，以功封于薛下，古以降爲譙郡人。〔六〕或因仕適楚，復之秦，今爲京兆人。隋唐之際，再世以明經爲博士，家有賜書。曾祖簡，亦以文學爲太子司議郎。大父乾繹，仕至光州刺史。〔七〕烈考諱某，〔八〕有道而尚晦，終徐州司功參軍，贈和州刺史，由子貴也。

天以大運生萬物，而以正氣鍾賢人。至和來宅，其德乃具，公實有焉。幼而擢陵苕之秀，長而成清廟之器，群倫月旦，咸以第一流處之。〔九〕及從鄉賦，暨升名太常，〔一〇〕果居上第。明年，詔郡國徵賢良，設四科以盡材，公居文詞清麗之目，授弘文館校書郎。〔一一〕時德宗新即位，聲烜虜廷，西戎畏威，底貢内附，詔諫議大夫崔河圖持節即虜帳以報之。〔一二〕使臣欲盛其賓寮以自大，遂嘿表公爲介，授大理評事。除書到門，公方爲人子，不敢許以遠，稱病，弗果行，歸寧壽春，〔一三〕養志盡敬。丞相楊炎勇於用才，擢公爲左拾遺，奉安輿而西。〔一四〕未幾，再集荼蓼。〔一五〕居後喪將闋，是歲建中四年，京師急變，黄屋順動，狩于巴梁。〔一六〕公徒行間道，以歸王所。既中月而詔授起居郎，充翰林學士。〔一七〕創鉅愈遲，病不拜職，改太子司議郎。從大駕回，入尚書爲司金元士，且參榷筦之務。〔一八〕有頃，持慇册宣恩于薊門，將行，錫銀朱於青蒲上。復命稱旨，轉吏部外郎。〔一九〕是曹在南宫爲眉目，在選士爲司命，公執直筆，閲簿書，紛拏盤錯，一瞬而剖。〔二〇〕時文昌缺左右丞，都曹差重，〔二一〕遂轉左司郎中，尋遷中書舍人。執事者緊公識精以斟酌大政，〔二二〕非獨用文飾也。

會江淮間民被水禍，上愍焉，特命公宣撫之，許以便宜及物。〔二三〕赤車所至，〔二四〕如東風變枯，條其利病，復奏咸可。轉刑部侍郎。時主計臣延齡以險刻貴倖而與京兆尹相惡，以危事中之。〔二五〕尹坐譴已，又逮繫其吏，峻繩之。〔二六〕事下司寇，主奏議者欲文致而甘心焉。〔二七〕公侃然持平，挫彼岳岳，〔二八〕君子聞之，善其知道不私。刑曹既清，以餘刃兼領選事。〔二九〕居一年，授權知吏部侍郎，又一年即真。〔三〇〕是秩言能審官者，本朝有裴、馬、盧、李四君子，物論以公媲焉。〔三一〕時得疾發癰，有國醫方直禁中，上促遣如第，且敕之曰：「某賢臣也，悉術以治之。」及有司以不起聞，上震悼加等。

公娶琅琊王氏，石泉公之曾孫，〔三二〕友婿皆一時彦士。長子某，早不禄。〔三三〕第二子敬則，歷太僕少卿，今爲濮州刺史、兼御史中丞，賜金紫，以連最就加貴秩，俾視九卿。〔三四〕第三子敬玄，以詞藝似續，〔三五〕登文科，歷左補闕，今爲尚書刑部郎中。第四子炅，舉進士。最小子某，咸砥礪纂修，宜爲名公家子，其邁德垂裕之光乎〔三六〕！

公少以名器自任，及顯達，急於推賢。視其所舉，則在西省薦權丞相，由右史掌訓詞；在中銓表楊僕射，由地曹郎綜吏部。〔三七〕二公後爲天下偉人。凡執文章權衡，以揣量多士，一入中禁考策詞，三在天官第章句，披沙剖璞，由我而顯者落落然居多。〔三八〕推是風鑒移于大冶，則熔範之内無非祥金。〔三九〕嗟乎，天不遐其福而孤民望，使《由庚》之什不作於貞元中，惜也。〔四〇〕初，公既齊終，詔贈大宗伯。〔四一〕後以第三子在郎位被霈澤，再追褒至司空，故昔之葬儀用常伯，而今之碑制用三公云。〔四二〕銘曰：

仁麟智龍，爲瑞一辰，未若君子，瑞于人倫。〔四三〕惟唐德宗，道類漢宣，責實繩下，風稜言言。〔四四〕公丁斯時，籍在雋賢，從難表節，執羈而還。〔四五〕帝曰汝器，黄流瑟然，可爲大僚，左右化源。〔四六〕乃飾王度，乃馳輶軒，既執刑柄，亦操吏權。〔四七〕陽和熙熙，貯在顔間，守法持正，嶷如秋山。火不侵玉，倖臣畏伏；鳳鳴祥煙，梟噪低跧。〔四八〕帝方倚用，天不假年。公寐無痗，其名愈遠。門人達者，赤舄玄衮。〔四九〕公居甚卑，其德愈尊，兩子朝服，駢驅朱輪。〔五〇〕佳城何在？胄貴之里，螭首龜趺，德輝是紀。〔五一〕嗚呼後人，下拜於此。

【校注】

〔一〕碑大和七年在蘇州作。奚公：奚陟，字殷卿，亳州人，登進士第，又登文詞清麗科，授弘文館校書，歷大理評事、左拾遺、太子司議郎、吏部員外郎、中書舍人，遷刑部侍郎，尋知吏部選事，貞元十五年卒於吏部侍郎任。《舊唐書》卷一四九、《新唐書》卷一六四有傳。朝議郎：文散階正六品上。守：《舊唐書・職官志一》：「貞觀令：以職事高者爲守，職事卑者爲行，仍各帶散位。」奚陟職事官爲正四品上之吏部侍郎，散階卑，故云「守」。賜紫金魚袋：唐制，散階三品以上服紫，佩金魚袋；奚陟散官未至三品，故特恩賞賜。

〔二〕甲子：據《二十史朔閏表》，貞元十五年十月辛未朔，無甲子。此蓋以干支首字代指干支，猶言某日。《舊唐書・德宗紀下》：「（貞元十五年十月）吏部侍郎奚陟卒。」亦未載卒日。

〔三〕萬年：京兆府屬縣，與長安縣均治都城長安（今陝西西安）中，轄都城東偏。

〔四〕諸侯：指爲濮州刺史的奚敬則。大夫：指官刑部郎中的奚敬玄。均見後文。煒：光澤鮮明。《詩・邶風・静女》：「彤管有煒。」門下生：禹錫貞元十一年登吏部取士科，時奚陟以刑部侍郎權知吏部選事，故自稱「門下生」。阡：墓道。

〔五〕殷衡：兩《唐書》本傳、《柳河東集》卷一二《先君石表陰先友記》舊注均作「殷卿」。

〔六〕車正：掌車服的官員。《左傳·定公元年》：「薛之皇祖奚仲，居薛，以爲夏車正。奚仲遷於邳。」注：「皇，大也。奚仲爲夏禹掌車服大夫。邳，下邳縣。」薛：古國名，在今山東滕縣東南。譙郡：東漢末分沛郡置，治譙縣（今安徽亳縣），天寶初，曾改亳州爲譙郡。

〔七〕大父：祖父。乾繹：《元和姓纂》卷三「廣陵奚氏」：「奚涓之後。唐滁州刺史奚凌澤，生千柏。柏生陟，吏部侍郎。」岑仲勉《元和姓纂四校記》：「按《舊書》一四九，陟祖乾繹，天寶中弋陽郡太守，亳州人。《夢得集》二八《奚陟碑》：『大父乾繹，仕至光州刺史。』光州即弋陽，若滁州則爲永陽郡，『凌澤』亦疑誤。」

〔八〕烈考：父親。據前引《元和姓纂》，奚陟父名千柏。

〔九〕陵苕：即凌霄花。《詩·小雅·苕之華》箋：「苕，陵苕也。」又：「陵苕之華，紫赤而繁。」清廟：周文王之廟，宗廟，此指廟堂朝廷。《新唐書·崔涣傳》：「涣博綜經術……嚴挺之施特榻，試《彝尊銘》，謂曰：『子清廟器，故以題相命。』」倫：同輩。月旦：每月初一，此指品評人物。《後漢書·許劭傳》：「初劭與（從兄）靖俱有高名，好共核論鄉黨人物，每月輒更其品題，故汝南俗有『月旦評』焉。」第一流：見卷八《和令狐相公言懷寄河中楊少尹》注。

〔一〇〕太常：此指禮部。《柳河東集》卷二二《送幸南容歸使聯句詩序》：「渤海幸君，既登於太常之籍。」舊注：「貞元元（九）年，南容中進士第。」白居易《和春深二十首》：「何處春深好，春深經業家。唯求太常第，不管曲江花。」《柳河東集》卷一二《先君石表陰先友記》：「奚陟，江都人。」舊注：「大曆十四年中進士。」

〔二〕明年：建中元年。是年制科有賢良方正能直言極諫、文詞清麗、經學優深、高蹈丘園、軍謀越衆、孝弟力田聞於鄉閭諸科，奚陟登文詞清麗科，參見《全唐文》卷五〇唐德宗《即位求賢詔》及《登科記考》卷一一。

〔三〕炟：盛大顯著。炟，原作「炟」，據《唐文粹》改。西戎：指吐蕃。底：致；明本作「厎」。《書·旅獒》：「西旅厎貢厥獒。」建中元年冬，吐蕃曾遣宰相論欽思明等五十五人至長安，且獻方物，見《舊唐書·吐蕃傳下》。崔河圖：曾官諫議大夫，見《新唐書·宰相世系二下》大房崔氏；建中初官庫部郎中，見《舊唐書·食貨志下》；貞元十六年十月自通州別駕長流崖州，賜死，見同書《德宗紀下》。其使吐蕃事未詳。

〔三〕壽春：郡名，即壽州，州郭下縣亦名壽春，今安徽壽縣。

〔四〕楊炎：大曆十四年八月至建中二年七月爲相，《舊唐書》卷一一八、《新唐書》卷一四五有傳。安輿：安穩的車子，老人所乘，此以代指父母。

〔五〕再集荼蓼：再遇家艱，指父母先後死亡。荼，苦菜，陸上的穢草。蓼，辛辣的野菜，水中的穢草。《詩·周頌·小毖》：「未堪家多難，予又集於蓼。」傳：「我又集於蓼，言辛苦也。」箋：「集，會也。」

〔一六〕黄屋：帝王車蓋，代指皇帝。順動：順時而動。《易·豫》：「順以動，豫。」疏：「以和順而動。」巴梁：指梁州興元府，今陝西漢中。建中四年，朱泚據長安反，德宗奔奉天；次年二月，車駕幸梁州，見《舊唐書·德宗紀上》。

〔一七〕中月：隔一月，此指除喪服。《儀禮·士喪禮》：「中月而禫。」注：「中，猶間也。禫，祭名也，與大祥間一月，自喪至此凡二十七月。」起居郎：門下省屬官，「掌録天子起居法度」，見《新唐書·百官志二》。丁居晦《重修承旨學士壁記》：「奚陟，貞元元年自起居郎充，病免。」

〔一八〕司金元士：金部員外郎。天寶十一載，改金部曰司金，見《新唐書·百官志一》。元士，周代官名，天子之士。《舊唐書·奚陟傳》：「歷金部、吏部員外郎。」參榷筦：參與鹽鐵專賣事務管理。

〔一九〕愍册：表示哀悼的册文。薊門：指幽州。《讀史方輿紀要》卷一一引《元和郡縣圖志》「幽州薊縣」：「薊城，南北九里，東西七里，開十門。」《舊唐書·德宗紀上》：「（貞元元年九月庚申）幽州節度使劉怦卒。」奚陟當充劉怦弔祭使赴幽州。錫銀朱：賜緋衣及銀魚袋。青蒲：指宫中，參見卷十七《高陵縣令劉君遺愛碑》注。外郎：《叢刊》本、《全唐文》作「員外郎」。

〔二〇〕眉目：喻顯要之職位。司命：掌管命運者。尚書省吏部掌文官選補、勛封、考課之政。紛拏盤錯：紛亂糾纏。剖：剖析辨明。

〔二一〕文昌：尚書省，光宅元年改名文昌臺，俄改文昌都省。都曹：尚書省左、右司。尚書省設左、右丞各一人，左丞總管吏、户、禮部，右丞總管兵、刑、工部，又置左、右司郎中、員外郎各一人，爲左、右丞之貳。均見《新唐書·百官志一》。

〔二二〕緊：是。

〔二三〕水禍：水災。《舊唐書·德宗紀下》：「（貞元八年）八月乙丑，天下水災，分命朝臣宣撫賑貸。」《册府元龜》卷一六二：「（貞元）八年八月詔曰：『……宜令中書舍人奚陟往江陵、襄、郢、隨、鄂、申、光、蔡……宣撫。』……是秋，河南、河北、山南、江淮凡四十餘州大水，漂溺死者二萬餘人。帝召見奚陟等，於延英殿臨遣。」

〔二四〕赤車：紅色車子，高官所乘。《華陽國志》卷三：「司馬相如初入長安，題市門曰：『不乘赤車駟馬，不過汝下也。』」

〔二五〕主計臣：主管財政的大臣。延齡：裴延齡，貞元中爲户部侍郎、判度支，《舊唐書》卷一三五、《新唐書》卷一六七有傳。京兆尹：指李充。以危事中之：《舊唐書·奚陟傳》：「遷刑部侍郎。裴延齡惡京兆尹李充有能政，專意陷害之，誣奏充結陸贄，數厚賂遺金帛。」

〔二六〕尹坐譴：《舊唐書·德宗紀下》：「（貞元十一年四月）壬戌，貶太子賓客陸贄爲忠州别駕，京兆尹李充信州長史，衛尉卿張滂汀州長史。」《叢刊》本作「充坐譴」。其吏：指京兆府屬吏張忠等。《舊唐書·裴延齡傳》：「贄、充等雖已貶黜，延齡憾之未已，乃掩捕李充腹心吏張忠，捶掠楚痛，令爲之詞，云『前後隱没官錢五十餘萬貫，米麥稱是，其錢物多結託權勢，充妻常於犢車中將金寶繒帛遺陸贄妻』。忠不勝楚毒，並依延齡教抑之辭，具於款占。忠妻、母於光順門投匭訴冤，詔御史臺推問，一宿得其實狀，事皆虛，乃釋忠。」

〔二七〕司寇：周代官名，此指刑部。《周禮·秋官·司寇》疏：「天子立司寇，使掌邦刑。」主奏議者：指崔元翰，時以比部郎中知制誥。《舊唐書·奚陟傳》：「充既貶官，（延齡）又奏充比者妄破用京兆府錢穀至多，請令比部勾覆，以比部郎中崔元翰陷充，怨惡贄也。詔許之。元翰曲附延齡，劾治府史。府史到者，雖無過犯，皆笞決以立威。時論喧然。陟乃躬自閱視府案，具得其實。」按權德輿與崔元翰交厚，曾爲崔作集序及墓誌銘，劉禹錫出權德輿門下，故隱去其名。

〔二八〕岳岳：高聳突出貌，此指權勢顯赫。《漢書·朱雲傳》：「五鹿岳岳，朱雲折其角。」

〔二九〕餘刃：猶餘力，參見卷二《酬竇員外郡齋宴客（略）》注。選事：官吏選補之事。

〔三〇〕即真：正除。《舊唐書·奚陟傳》：「陟尋以本官知吏部選事，銓綜平允，有能名，遷吏部侍郎。」

〔三一〕是秩：指吏侍一職。裴、馬、盧、李：裴行儉、馬載、盧從愿、李朝隱。《舊唐書·裴行儉傳》：「爲吏部侍郎，與李敬玄爲貳，同時典選十餘年，甚有能名，時人稱爲『裴李』。」同書《馬周傳》：「子載，咸亨年累遷吏部侍郎，善選補，於今稱之。」同書《盧從愿傳》：「睿宗踐祚，拜吏部侍郎。中宗之後，選司頗失綱紀，從愿精心條理，大稱平允。其有冒名僞選及虛增功狀之類，皆能擿發其事。典選六年，前後無及之者。……初，高宗時裴行儉、馬載爲吏部，最爲稱職。及是，從愿與李朝隱同時典選，亦有美譽，時人稱曰：『吏部前有馬、裴，後有盧、李。』」物論：輿論。媲：匹配，比美。

〔三二〕琅琊：郡名，爲王氏郡望。石泉公：王方慶。《舊唐書》本傳：「周少司空石泉公褒之曾孫也。其先自琅琊南度，居於丹陽，爲江左冠族。……聖曆二年一月……正授太子左庶子，封石泉公。」

〔三三〕不禄：死之婉詞。《禮記·曲禮下》：「天子死曰崩……士曰不禄。」

〔三四〕濮州：州治在今山東鄄城北故城。連最：連續考課爲優等。連，《叢刊》本、《全唐文》作「課」，劉本作「廉」。《新唐書·百官志一》：「流内之官，叙以四善……善狀之外，有二十七最。」九卿：唐太常、光禄、衛尉、宗正、太僕、大理、鴻臚、司農、太府卿，均爲三品，合稱九卿。

〔三五〕似續：繼承。似，通嗣。《詩·周頌·良耜》：「以似以續，續古之人。」

〔三六〕其：原作「真」，據明本、劉本、《叢刊》本、《全唐文》改。邁德：布德。《書·大禹謨》：「皋陶邁種德。」垂裕：《書·仲虺之誥》：「垂裕後昆。」傳：「垂優足之道示後世。」

〔三七〕西省：中書省。權丞相：權德輿，元和五年九月爲相，八年正月罷相，《舊唐書》卷一四八、《新唐書》卷一六五有傳。右史：起居舍人。掌訓詞：掌中書制誥。《舊唐書·權德輿傳》：「（貞元）九年，遷起居舍人，歲中，兼知制誥。」按奚陟貞元八年官中書舍人，見《舊唐書》本傳。中銓：指吏部侍郎，掌銓選。楊僕射：楊於陵。《舊唐書》本傳：「寶曆二年，授檢校右僕射，兼太子太傅。旋以左僕射致仕。」地曹郎：户部郎。據《舊唐書》本傳，楊於陵貞元中曾「遷右司郎中，轉吏部郎中」，其爲地曹郎事未詳。

〔三八〕入中禁：指爲中書舍人。奚陟當曾以中書舍人爲考制策官。天官：吏部。奚陟曾以刑部侍郎知吏部選事，又權知吏部侍郎，復真拜吏部侍郎，故云「三在」。披沙：披沙揀金。剖璞：剖璞得玉。璞，蕴玉之石。落落然：孤獨不遇貌，此指寒素之士。左思《詠史》：「落落窮巷士，抱影守空廬。」

〔三九〕風鑒：高明識見。《宋書·蕭道憐傳》載元嘉九年詔：「雅量高劭，風鑒明遠。」大冶：大煉鐵爐，喻指宰相之位。熔範：鑄模。祥金：精煉的優質金屬，喻優秀人才。《莊子·大宗師》：「今大冶鑄金，金踴躍曰：『我且必爲鏌鋣。』大冶必以爲不祥之金。」

〔四〇〕遐：久。孤：辜負。《由庚》：《詩·小雅》亡篇篇名，小序云：「《由庚》，萬物得由其道也。」

〔四一〕齊終：猶壽終正寢。大宗伯：尚書省禮部尚書。《唐六典》卷二：「後周依《周官》置春官府大宗伯卿一人，隋更爲禮部尚書，皇朝因之。」《舊唐書·奚陟傳》：「貞元十五年卒，年五十五，贈禮部尚書。」

〔四二〕三公：此指司空。唐以太尉、司徒、司空爲三公，正一品。

〔四三〕仁麟：《公羊傳·哀公十四年》：「麟者，仁獸也，有王者則至。」杜預《春秋左氏傳集解序》：「麟鳳五靈，王者之嘉瑞也。」疏：「麟、鳳與龜、龍、白虎，五者神靈之鳥獸，王者之嘉瑞也。」一辰：猶一時。

〔四四〕漢宣：漢宣帝劉詢。《漢書·宣帝紀贊》：「孝宣之治，信賞必罰，綜核名實，政事文學法理之士，咸精其能。……遭值匈奴乘亂，推亡固存，信威北夷，單于慕義，稽首稱藩。功光祖宗，業垂後嗣，可謂中興。」言言：高峻貌。《詩·大雅·皇矣》：「崇墉言言。」

〔四五〕丁：當。隽賢：賢俊，指奚陟登進士第及制科事。從難：指朱泚亂時，奚陟間道奔奉天德宗行在事。

〔四六〕黄流：指玉瓚上的黄金勺鼻，一説爲祭祀用的黄色的酒。《詩·大雅·旱麓》：「瑟彼玉瓚，黄流在中。」傳：「黄金所以飾流鬯也。」箋：「瑟，絜鮮貌。黄流，秬鬯也。」陸德明音義：「以黑黍米，搗鬱金草取汁而煮之，和釀其酒，其氣芬香調暢，故謂之秬鬯。」左右：佐佑，輔佐。

〔四七〕王度：王者政教。《左傳·昭公十二年》：「思我王度，式如玉，式如金。」輶軒：輕車，使者所乘。執刑柄：爲刑部侍郎。操吏權：爲吏部侍郎。

〔四八〕倖臣：指潘延齡。跧：屈伏。

〔四九〕赤舄玄衮：《詩·大雅·韓奕》：「王錫韓侯……玄衮赤舄。」疏：「又賜身之所服，以玄爲衣而畫以衮龍，足之所履，配以赤色之舄。」

〔五〇〕朱輪：紅色的車子，達官所乘。楊惲《報孫會宗書》：「惲家方隆盛時，乘朱輪者十人。」

〔五一〕佳城：墳墓，見卷一《途次敷水驛（略）》注。胄貴里：長安城南萬年縣韋曲里名。韋應物有

《休沐東還胄貴里示端》詩。吴鋼主編《全唐文補遺》第三輯《唐故京兆府兵曹參軍韋公（文度）墓誌銘》：「以會昌六年丙寅歲二月十九日葬於萬年縣洪固鄉韋曲胄貴里先夫人塋之西。」螭：傳説中無角的龍。墓碑上以螭爲飾，稱螭首。趺：碑下石座。《封氏聞見記》卷六：「隋氏制，五品以上立碑，螭首龜趺，趺上不得過四尺。」

蘇州賀皇帝疾愈表〔一〕大和八年正月二十八日。

臣某言：臣得本道觀察使報，伏承聖躬痊癒，已於紫宸殿視朝者。〔二〕一人有慶，萬國同歡。云云。

伏惟皇帝陛下，外親萬務，内奉三宫，常懷宵旰之勤，遂失寢興之適。〔三〕上玄降祐，列聖表靈，百神奔走以來扶，四海精誠而致感。勿藥有喜，如山永安。宗廟保無疆之休，寰瀛申莫大之慶。臣恪居官次，遐守江干，不獲稱賀闕庭，無任踴躍屏營之至。

【校注】

〔一〕表大和八年正月在蘇州作。《舊唐書·文宗紀下》：「（大和七年十二月）庚子，幸望春宫，聖體不康。……八年春正月……丁巳，聖體痊平，御太和殿見内臣。甲子，御紫宸殿見群臣。」題下注原無，據《叢刊》本補。

〔二〕觀察使：蘇州屬浙江西道，時觀察使爲王璠，參見卷九《和浙西王尚書（略）》注。紫宸殿：長安大明宮中殿名。《唐兩京城坊考》卷一大明宮：「宣政殿後爲紫宸殿，殿門曰紫宸門，天子便殿也。」

〔三〕三宫：指文宗祖母太皇太后郭氏（即憲宗懿安皇后），敬宗母義安太后王氏（即穆宗恭禧皇后），文宗生母皇太后蕭氏（即穆宗貞獻皇后）。《舊唐書·穆宗貞獻皇后傳》：「大和中，太皇太后居興慶宫，寶曆太后居義安殿，皇太后居大内，時號三宫太后。」宵旰：宵衣旰食，天未明時穿衣起牀，天黑後方進食，指勤於政事。

成都府新修福成寺記〔一〕

益城右門衔大逵，坦然西馳，曰石筍街。〔二〕街之北有仁祠，〔三〕形焉直啟，曰福成寺。寺之殿臺與城之樓交錯相輝，繡于碧霄，望之如崑閬間物。〔四〕大和四年，蜀帥非將材，不修邊備，南詔君長諜得内空，乘隙坌入，鬥于城下。〔五〕或縱火以駭衆，此寺乃焚，高門修廊，委爲寒燼。如是者再歲，帝念坤維，丞相復來。〔六〕山川如迎，父老相識，環視故地，寺爲焦墟，載興起廢之嘆，爰有植因之願。〔七〕乃命主俸吏，以吾縉錢三十萬爲經營之基。自公來思，蜀號無事，時康歲稔，人樂檀施。〔八〕公言既先，應如決川，乃傾囊褚，〔九〕乃出懷袖。勝因化愚，慧力攝慳，男奔女驟，急於徵令。〔一〇〕匠者度材以指衆徒，藝者運思以役衆技。斤鋸磨礱，丁丁登登，陶者儲精，圬者效能。〔一一〕欻自火宅，復爲金繩。〔一二〕沿故鼎新，因毁成研，〔一三〕華夷縱觀，萬目同聳。既告訖役，公來慶成，雲鮮日潤，輝映前後。

於是都人舞抃而謡曰〔一四〕：「昔公去此，福成以毁，今公重還，福成復完。民安軍治，亦如此寺，庸可勿紀乎？」公實聞斯言，遂折簡見命。〔一五〕謹月而日之，時大和某年某月日，大檀越具官封爵段氏。〔一六〕其它發大願者、程功董事者，自中貴人及賓寮將吏若僧徒，偕籍之而刻於石。〔一七〕

【校注】

〔一〕文大和七或八年在蘇州作。成都府：今屬四川，時爲劍南西川節度使治所。福成寺：在成都石筍街，大和三年，毁於兵火；大和六年，段文昌再鎮成都後，重新修建，倩劉禹錫爲文記之。

〔二〕石筍街：成都西城門外大街。《華陽國志》卷三：「（開明帝）時蜀有五丁力士，能移山，舉萬鈞，每王薨，輒立大石，長三丈，重千鈞，爲墓誌，今石筍是也，號曰筍里。」《太平寰宇記》卷七二「益州成都縣」：「武擔山，俗曰石筍，在郭内州城西門之外大街中。」杜甫《石筍行》：「君不見益州城西門，陌上石筍雙高蹲。」

〔三〕仁祠：佛寺。

〔四〕城之樓：謂城之西樓，即張儀樓。《太平寰宇記》卷七二成都府引任豫《益州記》：「諸樓年代既久，榱桷非昔，唯西門一樓獨有補葺，張儀時舊跡猶存。」《蜀中名勝記》卷二：「西門之勝：張儀樓、石筍街……《古今集記》云：『張儀樓，高百尺。初張儀築城，雖因神龜，然亦順江山之形。以城勢稍偏，故作樓以定南北。』」昆閬：崑崙閬風，仙人所居。《水經注·河水》：「崑崙山有三角：其一角正北，干辰星之輝，名曰閬風巔；其一角正西，名曰玄圃臺；其一角正東，名曰崑崙宮。其處有積金爲天墉城，面方千里。城上安金臺五所，玉樓十二。」

〔五〕蜀帥：指劍南西川節度使杜元穎。南詔：即蒙舍詔，唐時南蠻六詔之一，以其地最南，故稱南詔。玄宗時南詔皮邏閣統一六詔，建立地方政權，治所在今雲南大理。《舊唐書·文宗紀上》：「（大和三年）十二月丁未朔，南蠻逼戎州，遣使起荆南、鄂岳、襄鄧、陳許等道兵赴援蜀川。以劍南東川節度使郭釗爲西川節度使，仍權東川事。壬子，貶劍南西川節度使杜元穎爲韶州刺史。遣中使楊文端齎詔賜南蠻王蒙豐佑。蠻軍陷邛、雅等州。戊午……西川奏蠻軍陷成都府。」同書《杜元穎傳》：「帶平章事出鎮蜀川……大和三年，南詔蠻攻陷戎、嶲等州，徑犯成都。兵及城下，一無備擬，方率左右固牙城而已。蠻兵大掠蜀城玉帛、子女、工巧之具而去。」

〔六〕坤維：西南方。《易·坤》：「西南得朋。」丞相：指段文昌。《舊唐書》本傳：「尋拜中書侍郎、平章事。長慶元年，拜章請退。朝廷以文昌少在西蜀，詔授西川節度使、同中書門下平章事。文昌素洽蜀人之情，至是以寬政爲治，嚴静有斷，蠻夷畏服。……敬宗即位，徵拜刑部尚書，轉兵部，兼判左丞事。文宗即位，遷御史大夫。……（大和）六年，復爲劍南西川節度。九年三月……無疾而卒。」同書《文宗紀下》：「（大和六年十一月）乙卯，以荆南節度使段文昌爲劍南西川節度使，依前檢校左僕射、同平章事。」

〔七〕植因：佛教語，行善事以種勝因，求果報。

〔八〕檀施：施捨。檀，梵語音譯，意譯爲施。

〔九〕囊褚：囊；褚亦囊。《莊子·至樂》：「褚小者不可以懷大，綆短者不可以汲深。」

〔一〇〕勝因：佛教語，即善因，相對於惡業而言。岑參《與高適薛據同登慈恩寺塔》：「浄理了可悟，勝因夙所宗。」慧力：佛的智慧之力。皇甫冉《題普門上人房》：「慧力堪傳教，禪功久伏魔。」

〔一一〕丁丁：伐木聲。《詩·小雅·伐木》：「伐木丁丁。」登登：夯土聲。《詩·大雅·綿》：「築之登登。」儲精：《文選》揚雄《甘泉賦》：「澄心清魂，儲精垂恩。」李善注：「言儲蓄精神，冀神垂恩也。」圬者：泥工。

〔一二〕火宅：着火的房舍，佛教以人世爲火宅。《妙法蓮華經·譬喻品》：「三界無安，猶如火宅，衆苦充滿，甚可怖畏，常有生老病死憂患，如是等火，熾然不息。」金繩：佛經云佛國以金繩界道，此指佛寺。《妙法蓮華經·譬喻品》：「國名離垢，其土平正，清浄嚴飾。安穩豐樂，天人熾盛，琉璃爲地，有八交道，黄金爲繩，以界其側。」

〔一三〕研：通妍，明本、劉本、《叢刊》本、《全唐文》作「妍」。《釋名·釋姿容》：「妍，研也。研精於事宜，則無蚩繆也。」

〔一四〕抃：原作「打」，據明本、劉本、《叢刊》本、《全唐文》改。

〔一五〕折簡：折竹簡之半以爲書，此指作書。《三國志·魏書·王凌傳》注引《魏略》：「凌知見外，乃遥謂太傅曰：『卿直以折簡召我，我當敢不至耶？』」

〔一六〕檀越：施主。具官封爵：官職與封爵；與上「某年某月日」均文稿中留待書寫上石時具體填寫者。段文昌文宗大和初進爵鄒平郡公，見《新唐書》本傳。

〔一七〕發大願者：指捐助大量金錢建寺者。程功董事者：具體管理寺院工程者。董，原作「量」，據明本、劉本、《全唐文》改。中貴人：宦官，此指監軍使。籍之：造爲名册，開列名單。

汝州謝上表〔一〕

臣某言：伏奉去年七月十四日詔書，授臣使持節汝州諸軍事、守汝州刺史、兼御史中丞、充本道防禦使，餘如故者。〔二〕臣久居遠服，戀闕常深，忽降新恩，近鄉爲貴。承旨慶抃，省躬慚惶。臣某誠歡誠喜，頓首頓首。

伏惟皇帝陛下，垂衣穆清之中，〔三〕旁照寰瀛之内，車書所及，動植咸安。臣昨離班行，遠守江徼，延英辭日，親奉德音。〔四〕知臣所部災荒，許臣到任條奏。共承睿旨，宣示群黎，減其征徭，頒以賑賜。〔五〕伏蒙聖澤，救此天災，疲羸再蘇，幼艾同感。二年連遭水潦，百姓幸免流離。交割之時，户口增長。雖才術不足，於事未周，而憂勞則深，爲衆所悉。

臣本業儒素，頻登文科；時命遭回，再領軍郡。〔六〕即以今月二十七日到任上訖。謹當奉宣皇化，慰彼蒼生。〔七〕臨汝水之波，朝宗尚阻；望秦城之日，回照何時？〔八〕無任感激屏營之至，謹差防禦押衙韋禮簡奉表陳謝。〔九〕云云。

【校注】

〔一〕表約大和八年十月在汝州作。汝州：州治在今河南臨汝。劉禹錫《子劉子自傳》：「移汝州，兼御史中丞。」劉禹錫於大和八年秋離蘇赴汝，見卷九《别蘇州二首》等詩注。

〔二〕去年：「年」字當爲衍文。本道防禦使：《通考》卷五九：「天寶中，安禄山犯順，大郡要地當賊衝者，置防禦守捉使。……大率防禦隸所治州。」汝州屬都畿道。《新唐書·方鎮表一》：元和十三年，「汝州隸東畿，復置東都畿汝州都防禦使，兼東都留守如故」。故東畿道爲都防禦使，由東都留守而非汝州刺史兼領。「本道」疑爲「本州」之誤。劉禹錫《汝州上後謝宰相狀》亦作「本州防禦使」，見後。

〔三〕垂衣：謂端坐不動。《易·繫辭下》：「黄帝、堯、舜垂衣裳而天下治。」穆清：指天。《史記·太史公自序》：「漢興以來，至明天子……受命於穆清。」

〔四〕江徼：江外，指蘇州。劉禹錫延英面辭事見前《蘇州謝上表》、《蘇州謝恩賜加章服表》注。

〔五〕共：通恭。賑賜：見前《蘇州謝賑賜表》。

〔六〕邅回：行難進貌。再領軍郡：汝州刺史帶防禦使，蘇州亦爲軍州。《通典》卷三三：「自至德之後，州縣凋弊，刺史之任，大爲精選。諸州始各有兵鎮，刺史皆加團練使，故其任重矣。」韋應物爲蘇州刺史，有《軍中冬燕》詩云：「茲邦實大藩，伐鼓軍樂陳。是時冬服成，戎士氣益振。」

〔七〕皇化：《文苑英華》作「聖化」。慰彼：《文苑英華》作「宣慰」。

〔八〕汝水：《元和郡縣圖志》卷六「汝州魯山縣」：「汝水出縣西一百五十里。」水，《叢刊》本、《文苑英華》作「海」。朝宗：《書·禹貢》：「江漢朝宗於海。」疏：「諸侯見天子之禮，春見曰朝，夏見曰宗。」秦城：指長安。

〔九〕防禦押衙：防禦使屬吏。

汝州上後謝宰相狀〔一〕

朝議大夫、使持節汝州諸軍事、守汝州刺史、兼御史中丞、充本州防禦使、上柱國、賜紫金魚袋劉某。右某自領吳郡，仍歲天災，上稟詔條，下求人瘼。地苞藪澤，俗尚剽輕，悉心撫綏，用法擒擿。〔二〕事繁才短，常積憂虞，忽蒙天恩，稍移近郡。家本滎上，籍占洛陽，病辭江干，老見鄉樹。〔三〕榮感之至，實倍常情。印綬所拘，不獲拜謝。瞻望德宇，精誠坐馳。無任感戀之至。

【校注】

〔一〕狀約大和八年十月在汝州作，參見前表注。據《新唐書·宰相表下》，時相有路隨、李德裕、王涯。

〔二〕仍歲：連年。人瘼：民間疾苦。剽輕：剽悍不法。《史記·淮南衡山列傳》：「荆楚剽勇輕悍，好作亂。」擒擿：捕捉揭發。

〔三〕滎上：指鄭州，參見卷十九《子劉子自傳》注。汝、鄭二州同屬都畿道。

汝州舉裴大夫自代狀〔一〕

正議大夫、使持節杭州諸軍事、守杭州刺史、上柱國、賜紫金魚袋裴弘泰。〔二〕右臣蒙恩授汝州刺史、兼御史中丞、充本州防禦使。伏準建中元年正月五日敕，諸州刺史上後舉一人自代者。伏以前件官前爲九卿，出領兩鎮，頃因微累，遂有左遷。〔三〕今授遠州，物情未塞。臣前任鄰接，具知公才。舊屈未伸，輒舉自代。云云。

【校注】

〔一〕狀約大和八年十月在汝州作。《叢刊》本有題注云：「大和八年。」裴大夫：裴弘泰，時在杭州刺史任。大夫：御史大夫，當是裴弘泰前此在桂管觀察使任上所加檢校銜。《新唐書·宰相世系一上》「洗馬裴」：「弘泰，義成、邠寧、鳳翔節度使，太子少傅，河東縣伯。」姚合《送裴大夫赴亳州》：「杭人遮道路，垂泣浙江前。」即在杭州送裴弘泰赴亳州作。《舊唐書·文宗紀下》：「（開成元年四月）癸酉，以亳州刺史裴弘泰爲義成軍節度使。」

〔二〕正議大夫：文散階名。《新唐書·百官志一》：「凡文散階二十九……正四品上曰正議大夫。」

〔三〕九卿：太常、光禄、衛尉、宗正、太僕、大理、鴻臚、司農、太府九寺各置卿一人，從三品，合稱九卿。兩鎮：指黔中、桂管二鎮。微累：細微過失。裴弘泰前爲太府卿，歷黔中、桂管二鎮，貶饒州刺史。《舊唐書·文宗紀上》：「（大和元年八月庚寅）以太府卿裴弘泰爲黔中經略使、觀察使。」同書《文宗紀下》：「（大和五年二月）辛丑，以黔中觀察使裴弘泰爲桂管經略使。……十二月……甲辰，貶新除桂管觀察使裴弘泰爲饒州刺史，以除鎮淹程不進，爲憲司所糾故也。」大和八年時裴弘泰當已自饒州量移杭州。

汝州進鷹狀〔一〕

汝州防禦使，當使進奉籠母鷹六聯。右伏以前件鷹等學習應期，〔二〕馴養斯至，列於常貢，有異衆禽。受紲之時，志已存於雲外；下鞲之際，〔三〕思用展於軍前。既懷百中之能，願獻三驅之禮。〔四〕謹差防禦押衙景再休隨狀奉進以聞。大和九年九月十一日。

【校注】

〔一〕狀大和九年九月在汝州作。

〔二〕六聯：六對。學習：《禮記·月令·季夏之月》：「鷹乃學習。」注：「鷹學習，謂攫搏也。」《夏小正》曰：「六月，鷹始摯。」

〔三〕韝：革製立鷹臂套。

〔四〕百中：謂搏擊鳥兔，百無失一。杜甫《楊監又出畫鷹十二扇》：「天寒大羽獵，此物神俱王。當時無凡材，百中皆用壯。」三驅：圍獵時三面著人驅禽。《易·比》：「王用三驅，失前禽。」疏：「凡三驅之禮，禽向己者則捨之，背己者則射之。」

同州謝上表〔一〕并批答

臣某言：伏奉去年十月二十三日制書，授臣使持節同州諸軍事、守同州刺史、兼御史中丞、充本州防禦、長春宮等使。〔二〕恩降九重，榮忝三輔，〔三〕承旨慶忭，省躬慚惶。臣某云云。

伏惟皇帝陛下丕承列聖，光闡鴻猷，氛祲掃除，〔四〕乾坤交泰。臣幸逢昌運，累沐殊私，空荷生成之恩，寧酬雨露之澤！即以今月二日到本州上訖。謹宣睿旨，安慰蒸黎。

伏以本州四年已來，連遭旱損，〔五〕閭閻凋瘵，遠近共知。臣頃任蘇州之年，亦遭大水之後，面辭之日，親奉德音，至於撫綏，皆承聖教，二年之後，百姓獲安。今本部災荒，物力困涸，忝爲長吏，敢不竭誠！即須條流，〔六〕續具聞奏。臣恪居官次，幸接王畿，不獲拜舞彤庭，陳露丹慊，〔七〕犬馬懷戀，寢興匪寧。瞻魏闕之容，朝天尚阻；望長安之路，近日爲榮。〔八〕無任感激屏營之至。謹差防禦知衙官、試殿中監楊克乂奉表陳謝。云云。大和九年十二月二十一日。〔九〕

【校注】

〔一〕表大和九年十二月在同州作。同州：州治在今陝西大荔。劉禹錫《子劉子自傳》：「又遷同州，充本州防禦、長春宮使。」題注「并批答」原無，依例補。

〔二〕去年：「年」字當爲衍文。《舊唐書·文宗紀下》：「（大和九年十月）乙未，以新授同州刺史白居易爲太子少傅分司，以汝州刺史劉禹錫爲同州刺史。」據《二十史朔閏表》，大和九年十月癸酉朔，乙未正爲二十三日。長春宮：在同州。《太平寰宇記》卷二八「同州朝邑縣」：「長春宮在强梁原上，周武帝保定五年宇文護所築，初名晉城，武帝建德二年置長春宮。隋文帝開皇十二年增構殿宇。煬帝大業十三年，高祖起義兵，自太原赴京師，九月，大軍濟河，舍於此宮，休甲養士，而西定京邑。自後，凡牧此州，多帶長春宮使。」

〔三〕三輔：漢武帝時以京兆尹、左馮翊、右扶風爲三輔。同州爲左馮翊之地。參見卷二《送襄陽熊判官孺登（略）》注。

〔四〕氛祲：不祥的雲氣，此指甘露之變，參見後《賀梟斬鄭注表》注。

〔五〕旱損：《新唐書・五行志二》：「大和六年，河東、河南、關輔旱。七年秋，大旱。八年夏，江淮及陝、華等州旱。九年秋，京兆、河南、河中、陝華同等州旱。」《舊唐書・文宗紀下》：「（大和八年八月）丙申，罷諸色選舉，歲旱故也。……（九月）河南府、鄧州、同州、揚州並奏旱蟲損傷秋稼。」

〔六〕條流：明本、劉本、《叢刊》本作「條疏」。

〔七〕丹慊：丹誠；劉本作「丹悃」。

〔八〕魏闕：宮門的觀闕，代指朝廷或宮殿。《莊子・讓王》：「身在江海之上，心居乎魏闕之下。」尚阻：原作「無阻」，據明本、劉本、《叢刊》本、《文苑英華》改。近日：見卷十七《擬册皇太子文》注。

〔九〕二十一日：按，官員到任之日即當上表謝恩，前云「今月二日到本州上訖」，如表遲至二十日後方作，必難逃悖慢無君之罪，且後《同州舉蕭諫議自代狀》即作於十二月四日，故「十一」二字當是衍文。

【附録】

批答　唐文宗

省表具之（知）。卿任居三輔，職奉六條，累聞問俗之勞，載覽勤人之志。言惟顧行，深慰朕懷。

勉弘政經，以副憂寄。所謝，知。（《劉賓客文集》卷一）

賀梟斬鄭注表[一]

臣某言：伏奉前月二十五日詔書示，逆賊鄭注已梟首訖。氛妖殄滅，華夏乂安。云云。伏以逆賊鄭注，本出細微，潛懷梟鏡之心，兼結兇狂之黨。[二]人倫共棄，神理不容。陛下睿略感通，[三]天人合應，重臣協力，禁旅齊心，指顧之間，猖狂自潰。乾坤交泰，日月增明，凡在人臣，不勝慶快。臣恪居官次，不獲稱賀闕庭，無任欣歡抃躍之至。大和九年十二月二日。

【校注】

〔一〕表大和九年十二月在同州作。鄭注：絳州翼城人，以藥術進，因交結宦官王守澄及進藥方，大和八年拜太僕卿、兼御史大夫，九年八月遷工部尚書，充翰林侍講學士，與李訓相洽，日侍君側，講貫太平之術，二人之權，赫於天下，九月，授鳳翔節度使。與李訓謀誅宦官，事敗後被殺。《舊唐書》卷一六九、《新唐書》卷一七九有傳。《舊唐書・文宗紀下》：「（大和九年十一月）壬戌，中尉仇士良率兵誅宰相王涯、賈餗、舒元輿、李訓，新除太原節度王璠、郭行餘、鄭注、羅立言、李孝本、韓約等十餘家，皆族誅。時李訓、鄭注謀誅内官，詐言金吾仗舍石榴樹有甘露，請上觀之。內官先至金吾仗，見幕下伏甲，遽扶帝輦入内，故訓等敗，流血塗地。京師大駭，旬日稍安。」同書《鄭注傳》：「（大和九年）九月，檢校尚書左僕射、鳳翔尹、鳳翔節度使。蓋與李訓謀事有期，欲中外協勢。十一月，注聞訓事發，自鳳翔率親兵五百餘人赴闕。至扶風，聞訓敗，乃還。監軍使張仲清已得密詔，迎而勞之，召至監軍府議事，注倚兵衛即赴之，仲清已伏兵幕下。注方坐，伏兵發，斬注，傳首京師。部下潰散。注家屬屠滅，靡有孑遺。初未獲注，京師憂恐。至是，人人相慶。」

〔二〕細微：微賤。《舊唐書·鄭注傳》：「鄭注，絳州翼城人，始以藥術游長安權豪之門。本姓魚，冒姓鄭氏，故時號『魚鄭』。注用事時，人目之爲『水族』。」梟：惡鳥。鏡：即破鏡，傳説中的一種惡獸；明本、劉本作「獍」。《漢書·郊祀志上》：「祀黄帝，用一梟、破鏡。」孟康曰：「梟，鳥名，食母。破鏡，獸名，食父。」《述異記》卷上：「獍之爲獸，狀如虎豹而小，始生，還食其母，故曰梟獍。」

〔三〕略：《叢刊》本作「哲」。

同州舉蕭諫議自代狀〔一〕

同州防禦使。前諫議大夫蕭俶。右臣蒙恩授同州刺史、兼御史中丞，充本州防禦、長春宫等使。伏準貞元二年正月二十四日敕，上後三日舉一人自代者。伏以前件官生於貴族，〔二〕伏膺儒門，搢紳之間，號爲端士。昨蒙朝奬，冠于諫垣，〔三〕時方被病，不果上道。長告已滿，塊然家居，今聞疾瘳，可以録用。〔四〕臣與俶久同班列，知其材能，爲官擇人，敢舉自代。云云。大和九年十二月四日。

【校注】

〔一〕狀大和九年十二月在同州作。蕭諫議：蕭俶，蕭俛弟。《舊唐書·蕭俶傳》：「俶以蔭授官。大和中累遷至河南少尹。九年五月，拜諫議大夫。開成二年出爲楚州刺史。」據此文，知俶拜諫議大夫後並未赴任。餘參見卷七《送太常蕭博士（略）》注。

〔二〕貴族：據《新唐書·宰相世系一下》，蕭俶爲後梁明帝蕭巋七世孫，其曾祖蕭嵩相玄宗，祖父蕭華相肅宗。

〔三〕諫垣：即諫院，諫議大夫爲諫院之長。

〔四〕長告：請長假。唐制，職事官請假滿百日，即合停官。塊然：孤獨貌。

賀德音表〔一〕

臣某言：伏見今月十六日德音，布告遐邇，天道下濟，〔二〕人情大安。云云。伏惟皇帝陛下，凝旒思理，垂意擇材，以日月無私之光，照寰區有截之内。〔三〕貴使下情盡達，寧虞厚貌潛謀〔四〕！

一昨李訓、鄭注等，敢有逆心，兼連兇黨。陛下睿謀神斷，左右協同，頃刻之間，掃除已定。重臣畢力，禁旅竭忠，氛祲廓清，華夷咸説。言念正刑之外，或有詿誤之徒，〔五〕再發德音，廣宣聖澤。當星紀回天之日，〔六〕迎陽和煦物之光。懷危疑者如山之安，欲告訐者望風知懼，非同謀者一切不問，未結正者三宥從寬，含生之倫，普天同感。〔七〕臣恪居官次，不獲稱慶闕庭。云云。謹差防禦知衙官、朝議郎、權知容州都督府司馬孫愓奉表。云云。

【校注】

〔一〕表大和九年十二月在同州作。德音：皇帝加恩的詔書。《全唐文》卷七五文宗有《誅王涯鄭注加恩中外德音》，稱「凡此兇徒，悉已梟戮，絶其遺類，以謝忠良。內外庶臣，卿士百辟，體予前志，宜即自安，無惑浮言，尚相恐怖」。《舊唐書·文宗紀下》：「（大和九年十二月）庚辰，上御紫宸，召宰相曰：『坊市之間，人漸安未？』李石奏曰：『人情雖安，然刑殺過多，致此陰沴。又聞鄭注在鳳翔招致兵募不少，今皆被刑戮，臣恐乘此生事，切宜原赦以安之。』上曰：『然。』」《德音》當即爲此發布。

〔二〕下濟：原作「不濟」，據明本、劉本、《叢刊》本、《文苑英華》、《全唐文》改。

〔三〕垂意：《叢刊》本、《文苑英華》、《全唐文》作「垂衣」。有截：指天下。《詩·商頌·長發》：「九有有截。」箋：「天下歸鄉湯，九州齊一截然。」

〔四〕厚貌潛謀：表裏不一，包藏禍心。《禮記·禮運》：「人藏其心，不可測度也。」疏：「言人深心厚貌，内外乖違。包藏欲惡之心，既無形體，不可測度而知。」《莊子·列禦寇》：「孔子曰：『凡人心險於山川，難於知天。天猶有春秋冬夏、旦暮之期，人者，厚貌深情。』」

〔五〕詿誤：牽連，連累。《史記·孝文本紀》載三年詔：「濟北王背德反上，詿誤吏民，爲大逆。」

〔六〕星紀：十二星次之一，此泛指星象。《爾雅·釋天》：「星紀，斗、牽牛也。」注：「牽牛、斗者，日月五星之所終始，故謂之星紀。」星紀回天，謂歲將盡。

〔七〕告訐：揭人陰私。《漢書·刑法志》：「及孝文即位……化行天下，告訐之俗易。」結正：結案判決。《梁書·武帝紀》載大同七年詔：「若不遵承，皆以死罪結正。」三宥：三次赦免，以示寬大，語出《禮記·文王世子》。文宗《誅王涯鄭注加恩中外德音》：「京百司見禁囚徒，死流罪遞減一等；未結正者，推問畢日，準此處分。諸色所繇官吏，陷於脅從，雖有名籍，涉於詿誤者，一切不用更問，仍付左右神策、兩金吾、京兆府、御史臺，並準恩赦處分，休便追捕。其有潛藏迴避，限令出三日，各歸本司。逆人親族，已處置外，其餘周親已上，一切不問，所在更不用繫留聞報。其先有定名捕捉者，所在尋追，獲日奏聞，不得漏網。昨者，有擅入逆人之家，盜掠財物，擁無故之利，生怙亂之心，尚有縱酒聚徒，妖言惑衆，志於掠盜，恐嚇居人，假託軍司，輒持兵器，及以前月二十一日事妄相告訐者，委御史臺、京兆府嚴加伺察，擒捉奏聞，所在集衆決殺，不在恩赦之限。」

上宰相賀德音狀〔一〕

同州狀上中書門下：今月十六日德音。右被刑部牒宣示德音。伏以聖澤滋深，新恩廣被。言念正刑之外，或有詿誤之徒，爰降殊私，特弘在宥，〔二〕瑕累咸滌，危疑獲安。此皆廟算弼諧，致君及物，事光前史，功格上玄。〔三〕某限以守官，不獲隨例拜賀，無任抃躍之至。云云。大和九年十二月二十三日。

【校注】

〔一〕狀大和九年十二月在同州作。德音：即《誅王涯鄭注加恩中外德音》，參見前表注。據《新唐書·宰相表下》，時宰有鄭覃、李石。

〔二〕在宥：在寬宥之列。

〔三〕廟算：猶廟謀、廟謨，朝廷處理國事的方略。《孫子·計》：「夫未戰而廟算勝者，得算多也。」杜牧注：「廟算者，計算於廟堂之上也。」弼諧：輔佐協調。《書·臯陶謨》：「允迪厥德，謨明弼諧。」上玄：天。

劉禹錫全集編年校注卷十九　文　開成、會昌

賀赦表〔一〕

臣某言：伏奉今月一日制書，改大和十年爲開成元年大赦天下者。雷雨作解，人神説隨；澤及八荒，綱開三面。〔二〕臣某誠歡誠喜頓首頓首。

伏惟皇帝陛下，上承乾綱，下立人極，用含弘光大之澤，副夷夏會同之心。〔三〕獻歲改元，惟新景祚。先明首罪，次及群妖。〔四〕述睿情以曉萬方，施鴻霈以蘇庶物。恤辜宥過，已責弛征，〔五〕郡縣之舊弊悉除，賦税之新規咸備。停藩方節獻之禮，以惠疲人；回榷管餘羨之財，以資京邑。〔六〕命使展澄清之志，察言求讜直之材。〔七〕弓旌賁于丘園，〔八〕粟帛頒於耆艾。爰以初吉，御宇明庭。德音一發於九天，和氣驟周於四海。開物成務，實表於建元；應天順人，永延於億載。〔九〕

臣幸居近輔，先受殊恩，不獲稱慶闕庭，陪榮班次。衆星列位，常拱北辰之光；新歲拜章，遥獻南山之壽。〔一〇〕無任抃躍屏營之至。

【校注】

〔一〕表開成元年正月在同州作。赦：指開成改元大赦。《舊唐書·文宗紀下》：「開成元年正月辛丑朔，帝常服御宣政殿受賀，遂宣詔大赦天下，改元開成。」唐文宗《開成改元赦文》見《全唐文》卷七五。

〔二〕作解：《易·解》：「雷雨作，解，君子以赦過宥罪。」説：通悦。網開三面：見卷十三《賀除虔王等表》注。

〔三〕乾綱：指君權。范寧《春秋穀梁傳序》：「昔周道衰陵，乾綱絶紐。」人極：即民極。《書·君奭》：「公曰：『前人敷乃心，乃悉命汝，作汝民極。』」傳：「爲汝民立中正矣。」澤：《文苑英華》作「德」。會同：朝會。《詩·小雅·車攻》：「赤芾金舄，會同有繹。」傳：「時見曰會，殷見曰同。」

〔四〕首罪：指王守澄、李訓、鄭注等。文宗《開成改元赦文》：「先明首罪，仍布鴻恩」，歷數王守澄、鄭注、李訓、王涯、賈餗、舒元輿、王璠、郭行餘、羅立言、李孝本、韓約等罪行，蓋迫於宦官壓力而不得不如此。

〔五〕已責：免除積欠。弛征：減免賦税。文宗《開成改元赦文》：「其户部度支鹽鐵應有諸色欠負，大和五年已前者，並放免。」

〔六〕節獻：節日進獻。餘羨：常賦之外的進奉。《舊唐書·食貨志上》：「先是興元克復京師後，府藏盡虚，諸道初有進奉，以資經費，復時有宣索。其後……常賦之外，進奉不息。韋皋劍南有日進，李兼江西有月進，杜亞揚州、劉贊宣州、王緯、李錡浙西，皆競爲進奉，以固恩澤。貢入之奏，皆曰『臣於正税外方圓』，亦曰『羨餘』。」文宗《開成改元赦文》：「諸道賀正、端午、降誕、賀冬進奉，起今權停三年。其錢充紐放百姓兩税。所在除藥物、口味、茶果外，不得輒有進獻。百司及諸道應宣索製造，一物以上者，並停三年。京畿百姓，兩税已下，凡一歲之内征取者，並百官職田，並全放一年。其京兆府一年所支用錢物斛斗草等，並勒鹽鐵使以開成元年直進綾絹充還。」

〔七〕命使、察言：文宗《開成改元赦文》：「三省九列御史臺選黜陟使十人，視問風俗，進賢退不肖，興行新制，務令通流。……内外文武官及諸色人，任上封事，極言得失。有裨時政者，必加升擢，待以不次。」

〔八〕弓旌：弓以招士，旌以招大夫，見卷七《酬楊八庶子（略）》注。賁于丘園：指徵召隱於丘園的賢者。《易·賁》：「賁於丘園，束帛戔戔。」注：「賁，飾也。」文宗《開成改元赦文》：「其有藏器候時，隱身巖穴，奇節獨行，可激風俗者，委常參官及所在長吏各以名聞。」

〔九〕開物成務：《易·繫辭上》中語，注：「言《易》通萬物之志，成天下之務，其道可以覆冒天下也。」建元：每歲紀曆的開始。《淮南子·天文》：「天維建元，常以寅始起。」夏正建寅，以正月爲歲首。

〔一〇〕北辰：即北極。《論語·爲政》：「爲政以德，譬如北辰，居其所而衆星共（拱）之。」南山之壽：

《詩·小雅·天保》：「如月之恒，如日之昇；如南山之壽，不騫不崩；如松柏之茂，無不爾或承。」

上宰相賀改元赦書狀〔一〕

同州狀上中書門下：改元赦書。右伏奉今月一日制書，改大和十年爲開成元年大赦天下者。伏以律首三元，禮崇四始。〔二〕順陽和發生之德，敷大號渙汗之恩。〔三〕宥過恤刑，弛征已責，盡去人瘼，通知物情。〔四〕德音朝發於九天，和氣夕周於四海。此皆相公弼諧之道，燮贊之功。進執於密勿之間，〔五〕發揚成滂沛之澤。某恪守官業，印綬所拘，不獲隨例拜賀。云云。

【校注】

〔一〕狀開成元年正月在同州作，參見前表注。《叢刊》本題下注：「開成元年正月日。」宰相：據《新唐書·宰相表下》，時相有鄭覃、李石。

〔二〕三元：元旦。《初學記》卷四引《玉燭寶典》：「正月爲端月，其一日爲元日……亦云三元。」注：「歲之元，時之元，月之元。」四始：《史記·天官書》：「正月旦，王者歲首；立春日，四時之始也。四始者，候之日。」正義：「謂正月旦歲之始，時之始，日之始，月之始，故云四始。」

〔三〕大號涣汗：指大赦詔書，參見卷十三《賀復吴少誠官爵表》注。

〔四〕人瘼：民病。通知：遍知。

〔五〕進埶：此指進獻謀略。《漢書·張騫傳》：「漢使往既多，其少從率進埶於天子。」孟康：「進埶，美語，如成埶也。」師古曰：「進埶者，但空進成埶之言。」密勿：機要政事。《三國志·魏書·杜恕傳》：「與聞政事密勿大臣，寧有懇懇憂此者乎？」

謝恩賜粟麥表〔一〕

臣某言：伏奉今月一日制書，以臣當州連年歉旱，特放開成元年夏青苗錢並賜斛斗六萬石，〔二〕仰長吏逐急濟用，不得非時量有抽斂於百姓者。恩降九天，澤周萬姓，優詔纔下，群情頓安。臣某誠歡誠喜頓首頓首。

伏以災沴流行，陰陽常數，物力既竭，人心匪遑。〔三〕輒敢奏聞，本求貸借。皇恩廣被，玄造曲成。既免在田之征，仍頒發廩之賜。臣謹宣赦文節目，〔四〕彰示兆人，鼓舞歡謡，自中徂外。臣初到所部，便遇儉時，〔五〕今蒙聖慈，特有賑恤。主恩及物，已爲壽域之人〔六〕；衆意感天，必有豐年之應。臣恪居官業，不獲拜舞闕庭，無任感激。云云。

【校注】

〔一〕表開成元年正月在同州作。恩賜粟麥：文宗開成元年正月朔日《開成改元赦文》：「同州、河中、絳州，去年旱歉，賦斂不登，宜放開成元年夏青苗錢。同州賜雜穀六萬石，河中、絳州共賜十萬石，委度支户部以見貯粟麥充賜。」謝表即爲此而作，參見前表注。

〔二〕青苗錢：中唐後税收之一種。《新唐書·食貨志一》：「至大曆元年……天下苗一畝税錢十五，市輕貨給百官手力課。以國用急，不及秋，方苗青即征之，號『青苗錢』。又有地頭錢，每畝二十，通名爲青苗錢。」斛斗：量器，常計量糧食，故代指糧食。

〔三〕陰陽：此指災沴，古人認爲災沴係陰陽不調所形成。數：頻繁。

〔四〕赦文：疑當作「敕文」，指賜粟麥之詔書。節目：條目，内容。

〔五〕儉時：歉收年。

〔六〕壽域：仁壽之域，參見卷十三《賀除虔王等表》注。

慰淄王薨表〔一〕

臣某言：臣得進奏官楊惕狀報，淄王薨，輟朝三日。〔二〕伏惟皇帝陛下，德邁前王，情深近屬。憫枝葉之謝，諒切宸衷；割肌膚之愛，何堪聖念。〔三〕萬方知化，九族歸仁。凡受國恩，伏深悽惻。臣限以藩守，不獲奉慰闕庭，無任屏營之至。

【校注】

〔一〕表開成元年四月在同州作。淄王：李協，憲宗之子，文宗叔父。《舊唐書·憲宗諸子傳》：「憲宗二十子……淄王協，憲宗第十四子也。長慶元年封，開成元年薨。」《舊唐書·文宗紀下》：「（開成元年四月）辛卯，淄王協薨。」

〔二〕進奏官：州府常駐京師的辦事官員。輟朝：罷朝會，以示哀悼。《叢刊》本「三日」下有「中慰」二字。

〔三〕枝葉：喻皇室宗親。《詩·大雅·文王》：「文王孫子，本支百世。」肌膚之愛：喻骨肉親情。《漢書·叙傳》載班彪《王命論》：「高四皓之名，割肌膚之愛。」注：「晉灼曰：不立戚夫人子。」

謝恩放先貸斛斗表〔一〕

臣某言：臣奉五月二十九日敕牒，據度支所奏，諸道節度觀察使及州府借便省司錢物斛斗等數内，〔二〕當州欠三萬六千二十三貫石，並放免者。殊私忽降，逋責滌除，藩方永安，遐邇咸説。〔三〕臣某誠歡誠喜頓首頓首。

伏以關輔之間，頻年歉旱，田租既須矜放，公用遂不支持。〔四〕承前長吏，例有借便，以救一時之急，皆成積欠之名。既未支填，常懷憂懼。〔五〕聖恩周洽，洞見物情，爰命有司，使之條奏。去其舊弊，衆已獲安；嚴立新規，人知所措。臣恪居官次，不獲拜舞闕庭，無任抃躍屏營之至。

【校注】

〔一〕表開成元年六月在同州作。放先貸斛斗：指放免前此同州長吏向尚書省户部臨時借貸的錢物。

〔二〕借便：臨時借用。省司：指尚書省户部各曹司。

〔三〕藩：《文苑英華》校「集作一」。説：通悦。

〔四〕矜放：矜憐免除。遂：原作「交」，明本、劉本、《全唐文》作「又」，此據《叢刊》本改。

〔五〕支填：填補，歸還。

謝分司東都表〔一〕

臣某言：伏奉今月十九日制書，授臣太子賓客分司東都者。寵命自天，戰越無地。云云。臣發跡書生，以文爲業，出身入仕，四十餘年。頃自集賢學士出守吴郡，面辭之日，親承德音，念百姓水潦之餘，示微臣政理之法。臣祗膺聖旨，夙夜竭誠，閭里獲安，流庸盡復。猥蒙朝奬，錫以金章。〔二〕及遷同州，又遇歉旱，悉心綏撫，幸免流離。

今荷天慈，憫臣耆舊，列名賓護之職，分局河洛之都。〔三〕老馬沾束帛之恩，〔四〕枯株蒙雨露之澤。獲居榮秩，以畢餘年，顧此微軀，實爲厚幸。伏以臣始爲御史，逮事德宗。今忝宫寮，〔五〕幸逢聖日。舉四海之内，賢能則多；求六朝之臣，〔六〕零落將盡。雖迫桑榆之景，猶傾葵藿之心。〔七〕臣無任感恩惕抃之至。

【校注】

〔一〕表開成元年秋在洛陽作。分司：中央機構分置於東都洛陽的派出機構及其官員。《子劉子自傳》：「又遷同州……復被足疾，改太子賓客分司東都。」東都：二字原無，據劉本、《叢刊》本增。劉禹錫以開成元年秋自同州歸洛陽，見卷十《自左馮歸洛下（略）》注。

〔二〕金章：即金紫章服，見卷十八《蘇州謝恩賜加章服表》。

〔三〕賓護：即太子賓客，掌調護太子，故稱。《通典》卷三〇「太子賓客」：「大唐顯慶元年正月，以左僕射兼太子少師于志寧兼太子太傅，侍中韓瑗、中書令來濟、禮部尚書許敬宗，並爲太子賓客，遂爲官員。定置四員，掌調護侍從規諫。」局：劉本作「司」。河洛之都：即東都洛陽，有黄河、洛水。

〔四〕束帛：古代徵聘所用的禮物。《史記·儒林列傳》：「於是天子使使束帛加璧安車駟馬迎申公。」

〔五〕宫寮：太子東宫官屬。

〔六〕六朝：指德、順、憲、穆、敬、文宗六朝。

〔七〕桑榆之景：落日，喻老年。參見卷十七《第三表》注。葵藿之心：葵藿向日之心，喻對皇帝的忠心。《史記·五帝本紀》：「就之如日。」索隱：「如日之照臨，人咸依就之，若葵藿傾心以向日也。」

許州文宣王新廟碑〔一〕

歲在丙辰，元曰開成，許州牧、尚書杜公作文宣王廟暨學舍于兑隅，革故而鼎新也。〔二〕前年，公受社與鉞，且董淮陽、汝南之師，八月上丁，釋菜于宣父之室。〔三〕陋宇荒階，不足回旋。已事而嘆，乃詢黄髪。〔四〕有鄉先生前致辭，曰：「自盜起幽陵，許爲兵衝，連戰交捽，率無寧歲。〔五〕耳説鉦鼓，〔六〕不聞絃歌。目不知書，不害爲智。爾來生聚教養，起居祖習，壹出於軍容。〔七〕今幸天子憐許民，爲擇賢侯，此人人思治之時也。」公曰：「諾。吾當先後之。」〔八〕於是，元年修戎律以通衆志，次年成郡政以蠲民瘼，季年崇教本以厚民風。〔九〕

我言既從，乃卜新宫。瀷水之瀕，〔一〇〕城池在東。登登其杵，坎坎其斧。〔一一〕繩之墨之，鑿枘枝梧。〔一二〕載塈載塗，黕焉陵虚。〔一三〕寢廟弘敞，齋宫嚴閟。〔一四〕軒墀廂廡，儼雅清潔。

門庭牆仞，〔一五〕望之生敬。外飾觚稜，中設黼幄。〔一六〕嚮明當宁，〔一七〕用王禮也。堯頭禹身、華冠象佩之容，取之自鄒魯。〔一八〕及門睹奥、偶形畫像之儀，〔一九〕取之自太學。尊彝籩豆、青黄規矩之器，〔二〇〕秉周禮也。犧牲制幣〔二一〕、薦獻升降之節，遵國章也。藏經于重檐，斂器于皮櫝，講筵有位，鼓篋有室。〔二二〕授經有博士，督課有助教。〔二三〕指蹤有役夫，灑掃有廟榦。〔二四〕公又割隙地爲廣圃，蒔其柔蔬，而常菹旨蓄之禦備。〔二五〕捨己俸爲子錢，榷其孳贏，而鹽酪釭膏之用給。〔二六〕濟濟莘莘，〔二七〕化行風驅。家慕恭儉，户知敬讓。父誨其子，兄規其弟：不游學堂，與撻市同。〔二八〕繇是，麇勇爵、戴鶡冠者，〔二九〕往往弭雄姿而觀習禮。矜甲胄者知根於忠信，服縵胡者不敢侮逢掖。〔三〇〕教化之移人也，如置郵焉。〔三一〕

冬十一月，許人以新儒宫成來告，且乞詞，欲行乎遠也。公名悰，字永裕，故丞相岐國公之孫。〔三二〕岐公弼諧三帝，〔三三〕碩學冠天下。嘗著書二百餘篇，言禮樂刑政古今損益，統名曰《通典》，藏在石室，副行人間。〔三四〕今孝孫聿修之，刑乎事業，播于聲詩，懿哉，能世其家也〔三五〕！禹錫昔年忝岐公門下生，四參公府。〔三六〕近年牧汝州，道許昌，躬閲其政，故不得讓，遂銘于麗牲之碑。〔三七〕銘曰：

許分韓、魏，四征之地。〔三八〕兵興已還，其鬥嚬嚬。〔三九〕亦有儒宫，軋于兵間。〔四〇〕賢侯戾止，思樂泮水，俾人嚮學，王化之始。〔四一〕便地爰相，〔四二〕新規鬱起，廟貌斯嚴，堂皇有煒。

秩秩禮物，祁祁胄子，入于門牆，如造闕里。〔四三〕春誦夏絃，〔四四〕載颺淑聲，風于閭閻，浹于郊坰。途讓班白，〔四五〕家尊父兄，與化而遷，其猶性成。昔之委巷，相詬交侮，今逢親戚，不道媟語。〔四六〕昔之連營，〔四七〕誇力使酒，今遇賓客，斂容拱手。魯有泮林，鳥革其音。〔四八〕許崇學斆，民説其教。〔四九〕鐫于圭石，以志新廟。

【校注】

〔一〕碑開成元年十一月在洛陽作。許州：州治在今河南許昌。文宣王：孔子，見卷二《和李六侍御文宣王廟釋奠作》詩注。碑開成元年爲杜悰作。《金石録》卷一〇：「《唐文宣王新廟碑》，劉禹錫撰，盧遥正書，開成二年三月。」《寶刻類編》卷五同。所紀當爲立碑年月。

〔二〕丙辰：即開成元年。杜公：杜悰，杜式方之子，杜佑之孫，以門蔭授太子司議郎，尚岐陽公主，大和中累遷至京兆尹、鳳翔、忠武節度使，後相武宗、宣宗，《舊唐書》卷一四七、《新唐書》卷一六六附見《杜佑傳》。《舊唐書》本傳：「（大和）八年，起復授忠武軍節度使、陳許蔡觀察等使，就加兵部尚書。」兑隅：西偏。《易·説卦》：「兑，正秋也。」疏：「位是西方之卦。」革、鼎：均《易》卦名。《易·雜卦》：「革，去故也。鼎，取新也。」

〔三〕受社與鉞：指出爲節度使。受社，受脤於社，見卷六《和汴州令狐相公到鎮改月（略）》注。受鉞，掌握兵權。鉞，大斧，象徵專征伐的權力。淮陽、汝南：均郡名，即陳州和蔡州。據《新唐書·方鎮表二》，貞元三年置陳許節度使，治許州；十年，賜號忠武軍；元和十三年，忠武軍節度增領蔡州。上丁：每月上旬丁日。釋菜：以蘋藻之屬禮先師。《禮記·文王世子》：「始立學者，既興器用幣，然後釋菜。」

〔四〕黄髮：老年人。

〔五〕盜起幽陵：指安史之亂，見卷十七《代郡開國公王氏先廟碑》注。捽：衝突。《國語·晉語一》：「戎、夏交捽。」

〔六〕説：通悦。鉦鼓：銅鉦與鼓，軍中樂器，用以指揮進退。

〔七〕生聚：繁殖人口，聚集財力。祖習：繼承學習。軍容：軍職名，見《南史·王敬則傳》。唐肅宗時以宦官魚朝恩爲觀軍容使，此泛指武夫。

〔八〕先後之：謂助成之。《周禮·秋官·士師》：「以五戒先後刑罰，毋使罪麗於民。」注：「先後，猶左右也。」疏：「先後……相助之義。」

〔九〕元年：指杜悰初莅陳許之大和八年。修戎律：整頓軍紀。通衆志：統一大衆的思想。蠲民瘼：除去病民的弊政。季年：指開成元年。

〔一〇〕漢：同溪，水名。《元和郡縣圖志》卷八「許州長社縣」：「溪水，俗名敕水，經縣西，其源出密縣大騩山。」瀕：通濱，水邊。

〔一一〕登登：夯土聲。《詩·大雅·綿》：「築之登登。」傳：「登登，用力也。」坎坎：伐木聲。《詩·魏風·伐檀》：「坎坎伐檀兮。」傳：「坎坎，伐檀聲。」

〔一二〕鑿：卯眼。枘：榫頭。枝：小柱。梧：斜柱。

〔一三〕塈：塗飾，以泥塗屋。黕：黑色。陵虚：凌空。曹植《銅雀臺賦》：「建三臺於前處，飄飛陛以凌虚。」

〔一四〕寢廟：《禮記・月令》：「寢廟畢備。」注：「凡廟，前曰廟，後曰寢。」疏：「廟是接神之處。……寢，衣冠所藏之處。」齋宫：祭祀致齋之所。

〔一五〕牆仞：高牆。《論語・子張》：「夫子之牆數仞。」

〔一六〕觚稜：屋脊呈方角稜瓣之形。班固《西都賦》：「設璧門之鳳闕，上觚稜而棲金爵。」黼幄：有斧形花紋的帷幕。《周禮・春官・司几筵》：「凡封國、命諸侯，王位設黼依。」注：「斧謂之黼，其繡白黑采，以絳帛爲質。依，其制如屏風然。」

〔一七〕嚮明：南向朝陽。《易・説卦》：「聖人南面而聽天下，嚮明而治。」宁：《禮記・曲禮下》：「天子當宁而立，諸公東面，諸侯西面，曰朝。」陸德明音義：「門屏之間曰宁。」

〔一八〕堯頭禹身：《韓詩外傳》卷九：「孔子出衛之東門，逆姑布子卿。……子貢曰：『賜之師何如？』姑布子卿曰：『得堯之顙，舜之目，禹之頸，皋陶之喙。』」《史記・孔子世家》：「孔子獨立郭東門，鄭人或謂子貢曰：『東門有人，其顙似堯，其項類皋陶，其肩類子産，然自要以下不及禹三寸，纍纍若喪家之狗。』」象佩：象牙飾物。鄒魯：指孔子故里。《史記・孔子世家》：「孔子生魯昌平鄉陬邑。」索隱：「孔子居魯之鄒邑昌平鄉之闕里也。」

〔一九〕及門：《論語·先進》：「子曰：『從我於陳、蔡者，皆不及門也。』」奥：西南隅。《後漢書·禰衡傳》：「初涉藝文，升堂睹奥。」偶形：木刻雕像。

〔二〇〕尊彝：酒器。籩豆：食器。規矩：猶圓方。

〔二一〕犧牲：祭祀用牲畜。制幣：《叢刊》本作「贄幣」。

〔二二〕重檐：兩層屋檐，以防風雨。《禮記·明堂位》：「復廟重檐。」疏引皇侃曰：「謂就外檐下壁復安板檐，以辟風雨之灑壁。」皮櫝：藏物的函、櫃。鼓篋：擊鼓發篋，指授課。《禮記·學記》：「入學鼓篋。」注：「擊鼓警衆，乃發篋出所治經業也。」

〔二三〕博士、助教：均學官名。唐國子監置博士，掌教授生徒，又置助教，佐博士分經教授。州府亦置。《新唐書·百官志四》「外官」：「武德初，（州府）置經學博士、助教、學生。德宗即位，改博士曰文學。元和六年，廢中州、下州文學。京兆等三府，助教二人，學生八十人。大都督府、上州，各助教一人。」

〔二四〕指蹤：「發蹤指示」之省，此指供指揮驅使者。廟幹：廟中勤雜人員。

〔二五〕菹：腌菜。旨蓄：《詩·邶風·谷風》：「我有旨蓄，亦以御冬。」傳：「旨，美。御，禦也。」箋：「蓄聚美菜者，以禦冬月乏無時也。」

〔二六〕子錢：借貸取息之錢。孳贏：孳生贏利。而鹽酪：「而」字原奪，據明本、劉本、《全唐文》補。釭膏：燈油。

〔二七〕濟濟、莘莘：均衆多貌。《詩·周頌·清廟》：「濟濟多士，秉文之德。」《詩·小雅·皇皇者華》：「駪駪征夫。」《國語·晉語四》引作「莘莘征夫」。

〔二八〕撻市：鞭於市。《書·説命下》：「其心愧恥，若撻於市。」

〔二九〕勇爵：《左傳·襄公二十一年》：「莊公爲勇爵。」注：「設爵位以命勇士。」鶡冠：一種武冠。《後漢書·輿服志下》：「武冠，俗謂之大冠，環纓無蕤，以青繫爲緄，如雙鶡尾，豎左右爲鶡冠云。五官、左右虎賁、羽林、五中郎將、羽林左右監皆冠鶡冠。……鶡者，勇雉也，其鬥對，一死乃止。」

〔三〇〕服縵胡者：指武夫，參見卷十四《復荆門縣記》注。逢掖：儒服，此指儒生。見卷三《游桃源一百韻》注。

〔三一〕置郵：驛遞。《孟子·公孫丑上》：「德之流行，速於置郵而傳命。」

〔三二〕岐國公：杜佑。《舊唐書·杜佑傳》：「元和元年，册拜司徒、同平章事。封岐國公。」據傳，杜佑子式方，有子惲、憓、悰、恂。

〔三三〕弼諧：輔佐和協。三帝：杜佑相德、順、憲三宗。

〔三四〕《通典》：杜佑所著書名，爲今存最早的典章制度通史著作。石室：漢代國家藏書處。副：副本。《舊唐書·杜佑傳》：「性嗜學，該涉古今，以富國安人之術爲己任。初，開元末，劉秩採經史百家之言，取《周禮》六官所職，撰分門書三十五卷，號曰《政典》。……佑得其書，尋味厥旨，以爲條目未盡，因而廣之，加以《開元禮》、《樂》，書成二百卷，號曰《通典》。貞元十七年，使人自淮南使人詣闕獻之。……優詔嘉之，命藏書府。其書大傳於時，禮樂刑政之源，千載如指諸掌，大爲士君子所稱。」

〔三五〕聿：語助詞。刑：示範。

〔三六〕公府：三公之府。貞元十六年劉禹錫爲杜佑徐泗節度使掌書記；次年，爲杜佑淮南節度使掌書記；永貞元年，杜佑爲德宗崇陵使，以禹錫爲崇陵使判官；同年，杜佑兼鹽鐵使，禹錫以屯田員外郎判度支鹽鐵案，故「四參公府」。

〔三七〕許昌：許州屬縣。劉禹錫大和八年自蘇州刺史遷汝州刺史，道經許州。時杜悰在陳許節度使任。麗牲之碑：繫牲畜的石碑，後以刻文字紀功德。《文心雕龍·誄碑》：「宗廟有碑，樹之兩楹，事止麗牲，未勒勳績。而庸器漸缺，故後代用碑，以石代金，同乎不朽。」

〔三八〕韓、魏：戰國二國名。《元和郡縣圖志》卷八「許州」：「周末爲晉地。三卿分晉，其地屬韓。」四征之地：四戰之地，謂爲軍事要衝。

〔三九〕噉噉：争鬥貌。《韓非子·揚權》：「一棲兩雄，其鬥噉噉。」

〔四〇〕軋：輾壓，傾覆。

〔四一〕戾止：同莅止。泮水：泮宫之水。《詩·魯頌·泮水》：「思樂泮水，薄采其芹。魯侯戾止，言觀其旂。」小序謂爲「頌僖公能修泮宫」而作。疏：「泮宫，學名。能修其宫，又修其化，經八章言民思往泮水，樂見僖公，至於克服淮夷，惡人感化，皆修泮宫所致。」

〔四二〕便地：因地形之便。相：相宅。

〔四三〕秩秩：《詩・小雅・賓之初筵》：「賓之初筵，左右秩秩。」傳：「秩秩然，肅敬也。」祁祁：多貌。《詩・豳風・七月》：「采蘩祁祁。」胄子：貴族之子。闕里：孔子故里，見卷十二《唐秀才贈端州紫石硯以詩答之》注。

〔四四〕春誦夏絃：《禮記・文王世子》：「春誦夏絃，大師詔之。」注：「誦謂歌樂也。絃謂以絲播詩。」

〔四五〕班白：頭有白髮，指老人。《淮南子・泰族》：「孔子爲魯司寇，道不拾遺……而斑白不戴負。」

〔四六〕委巷：偏僻陋巷。詬：詬罵。媟語：即褻語，污穢不敬之言。

〔四七〕連營：軍營，此指軍士。

〔四八〕泮林：泮宮之林。革：改變。《詩・魯頌・泮水》：「翩彼飛鴞，集於泮林。食我桑黮，懷我好音。」箋：「言鴞恒惡鳴，今……改其鳴，歸就我以善音，喻人感於恩則化也。」

〔四九〕斅：教。説：通悦。

唐故中書侍郎平章事韋公集紀〔一〕

漢庭以賢良文學徵有道之士，公孫弘條對第一，席其勢，鼓行人間，取丞相且侯，使漢有得人之聲，伊弘發也。〔二〕皇唐文物，與漢同風，故天后朝燕國張公説以詞標文苑徵，玄宗朝曲江張公九齡以道侔伊吕徵，德宗朝天水姜公公輔、杜陵韋公執誼、河東裴公垍以賢良方正徵，憲宗朝河南元公稹、京兆韋公淳以才識兼茂徵，隴西牛公僧孺、李公宗閔以能直言極諫徵。〔三〕咸用對策甲於天下，繼爲有聲宰相，古今相望，落落然如騎星辰，與夫起版築飯牛者異矣。〔四〕

公本名淳，舉進士，登賢良，既仕，方更名處厚，字德載。〔五〕漢丞相扶陽侯之裔孫，後周逍遥公敻之八代孫，江陵節度參謀、監察御史裏行、贈右僕射某之元子。〔六〕生而聰明絶人，在提孩，〔七〕發言成詩，未幾能賦。受經於先君僕射，學文於伯舅許公孟容。〔八〕及壯，通六經，旁貫百氏，洽天人之際，遂探曆數，明天官，窮性命之源，以至于佛書尤邃。〔九〕初，爲集賢殿校書郎，宰相李趙公監修國史，引直東觀。〔一〇〕就改咸陽尉，遷右拾遺，轉左補闕，世稱有史才而能諫諍。入尚書爲郎，歷禮部、考功，皆人望所在。上方用威武以讋不庭，宿兵寖久。〔一一〕韋丞相貫之酌人情上言，不合意，册免，因歷詆所善，公在伍中，出爲開州刺史。〔一二〕居三年，執友崔敦詩爲相，〔一三〕徵拜户部郎中。至闕下，旬歲間，以本官知制誥。穆宗新即位，注意近臣，召入翰林充侍講學士。〔一四〕初授諫議大夫，續换中書舍人，侍游蓬萊池，延問大義。〔一五〕退而進《六經法言》二十編，〔一六〕優詔答之，賜以金紫。尋遷權知兵部侍郎、知制誥、翰林侍講、史館修撰。

長慶四年春，敬宗踐阼，以公用經術左右先帝五年，稔聞其德，尤所欽倚。〔一七〕内署故事，〔一八〕與外廷不同，凡言翰林學士，必草詔書；有侍講者，專備顧問。雖官爲中書舍人或它官知制誥，第用其班次耳，不竄言於訓詞。〔一九〕至是，上器公，且有以寵之，乃使内謁者申命去「侍講」之稱。〔二〇〕慮未諭于百執事，〔二一〕居數日，降命書，重舉舊官，以明新意。尋真拜夏官貳卿，〔二二〕由是，内庭詞臣，無出其右者。凡密旨必承乎權輿，故號承旨學士。〔二三〕上富春秋，未親庶政，或有凝滯，視公如蓍龜。〔二四〕寶曆季年，宫壼間一夕生變，人情大駭，雖鼎臣無所關決，唯内署得參焉。〔二五〕群議哄胡貢反然，俟公一言而定。戡難纘服，再維乾綱。

今上繼明，〔二六〕策勛第一，擢拜中書侍郎、同中書門下平章事。以高材遇英主，功顯人伏，言無不從，筆端膚寸，〔二七〕澤及天下。盡罷冗食，請歸才人，事先有司，物止常貢。〔二八〕城社無託，巖廊益尊，感恩盡瘁，不嗇神用。〔二九〕大和二年十二月上前言事，未及畢詞，疾作暴僨，〔三〇〕以朝服委地。同列白奏，搢笏扶持之，不能起。上命中貴人左右翼負，歸于中書，如大醉狀。〔三一〕上震驚咨嗟，徵醫賜藥，旁午疊委。〔三二〕會暮，肩輿至第，詰旦以不起聞，贈禭加常禮。〔三三〕

後十年，嗣子蕃以太子舍人直弘文館，編次遺文七十通，銜哀貢誠，乞詞以冠其首。〔三四〕謹按公未爲近臣已前所著詞賦讚論、記述銘志，皆文士之詞也，以才麗爲主。自入爲學士至宰相以往所執筆，皆經綸制置、財成潤色之詞也，〔三五〕以識度爲宗。觀其發德音，福生人，沛然如時雨；褒元老，諭功臣，穆然如景風。〔三六〕命相之册和而莊，命將之誥昭而毅。薦賢能，其氣似孔文舉；論經學，其博似劉子駿；發十難以摧言利者，其辨似管夷吾。〔三七〕噫！逢時得君，奮智謀以取高位，而令名隨之，豈不偉哉！

初，蕃既纂修父書，咨于先執李習之，請文爲領袖，許而未就。〔三八〕一旦，習之悄然謂蕃曰：「翺昔與韓吏部退之爲文章盟主，同時倫輩，惟柳儀曹宗元、劉賓客夢得耳。〔三九〕韓、柳之逝久矣，今翺又被病，慮不能自述，有孤前言，齎恨無已。將子薦誠于劉君乎。」無何，習之夢奠于襄州。〔四〇〕蕃具道其語，余感相國之平昔，且嘉蕃之虔虔孝敬，〔四一〕庶幾能世其家，故不讓云。

【校注】

〔一〕文開成二年在洛陽作。韋公：韋處厚，《舊唐書》卷一五九、《新唐書》卷一四二有傳。《新唐書·藝文志四》：「《韋處厚集》七十卷。」今佚。

〔二〕公孫弘：西漢人，家貧，牧豕海上，年四十餘，乃學《春秋》。武帝元光五年，徵賢良文學，弘對策第一，拜博士，待詔金馬門。元朔中，爲丞相，封平津侯。丞相封侯，自弘始。《史記》、《漢書》有傳。《漢書》傳讚曰：「漢興六十餘載，海内艾安，府庫充實，而四夷未賓，制度多闕，上方欲用文武，求之如弗及，始以蒲輪迎枚生，見主父而嘆息，群臣慕嚮，異人並出，卜式拔於芻牧，〔桑〕弘羊擢於賈豎，衛青奮於奴僕，〔金〕日磾出於降虜，斯亦曩時版築飯牛之朋已，漢之得人，於兹爲盛。儒雅則公孫弘、董仲舒、兒寬……皆有功跡見述於世。」席：憑藉。鼓行：擊鼓而行，謂聲勢極盛。

〔三〕張説：字道濟，弱冠應詔舉，對策乙第，授太子校書，後相玄宗，封燕國公。《舊唐書》卷九七、《新唐書》卷一二五有傳。詞標文苑、道侔伊吕、賢良方正、才識兼茂、能直言極諫：均制科名目。《大唐新語》卷八：「則天初革命，大搜遺逸，四方之士應制者向萬人。則天御洛陽城南門，親自臨試，張説對策爲天下第一。則天以近古以來，未有甲科，乃屈爲第二等。」《文苑英華》卷四七七有張説《對詞標文苑科策》。張九齡：相玄宗，參見卷三《讀張曲江集作》注。據《唐會要》卷七六「制科舉」，神龍二年，張九齡才堪經邦科及第；先天二年，道侔伊吕科及第。天水：郡名，今屬甘肅。姜公輔：不知何許人，登進士第，授校書郎，應制策高科，授左拾遺，召爲翰林學士。德宗建中末，從駕奉天，遂爲相，《舊唐書》卷一三八、《新唐書》卷一五二有傳。杜陵：在長安東南，見卷二《送韋秀才道沖赴制舉》注。韋執誼：京兆人，進士擢第，應制策高等，拜左拾遺，爲翰林學士。順宗永貞元年，王叔文引爲相，貶死崖州。《舊唐書》卷一三五、《新唐書》卷一六八有傳。河東：郡名，即蒲州。裴垍：字弘中，河東聞喜人，舉進士，貞元中制舉賢良極諫，對策第一，授美原尉。元和中召入翰林爲學士，代李吉甫爲相，元和六年病卒。《舊唐書》卷一四八、《新唐書》卷一六九有傳。據《唐會要》卷七六，姜公輔建中元年、韋執誼貞元元年、裴垍貞元十年賢良方正能極言直諫科及第。元稹：屢見前詩注。韋淳：即韋處厚，原名淳，後避憲宗李純諱改名。據《唐會要》卷七六，元稹、韋淳元和元年才識兼茂明於體用科及第。牛僧孺：屢見前詩注。李宗閔：字損之，宗室鄭王之後。貞元二十一年與牛僧孺同登進士第，元和四年復同登制舉賢良方正能極言直諫科，大和中相文宗。《舊唐書》卷一七六、《新唐書》卷一七四有傳。

〔四〕落落：高超不群貌。杜篤《首陽山賦》：「長松落落，卉木蒙蒙。」騎星辰：傅説星，在箕星與尾星間，相傳爲殷高宗武丁賢相傅説死後升天所化。《莊子·大宗師》：「夫道……傅説得之，以相武丁，奄有天下，乘東維，騎箕尾，而比於列星。」版築：以木板夾土築牆。傅説爲胥靡，築於傅險，武丁得之以爲相，參見卷六《和汴州令狐相公到鎮改月(略)》注。飯牛：飼養牛。《淮南子·道應》：「(齊)桓公郊迎客……甯戚飯牛車下，望見桓公而悲，擊牛角而疾商歌。桓公聞之，撫其僕之手曰：『異哉，歌者非常人也。』命後車載之。」後用以爲大夫。參見卷三《游桃源一百韻》注。

〔五〕賢良：即賢良方正能極言直諫科。《舊唐書·韋處厚傳》：「本名淳，避憲宗諱，改名處厚。……元和初，登進士第，應賢良方正，擢居異等，授秘書省校書郎。」

〔六〕扶陽侯：韋賢。《漢書·韋賢傳》：「本始二年，代蔡義爲丞相，封扶陽侯。」夐：韋夐，《周書》本傳：「字敬遠，志尚夷簡，澹於榮利。……前後十見徵辟，皆不應命。……明帝即位，禮敬逾厚，乃爲詩以貽之曰：『六爻貞遁世，三辰光少微。潁陽讓逾遠，滄州去不歸。……詎能同四隱，來參余萬機。』夐答帝詩，願時朝謁。帝大悦，敕有司日給河東酒一斗，號之曰逍遥公。」八代孫：據《新唐書·宰相世系四上》，韋處厚出韋氏逍遥公房，爲韋夐九世孫。蓋《世系表》誤列處厚之先祖韋彦方爲其兄彦師之孫，又誤列處厚父韋萬爲其祖韋衍之子，遂差一世。參見趙超《新唐書宰相世系表集校》卷四。某：據《新唐書·宰相世系四上》，韋處厚父「萬，兼監察御史」。元子：嫡長子。

〔七〕提孩：猶孩提，兒童。韓愈《符讀書城南》：「兩家各生子，提孩巧相如。」

〔八〕先君僕射：即韋萬。許孟容：參見卷一《許給事見示（略）》注。《舊唐書·許孟容傳》：「少以文詞知名，舉進士甲科。」

〔九〕天官：天文，《史記》有《天官書》。佛書：佛經。《舊唐書·韋處厚傳》：「雅信釋氏因果，晚年尤甚。」

〔一〇〕集賢殿：集賢殿書院，有校書四人，正九品下，見《新唐書·百官志二》。李趙公：李吉甫，相憲宗，封趙國公，見卷二《奉和淮南李相公（略）》注。《舊唐書》本傳：「（元和）五年冬，裴垍病免。明年正月，授吉甫金紫光禄大夫、中書侍郎、平章事、集賢殿大學士、監修國史、上柱國、趙國公。」東觀：東漢國家藏書處，班固曾奉詔於東觀修《漢紀》，此代指史館，參見卷十一《送分司陳郎中（略）》注。按《舊唐書·韋處厚傳》：「授秘書省校書郎。裴垍以宰相監修國史，奏以本官充直館。」作「秘書省」、「裴垍」，均與此不同。

〔一一〕讋：震懾。不庭：不朝，不服從中央政令，指淮西吴元濟、成德王承宗等，見卷四《平蔡州》、《平齊行》等詩注。宿兵：兵宿於外，指在外作戰。

〔一二〕韋貫之：貞元初進士，登制科，授校書郎，元和九年爲相。《舊唐書》卷一五八、《新唐書》卷一六九有傳。《舊唐書·憲宗紀下》：「（元和十一年）八月壬寅，以宰臣韋貫之爲吏部侍郎，罷知政事。貫之以淮西、河北兩處用兵，勞於供餉，請緩承宗而專討元濟，與裴度争論上前故也。……（九月）丙子，新除吏部侍郎韋貫之再貶湖南觀察使。辛未，貶吏部侍郎韋顗爲陜（峽）州刺史，刑部郎中李正辭爲金州刺史，度支郎中薛公幹爲房州刺史，屯田郎中李宣爲忠州刺史，考功郎中韋處厚爲開州刺史，禮部員外郎崔韶爲果州刺史，並爲補闕張宿所構，言與貫之朋黨故也。」同書《韋貫之傳》：「貫之爲相，嚴身律下，以清流品爲先，故門無雜賓。有張宿者，有口辯，得幸於憲宗，擢爲左補闕。將使淄青，宰臣裴度欲爲請章服，貫之曰：『此人得幸，何要假其恩寵耶？』其事遂寢。宿深銜之，卒爲所搆，誣以朋黨，罷爲吏部侍郎。不涉旬，出爲湖南觀察使。」開州：州治在今四川開縣。

〔一三〕崔敦詩：崔群，字敦詩，元和十二年爲相。見《新唐書·宰相表中》。

〔一四〕侍講學士：爲皇帝講經義，雖爲學士，實不預起草制誥等事。《舊唐書·韋處厚傳》：「穆宗以其學有師法，召入翰林，爲侍講學士，换諫議大夫，改中書舍人，侍講如故。」

〔一五〕蓬萊池：即太液池，在大明宫中。《類編長安志》卷三「太液池」：「《宫殿儀》曰：『在大明宫含涼殿，周十數頃，池中有蓬萊山，嶄絶，上自然有奇草異卉，魚鳥所集。』」《舊唐書·穆宗紀》：「（元和十五年三月）壬子，召侍講學士韋處厚、路隨於太液亭講《毛詩·關雎》、《尚書·洪範》等篇。」

〔一六〕《六經法言》：《舊唐書·韋處厚傳》：「處厚以幼主荒怠，不親政務，既居納誨之地，宜有以啟導性靈，乃銓擇經義雅言，以類相從，爲二十卷，謂之《六經法言》。獻之，錫以繒帛銀器，仍賜金紫。」按此書乃與路隨合撰。韋處厚《進六經法言表》：「臣處厚、臣隨採合《易》、《詩》、《書》、《左氏春秋》、《孝經》等，因其本篇，掇其精粹。論紀先師微旨，今亦附於篇末。總題曰《六經法言》，合二十卷，獻上。」《新唐書·藝文志三》儒家類：「《六經法言》二十卷，韋處厚、路隋撰。」

〔一七〕踐阼：登上阼階主位，登基。左右：佐佑，輔佐。稔聞：熟聞。

〔一八〕内署：指翰林院，在大明宫中。

〔一九〕竄言：插話，此指插手。訓詞：教導之言，此指制誥。侍講學士不預制詔的起草。

〔二〇〕内謁者：宦官。《新唐書·百官志二》：内侍省有内謁者監十人，正六品下；内謁者十二人，從八品下。

〔二一〕百執事：百官。

〔二二〕夏官貳卿：即兵部侍郎，爲兵部尚書之副。《舊唐書·韋處厚傳》：「處厚俄又權知兵部侍郎。

敬宗嗣位……處厚正拜兵部侍郎。」

〔二三〕權輿：起始。《詩·秦風·權輿》：「今也每食無餘，于嗟乎！不承權輿。」承旨學士：翰林學士之長。元稹《承旨學士院記》：「舊制，學士無得以承旨爲名者。……憲宗章武孝皇帝以永貞元年即大位，始命鄭公絪爲承旨學士，位在諸學士上，……大凡大誥令、大廢置、丞相之密畫、内外之密奏、上之所甚注意者，莫不專受專對，他人無得而參。」

〔二四〕蓍龜：占卜用的蓍草與龜甲，是決疑的工具。

〔二五〕寶曆：唐敬宗年號，僅二年（八二五—八二六）。宫壼：宫中。壼，宫中道路，宫巷。《舊唐書·敬宗紀》：「（寶曆二年十二月）辛丑，帝夜獵還宫，與中官劉克明、田務成、許文端打毬，軍將蘇佐明、王嘉憲、石定寬等二十八人飲酒。帝方酣，入室更衣，殿上燭忽滅，劉克明等同謀害帝，即時殂於室内，時年十八。」鼎臣：宰相。内署：翰林院，此指韋處厚。《舊唐書·韋處厚傳》：「寶曆季年，急變中起，文宗底綏内難，詔命將降，未有所定。處厚聞難奔赴，昌言曰：『《春秋》之法，大義滅親，内惡必書，以明逆順。正名討罪，於義何嫌！安可依違，有所避諱？』遂奉藩教行焉。是夕，詔命制置及踐祚禮儀，不暇責有司，皆出於處厚之議。」

〔二六〕今上：文宗李昂，自江王登帝位。

〔二七〕膚寸：指極小的雨雲，參見卷四《望衡山》注。

〔二八〕冗食：冗官。才人：宫女。文宗《即位詔》：「内庭宫人非職掌者，放三千人，任從所適。……

教坊樂官、翰林待詔、伎術官並總監諸色職掌内冗員者共一千二百七十人，並宜停廢。……長慶以來常進外宣索，自今已後，一切停進。」

〔二九〕城社：城狐社鼠，比喻倚勢爲惡的人。《晉書・謝鯤傳》：「及（王）敦將爲逆，謂鯤曰：『劉隗姦邪，將危社稷。吾欲除君側之惡，匡主濟時，何如？』對曰：『隗誠禍始，然城狐社鼠也。』」巖廊：高峻之廊，代指朝廷。神用：精力。

〔三〇〕僨：殭仆。

〔三一〕翼負：攙扶背負。中書：中書省，宰相辦公處在中書省政事堂。

〔三二〕旁午：縱横交錯。

〔三三〕詰旦：次日早晨。襚：贈送死者的衣被。《舊唐書・韋處厚傳》：「大和二年十二月，因延英奏對，造膝之際，忽奏『臣病作』，遽退。文宗命中官扶出歸第。一夕而卒，年五十六，贈司空。」

〔三四〕後十年：開成二年。太子舍人：東宫官，屬左春坊，正六品上，掌行令書表啟。弘文館：屬門下省，有學士，掌詳正圖籍，教授生徒，參議朝廷制度禮儀。均見《新唐書・百官志》。七十通：七十卷。按《韋處厚集》今佚，僅《全唐文》卷七一五存文一卷，《全唐詩》卷四七九存詩十二首。

〔三五〕財成：剪裁成就。財，通裁。《易・泰》：「天地交，泰。後以財成天地之道，輔相天地之宜，以左右民。」潤色：修飾使有光彩。班固《兩都賦序》：「潤色鴻業。」

〔三六〕景風：夏日的和風。《淮南子·天文》：「清明風至四十五日，景風至。」

〔三七〕孔文舉：孔融，東漢人，字文舉，有《薦禰衡表》及《論盛孝章書》，均見《文選》。今韋處厚存《上宰相薦皇甫湜書》。劉子駿：劉歆，西漢人，字子駿。《漢書·劉歆傳》：「河平中，受詔與父向領校秘書，講六藝傳記、諸子、詩賦、數術、方技，無所不究。……及歆親近，欲建立《左氏春秋》及《毛詩》、《逸禮》、《古文尚書》皆列於學官。哀帝令歆與五經博士講論其義，諸博士或不肯置對，歆因移書太常博士，責讓之曰：……其言甚切。」言利者：當指張平叔。《舊唐書·穆宗紀》：「（長慶二年三月）以鴻臚卿、判度支張平叔爲户部侍郎充職。平叔以曲承恩顧，上疏請官自賣鹽，可以富國强兵，陳利害十八條。詔下其疏，令公卿詳議。中書舍人韋處厚隨條詰難，固言不可，事遂不行。」韋處厚《駁張平叔糶鹽法議》一文今存。管夷吾：管仲，字夷吾，相齊桓公，通貨積財，富國强兵，其説在《管子》一書中，事見《史記·管晏列傳》。

〔三八〕先執：亡父的友人。李習之：李翱，字習之，中唐古文家。《舊唐書》卷一六〇、《新唐書》卷一七七有傳。領袖：謂序言，往往提挈一書之要領，如衣服之有領袖。

〔三九〕退之：韓愈字，愈終吏部侍郎任。《新唐書·李翱傳》：「翱始從昌黎韓愈爲文章，辭致渾厚，見推當時。」惟：原無，據明本、劉本、《叢刊》本增。

〔四〇〕夢奠：夢己爲人所祭奠，此代指死亡。《禮記·檀弓上》：「夫子曰：『……予疇昔之夜，夢坐奠於兩楹之間。夫明王不興，而天下其孰能宗予？予殆將死也。』蓋寢疾七日而没。」襄州：

時爲山南東道節度使治所，今湖北襄樊。襄，原作「褒」，據明本、劉本、《叢刊》本、《文苑英華》、《全唐文》改。《舊唐書・李翺傳》：「（大和）九年，轉户部侍郎。七月，檢校户部尚書、襄州刺史，充山南東道節度使。會昌中，卒於鎮，謚曰文。」按同書《文宗紀下》：「（開成元年七月）辛卯，刑部尚書殷侑檢校右僕射，充山南東道節度使。」此後至會昌元年，尚有李程、牛僧孺、盧鈞相繼爲山南東道節度使，故李翺不當卒於會昌中。《舊唐書・李翺傳》「會昌」乃「開成」之誤。翺當卒於開成元年六或七月，故朝廷任命殷侑繼之。

〔四二〕嘉：《唐文粹》作「憐」。虔虔孝敬：《叢刊》本、《唐文粹》作「虔敬」，《文苑英華》校「集作虔敬」。

山南西道節度使廳壁記〔一〕

文皇帝初元，始畫天下爲十道，古荆、梁之地舉曰山南。〔二〕厥後析爲東、西，天漢之邦，實居右部。〔三〕按梁州爲都督治所，領十有五州，縣道帶蠻夷，山川扼隴、蜀，故二千石有採訪、防禦之名。〔四〕兵興多故，其任益重，澄清節鉞，〔五〕二柄兼委。

建中末，德宗南巡狩，偃翠華而徘徊，簫勺之音洽于巴、漢。〔六〕戡難清宮，六龍言旋，乃下詔復除征繇，升州爲府，等威班制，與岐、益同。〔七〕地既尊大，用人隨異。故自興元至大和五十年間，以勛庸佩相印者三，以謨明歷真相者九，由台席授鉞未幾復入相者再焉。〔八〕磊落震耀，冠于天下。去年夏四月，今丞相趙郡公徵還泰階，遂命左僕射敦煌公往踐其武。〔九〕鼎之九相，及公而十焉。

初，公自河陽節度使入操國柄，其後鎮宣武，以禮悛獷悍；治天平，以清去掊克；居大鹵，以仁蘇荐饑。〔一〇〕今來是都，躡二三大君子之躅，道同氣協，無所改更，如鼓和琴，布指成韻。羌夷砥平，旱麓發生，人無左言，樂有夏聲。〔一一〕俗既富庶，居多閒暇，圜視府局，素闕者補之。

先是，公堂嘗爲行殿，人不敢斥，别營侯居，應門有閌，棨戟未具。〔一二〕公乃條白上言，詔下有司，可其奏。軍門肅清，方有眉目，趨而入者，聳然生敬焉。惟梁，山國也，其節用虎，〔一三〕出揚其威，入貯宜潔，舊處仄陋，黷其雄稜。公遂分宅之别齋，且據便地，署曰節室，卜剛日乃遷焉。〔一四〕敬君命而一民心，軍中增氣而知禮。戟衣既垂，師節既嚴，流眄屋壁，見前修之名氏列于座右，第以梁州刺史鼎興元尹記，與今稱謂不合，因發函進牘于不佞，且曰：「我已飾東壁，以新志累子。」〔一五〕於是按南梁故事，起自始登齋壇之後，爲記云。〔一六〕

時開成二年，歲在丁巳，春二月某日記。

【校注】

〔一〕文開成二年二月在洛陽作。山南西道：唐方鎮名，治所在興元府，今陝西漢中。

〔二〕文皇帝初元：唐太宗貞觀元年。十道：《新唐書·地理志一》：「唐興……天下初定，權置州郡頗多。太宗元年，始命併省，又因山川形便，分天下爲十道：一曰關内，二曰河南，三曰河東，四曰河北，五曰山南，六曰隴右，七曰淮南，八曰江南，九曰劍南，十曰嶺南。」荆、梁：古代九州之二。《新唐書·地理志四》：「山南道，蓋古荆、梁二州之域。」

〔三〕東、西：山南東道與山南西道。《新唐書·地理志一》：「開元二十一年，又因十道分山南、江南爲東西道。」天漢：指漢水。天漢之邦，指漢中地區，爲漢水發源地，劉邦始封漢王於此。《史記·高祖本紀》：「項羽……更立沛公爲漢王，主巴、蜀、漢中，都南鄭。」正義：「梁州本漢中郡，以漢水爲名。」右部：西部，即山南西道。

〔四〕都督治所：即都督府。《唐會要》卷六八：「興元府：武德元年六月十九日，置總管府，以李安遠爲之。七年二月改爲都督府，以韓文通爲之。」隴、蜀：指唐時隴右、劍南二道，約轄今甘肅、四川一帶。採訪：即觀察使，察官吏善惡。防禦：防禦使負責地方防務。《新唐書·百官志四下》：「置十道按察使，道各一人。開元……二十年曰採訪處置使，分十五道。……乾元元年改曰觀察處置使。」《舊唐書·職官志三》：「防禦團練使。至德後，中原置節度使，又大郡要害之地置防禦使，以治軍事，刺史兼之，不賜旌、節。」

〔五〕澄清：澄清吏治，此指觀察使。節鉞：賜節鉞可專征伐，此指節度使。《新唐書·方鎮表四》：廣德元年，升山南西道防禦守捉使爲節度使，尋降爲觀察使。

〔六〕建中：唐德宗的第一個年號，公元七八〇—七八三年。偃翠華：謂車駕止息於此。翠華，竿頂上飾有翠羽的旗幡，爲天子儀仗。司馬相如《上林賦》：「建翠華之旗，樹靈鼉之鼓。」簫勺：指宮中音樂。《漢書·禮樂志》載《房中歌》：「行樂交逆，《簫》《勺》群慝。」晉灼曰：「《簫》，舜樂也。《勺》，周樂也。」巴、漢：巴山漢水之間。《舊唐書·德宗紀上》：「（建中四年）冬十月丙午，詔涇原節度使姚令言率涇原之師救哥舒曜。丁未，涇原軍出京城，至滻水，倒戈謀叛，姚令言不能禁。上……與太子諸王妃主百餘人出苑北門……戊申，至奉天。……亂兵既剽京城，屯於白華，乃於晉昌里迎朱泚爲帥，稱太尉，居含元殿。……（興元元年三月）壬申，德宗至梁州。」

〔七〕戡難：平定禍亂。清宮：清掃宮室，參見卷二《和董庶中古散調詞（略）》注。六龍：相傳日神以六龍駕車，代指皇帝車駕。李白《上皇西巡南京歌》：「誰道君王行路難，六龍西幸萬人歡。」征繇：賦稅徭役。岐、益：二州名，治所分别在今陝西鳳翔與四川成都，因安史亂時肅宗居岐州，玄宗奔益州，至德二載，升岐州爲鳳翔府、益州爲成都府。《舊唐書·德宗紀上》：「（興元元年六月）癸丑，詔以梁州爲興元府，南鄭縣爲赤畿，官名品制視京兆、河南，百姓給復二年。」

〔八〕勛庸佩相印者：謂任山南西道節度使且以功勞加同平章事者，即所謂使相。據《唐方鎮年表》，有嚴震、烏重胤、李載業三人。歷真相者：曾在朝中實任宰相又出任山南西道節度使者，有趙宗儒、鄭餘慶、權德輿、裴度、李絳、李宗閔、李德裕、李固言九人。台席：指宰相。李宗閔、李固言二人均自宰相出爲山南西道節度，旋復入相。

〔九〕趙郡公：李固言。泰階：三台星，代指宰相三公之位。敦煌公：令狐楚。踐其武：猶言繼任。武，足跡。《舊唐書·文宗紀下》：「（開成元年四月）甲午，詔以山南西道節度使、檢校兵部尚書李固言爲門下侍郎、同中書門下平章事；以左僕射、諸道鹽鐵轉運使令狐楚檢校右僕射，爲山南西道節度使。」

〔一〇〕河陽節度使：即河陽懷三城節度使，治河陽，今河南孟縣。入操國柄：爲相。宣武：即汴州。悛獷悍：使桀驁難馴之人悔改。天平：指鄆州。掊克：《詩·大雅·蕩》：「曾是强御，曾是掊克。」傳：「掊克，自伐而好勝人也。」朱熹《集傳》：「聚斂之臣也。」大鹵：指太原。《元和郡縣圖志》卷一三「太原府」：「今爲河東節度使理所。……《春秋》，晉荀吴敗狄於大鹵，即太原晉陽縣也。中國曰太原，夷狄曰大鹵。」蘇：蘇息。荐饑：《左傳·僖公十三年》：「晉荐饑。」注：「麥、禾皆不熟。」疏：「連歲不熟曰荐。」餘參後《唐故相國贈司空令狐公集紀》。

〔一一〕旱麓：《詩·大雅·旱麓》：「瞻彼旱麓，榛楛濟濟。」傳：「旱，山名。麓，山足也。」箋：「旱山之足，林木茂盛者，得山雲雨之潤澤也。喻周邦之民獨豐樂者，被其君德教。」左言：異族語言。夏聲：諸夏之聲，中原音樂。《左傳·襄公二十九年》：「吴公子札來聘……請觀於周樂。……爲之歌秦。曰：『此之謂夏聲。夫能夏則大，大之至也，其周之舊乎。』」注：「秦本在西戎，汧隴之西，秦仲始有車馬禮樂，去戎狄之音，而有諸夏之聲，故謂之夏聲。」

〔一二〕行殿：皇帝在外視事的殿堂。斥：接近。侯居：此指節度使署。應門：指大門。《詩·大雅·綿》:「應門將將。」箋:「諸侯之宫……朝門曰應門。」閌:高大貌。左思《魏都賦》:「古公草創,而高門有閌。」棨戟:排列於官府門前作爲儀仗的木戟,參見卷一《闕下口號呈柳儀曹》注。

〔三〕用虎:用虎節。《周禮·地官·掌節》:「凡邦國之使節,山國用虎節,土國用人節,澤國用龍節。」

〔四〕節室:即節堂。節度使賜雙旌雙節,行則建節,居則有節樓、節堂,以節院使主之。見《新唐書·百官志四下》。剛日:《禮記·曲禮上》:「外事以剛日。」疏:「剛,奇日也。十日有五奇五偶,甲、丙、戊、庚、壬五奇爲剛也。」

〔五〕第:但。以:原作「有」,據明本、劉本、《全唐文》改。鼎:當。此謂廳原有《梁州刺史廳壁記》,但梁州刺史僅相當於興元尹,故與今節度使稱謂不合。不佞:劉禹錫自謙之詞。

〔六〕南梁:即梁州興元府,在長安秦嶺之南。齋壇:齋戒壇場。始登齋壇,指始置節度使。《史記·淮陰侯列傳》:「王欲召信拜之。(蕭)何曰:『王素慢無禮……王必欲拜之,擇良日,齋戒,設壇場,具禮,乃可耳。』」

汝洛集引〔一〕

大和八年,予自姑蘇轉臨汝,樂天罷三川守,復以賓客分司東都。〔二〕未幾,有詔領馮翊，辭不拜職，換太子少傅分務以遂其高，時予代居左馮。〔三〕明年，予罷郡，〔四〕以賓客入洛，日以章句交歡，因而編之，命爲《汝洛集》。

【校注】

〔一〕文開成二年六月後在洛陽作。《汝洛集》：劉禹錫、白居易唱和集名。《新唐書·藝文志四》：「《汝洛集》一卷。裴度、劉禹錫唱和。」按，此集爲劉、白唱和詩集，蓋爲續《劉白唱和集》而編。但劉任汝、同二州刺史時，裴度任東都留守，與白居易同在洛陽，有同時唱和之作，當亦編入集中，故《藝文志》以爲裴、劉唱和之作。此集北宋時猶存，宋敏求輯劉禹錫集外佚詩，得「《汝洛集》二十七、聯句三」，今《外集》卷四卷首所録詩三十首，即自此集中裒得。此集中詩，最晚者爲《奉送裴司徒令公自東都留守再命太原》，作於開成二年五月。蓋裴度離洛陽赴太原，詩遂結集。此後之詩則別編爲《洛中集》矣。

〔二〕姑蘇：即蘇州。臨汝：郡名，即汝州。三川守：河南尹。

〔三〕馮翊：郡名，即同州，漢爲左馮翊之地，故又稱「左馮」。分務：分司。大和九年，白居易授同州刺史，辭疾不拜，遂以劉禹錫代之，以白爲太子少傅分司，參見卷九《酬喜相遇同州與樂天替代》等詩注。

〔四〕罷郡：罷同州刺史。

唐故宣歙池等州都團練觀察處置使宣州刺史兼御史中丞贈左散騎常侍王公神道碑〔一〕

常侍諱質，字華卿。始得姓自周靈王太子晉，賓天而仙，時人曰王子，因去「姬」爲王氏。〔二〕自秦漢以還，世多顯名。由今而上十有一代，名傑，仕元魏爲并州刺史，〔三〕子孫因家，遂爲太原祁人。并州六代孫名通，〔四〕字仲淹。在隋朝諸儒，唯通能明王道，隱居白牛溪，游其門皆天下俊傑，著書行於世，既没，謚曰文中子。〔五〕文中生福祚，爲蔡州上蔡主簿。〔六〕上蔡生勉，舉進士，徵賢良，皆上第，仕至河中府寶鼎令，寶鼎即公之曾祖也。〔七〕祖諱怡，渝州司户參軍。〔八〕考諱潛，揚州天長縣丞，〔九〕贈尚書吏部郎中，公其季子也。

始，文中先生有重名於隋末，其弟績亦以有道顯于國初，自號東皋子，〔一〇〕文章高逸，傳乎人間。議者謂兄以大中立言，弟游方外遂性，二百年間，君子稱之，雖四夷亦聞其名字。公雅有遠志，〔一一〕常自忖度，我大名之後，不宜無見焉。遂力學，厚自淬琢，於《春秋》得其公是，於《禮》得之約。僑居淝水上，〔一二〕躬督穡事，善積於己，而淮楚間群彦多與之游。公歉然自少，無進取意。與游者激之曰：「卿文儒家子，篤志如是，盍求發聞去，〔一三〕俾家聲不頹？今夫以文學芒洋當世者誰如華卿，〔一四〕庸自棄邪？」入謀于閨門，咸以外言爲是，因

決策而西，在貢士籍。〔一五〕

天和内充，不以時尚屑意，角逐攻取，初無此心。如楩楠生于深林，〔一六〕未始自貴，而度材者一眄，歆然在懷，故以不争而速售。既登第，〔一七〕東諸侯交辟之。從主者書記于嶺南，授正字；參謀于淮右，進協律郎。〔一八〕其後佐許下暨梓潼、南梁，率爲上介，官至兼監察御史。〔一九〕司憲聞其賢，徵入南臺，轉殿内，歷侍御史，改尚書户部員外郎。〔二〇〕復爲知己所薦，遷檢校司封郎中，攝御史中丞，紫衣金章，充山南西道節度副使。入爲尚書户部郎中，以方雅特立除諫議大夫。會宋丞相坐狷直爲飛語所陷，抱不測之罪，大僚進言無益，公率諫官數輩，日晏伏閤，上爲不時開便殿。〔二一〕公於旅進中獨感激雪涕居多，由是上怒稍解，得從輕比。〔二二〕公終以言責爲憂，求爲虢州刺史。〔二三〕宰相惜去，又重違誠請，增之以兼御史中丞，用示異於人也。

大凡以智謀而進者，有時而衰；以朴厚而知者，無跡而固。公雅爲今揚州牧贊皇公所知，〔二四〕人不見其跡。方在虢略，贊皇入相，擢爲左曹給事中。〔二五〕凡有大官缺，必寵薦。居數月，遷河南尹，又未幾，鎮宛陵。〔二六〕是三者，中外所注意，不旬歲而周歷之，時論不以爲黨。河南，帝之别京，其治尚體度風采而别白區處之；宣城，國之奥壤，其治在束吏惠下、蘇罷羸、讐剽輕而勞徠澄汰之。〔二七〕公兩得其道，不由一揆。〔二八〕率身以儉而素風存，任人以誠而群務舉，遇中貴人以禮而故態革。內潔其志，下盡其忠，外無以撓於理，三者具，求政之有秕，曷由哉〔二九〕！在鎮三載，開成元年十二月八日薨於位，享年六十二。〔三〇〕監軍使上言，有詔軫悼，不視朝，贈左散騎常侍。明年八月十一日，葬于河南府永寧縣洛川鄉史原，從舊阡也。〔三一〕

初，公娶于滎陽鄭氏，生三女而没，今蓋祔焉。一子曰慶存，方齔矣。〔三二〕猶子前太原府參軍扶，執宗長書來請曰：「扶也早孤，荷世父常侍之覆露，今其嗣幼，未任克家，姑封琴書，司管籥，以俟其長。〔三三〕竊懼世父之德音不歇，思有以垂于後者，以誠告於從叔大司農。〔三四〕復命曰：『俞。謹礱貞石以乞詞，無忽。』」〔三五〕余昔爲郎，與常侍同列，已熟其行實。及讀墓誌，即今丞相、益州牧趙郡李公之文，〔三六〕自稱爲「忘形友」。其在宣州，李公再入相，議以第一官處之，牢讓不取。〔三七〕羔雁所禮，則河東裴夷直、天水趙晳、隴西李行方、吴郡陸紹、梁國劉蕡、博陵崔珦，人咸曰得士。〔三八〕夫揚州少與也，而見器；益州寡合也，而見親；六從事材不一也，而畢樂用，是足以觀德，庸可勿紀焉！銘曰：

隋有文中，紹勛微言，〔三九〕當時偉人，咸出其門。粹氣紆餘，鍾于後昆，常侍恂恂，文中來孫。〔四〇〕發源高麓，中泳後大；蘭牙茁然，秀出叢薈。〔四一〕善不近名，〔四二〕其聲日彰，行勇於退，其道愈光。哲者知之，寘于周行，以正持憲，以文爲郎，以和佐戎，以惠臨邦。〔四三〕以直司諫，以公駁政，守于三川，頑民底定。〔四四〕乃鎮于宣，先馳淑聲，邑中婆娑，瞻我旆旌。〔四五〕問誰詢謀，濟濟君子；問誰出内，潔潔廉士。〔四六〕道本乎心，暢于四支；治本乎正，形于百爲。黠吏斂手，齊民揚眉，江淮藪空，夜柝弗施。〔四七〕公臥于齋，邦民悽悽；公衣升屋，〔四八〕邦民行哭。牙璋斯來，柳翣言旋，棠樹未老，周人慕焉。〔四九〕熊耳之陽，泱泱洛川，佳城在兹，既固且安。〔五〇〕松楸飋然，石馬矯然，過者必敬，宛陵之阡。〔五一〕

【校注】

〔一〕文約開成三年在洛陽作。王公：王質，字華卿，太原祁人，元和六年進士，歷佐使府，大和八年，累遷至宣歙觀察使，開成元年十二月卒於鎮。《舊唐書》卷一六三、《新唐書》卷一六四有傳。碑稱「今丞相、益州牧趙郡李公」，謂李固言，固言開成二年十月至會昌元年爲劍南西川節度使；又稱「今揚州牧、贊皇公」，謂李德裕，德裕開成二年五月至五年七月爲淮南節度使。《金石録》卷一〇：「《唐宣州觀察使王質碑》，劉禹錫撰並正書，開成四年十一月。」故文當作於開成二年十月至四年十一月之間。

〔二〕太子晉：見卷十七《代郡開國公王氏先廟碑》注。賓天：爲天帝之賓，即昇仙。太子晉姬姓，其後人去「姬」姓，以「王」爲氏。

〔三〕傑仕元魏爲并州刺史：按杜淹《文中子世家》：「虬始北仕魏，太和中至并州刺史，創家臨河汾。」據《世家》，虬生同州刺史彦，彦生濟州刺史傑，傑爲王通祖父，至王質僅得八代，似此碑之

「傑」當爲「虬」之誤；縱如此，自虬至質亦僅得十代，與碑所云「十一代」不符。

〔四〕通：王績兄，王勃祖父。《舊唐書·王勃傳》：「祖通，隋蜀郡司户書佐。大業末，棄官歸，以著書講學爲業。依《春秋》體例，自獲麟後，歷秦、漢至於後魏，著紀年之書，謂之《元經》。又依《孔子家語》、揚雄《法言》例，爲客主對答之説，號曰《中説》，皆爲儒士所稱。義寧元年卒，門人薛收等相與議謚曰文中子。」

〔五〕白牛溪：在絳州龍門北山。王績《游北山賦》：「白牛溪裏，峰巒四峙，信兹山之奥域，昔吾兄之所止。」原注：「吾兄通……大業中隱於此溪……門人常以百數，唯河南董恒、南陽程元、中山賈瓊、河南薛收、太山姚義、太原温彦博、京兆杜淹等十餘人稱爲俊穎。」按據杜淹《文中子世家》，王通門人有李靖、房玄齡、魏徵、温大雅、陳叔達、竇威、杜淹、薛收等十二人，《中説》又增出杜如晦、温彦博、王珪、李百藥、張元素等十餘人，皮日休《文中子碑》又增入李勣，其門人之多，官位之顯固已可疑，考之年輩亦多不合，故後人於此事及有關文獻均致疑問，詳參《文史》第二十輯王冀民等《文中子辨》。

〔六〕福祚：王福祚，與下句之王勉均見《舊唐書·王質傳》，與碑同，餘未詳。按杜淹《文中子世家》：「文中子二子，長曰福郊，少曰福時。」《舊唐書·王勃傳》亦云通「二子，福時、福郊」，無福祚，亦無官上蔡主簿者。按福祚與福時聯名，勉亦與福時子勃、勔、助、勵、勮、劼、勸（參見蔣清翊《王子安集注》卷首《王氏世系》）聯旁，而福郊之歷官及子嗣無考，頗疑福祚與福郊爲同一人。

〔七〕徵：《文苑英華》、《全唐文》作「試」。徵賢良謂應制舉賢良方正能直言極諫科。寶鼎：河中府屬縣名，治所在今山西臨猗西北。

〔八〕渝州：治所在今重慶市。

〔九〕天長縣：今屬安徽。

〔一〇〕東皋子：王績自號。王績《自爲墓誌銘》：「王績者，有父母，無朋友，自爲之字，曰無功焉……蓋有道於己，無功於時也。……以酒德游於鄉里，往往賣卜，時時著書……嘗耕東皋，號東皋子。」據《舊唐書》本傳，王質爲王潛第五子。

〔一一〕雅：原作「性」，據明本、劉本、《全唐文》改。

〔一二〕淝水：水名，此指壽春，今安徽壽縣。《舊唐書·王質傳》：「寓居壽春，躬耕以養母，專以講學爲事，門人受業者大集其門。」《太平寰宇記》卷一二九「壽州壽春縣」：「肥水東南自安豐縣界流入，經縣北二里，又西入於淮。」

〔一三〕盍：何不；原作「益」，據《文苑英華》、《全唐文》改。發聞：揚聲立名。《後漢書·寇恂傳》：「威震鄰敵，功名發聞。」

〔一四〕茫洋：猶汪洋、漭瀁，水深廣無際貌。

〔一五〕閨門：內室之門，此代指其母。《舊唐書·王質傳》：「年甫强仕，不求聞達。親友規之……質乃白於母，請赴鄉舉。」

〔一六〕楩楠：均木名，質地堅實。《漢書·司馬相如傳》：「楩楠豫章，桂椒木蘭。」注：「楩……即今黄楩木也。」

〔一七〕登第：《舊唐書·王質傳》：「元和六年，登進士甲科。」

〔一八〕主者：指幕府府主。嶺南：唐方鎮名，治廣州。正字：官名，屬秘書省，正九品下，此指以正字爲嶺南節度掌書記。淮右：淮西，唐方鎮名，治所在蔡州，今河南汝南。協律郎：官名，屬太常寺，正八品上，掌和律吕，此指以協律郎爲淮西節度參謀。

〔一九〕許下：指許州，今河南許昌，爲陳許節度使治所。梓潼：指梓州，今四川三臺，爲劍南東川節度使治所。南梁：梁州興元府，今陝西漢中，爲山南西道節度使治所。上介：高級僚佐。

〔二〇〕司憲：御史大夫，御史臺長官。《新唐書·百官志三》：「龍朔二年，改御史臺曰憲臺，大夫曰大司憲，中丞曰司憲大夫。」南臺：即御史臺。殿内：殿内侍御史，隋代官名，即唐之殿中侍御史。員外郎：原無「員」字，據《全唐文》補，《文苑英華》作「員外」。

〔二一〕宋丞相：宋申錫，字慶臣，登進士第，累佐使府，大和二年爲翰林學士，文宗以爲相。《舊唐書》卷一六七、《新唐書》卷一五二有傳。不測之罪：謂宋申錫被誣謀立漳王李湊。便殿：指延英殿，在大明宫中，爲皇帝退朝後接見臣下之所。《資治通鑑》卷二四四：「（大和五年二月）上與宋申錫謀誅宦官，申錫引吏部侍郎王璠爲京兆尹，以密旨諭之。璠泄其謀，鄭注、王守澄知之，陰爲之備。上弟漳王湊賢，有人望，注令神策都虞候豆盧著誣告申錫謀立漳王。戊戌，守澄奏之，上以爲信然，甚怒。……命守澄捕豆盧著所告十六宅宫市品官晏敬則及申錫親事王師文等，於禁中鞫之，師文亡命。三月，庚子，申錫罷爲右庶子。自宰相大臣無敢顯言其冤者，獨京兆尹崔琯、大理卿王正雅連上疏，請出内獄付外廷核實。……獄成，壬寅，上悉召師保以下及臺省府寺大臣面詢之。午際，左常侍崔玄亮、給事中李固言、諫議大夫王質、補闕盧鈞、舒元褒、蔣係、裴休、韋温等復請對於延英，乞以獄事付外覆按。上曰：『吾已與大臣議之矣。』屢遣之出，不退。玄亮叩頭流涕曰：『殺一匹夫猶不可不重慎，況宰相乎！』上意稍解。……癸卯，貶漳王湊爲巢縣公，宋申錫爲開州司馬。」

〔二二〕旅進：旅進旅退，謂與衆人同進退。《國語・趙語上》：「吾不欲匹夫之勇也，欲其旅進旅退。」雪涕：拭淚。輕比：從輕處分或量刑。《舊唐書・温造傳》：「宰相劾造不待罪于朝，而自許輕比，不可聽，有詔皆奪一月俸。」

〔二三〕虢州：州治在今河南靈寶。

〔二四〕揚州牧：揚州刺史，此指揚州大都督府長史，時兼淮南節度使，治揚州。贊皇公：李德裕。《舊唐書》本傳：「（大和）七年二月，德裕以本官平章事，進封贊皇伯。……開成二年五月，授揚州大都督府長史、淮南節度副大使，知節度使事。」同書《王質傳》：「質射策時，深爲李吉甫所器，及德裕爲相，甚禮之，事必咨決。尋召爲給事中、河南尹。」

〔二五〕虢略：指虢州。《左傳・僖公十五年》：「晉侯許……賂秦伯以河外列城五，東盡虢略，南及華山。」疏：「虢略，虢之竟(境)界也。」《元和郡縣圖志》卷六「虢州」：「周初爲虢國。」左曹：指門下省。給事中屬門下省。

〔二六〕宛陵：漢縣名，隋改名宣城，爲宣歙觀察使治所。《舊唐書·文宗紀下》：「(大和七年十二月)戊申，以給事中王質權知河南尹。……(八年九月)辛酉，以權知河南尹王質爲宣歙觀察使。」

〔二七〕别京：陪都。河南府即今洛陽，唐時爲東都。别白區處：另行報告與處理。蘇罷羸：使疲弱之民蘇息。罷，通疲。讋剽輕：使强悍之人懾服。《史記·貨殖列傳》：「自淮北沛、陳、汝南、南郡，此西楚也，其俗剽輕，易發怒。」澄汰：澄清淘汰，除去不好或不利的。

〔二八〕揆：尺度。原作「檢」，據《文苑英華》、《全唐文》改。

〔二九〕具：原作「其」，據明本、劉本、《叢刊》本改。秕：穀不成者，此指缺陷。

〔三〇〕六十三：《全唐文》作「六十八」。按《舊唐書·王質傳》：「開成元年十二月，無疾暴卒，時年六十八，贈左散騎常侍，謚曰定。」《新唐書》本傳亦作「六十八」。據《舊傳》，王質「年甫强仕」應舉，元和六年進士第。古稱四十强而仕，以元和五年年四十計，開成元年當爲六十六歲；《新唐書》作「年逾强仕」應舉，以元和五年年四十二計，則開成元年正年六十八。

〔三一〕永寧縣：治所在今河南洛寧東北。舊阡：舊塋。

〔三二〕齔：兒童换牙，約七八歲。

〔三三〕猶子：兄弟之子。宗長：族長。世父：伯父。覆露：覆蔭霑潤。《國語·晉語六》：「智子之道善矣，是先主覆露子也。」注：「露，潤也。」琴書：代指王質遺物。管籥：鑰匙。司管籥，管理家務。

〔三四〕大司農：司農卿，名未詳，疑爲王彦威。威大和九年二月自司農卿爲平盧軍節度使，見《舊唐書·文宗紀下》。

〔三五〕俞：是，應答之詞。礱：磨礱。

〔三六〕益州牧：即成都尹。李公：李固言，趙郡人，開成二年十月自宰相出爲成都尹、劍南西川節度使。《舊唐書》卷一七三、《新唐書》卷一八二有傳。李固言所撰《王質墓誌銘》已佚。

〔三七〕再入相：據《新唐書·宰相表下》，大和九年七月，李固言自御史大夫拜相，九月出爲山南西道節度使，開成元年四月再入相。第一官：指秘書監。《梁書·劉孝綽傳》：「得秘書監，高祖謂舍人周捨曰：『第一官當與第一人。』故與孝綽居此職。」

〔三八〕羔雁：羊羔和雁，本爲卿大夫相見時所執禮品，後作徵聘時的禮品。《後漢書·陳紀傳》：「父子並著高名，時號三君。每宰府辟召，常同時旌命，羔雁成群，當世者靡不榮之。」裴夷直：字禮卿，後官至中書舍人，杭、江、華等州刺史，終散騎常侍。《舊唐書》卷一六三、《新唐書》卷一四八有傳。《全唐書補遺·千唐誌齋新藏專輯》有李景讓撰《唐故朝散大夫守左散騎常侍贈工部尚書裴公（夷直）墓銘》。趙晳：見卷十《送趙中丞自司金外郎轉官（略）》注。李行方：大和元年官洛陽尉，見《唐代墓誌彙編》大和〇〇五《李鼎墓誌》；歷左司、户部、吏部員外郎，吏部郎中，見岑仲勉《郎官石柱題名新著録》。吴郡：蘇州。陸紹：後官金部郎中，見《郎官石柱題名新著録》；大中中歷申、信二州刺史，見杜牧《陸紹除信州刺史（略）等制》；終潁州刺史，見《新唐書·宰相世系三下》。梁國：漢郡國名，今河南商丘。劉贇：字去華，昌平人，大和二年應賢良對策，切論貴門太横，將危宗社，後終使府御史。《舊唐書》卷一九〇上、《新唐書》卷一七八有傳。《唐代墓誌彙編》大中一一七《唐故梁國劉府君墓銘有序》：「府君諱理（拓本實作珵），字美玉，梁郡人。……烈考諱蕡，皇秘書郎貶官，累遷澧州員外司户。……稟氣勁挺，臨文益振，平聲奮筆殿廷，衆鋒咸挫，雖以直窒仕，而以令名垂芳。」博陵：漢郡國名，治所在今河北蠡縣南。崔珦：出崔氏博陵大房，崔頲子，見《新唐書·宰相世系二下》；官户部員外郎，見《郎官石柱題名新著録》。

〔三九〕微言：精微之言，指孔子儒家學説。《漢書·藝文志》：「仲尼没而微言絶。」

〔四〇〕紆餘：曲折延伸，此謂綿綿不絶。常侍：指王質，原作「當侍」，據明本、劉本、《叢刊》本、《全唐文》改。恂恂：謙虚恭謹貌。來孫：《爾雅·釋親》：「玄孫之子爲來孫。」

〔四一〕泳：潛水，此言泉水潛行地中。牙：通芽。薈：草盛貌。

〔四二〕近名：求名。《莊子·養生主》：「爲善無近名，爲惡無近刑。」

〔四三〕周行：謂朝廷。《詩·周南·卷耳》：「嗟我懷人，寘彼周行。」傳：「寘，置；行，列也。思君子官賢人，置周之列位。」箋：「周之列位謂朝廷臣也。」持憲：爲御史。臨邦：爲刺史。

〔四四〕司諫：爲諫議大夫。駁政：爲給事中。《新唐書·百官志二》「門下省」：「給事中四人，正五品上。掌侍左右，分判省事，察弘文館繕寫讎校之課。凡百司奏抄，侍中既審，則駁正違失。詔敕不便者，塗竄而奏還，謂之『塗歸』。季終，奏駁正之目。」守三川：謂爲河南尹，參見卷六《和汴州令狐相公到鎮改月（略）》注。頑民：不聽從命令的百姓，此指河南百姓。《書·畢命》：「惟周公左右先王，綏定厥家，毖殷頑民，遷於洛邑。」

〔四五〕淑聲：美譽。婆娑：舞貌。

〔四六〕詢謀：諮詢參謀。濟濟：多貌。出内：出納，掌管財賦。君子、廉士：均指幕中僚佐。

〔四七〕齊民：平民。《漢書·食貨志》顔師古注：「齊，等也。無有貴賤，謂之齊民，若今之言平民矣。」藪：湖澤。藪空，謂無盜賊。《書·武成》：「爲天下逋逃主，萃淵藪。」注：「天下罪人逃亡者，而紂爲魁主，窟聚淵府藪澤。」柝：警夜的梆子。

〔四八〕衣升屋：以死者之服升屋，招魂，此謂王質之死。《禮記·喪大記》：「小臣復，復者朝服。君以卷，夫人以屈狄，大夫以玄赬……皆升自東榮，中屋履危，北面三號。卷衣投於前，司服受之，降自西北榮。」注：「復用死者之祭服，以其求於神也。」

〔四九〕牙璋：兵符。《周禮·春官·典瑞》：「牙璋以起軍旅，以治兵守。」注：「牙璋，瑑以爲牙，牙齒，兵象，故以牙璋發兵，若今時以銅虎符發兵。」柳翣：喪具，此代指靈車。柳爲靈車的棺罩；翣爲扇形物，上畫雲氣，置於棺旁。《周禮·天官·縫人》：「衣翣柳之材。」注：「皆棺飾。」棠樹：用召伯甘棠事，喻官吏遺愛，參見卷一《途次敷水驛（略）》注。

〔五〇〕熊耳：山名。《元和郡縣圖志》卷五「河南府永寧縣」：「熊耳山，在縣東北四十五里。」泱泱：水深廣貌。佳城：墳墓，參見卷一《途次敷水驛（略）》注。

〔五一〕飂然：蕭條貌。矯然：高舉貌。宛陵：漢縣名，即宣城，此代指官終宣歙觀察使的王質。阡：墓道。《漢書・原涉傳》：「涉自以爲前讓南陽賻送，身得其名，而令先人墳墓儉約，非孝也。乃大治起冢舍，周閣重門。初，武帝時，京兆尹曹氏葬茂陵，民謂其道爲京兆仟。涉慕之，乃買地開道，立表署曰南陽仟，人不肯從，謂之原氏仟。」

【集評】

林紓曰：造句凝重，措詞典麗，似從《漢書》得來。（《林氏選評名家文集・劉賓客集》）

唐故福建等州都團練觀察處置使福州刺史兼御史中丞贈左散騎常侍薛公神道碑〔一〕

薛在三代爲侯國，介于鄒、魯間。〔二〕傳世三十有一，爲齊所併，其公子奔楚，錫土田於沛。〔三〕漢末，避仇之成都。〔四〕曹魏平蜀，徙家汾陰，遂爲河東臨晉人。〔五〕自奚仲爲夏車服大夫，距今數千年，乘軒服冕，舄奕冠世，言氏族者署爲關内甲姓。〔六〕天意若曰：始有功於車服，錫爾子孫，世世有之。

公諱謇，字某。曾祖寶胤，以名家子，且有學行，歷尚書郎、雍州司馬、邠州刺史。〔七〕王父繪，〔八〕有俊材，刺三郡金、密、綿，皆以治聞，累績至銀青光禄大夫，封龍門侯。烈考承矩，以文亡害仕至大理丞。〔九〕公幼承前人之覆露，補崇文生。〔一〇〕歲滿得調，主簿書于亳之譙、苦二邑，又尉于東畿之河清。〔一一〕

貞元中，上方與丞相調兵食，思得通吏事而習邊事者，計相以公爲對，乃授監察御史裏行，充京兆水運使。〔一二〕局居雁門，主穀糴，具舟楫，募勇壯且便弓矢者爲榜夫千有餘人，隸尺籍伍符，制如舟師。〔一三〕詔以中貴人護之，聲震塞上。每發粟，泝河北行，涉戎落，以饋緣邊諸軍及乘障者。〔一四〕雖河塞回遠，必克期如合符。一歲中，省費萬計。累加侍御史内供奉，〔一五〕賜緋魚袋。有司條白其勞，入拜殿内史。〔一六〕未幾，淮海節將以戎倅缺聞，事下丞相、御史擇可者，僉曰公政事已試，遂授檢校户部外郎，兼侍御史、淮南軍司馬。〔一七〕尋轉駕部郎中，錫以金紫。遇府遷，申命真相趙國公帶中書侍郎代之，公主行臺留務。〔一八〕趙公文茵及境，視置郵供帳，及郊，視將迎部伍，下車，視簾幃器備，乃曰：「信奇才也，此不足以展驥。」〔一九〕朝廷知之，擢爲泗濱守。〔二〇〕既報政，就加御史中丞。俄遷福建都團練觀察使。閩有負海之饒，其民悍而俗鬼，居洞砦、家桴筏者，〔二一〕與華言不通。公兼戎索以治之，五州

民咸説。〔二二〕

元和十年某月某日薨于位，年六十七，贈右散騎常侍。〔二三〕夫人趙郡李氏，無兒早世。繼夫人隴西李氏，檢校禮部尚書、河東節度使説之女，〔二四〕生子凝爲嗣。季子茂弘，以諸侯禮儀返葬故里蛾眉原，從周也。〔二五〕後二十有三年，元曰開成，凝爲平盧從事，謹按甲令，礱碑石，來乞詞，以垂于悠久。〔二六〕初，公治粟于朔陲，愚方冠惠文冠，察行馬外事，聆風相厚，謂可妻也，以元女歸之。〔二七〕明年，愚入尚書爲郎，職隸計司，因白計相，召公來會府。〔二八〕行有日矣，遇内禪惟新，愚以緣坐左貶，間關外役，竟不克面。〔二九〕然而公之德善，灌注心耳。孝悌爲根柢，誠明枝葉之；直方爲天質，禮讓緣飾之。所至藹然，〔三〇〕繇此道也。公初下世，故人丞相李太師志其墓，其略曰「弘深莊重，幹敏絶人」，此與游者傳信之詞也，豈誣也哉〔三一〕！故作銘曰：

河汾裔淪，鼎氣歊雲，散爲昌光，凝爲賢人。〔三二〕常侍之生，其宗孔碩，從祖昆弟，詵詵三百。〔三三〕文館入仕，幽龍未光，尺木爲階，欻然欲翔。〔三四〕司會知材，〔三五〕績宣朔方，邊師萬喉，俟我贏糧。泝于黄河，路出戎疆，募乃勇士，皂衣挽航。膺索臂弧，穹廬在旁，虜聞公名，憚不敢攘。〔三六〕安北已南，列城相望，率有儲偫，皆成金湯。〔三七〕入居殿中，分巡輦下；淮海軍大，往爲司馬。〔三八〕軍中之治，可移諸民，乃牧于泗，乃廉于閩。閩悍而囂，夷風脆急，恩信綏之，妥然如蟄。〔三九〕閫方不淑，天奪其福，公薨于寢，玄頳以復。〔四〇〕天王廢朝，贈之金貂。〔四一〕莓莓晉原，鬱矣中條，大墓舊阡，松楸蕭蕭。〔四二〕笳鼓以歸，德音孔昭。〔四三〕

【校注】

〔一〕碑開成三年在洛陽作。薛公：薛謇。《舊唐書·憲宗紀下》：「（元和八年十一月）丁卯，以泗州刺史薛謇爲福建觀察使。」碑作於元和十年謇卒「後二十有三年」，爲開成三年。

〔二〕三代：指夏、商、周。《新唐書·宰相世系三下》「薛氏」：「出自任姓。黄帝孫顓頊少子陽封於任，十二世孫奚仲爲夏車正，禹封爲薛侯，其地魯國薛縣是也。……齊桓霸諸侯，獨薛侯不從，黜爲伯。」鄒、魯：春秋二國名。鄒國即邾，在今山東曲阜東南陬村，後遷鄒縣東南紀王城。魯國都山東曲阜。

〔三〕傳世三十有一：《新唐書·宰相世系三下》云，薛國「歷三代，凡六十四世」。與此異。公子：公子登。沛：楚邑，今江蘇沛縣。《世系表》云：「愍侯洪，爲楚所滅。公子登仕楚懷王爲沛公，不仕，隱於博徒，因以國爲氏，所謂薛公也。」《史記·魏公子列傳》：「公子聞趙有……薛公，藏於賣漿家。」

〔四〕避仇：《新唐書·宰相世系三下》「薛氏」：「兖州别駕蘭，爲曹操所殺。子永，字茂長，從蜀先主入蜀，爲蜀郡太守。」

〔五〕汾陰：漢縣名，在今山西萬榮西南。臨晉：縣名，唐屬蒲州，今山西臨猗。《新唐書·宰相世系三下》「薛氏」：「永生齊，字夷甫，巴、蜀二郡太守。蜀亡，率户五千降，拜光禄大夫，徙河東汾陰，世號蜀薛。」

〔六〕奚仲：見卷十八《唐故朝議郎守尚書吏部侍郎（略）奚公神道碑》注。舃奕：《後漢書·班固傳》載《典引》：「發祥流慶，對越天地者，舃奕乎千載。」注：「舃奕，猶蟬聯不絶也。」甲姓：貴族大姓。《新唐書·柳沖傳》：「郡姓者，以中國士人差第閥閲爲之制，……尚書、領、護而上者爲甲姓。」《唐會要》卷三六「氏族」：「關中亦有郡姓，韋、裴、柳、薛、楊、杜爲大。」

〔七〕寶胤：《新唐書·宰相世系三下》「薛氏」：「寶胤，少府少監。」《舊唐書·薛珏傳》：「祖寶胤，邠州刺史。」雍州：開元元年改名京兆府。

〔八〕繪：《新唐書·宰相世系三下》「薛氏」：「繪，祠部郎中。」

〔九〕承矩：薛承矩，劉長卿有《送薛承矩秩滿北游》詩。文亡害：嫺於吏事。《史記·蕭相國世家》：「以文無害爲沛主吏掾。」集解引《漢書音義》：「無害者如言『無比』，陳留間語也。」

〔一〇〕覆露：《漢書·晁錯傳》：「今陛下配天象地，覆露萬民。」注：「覆，蔭也。露，膏澤也。」薛繪散官階至銀青光禄大夫，從三品，故奮得以門蔭入仕。崇文生：崇文館學生。《新唐書·百官志四上》：崇文館「有館生十五人」。同書《選舉志下》：「凡弘文、崇文生……帶四品、五品散官子，一蔭一人。」

〔一一〕主簿書：爲主簿。亳：州名，屬縣有譙縣。苦：當指亳州真源縣。《元和郡縣圖志》卷七「亳州真源縣」：「本楚之苦縣。」東畿：指東都洛陽。河清縣爲河南府畿縣。

〔一二〕計相：兼領度支鹽鐵的宰相，此指竇參。據《新唐書·宰相表中》及《舊唐書·竇參傳》，參貞元五年二月爲中書侍郎、同平章事，領度支、鹽鐵轉運使，八年四月貶郴州别駕。京兆水運使：負責由京師向邊塞駐軍運送給養的官員，不常置。

〔一三〕局：官署。雁門：郡名，即代州，今山西代縣。榜夫：船工。尺籍伍符：軍籍。《漢書·馮唐傳》：「夫士卒盡家人子，起田中從軍，安知尺籍伍符？」李奇曰：「尺籍所以書軍令。伍符，軍士五五相保之符信也。」舟師：水軍。

〔一四〕乘障者：戍守要塞者。《漢書·張湯傳》：「乃遣（狄）山乘鄣。」師古曰：「乘，登也，登而守之。」又：「鄣謂塞上要險之處，别築爲城，因置吏士而爲鄣蔽以扞寇也。」鄣，同障。

〔一五〕内供奉：《資治通鑑》卷二四一：「擢狄兼謩左拾遺内供奉。」注：「以資序尚淺，未除正官，令於左拾遺班内供奉。」

〔一六〕殿内史：即殿中侍御史，隋代稱殿内侍御史。

〔一七〕淮海節將：淮南節度使，此指王鍔。戎倅：軍事副職，指節度行軍司馬。侍御史：「侍」字原無，據《叢刊》本補。

〔一八〕真相：即宰相，以别於使相，即僅加同平章事虚銜的節度使。趙國公：李吉甫，元和中封趙國公，見《舊唐書》本傳。元和三年九月，李吉甫自宰相出爲淮南節度使，代王鍔，以王鍔爲河中節度使，見《舊唐書・憲宗紀上》。行臺：指節度使府，參見卷二《奉和淮南李相公（略）》注。

〔一九〕文茵：車席，代指車。《詩・秦風・小戎》：「文茵暢轂。」箋：「文茵，以虎皮爲茵。茵，車席也。」展驥：施展才能。驥，良馬。《三國志・蜀書・龐統傳》：「魯肅遺先主書曰：『龐士元非百里才也，使處治中、别駕之任，始當展其驥足耳。』」

〔二〇〕泗濱守：泗州刺史。《元和郡縣圖志》卷九「泗州下邳縣」：「泗水，西自彭城縣界流入。」

〔二一〕居洞砦：居於山洞與山寨。家桴筏：以船隻爲家。

〔二二〕戎索：戎人之法，此指福建少數民族習俗。《左傳・定公四年》：「疆以戎索。」注：「太原近戎而寒，不與中國同，故自以戎法。」五州：福建觀察使所管福、建、泉、漳、汀五州，見《元和郡縣圖志》卷二九。説：通悦。

〔二三〕右：明本、劉本作「左」。

〔二四〕説：李説，貞元十一年五月至十六年十月爲河東節度使，《舊唐書》卷一四六、《新唐書》卷七八有傳。

〔二五〕禮儀：原作「禮議」，據明本、劉本、《全唐文》改。從周：從周禮。《論語・八佾》：「子曰：『周監於二代，郁郁乎文哉，吾從周。』」疏：「言周之禮文尤備也……故從而行之也。」

〔二六〕平盧：唐方鎮名，貞元、元和中治所移至鄆州，今山東東平西北。甲令：即法令。《漢書・吴芮傳》：「著於甲令而稱忠也。」師古曰：「甲者，令篇之次也。」

〔二七〕朔陲：北方邊境。冠惠文冠：即爲監察御史。《漢書·張敞傳》：「梁國大都，吏民凋敝，且當以柱後惠文彈治之耳。」晉灼曰：「《漢注》法冠也，一號柱後惠文，以纚裹鐵柱卷。秦制執法服，今御史服之，謂之解廌，一角。今冠兩角，以解廌爲名耳。」行馬：木栅欄，置於官署前以阻攔人馬通行者。《通典》卷二四「監察御史」：「晉太元中始置檢校御史……察行馬外事。」元女：長女。據此，劉禹錫貞元二十年爲監察御史始與薛謇女結婚，時年已三十三，故瞿蜕園《劉禹錫集箋證》疑劉禹錫前此已有婚姻史。

〔二八〕職隸計司：指永貞元年以屯田員外郎判度支鹽鐵事，參見後《子劉子自傳》。計相：指杜佑，時爲宰相兼領度支鹽鐵等使。會府：指尚書省。常衮《加魏少游刑部尚書制》：「宜分會府之坐，載美方州之績。」

〔二九〕「遇内禪」二句：指永貞元年順宗禪位於憲宗，劉禹錫貶連州刺史事。間關：《漢書·王莽傳》：「間關至漸臺。」注：「間關，猶言崎嶇展轉也。」

〔三〇〕藹然：和藹貌。韓愈《答李翊書》：「仁義之人，其言藹如也。」

〔三一〕李太師：當指李逢吉，曾相憲宗、敬宗。《舊唐書》本傳：「（大和）五年八月，入爲太子太師、東都留守、東畿汝防禦使。……九年正月卒。」李逢吉所作《薛謇墓誌銘》已佚。其略：原作「具略」，《全唐文》無「具」字，此據明本、劉本、《叢刊》本改。

〔三二〕河汾：黄河與汾水。鬵淪：水深廣貌。鼎氣：寶鼎之氣，參見卷二《送襄陽熊判官孺登（略）》

注。歊：氣上昇貌。歊，原作「敲」，據明本、劉本、《全唐文》改。昌光：一種如龍的瑞氣。《晉書·天文志中》：「瑞氣……三曰昌光，赤，如龍狀。」

〔三三〕孔碩：甚大。詵詵：《詩·周南·螽斯》：「螽斯羽詵詵兮，宜爾子孫振振兮。」傳：「詵詵，衆多也。」

〔三四〕幽龍：猶潛龍。尺木：《三國志·吴書·太史慈傳》注引《江表傳》：「龍欲騰翥，先階尺木者也。」

〔三五〕司會：周代官名，此指尚書。《通典》卷二二「尚書省」：「周之司會，又其職焉。」原注：「鄭玄注《周禮》云：『司會若今尚書。』」

〔三六〕膺索臂弧：胸挽纤繩，手執弓箭。穹廬：游牧民族的帳幕。攘：攘奪。

〔三七〕安北：安北都護府，原治中受降城（在今蒙古國杭愛山東端），後屢遷徙。儲偫：儲積。金湯：金城湯池。《漢書·蒯通傳》：「邊地之城……必將嬰城固守，皆爲金城湯池，不可攻也。」師古曰：「金以喻堅，湯喻沸熱不可近。」

〔三八〕輦下：指京師。殿中侍御史掌京城巡察。《新唐書·百官志三》「御史臺」：「侍御史六人……分左右巡，糾察違失。左巡知京城内，右巡知京城外。……其後，以殿中掌左右巡。」《因話録》卷五：「殿中侍御史……最新入知右巡，已次知左巡，號兩巡使，所主繁劇。」淮海：指揚州，爲淮南節度使治所。《書·禹貢》：「淮海惟揚州。」

〔三九〕脆急：輕急。妥然：安穩貌。如蟄：如蟲蛇冬眠，蟄伏不動。

〔四〇〕玄頳：此指卿大夫的祭服，黑衣赤裳。復：人死後以死者的衣服在屋上招魂。《禮記·喪大記》：「小臣復，復者朝服。君以卷，夫人以屈狄，大夫以玄頳……皆升自東榮，中屋履危，北面三號。卷衣投於前，司服受之，降自西北榮。」注：「復用死者之祭服，以其求於神也。」

〔四一〕天王：指文宗。贈金貂：指贈官散騎常侍。常侍珥貂，詳見卷七《同樂天送河南馮尹學士》注。

〔四二〕莓莓：草盛貌。左思《魏都賦》：「蘭渚莓莓。」鬱矣：《文苑英華》、《全唐文》作「鬱鬱」。中條：山名，在河中府解縣。

〔四三〕德音孔昭：《詩·小雅·鹿鳴》中句，箋云：「德音，先王道德之教也。孔，甚。昭，明也。」

唐故尚書主客員外郎盧公集紀〔一〕

心之精微，發而爲文，文之神妙，詠而爲詩，猶夫孤桐朗玉，自有天律。〔二〕能事具者，其名必高，名猶實生，〔三〕故久而益大。尚書郎盧公諱象，字緯卿，始以章句振起於開元中，與王維、崔顥比肩驤首，鼓行於時，妍詞一發，樂府傳貴。〔四〕由前進士補秘書省校書郎，轉右衛倉曹掾。〔五〕丞相曲江公方執文衡，揣摩後進，得公，深器之，擢爲左補闕、河南府司録、司勳員外郎。〔六〕名盛氣高，少所卑下，爲飛語所中，左遷齊、汾、鄭三郡司馬。〔七〕入爲膳部員外郎。

時大盜起幽陵，入洛師，東夏衣冠，不克歸王所，爲虜劫執，公墮脅從伍中。〔八〕初謫果州長史，又貶永州司户，移吉州長史。〔九〕天下無事，朝廷思用宿舊，徵拜主客員外郎。道病，留武昌，〔一〇〕遂不起。故相崔太傅時爲右史，方在鄂，以文志其墓。〔一一〕其一詞曰：「噫，公妙年有聲，振耀當代。翺翔雲路，不虞繒則層反繳〔一二〕；盛名先物，易生瘡疵。三至郎署，坐成遺羞，〔一三〕蹭蹬江皋，棲棲没齒，見知者恨之。」

公遠祖，〔一四〕元魏、北齊、後周皆爲帝師。公之叔父嵩山逸人諫議大夫顥然，〔一五〕真隱者也。公下世後七十三年，其孫元符捧遺草來，乞詞以表之。〔一六〕嘗經亂離，多所散落，今之存者，十有二卷，凡若干篇。

【校注】

〔一〕文云「公下世後七十三年」，約開成三年在洛陽作。盧公：盧象。《新唐書·藝文志四》：「《盧象集》十二卷。」已佚。今《全唐詩》存盧象詩一卷，《全唐文》存文二篇。

〔二〕天律：天然的音韻。天，原作「大」，據明本、劉本、《叢刊》本、《文苑英華》、《全唐文》改。

〔三〕猶：通由。

〔四〕章句：指詩歌。《河岳英靈集》卷下選盧象詩七首，評云：「象雅而不素，有大體，得國士之風。曩在校書，名充(光)秘閣。其『靈越山最秀，新安江甚清』，盡東南之數郡。」王維、崔顥：均盛唐著名詩人。《舊唐書·文苑傳下》：「開元、天寶間，文士知名者，汴州崔顥、京兆王昌齡、高適、襄陽孟浩然。……崔顥者，登進士第，有俊才，無士行，好蒲博飲酒。及游京師，娶妻擇有貌者，稍不愜意，即去之，前後數四。累官司勛員外郎。天寶十三年卒。」同書《王維傳》：「與弟縉俱有俊才，博學多藝亦齊名。……維以詩名盛於開元、天寶間。昆仲宦游兩都，凡諸王駙馬豪右貴勢之門，無不拂席迎之，寧王、薛王待之如師友。維尤長五言詩。」今王維存《與盧員外象過崔處士興宗林亭》等詩，崔顥存《贈盧八象》等詩。

〔五〕右衛：唐十六衛之一。倉曹掾：倉曹參軍。《新唐書·百官志四上》左右衛：「倉曹參軍事各二人，正八品下，掌五府文官勛考、假使、禄俸、公廨、田園、食料、醫藥、過所。」

〔六〕曲江公：張九齡，參見卷三《讀張曲江集作》注。左補闕：諫官名，屬門下省，從七品上。《國秀集》卷下：「左補闕盧象二首。」司録：《新唐書·百官志四下》「東都」：「司録參軍事二人，正七品上。」李頎有《寄司勛盧員外》詩。

〔七〕齊：齊州，州治在今山東濟南。汾：汾州，州治在今山西汾陽。鄭：鄭州，今屬河南。天寶中改州爲郡，齊、汾、鄭三州分別改爲濟南、西河、滎陽郡。

〔八〕大盗：指安禄山。幽陵：指幽州。《史記·五帝本紀》：「北至於幽陵。」正義：「幽州也。」洛師：洛陽。《書·洛誥》：「予惟乙卯，朝至於洛師。」東夏：指中國東部。《書·微子之命》載封微子於宋之詞：「庸建爾於上公，尹茲東夏。」王所：指京師等帝王所在之地。墮脅從伍中：即受安禄山僞官。

〔九〕果州：州治在今四川南充。永州：州治在今湖南零陵。吉州：今江西吉安。

〔一〇〕武昌：今屬湖北。李華《登頭陀寺東樓詩序》：「侍御韋公延安，威清江漢。舅氏員外象，名高天下，賓主相待，賢乎哉！」頭陀寺在武昌。按李華序云「王師雷行，北舉幽朔」，又云「太尉公」與「前相張洪州夾攻海寇，方收東越，夏首地當郵置，吉語日聞」。廣德元年正月史朝義自殺，幽、魏降；二月，李光弼部下袁傪與張鎬敗海賊袁晁，序即指此二事，知廣德元年（七六三）盧象已在武昌，其卒當在此後一二年中。

〔一一〕崔太傅：崔祐甫。右史：起居舍人。《舊唐書·崔祐甫傳》：「舉進士，歷壽安尉。安禄山陷洛陽，士庶奔迸，祐甫獨崎危於矢石之間，潛入私廟，負木主以竄。歷起居舍人，……德宗踐祚未旬日，……以祐甫爲門下侍郎、平章事。……薨時年六十……册贈太傅。」崔祐甫所撰《盧象墓誌》已佚。

〔一二〕矰繳：射鳥的箭，尾部繫有絲繩。此喻指他人中傷的流言飛語。

〔一三〕遺耋：遺老。

〔一四〕遠祖：未詳。

〔一五〕顥然：盧鴻，或作盧鴻一。《舊唐書·隱逸傳》：「盧鴻一，字浩然，本范陽人，徙家洛陽。……隱於嵩山。開元初，遣備禮再徵，不至。五年，下詔……鴻一赴徵。……授諫議大夫。鴻一固辭。……以諫議大夫放還山。」《新唐書》本傳：「盧鴻，字顥然。」盧象有《家叔徵君東溪草堂二首》。

〔一六〕七十三年：盧象約卒於永泰元年（七六五），下數七十三年爲開成三年（八三八）。元符：盧元符，未詳。

彭陽唱和集後引〔一〕

貞元中，予爲御史，彭陽公從事於太原，〔二〕以文章相往來，有日矣。無何，予受譴南遷，十餘年間，公登用至宰相，出爲衡州，方獲會面，輸寫藴積，相視泫然。〔三〕爾後或雜賦詩贈答，編成兩軸。〔四〕

大和五年，余領吴郡，公鎮太原，常發函寓書，必有章句，絡繹於數千里内，無曠旬時。八年，公爲吏部尚書，予牧臨汝，有詩嘆七年之别，署其後云「集卷自此爲第三」。〔五〕未幾，予轉左馮，公登左揆，每恨近而不見，形於詠言。〔六〕開成元年，公鎮南梁，予以太子賓客分司東都，新韻繼至，率云三軸成矣。

二年冬，忽寄一章，〔七〕詞調悽切，似有永訣之旨，伸紙悸嘆。居數日，果承訃書。嗚呼！聆風相説者四十年，會面交歡者十九年，以詩見投凡七十九首，勒成三卷，以副平生之言。〔八〕

【校注】

〔一〕文開成三年在洛陽作。《彭陽唱和集》：劉禹錫與令狐楚唱和集，參見卷十八《彭陽唱和集引》。

〔二〕彭陽公：令狐楚，貞元中佐太原李説、嚴綬、鄭儋幕，見卷九《令狐相公自天平移鎮太原以詩申賀》注。

〔三〕衡州：今湖南衡陽。元和十五年七月，令狐楚罷相爲宣歙觀察使，再貶衡州刺史，長慶元年四月量移郢州刺史。其年冬，劉禹錫自洛陽赴任夔州，兩人可能會面於武昌。劉禹錫《令狐相公俯贈篇章斐然仰謝》云：「鄂渚臨流别。」參見卷七該詩注。

〔四〕兩軸：兩卷。按據《彭陽唱和集引》，此集前二卷編於大和七年。

〔五〕臨汝：即汝州。大和二年冬，令狐楚入爲户部尚書，與劉禹錫同在京；三年，楚出爲東都留守，至大和八年禹錫刺汝州，首尾七年。

〔六〕左馮：同州，參見卷二《送襄陽熊判官孺登（略）》注。左揆：左僕射，參見卷十《酬令狐相公杏園花下飲（略）》等詩注。

〔七〕一章：指開成二年令狐楚所寄「新律詞一篇」，參見卷十《令狐僕射與予投分甚深（略）》詩題及注。

〔八〕四十年：自貞元九年（七九三）禹錫舉進士至開成二年（八三七）令狐楚卒爲四十六年，四十或舉成數。十九年：自長慶元年（八二一）冬二人鄂渚初會至開成二年爲十七年。七十九首：今令狐楚贈劉禹錫詩僅存八首。

唐故朝散大夫檢校尚書吏部郎中兼御史中丞賜紫金魚袋清河縣開國男贈太師崔公神道碑〔一〕

太師名倕，字某，清河東武城人。〔二〕太公望既封于營丘，子伋嗣侯，伋之孫曰穆伯，食邑于崔，遂以爲氏。〔三〕後十四世至秦末東萊侯意如，東萊之子伯基始居清河。〔四〕又十五葉生琰，〔五〕爲魏名臣。又九葉生休，仕後魏爲七兵尚書。〔六〕七兵之弟曰寅，爲樂安太守。〔七〕公即樂安八代孫，始以門子補鄭州參軍。〔八〕力行好學，於子道以孝聞，處伯仲間以友聞，讀《易》至編絶，以精義聞。〔九〕至德中戎羯猾夏，王師出征。公少有奇志，思因時以自奮，乃作《伐鯨鯢賦》上獻，既聞耳矣，果器之。〔一〇〕會第五丞相以善言利得幸，盡付利權，始有鹽鐵使之目，慎選寮屬，表公爲介。〔一一〕轉臨晉縣丞，處繁應卒，鋩刃不頓。〔一二〕府罷，再遷至太子司議郎。韓晉公時爲户部侍郎，〔一三〕掌邦賦，急於用材，薦公爲監察御史，主河東租庸之務。尋轉侍御史，充京東平糴使。〔一四〕建中初，德宗始親萬機，儲精治本，有漢宣與我共理之嘆，謂大臣求可當良二千石者，遂以公帶本官權知袁州刺史。〔一五〕期月有成，詔書顯揚，就加真秩，益以金紫。〔一六〕

居無何，韓晉公爲丞相，制國用，思公前績，乃傳召之。〔一七〕抵京師，授檢校户部郎中，兼侍御史，斡池鹽於蒲。〔一八〕修牢盆，謹衡石，煎和既精，飴散乃盈，商通而荐至，吏懼而循法，民不絓網而國用益饒。〔一九〕歲杪會其所入，贏羨什百，詔下褒其能。〔二〇〕轉吏部正郎，兼御史中丞，且加五等之爵。〔二一〕方倚以重任，天富其材而不遐其福。享齡六十有五，貞元七年某月某日遘疾終于治所。上聞悼之，因降愍册，贈鄭州刺史，賚錢三百萬，以備飾終之禮。〔二二〕明年某月某日，返葬于成周之偃師，從世墓也。〔二三〕累贈至太師。

夫人隴西李氏，汾州司倉參軍咸一之女，生才子六人。〔二四〕長曰郊，及公卒時已爲左拾遺，後至太常。〔二五〕次曰酆，至太府卿。〔二六〕次曰郾，至外臺尚書。〔二七〕次曰郇，今爲廷尉。〔二八〕次曰鄯，至執金吾。〔二九〕季曰鄲，今爲太常卿，同中書門下平章事。〔三〇〕惟夫人姑臧冠族，以蘋蘩組紃輔佐君子，爲令妻積三十餘年。〔三一〕以慈儉忠厚訓誡諸子，爲賢母二十有三年。當永貞初，順宗踐祚，澤流自葉，長子郊時爲詞臣，〔三二〕草册書，以文當進階，遂上疏，乞移榮於親。優詔允之，特封清河郡太君。〔三三〕士林聳慕，皆自痛其不及。邠爲太常，鄲爲大農，〔三四〕咸白髮貴綬以奉膳羞，諸季各以簪裾給事左右，愉愉然先意無違，言世榮者舉無與比。以子貴，累封贈至涼國太夫人。〔三五〕元和八年三月十六日捐館舍，壽七十有九。是歲十月某日，合祔。

惟太常及尚書暨今相國，皆自中書舍人爲禮部侍郎，凡五貢賢能書，得士百四十有八人，言兄弟者許爲人瑞。〔三六〕崔氏之門，六人皆入文昌宮，其間三人歷八侍郎，統而論之，四大卿，一相，兩連率，二翰林學士，一執金吾，言冠冕者許爲世雄。〔三七〕與姑臧李、范陽盧世爲婚媾，入于姻黨，無第二流，言門閥者許爲時表。〔三八〕太常二子，亦以才能同入尚書，璜爲吏部郎，瓘爲司勛郎，其它支孫未登金閨籍者，詵詵然魚貫而進，文業甚似而孝謹不衰。〔三九〕猗歟，君子之澤，其所從來遠而有光乎！

開成己未歲七月甲辰，相君受詔于明庭，始操國柄。〔四〇〕仲月奉嘗事於家。〔四一〕禮成起慕，悄然永懷，曰：「古者卿大夫廟有鼎，墓有碑，皆銘之，以紀先德也。今備位宰相，敢不颺前人之耿光！」乃俾家老條白事功，〔四二〕咨於學古者，徵其詞，尚信也。又命宗祝卜柔日，〔四三〕告于廟，盡誠也。儀甚備而敬有餘，斯所謂達禮之君子。遂刊勒如式，揭于道周。銘曰：

奕奕四姓，崔爲之冠，瞻其門牆，倬若雲漢。〔四四〕善積家肥，子孫多材，如彼榱棟，必生徂來。〔四五〕太公之後，彌二千祀，炯如貫珠，焯見圖史。〔四六〕顯允太師，丕承德基，構于其堂，亦既塈茨。〔四七〕生逢艱虞，戎夏交師，獻賦伐叛，忠存乎詞。兵興事叢，飛輓四馳，歷踐劇職，視屯如夷。〔四八〕乃主平糴，乃分竹使，治粟爲邦，其道一致。〔四九〕蒲實近地，鹽爲利泓，〔五〇〕使車來思，剗弊立程，吏廉商通，歲倍其嬴。奏課連最，德音褒明，就加執法，好爵兼榮。〔五一〕天賦之才，不與壽并，生樹德本，没揚淑聲。上聞軫懷，侑樂爲停，贈襚之禮，侔于公卿。萬石貽訓，根於孝友，太丘種德，乃稔身後。〔五二〕家有令子，妻爲壽母，二十餘年，〔五三〕人倫之首。六子來侍，如龍如虎，衆婦來饋，維筐及筥。〔五四〕佩玉鳴環，交響庭户，申申秩秩，〔五五〕歡不踰矩。昔爲甲族，今爲興門，天爵人爵，蔚然兩尊。〔五六〕先德蔭之，黕如重雲，孕和含粹，濯潤本根。〔五七〕景亳之原，圖書之川，陽陵帝壇，旁礡回環。〔五八〕世安其神，世嗣其賢，聆德風者，拜于碑前。

【校注】

〔一〕據碑中「開成己未歲七月……仲月」之語，文當開成四年八月在洛陽作。崔公：崔倕。《寶刻叢編》卷四「柳公權」：「《贈太師崔倕碑》，劉禹錫撰，會昌元年五月，洛。」《金石録》卷一〇同。所載當爲立碑之年月。

〔二〕倕：《全唐文》作「陲」。《新唐書·宰相世系二下》「崔氏清河小房」：「陲，御史中丞。」亦作「陲」。按《金石録》、《寶刻叢編》均作「倕」，出土天寶四載《大唐故内侍蘇公（思勗）誌銘》，亦云「國子進士崔倕撰」（文見《全唐文補遺》第三輯），當以作「倕」爲是。字某：《全唐文》作「字平仲」。東武城：河北道貝州屬縣名。《元和郡縣圖志》卷一六「貝州東武城縣」：「本七國時趙邑也。……屬清河郡。隋開皇三年改屬貝州，皇朝因之。自後魏以來，山東貴族清河諸崔，即此邑人，爲天下甲族。」

〔三〕太公望：即姜尚。營丘：古邑名，在今山東淄博市臨淄北。伋：吕伋，太公子。《史記·齊太公世家》：「武王已平商而王天下，封師尚父於齊營丘。……蓋太公之卒百有餘年，子丁公吕伋立。」《元和郡縣圖志》卷一〇「青州臨淄縣」：「古營丘之地，吕望所封，齊之都也。」又：「營丘在縣北百步外城中。」穆伯：《新唐書·宰相世系二下》：「崔氏出自姜姓。齊丁公伋嫡子季子讓國叔乙，食采於崔，遂爲崔氏。濟南東朝陽縣西北有崔氏城是也。季子生穆伯。」

〔四〕意如、伯基：《新唐書·宰相世系二下》：「穆伯生沃。沃生野。八世孫夭生杼，爲齊正卿。生子成、子明、子彊，皆爲慶封所殺。子明奔魯，生良。十五世孫意如，爲秦大夫，封東萊侯。二子：業、仲牟。業字伯基，漢東萊侯，居清河東武城。」

〔五〕琰：崔琰。《三國志·魏書·崔琰傳》：「字季珪，清河東武城人也。」

〔六〕七兵尚書：即兵部尚書。魏置五兵尚書，後魏始置七兵尚書，見《通典》卷二一。《魏書·崔休傳》：「崔休，字惠盛，清河人。……徵爲安南將軍、度支尚書。尋進號撫軍將軍、七兵尚書。」

〔七〕寅：《魏書·崔休傳》：「休弟夤，字敬禮，太子舍人，早卒。贈樂安太守。」字作「夤」，且云樂安太守爲其贈官，與此碑及《世系表》異。

〔八〕門子：貴族官僚嫡子，可以門蔭入仕。參軍：鄭州乃上州，參軍事四人，從八品下。《新唐書·選舉志下》：「凡用蔭……從五品及國公子，從八品下。」據《新唐書·宰相世系二下》，崔倕父佶官至正五品下之太子中允，故倕得補參軍。

〔九〕伯仲間：原作「伯仲聞」，據明本、劉本、《叢刊》本、《全唐文》改。編絶：連綴竹簡的繩斷絶。《史記·孔子世家》：「孔子晚而喜《易》，……讀《易》，韋編三絶。」以精義聞：「聞」原作「間」，據明本、劉本、《叢刊》本、《全唐文》改。

〔一〇〕戎羯：古代西北邊境部族，此指安禄山、史思明。猾夏：擾亂中國。《書·舜典》：「蠻夷猾夏。」傳：「猾，亂也。夏，華夏。」《伐鯨鯢賦》：崔倕此賦已佚。上獻既聞耳矣：六字《全唐文》作「以獻既上聞」。

〔一一〕第五丞相：第五琦，乾元二年相肅宗，《舊唐書》卷一二三、《新唐書》卷一四八有傳。《新唐書·第五琦傳》：「肅宗駐彭原，進明遣琦奏事。既謁見，即陳：『今之急在兵，兵强弱在賦，賦所出以江淮爲淵。若假臣一職，請悉東南寶貲，飛餉函、洛，惟陛下命。』帝悦，拜監察御史，勾當江淮租庸使。……遷司金郎中，兼侍御史、諸道鹽鐵鑄錢使。鹽鐵名使，自琦始。」介：

助手。

〔二〕臨晉：唐河中府屬縣，今山西臨猗。卒：通猝，謂臨時發生的緊急情況。頓：通鈍；原作「頃」，據明本、劉本、《叢刊》本、《全唐文》改。《史記・屈原賈生列傳》：「莫邪爲頓兮，鉛刀爲銛。」《莊子・養生主》載庖丁語：「今臣之刀十九年矣，所解數千牛矣，而刀刃若新發於硎。」

〔三〕韓晉公：韓滉。《舊唐書》本傳：「（大曆）六年，改户部侍郎、判度支。……（貞元）二年，特封晉國公。」

〔四〕平糴使：負責買賣糧食、穩定糧價的使者。《通典》卷一二：「是故善平糴者必謹觀歲有上中下熟……大熟則上糴三而舍一，中熟則糴二，下熟則糴一，使人適足，價平則止。小饑則發小熟之所斂，中饑則發中熟之所斂，大饑則發大熟之所斂而糶之。故雖遇饑饉水旱，糴不貴而人不散。」

〔五〕萬機：衆多國事。《書・皋陶謨》：「兢兢業業，一日二日萬幾。」儲精：猶蓄精。《文選》揚雄《甘泉賦》：「澄心清魂，儲精垂恩。」李善注：「言儲蓄精神，冀神垂恩也。」漢宣：漢宣帝劉詢。共理：共治。二千石：指刺史。漢太守秩比二千石，唐刺史與之相當。《漢書・循吏傳序》：「及至孝宣，繇仄陋而登至尊，興於閭閻，知民事之艱難。自霍光薨後始躬萬機，厲精爲治，五日一聽事，自丞相已下各奉職而進。及拜刺史守相，輒親見問，觀其所繇，退而考察所行以質其言，有名實不相應，必知其所以然。常稱曰：『庶民所以安其田里而亡嘆息愁恨之心者，政平訟理也。與我共此者，其唯良二千石乎！』」本官：指侍御史。袁州：州治在今江西宜春。

〔一六〕期月：一年。加真秩：謂實授袁州刺史。金紫：服紫，佩金魚袋。

〔一七〕制國用：理財。《禮記·王制》：「冢宰制國用，必於歲之杪。五穀皆入，然後制國用。……量入以爲出。」注：「制國用，如今度支經用。」《舊唐書·韓滉傳》：「貞元元年七月，拜檢校左僕射、同平章事，使並如故。二年……十一月，來朝京師。……十二月，加滉度支諸道轉運鹽鐵等使。」傳召：以驛傳徵召。

〔一八〕斡：主管。蒲：蒲州，即河中府，盛産池鹽，參見卷十七《高陵令劉君遺愛碑》注。

〔一九〕牢盆：煮鹽器。《漢書·食貨志下》：「願募民自給費，因官器作煮鹽，官與牢盆。」衡石：衡器。《禮記·月令·仲春之月》：「同度量，鈞衡石。」注：「三十斤曰鈞，稱上曰衡，百二十斤曰石。」飴散：指精煉的鹽。《周禮·天官·鹽人》：「賓客，共(供)其形鹽、散鹽，王之膳羞共飴鹽。」疏：「鄭司農云：散鹽，湅治者。飴鹽，鹽之恬者。」絓：絆住。絓網，謂干犯刑律。《漢書·叙傳上》：「不絓聖人之網。」

〔二〇〕杪：末。會：計會。贏羨：盈利。

〔二一〕吏部正郎：吏部郎中。崔倕所授爲檢校官。五等：五等封爵，指題中所云清河縣開國男。

〔二二〕愍册：哀悼的册文。三百萬：《全唐文》作「五百萬」。飾終：給予死者以尊榮。

〔二三〕成周：指河南府，府治在洛陽。偃師：河南府屬縣名，今屬河南。《元和郡縣圖志》卷五河南府偃師縣：「北邙山，在縣北二里。」世塋：世代相傳的祖塋。

〔二四〕汾州：州治在今山西汾陽。咸一：李咸一，未詳。六人：據《新唐書·宰相世系二下》，崔倕共八子，除碑中所載外，尚有邯（未載官職）、鄘（字德章）。但《樊川文集》卷一四《唐故銀青光禄大夫檢校禮部尚書御史大夫充浙江西道都團練觀察處置等使（略）崔（郾）公行狀》亦云「親昆仲六人」，邯、鄘二人或是崔倕從子誤入。

〔二五〕邠：崔邠，字處仁，《舊唐書》卷一五五、《新唐書》卷一六三有傳。公卒：原無「卒」字，據《叢刊》本增。太常：指太常卿。《舊唐書·崔邠傳》：「少舉進士，又登賢良方正科。貞元中授渭南尉，遷拾遺、補闕。……後改太常卿，知吏部尚書銓事。……居母憂，歲餘卒，元和十年三月也。」

〔二六〕酆：據此碑，官終太府卿。《新唐書·宰相世系二下》云酆官至司農卿，蓋本於《元和姓纂》，所紀爲元和七年《姓纂》成書時官職。

〔二七〕郾：字廣略，附見兩《唐書》崔邠傳。外臺：指節度、觀察使，參見卷二《江陵嚴司空見示（略）》注。杜牧《崔郾行狀》：「遷浙西觀察使，加禮部尚書。……開成元年十月二十日薨於治所。」

〔二八〕廷尉：即大理卿。《漢書·百官公卿表上》：「廷尉，秦官，掌刑辟。……景帝中六年，更名大理。」《新唐書·宰相世系二下》：「郇，大理卿。」

〔二九〕執金吾：漢官名。《漢書·百官公卿表上》：「中尉，秦官，掌徼循京師。……武帝太初元年更名執金吾。」《舊唐書·崔鄯傳》：「大和九年冬，爲左金吾大將軍，無病暴亡。」《新唐書·宰相世系二下》：「鄯，右金吾將軍。」

〔三〇〕鄲：附見兩《唐書》崔邠傳。《舊唐書》本傳：「（開成）四年爲太常卿。七月，以本官同中書門下平章事，尋加中書侍郎、銀青光禄大夫。」

〔三一〕姑臧：漢縣名，今甘肅武威，以姑臧山爲名。見《元和郡縣圖志》卷四〇「涼州」。姑臧爲李氏著望，《新唐書·宰相世系二上》有李氏姑臧大房。蘋蘩：均草名，代指祭祀之事。《詩·召南·采蘩》小序：「《采蘩》，夫人不失職也。夫人可以奉祭祀，則不失職矣。」《詩·召南·采蘋》小序：「《采蘋》，大夫妻能循法度也。能循法度，則可以承先祖，共祭祀矣。」組紃：絲縧等編織物，代指女紅。《禮記·內則》：「女子十年不出，姆教婉娩聽從，執麻枲，治絲繭，織紝組紃，學女事，以共衣服。」

〔三二〕詞臣：指中書舍人。崔邠貞元末在中書舍人任，參見卷一《奉和中書崔舍人（略）》注。

〔三三〕郡太君：外命婦，四品官員之母、妻授予郡君。

〔三四〕大農：司農卿。酈元和七年已官此職，見前注。

〔三五〕涼國太夫人：外命婦，一品官員及國公之母、妻授國夫人。

〔三六〕太常：指崔邠。《舊唐書》本傳：「以兵部員外郎知制誥至中書舍人，凡七年，又權知吏部選事。明年，爲禮部侍郎。……後改太常卿，知吏部尚書銓事。」尚書：崔酈。《舊唐書》本傳：

「昭愍即位，選侍講學士、中書舍人。……其年，轉禮部侍郎，東都試舉人。凡兩歲掌貢士。」今相國：崔鄲。《舊唐書》本傳：「大和三年，以本官充翰林學士，轉中書舍人。六年，罷學士。八年，爲工部侍郎、集賢殿學士，權知禮部。」貢賢能書：指知貢舉。《周禮·地官·鄉大夫》：「三年則大比，考其德行、道藝，而興賢者能者。……獻賢能之書於王。」百四十有八人：據徐松《登科記考》，崔邠知元和元年舉，進士三十三人；元和二年舉，進士二十八人。崔郾知大和元年舉，進士三十三人；大和二年舉，進士三十七人。崔鄲知大和九年舉，進士二十五人。三人五知貢舉，共取士一百五十六人，稍異。

〔三七〕文昌宮：尚書省。除崔邠、郾、鄲三人外，崔鄯爲倉部員外郎，崔酆爲倉外及户外，均入尚書省，見岑仲勉《郎官石柱題名新著録》。八侍郎：據《舊唐書》崔氏兄弟傳及嚴耕望《唐僕尚丞郎表》，邠歷禮侍、吏侍，郾歷禮侍、兵侍，鄲爲工侍、禮侍、兵侍、吏侍，是爲八侍郎。四大卿：崔邠、崔鄲太常卿，崔酆司農卿、太府卿，崔郇大理卿。「四」原作「三」，據《全唐文》改。一相：崔鄲：，二字原無，據《全唐文》增。兩連率：崔郾爲陝虢、鄂岳、浙西觀察使，崔鄲爲宣歙觀察使。二翰林學士：崔郾、崔鄲，見丁居晦《重修承旨學士壁記》。二，原作「三」，據明本、劉本、《叢刊》本、《全唐文》改。

〔三八〕范陽：郡名，今北京、河北一帶，爲盧氏著望。貞觀中，高士廉修《氏族志》一百卷，以崔幹爲第一等，太宗曰：「我與山東崔、盧、李、鄭，舊既無嫌，爲其世代衰微，全無冠蓋，猶自云士大夫，婚姻之間，則多邀錢幣……我不解人間何爲重之。」見《舊唐書·高士廉傳》。

〔三九〕璀：《舊唐書·崔邠傳》作「璀」。按岑仲勉《郎官石柱題名新著録》有崔璀無崔璀，《舊五代史·崔協傳》亦云「曾祖邠，太常卿。祖璀，吏部尚書」，故當從劉碑作「璀」。金閨籍：通籍於宫門，參見卷二《酬元九院長自江陵見寄》注。詵詵然：和集貌。閭丘沖《三月三日應詔詩》：「光光華輦，詵詵從臣。」

〔四〇〕相君：崔鄲。《舊唐書·文宗紀下》：「（開成四年七月）甲辰，以大中大夫、守太常卿、上柱國、賜紫金魚袋崔鄲可本官同中書門下平章事。」

〔四一〕仲月：此指八月。嘗：秋祭。

〔四二〕家老：大夫家中的宰臣，此指家中主事的長者。

〔四三〕宗祝：宗人大祝，指家廟管理人員。《禮記·樂記》：「宗祝辨乎宗廟之禮，故後尸。」柔日：偶日，即乙、丁、己、辛、癸日。

〔四四〕四姓：崔、盧、李、鄭，見前注。倬：顯著。雲漢：天河。《詩·大雅·雲漢》：「倬彼雲漢，昭回於天。」

〔四五〕善積：《易·坤·文言》：「積善之家，必有餘慶。」家肥：《禮記·禮運》：「父子篤，兄弟睦，夫婦和，家之肥也。」榱棟：椽子和正梁。徂來：山名。《詩·魯頌·閟宫》：「徂來之松，新甫之柏。」傳：「徂來，山也。」

〔四六〕炯、焯：均光明貌。

〔四七〕塈茨：房屋塗泥苫草。

〔四八〕輓：牽車，此指運輸物資的車輛。屯：艱難。《易·屯》：「屯，剛柔始交而難生。」

〔四九〕主：原作「王」，據明本、劉本、《叢刊》本、《全唐文》改。竹使：竹使符，指爲袁州刺史事，參見卷五《始至雲安（略）》注。治粟：指爲平糴使。《漢書·百官公卿表上》：「治粟内史，秦官，掌穀貨，有兩丞。」爲邦：指爲刺史。

〔五〇〕蒲：蒲州，即河東郡。《新唐書·地理志三》：「河中府河東郡，赤，本蒲州。」其屬縣解縣與安邑均有鹽池。泓：水深廣貌，此指水潭。

〔五一〕德音：詔書。執法：即御史中丞。

〔五二〕萬石：指石奮，西漢人，家有五人官至二千石，故號「萬石」。《史記·萬石張叔列傳》：「奮長子建，次子甲，次子乙，次子慶，皆以馴行孝謹，官皆至二千石，於是景帝曰：『石君及四子皆二千石，人臣尊寵，乃集其門。』號奮爲『萬石君』。……萬石君家以孝謹聞乎郡國，雖齊魯諸儒質行，皆自以爲不及也。」太丘：指陳寔，後漢人，曾爲太丘長。稔：豐收。《後漢書·陳寔傳》：「有三子，紀、諶最賢。紀字元方……弟諶，字季方，與紀齊德同行，父子並著高名，時號三君。」紀後官至尚書令、大鴻臚，紀子群爲魏司空。

〔五三〕二十：明本、劉本作「三十」。人倫：指倫理道德。《永樂大典》卷一二〇一五引張洎《盛事録》：

「唐崔倕，三世一爨，當時言治家者推其法。子邠、酆、郾、郇、鄯、鄲。邠爲太常卿，故事，太常始視事，大閲四部樂，都人縱觀。邠自第去帽，親導母輿，公卿見者皆避道，都人榮之。……崔氏四世緦麻同爨，兄弟六人至三品。……唐興無有也。居光德里，構便齋，宣宗聞而嘆曰『鄲一門孝友，可爲士族法。』」

〔五四〕如龍如虎：《北齊書·高德政傳》載婁后旨：「汝父如龍，汝兄如虎。」筥：圓形的筐。《詩·召南·采蘋》：「于以盛之，維筐及筥。」

〔五五〕申申：《論語·述而》：「子之燕居，申申如也。」集解：「馬曰：申申，和舒之貌。」秩秩：有序貌。

〔五六〕興門：興旺之家。《隋書·列女傳》：「吾聞衰門之女，興門之男，固不虚也。」天爵：高尚道德。人爵：高官厚禄，參見卷二《送僧元暠南游》注。

〔五七〕黕：黑貌；原作「黕」，據明本、劉本、《叢刊》本、《全唐文》改。潘岳《藉田賦》：「翠幕黕以雲布。」重：《全唐文》作「垂」。

〔五八〕景亳：指偃師。《史記·殷本紀》：「湯始居亳。」正義引《括地志》：「宋州北五十里大蒙城爲景亳，湯所盟地，因景山爲名。河南偃師爲西亳，帝嚳及湯所都，盤庚亦徙都之。」按偃師縣南二十里亦有景山，見《大明一統志》卷二九。圖書之川：指黄河、洛水。《易·繫辭上》：「河出圖，洛出書，聖人則之。」陽陵：當爲湯陵之誤。《太平寰宇記》卷五「河南府偃師縣」：「湯王陵坑在縣東北山上八里。」《大明一統志》卷二九：「成湯陵，在偃師縣東北山上。」帝壇：未詳。

唐故邠寧慶等州節度觀察處置使朝散大夫檢校户部尚書兼御史大夫賜紫金魚袋贈右僕射史公神道碑〔一〕

僕射名孝章，字得仁，本北方之强，世雄朔野，其後因仕中國，遂爲靈武建康人。〔二〕曾祖道德，贈右散騎常侍，封懷澤郡王。〔三〕祖周洛，銀青光禄大夫、檢校太常卿、兼御史中丞、北海郡王，贈太子太保。〔四〕考憲誠，〔五〕早以武勇絶人，積功至魏博節度使，終于河中晉絳慈隰等州節度觀察使、檢校司徒、兼侍中、河中尹，贈太保。其薨也，大臣中書令、晉國公裴氏爲之碑，其名益顯。〔六〕公即侍中之元子，母曰冀國夫人李氏。幼而聰寤，父母賢而加愛焉。及長，好學遷善，秀出儕輩，鄴下諸兒號爲書生。〔七〕元和中，太尉愬爲魏帥，下令掄材於轅門，取大將家翹秀者爲子弟軍，列于諸校之上。〔八〕公獨昌言，願效文職，太尉深奇之，遂假魏州大都督府參軍。

長慶二年，常山衆叛，害其帥沂國公田司徒於帳下。〔九〕沂公發跡于魏，人猶懷之，詔命其子布以尚書授鉞，統魏兵問罪于北疆，且報家禍。〔一〇〕布既啟行，士氣不振，涣然内潰，獨與冗從之旅偃旗而歸，百慣攻中，卒自引決。〔一一〕先侍中時爲中軍都知兵馬使，兼御史中丞，全師在野，闃然推戴之，請爲假侯以鎮定。〔一二〕中貴人飛馹上聞，穆宗夜召翰林學士草詔書，以真侯命之，實有魏土，從衆而合權也。〔一三〕是歲，公自攝官轉本府士曹參軍，兼監察御史，賜朱衣銀印，推恩以及子也。一旦跪於父母前，進苦言曰：「臣竊惟大河之北，地雄兵精，而天下賢士心侮之，目曰河朔間，視猶夷狄，何也？蓋有土者多乘兵機際會，非以義取。今臣家父侯母封，化爲貴門，君恩至矣。非痛折節礪行彰信於朝廷，無以弭識者之譏，寤明君之意。節著於外，福延于家。乘時蹈機，禍不旋踵。」言訖，泣下數行，父俞母贊，天性交感。三心既叶，萬衆潛化。天子聞而嘉之曰：「彼真有子。」乃授檢校太子左諭德，兼侍御史，充節度副使。累遷至散騎常侍，兼御史大夫，賜金印紫綬。既貳軍政，事如命卿，弛張損益，得以參決。潛革故態，人知嚮方。

大和二年，滄景節度使李全略卒，其子同捷竊據故地，詔下以文告，弗革，遂用大刑。〔一四〕先侍中表請率先諸侯，使元子以督戰，制曰可。〔一五〕公承君父之命，乃捐其軀，一舉而下平原，〔一六〕壓滄壘，由是加工部尚書。及王師凱旋，上表願一識承明廬，詔允之，遂赴北闕下，得覲於便殿。〔一七〕上曰：「嚮吾始征滄州，議者皆曰『彼魏之姻也』，慮陰爲寇謀。〔一八〕吾發使數輩以偵之，其還也，僉曰：爾父瀝款於賓筵，爾母抗詞于簾下，願絶姻以立效，其經始啟發，出於爾心。〔一九〕今滄海底平，〔二〇〕策勛之日，宜貴爾三族。命爾父爲侍中，遷鎮于近地，加爾禮部尚書，析相、衛、澶三州爲鎮以居之，俾爾一門大榮，以誇天下。」〔二一〕公拜稽首，謝父遷，讓己爵，禮無違者。翌日，詔下于明庭，人咸曰：「史氏之寵光，古無有也。」一牙旗碧幢，方指東道，侍中以帳下生變聞。〔二二〕泰極而否，當歌而哭，迎柩于路，仰天長號。因葬于洛陽之邙山，冀國夫人祔焉。寢苫枕塊，以所仇同天爲大酷。〔二三〕未幾，詔舉金革之義，起爲右金吾將軍。〔二四〕累表陳乞，有司以違命督之，輿疾即路。間歲，擢授鄜坊丹延等州節度觀察處置等使。〔二五〕居四年，遷鎮于滑。〔二六〕一歲，入爲右領軍衛大將軍，旋改右金吾大將軍，又授鉞于邠土。〔二七〕孟秋至治所，首冬遘疾，拜章入覲。不克展和鸞鏠革之儀，薨于靖恭里之私第，享齡三十九，當開成三年十月二十日。〔二八〕上聞而悼之，不視朝一日，贈尚書右僕射。明年二月，歸葬于洛都。夫人琅琊王氏祔焉。繼室深澤縣君博陵崔氏，有一子曰煥，生七年而孤。〔二九〕僕射之喪，自復魄至葬，〔三〇〕當門户，備祭祀，建碑表，皆縣君之能。且命其家老具事功來請曰：「嫠不恤家，而憂幼嗣不知其先人之官業，乞詞以傳于後也。」〔三一〕君子以爲知禮，謹書之。銘曰：

斗極之下，崆峒播氣，鍾于侍中，孔武且貴，奉上致命，宜昌後嗣。〔三二〕僕射承之，良弓不墜，耳煩鉦鼓，心説文字，虎穴之中，生此騏驥。〔三三〕大和紀元，滄景不虔，子弄父兵，跳踉海壖。〔三四〕有鄰陰交，猬起鷄連，詔下薄伐，艮隅騷然。〔三五〕時惟侍中，實統魏師，蓄鋭未發，衆心危疑。僕射爲子，陳謀盡詞，興言涕零，有感尊慈，絶姻效節，精貫神祇。滄波底寧，王命褒之，乃遷元侯，來鎮近畿。〔三六〕乃胙元子，别建旌麾，一門四節，焜耀當時。〔三七〕倏忽變生，魏郊紛披，喬木雖大，盲風不知，干雲之臺，列缺焚之。〔三八〕哀哀孝嗣，丁此大酷，迎護幃輤，葬于東洛，訴天觸地，血染縗服。〔三九〕禮有金革，詔書敦促，不遂枕戈，驟膺推轂。〔四〇〕雕陰、白馬，暨于邠谷，雖榮三鎮，不苟百禄。〔四一〕綺紈之間，珪組纍纍，如彼晨葩，日中而萎。〔四二〕有妻名家，有子稚齒，行號執禮，歸窆蒿里。〔四三〕洛水之陽，循邙之趾，〔四四〕昭尊穆敬，幽顯同理。舊松新柏，亦象橋梓，刻石紀功，垂千萬祀。〔四五〕

【校注】

〔一〕碑作於開成四年。《寶刻類編》卷五「劉禹錫」：「《邠州節度使贈右僕射史公碑》，撰並書，開成五年立，洛。」所紀蓋立碑年月。邠：邠州，州治在今陝西彬縣。乾元二年，置邠寧節度使，領邠、寧、慶、涇、原、鄜、坊、丹、延九州。史公：史孝章，《舊唐書》卷一八一、《新唐書》卷一四八有傳。《中國邊疆地理研究》二〇〇七年十二月號載郭茂育、趙振華《唐史孝章墓誌研究》附李景先撰《史孝章墓誌》録文。

〔二〕孝章：《新唐書》本傳：「孝章本名唐，後改今名。」靈武：隋郡名，即靈州，治所在今寧夏靈武西南回樂。建康：前涼置郡名，治所在今甘肅高臺西南。靈武、建康，二地不相統屬。《舊唐書·史憲誠傳》：「其先出於奚虜，今爲靈武建康人。」突厥姓有阿史那，入中國後改姓史，如阿史那社爾、阿史那忠等，見《元和姓纂》卷六「河南史氏」。《姓纂》又別有「建康史氏」，云「今隸酒泉郡」。蓋史孝章爲突厥族人，本無所謂貫望。

〔三〕道德：《舊唐書・史憲誠傳》：「祖道德，開府儀同三司、試太常卿、上柱國、懷澤郡王。」

〔四〕周洛：《舊唐書・史憲誠傳》：「父周洛，爲魏博軍校，事田季安，至兵馬大使、銀青光禄大夫、檢校太子賓客、兼御史中丞、柱國、北海郡王。」

〔五〕憲誠：原作「憲成」，據劉本、《全唐文》、兩《唐書》本傳改。

〔六〕裴氏：裴度，官至中書令，封晉國公，見卷十《奉和裴令公新成緑野堂即事》等詩注。其所撰《史憲誠碑》已佚。

〔七〕鄴下：指魏博，所領相州有鄴縣。書生：此有輕侮意。

〔八〕愬：李愬。《舊唐書・穆宗紀》：「（元和十五年十月乙酉）以昭義節度使……李愬可本官，爲魏州大都督府長史，充魏博等州節度觀察等使。」掄材：選材。《周禮・地官・山虞》：「凡邦工入山林而掄材，不禁。」轅門：軍門。翹秀者：傑出者。

〔九〕二年：《叢刊》本作「三年」；按田弘正死，事在長慶元年，作「二」或「三」均誤。常山：郡名，即鎮州，時爲成德軍節度使治所。田司徒：田弘正，封沂國公。《舊唐書》本傳：「（元和）十五年十月，鎮州王承宗卒，穆宗以弘正檢校司徒，兼中書令、鎮州大都督府長史，充成德軍節度、鎮冀深趙觀察等使。弘正……以魏兵二千爲衛從。……明年七月，歸卒於魏州。是月二十八日夜軍亂，弘正並家屬、參佐、將吏等三百餘口並遇害。」

〔一〇〕發跡：起家。布：田弘正第三子。北疆：指成德軍，在魏博之北。北，原作「比」，《全唐文》作「此」，此據劉本、《叢刊》本改。報家禍：報殺父之仇。《舊唐書·田布傳》：「（長慶元年）秋，鎮州軍亂，害弘正。都知兵馬使王廷湊爲留後。……以魏軍田氏舊旅，乃急詔布至，起復爲魏博節度使，仍遷檢校工部尚書，令布乘傳之鎮。」

〔一一〕啟行：出發。冗從：散漫。引決：自殺。按田布自殺實因史憲誠所致。《舊唐書·田布傳》：「及入魏州……牙將史憲誠出己麾下，謂必能輸誠報效，用爲先鋒兵馬使，精鋭悉委之。……河朔三鎮，素相連衡，憲誠陰有異志。而魏軍驕侈，怯於格戰，又屬雪寒，糧餉不給，以此愈無鬥志。憲誠從而間之。俄有詔分布軍與李光顔合勢，東救深州，其衆自潰，多爲憲誠所有。布得其衆八千，是月十日，還魏州。……布以憲誠離間，度衆終不爲用，嘆曰：『功無成矣！』即日密表陳軍情，且稱『遺表』。……乃入啟父靈，抽刀自刺，曰：『上以謝君父，下以示三軍。』言訖而絶。」

〔一二〕先侍中：謂史憲誠。假侯：指爲魏博節度留後，權知節度使事。

〔一三〕馹：驛馬。真侯：謂真授魏博節度使。《舊唐書·史憲誠傳》：「憲誠爲中軍都知兵馬使，乘亂以河朔舊事動其人心，諸軍即擁而歸魏，共立爲帥，國家因而命之。時（朱）克融、（王）廷湊並據兵爲亂，憲誠喜得旄節，雖外順朝旨，而中與朱、王爲輔車之勢，長慶二年正月也。」

〔一四〕滄景：唐方鎮名，賜名横海軍，治滄州，今屬河北。革：改悔。大刑：謂發兵征討。《資治通鑑》卷二四三：「李同捷擅據滄景，朝廷經歲不問。……（大和元年）五月，丙子，以天平節度使烏重胤爲横海節度使，以前横海節度副使李同捷爲兖海節度使。……同捷託爲將士所留，不受詔。……八月，庚子，削同捷官爵，命烏重胤、王智興、康志睦、史憲誠、李載義與義成節度使李聽、義武節度使張璠各帥本軍討之。」

〔一五〕先侍中：謂史憲誠。元子：嫡長子，即史孝章。《資治通鑑》卷二四三：「（大和二年）閏月丙戌朔，史憲誠奏遣其子副大使唐、都知兵馬使亓志紹將兵二萬五千趣德州討李同捷。時憲誠欲助同捷，唐泣諫，且請發兵討之，憲誠不能違。」史孝章原名唐。

〔一六〕平原：郡名，即德州，今屬河北。

〔一七〕承明廬：代指朝廷。《文選》曹植《贈白馬王彪》：「謁帝承明廬。」李善注：「陸機《洛陽記》曰：承明門，後宫出入之門。吾常怪『謁帝承明廬』，問張公，云：『魏明帝作建始殿，朝會皆由承明門。』」北闕：《史記·高祖本紀》：「蕭丞相營作未央宫，立東闕、北闕、前殿、武庫、太倉。」集解引《關中記》：「東有蒼龍闕，北有玄武闕。玄武，所謂北闕。」

〔一八〕魏之姻：謂滄景李同捷與魏博史憲誠有姻親。《舊唐書·史憲誠傳》：「大和二年，滄景節度使李全略卒，其子同捷竊據軍城，表邀符節，舉兵伐之。先是，憲誠與全略婚媾，及同捷叛，復潛以糧餉爲助。上屢發使申諭，尋又就加同平章事。憲誠嘗遣驍將至闕下，恣爲張大，宰相韋處厚以語折衂之，憲誠不敢復與同捷爲應。」

〔一九〕瀝款：竭誠。立效：立功。

〔二〇〕滄海：即滄州，濱海。《元和郡縣圖志》卷一八「滄州」：「後魏孝明帝熙平二年，分瀛州、冀州置滄州，以滄海爲名。……東至大海一百八十里。」底平：至於平定。《書·禹貢》：「大野既豬，東原底平。」

〔二一〕近地：指河中府，治所在今山西永濟。《資治通鑑》卷二四四：「（大和三年六月）辛酉，以史憲誠爲兼侍中、河中節度使，以李聽兼魏博節度使。分相、衛、澶三州，以史孝章爲節度使。」相州州治在今河南安陽，衛州州治在今河南汲縣，澶州州治在今河南清豐縣南，三州原屬魏博。

〔二二〕牙旗：大將之旗。《文選》張衡《東京賦》：「牙旗繽紛。」薛綜注：「兵書曰：牙旗者，將軍之旌。謂古者天子出，建大牙旗，竿上以象牙飾之，故云牙旗。」碧幢：碧油幢，節度使儀仗，參見卷六《和汴州令狐相公到鎮改月（略）》注。帳下生變：《資治通鑑》卷二四四：「（大和三年六月）上遣中使賜史憲誠旌節。癸酉，至魏州。時李聽自貝州還軍館陶，遷延未進，憲誠竭府庫以治行。甲戌，軍亂，殺憲誠，奉牙内都知兵馬使靈武何進滔知留後。」

〔二三〕苫：草席。塊：土塊。《儀禮·既夕禮》：「寢苫枕塊。」疏：「孝子寢卧之時，寢於苫，以塊枕頭。必寢苫者，哀親之在草；枕塊者，哀親之在土云。」大酷：大恨。句謂與讎人不共戴天。

〔二四〕金革：軍械和軍裝，代指戰爭。金革之義，指服喪未終制，因國事奪情起復授官。《禮記·曾子問》：「三年之喪卒哭，金革之事無辟也者，禮與？」疏：「人遭父母三年之喪，卒哭之後，國有金革戰伐之事，君使則行，無敢辭辟。」右金吾將軍：屬十六衛中右金吾衛，從三品，「掌宮中、京城巡警、烽候、道路、水草之宜」，見《新唐書・百官志四上》。《新唐書・史孝章傳》：「魏人亂，父卒死於軍，帝念史氏禍而恤孝章，故奪喪拜右金吾衛將軍。」

〔二五〕間歲：隔一年。《舊唐書・文宗紀下》：「（大和六年九月）壬子，以右金吾衛將軍史孝章爲鄜州刺史、鄜坊丹延節度使。」

〔二六〕滑：滑州，州治在今河南滑縣，時爲義成軍節度使治所。《舊唐書・文宗紀下》：「（大和九年八月）以鄜坊節度使史孝章爲義成軍節度使。」

〔二七〕右領軍衛大將軍：屬十六衛中右領軍衛，正三品，「掌宮禁宿衛」。授鉞：授專征伐的權柄，此指節度使。邠土：即指邠州。《舊唐書・文宗紀下》：「（開成三年七月）以右金吾衛大將軍史孝章爲邠寧節度使。」

〔二八〕和鸞鞗革之儀：謂諸侯朝見天子之儀。《詩・小雅・蓼蕭》：「既見君子，鞗革沖沖，和鸞雝雝，萬福攸同。」傳：「鞗，轡也。革，轡首也。忡忡，垂飾貌。在軾曰和，在鑣曰鸞。」箋：「此説天子之車飾者，諸侯燕見天子，天子必乘車迎於門，是以云然。」靖恭里：唐長安朱雀街東第五街從北第七坊，見《唐兩京城坊考》卷三。《新唐書》本傳謂史孝章「自邠寧以病丐還，卒於行」，當以碑爲是。

〔二九〕深澤：縣名，屬定州，今屬河北。焕：《唐文粹》作「涣」。

〔三〇〕復魄：即復，招魂，參見前《唐故福建等州都團練觀察處置使（略）薛公神道碑》注。

〔三一〕嫠：寡婦，此爲崔氏自稱。恤：憂慮。《左傳·昭公二十四年》：「抑人亦有言曰：嫠不恤其緯，而憂宗周之隕，爲將及焉。」

〔三二〕斗極：北斗星與北極星。崆峒：山名。《元和郡縣圖志》卷三「原州平高縣」：「笄頭山，一名崆峒山，在縣西一百里。」《爾雅·釋地》：「北戴斗極爲空桐。」注：「戴，值。」疏：「斗，北斗也。極者，中宫天極星。……北斗拱極，故云斗極。值此斗極之下，其處名空桐。」史孝章靈武人，其地與崆峒相近，故云。侍中：謂史憲誠。孔武：極勇武。《詩·鄭風·羔裘》：「羔裘豹飾，孔武有力。」致命：捨命。《易·困》：「君子以致命遂志。」

〔三三〕僕射：謂史孝章。良弓不墜：謂能繼承家業。《禮記·學記》：「良冶之子，必學爲裘。良弓之子，必學爲箕。」鉦鼓：軍中指揮進退的兩種樂器。説：通悦。虎穴：虎所居洞穴，此比喻武將之家。

〔三四〕不虔：不敬。子：謂李同捷。父：謂李全略。跳踉：跳躍。

〔三五〕有鄰：指成德軍節度使王廷湊。陰交：暗中勾結。《資治通鑑》卷二四三：「王廷湊爲（李）同捷求節鉞不獲，乃助之爲亂，出兵境上，以撓魏師。」猬起：《隋書·高勱傳》：「群兇於焉猬起。」雞連：如雞之連棲。《玉海》卷一九三下《兵捷》：「若雞連棲，作兔三窟。」薄：語詞。

《詩・小雅・出車》：「赫赫南仲，薄伐西戎。」艮隅：東北方。《易・説卦》：「艮，東北之卦也。」

〔三六〕元侯：諸侯之長，此指史憲誠。近畿：指蒲州河中府，爲四輔之一，近長安。

〔三七〕胙：胙土，帝王以土地封賜功臣，酬其勛績。《左傳・隱公八年》：「胙之土而命之氏。」元子：指史孝章。四節：指兩節度使。唐制，節度使行日，賜雙旌雙節，見《新唐書・百官志四下》。史孝章父子均爲節度，故曰「一門四節」。焜耀：照耀。

〔三八〕盲風：疾風。列缺：閃電。

〔三九〕丁：當，遇。大酷：巨大災禍。幃輤：靈車。輤，載柩車之飾。《禮記・雜記上》：「其輤有裧，緇布裳帷，素錦以爲屋而行。」縗服：孝服。

〔四〇〕枕戈：枕戈而卧，示不忘復仇。推轂：推車輪，指被任命爲大將統兵。《漢書・馮唐傳》：「臣聞上古王者遣將也，跪而推轂曰：『閫以内，寡人制之；閫以外，將軍制之。』」

〔四一〕雕陰：漢縣名，此指鄜州。白馬：縣名，屬滑州。《元和郡縣圖志》卷三「鄜州洛交縣」：「本漢雕陰地，屬上郡。雕山在西南，故曰雕陰。」同書卷八「滑州白馬縣」：「漢以爲縣，屬東郡，因白馬津爲名。」邠谷：指邠州。《陝西通志》卷三九：豳城「廢城在邠州三水縣東五里故豳谷」。谷，原作「告」，據明本、劉本、《叢刊》本、《全唐文》改。

〔四二〕綺紈：綺襦紈袴，指富貴子弟。《漢書・叙傳》：「（班伯）出與王、許子弟爲群，在於綺襦紈袴之紲，對珪不肯分。」

〔四三〕 蒿里：墓地。古《挽歌》：「蒿里誰家地，聚斂魂魄無賢愚。」

〔四四〕 邙：北邙山，在洛陽北。

〔四五〕 橋梓：二木名，代指父子。《文選》任昉《王文憲集序》李善注引《尚書大傳》：「伯禽與康叔朝於成王，見乎周公，三見而三笞之。二子有駭色，乃問於商子曰：『吾二子見於周公，三見而三笞，何也？』商子曰：『南山之陽有木名橋，北山之陰有木名梓，二子盍往觀焉。』於是二子如其言而往觀之，見橋木高而仰，梓木實而俯，反以告商子，商子曰：『橋者，父道也。梓者，子道也。』」千萬：劉本作「于萬」。

山南西道新修驛路記〔一〕

開成四年，梁州牧缺，上玩其印，凝旒深思，曰：「伊爾卿族歸氏，以文儒再世居喉舌。〔二〕今天官貳卿融能嗣其耿光，嘗自内庭歷南臺，尹轂下，政事以試，可爲元侯。」〔三〕乃付印綬，進秩大宗伯，兼御史大夫，玉節獸符，鎮于嬀墟。〔四〕公拜手稽首曰：「臣融敢揚王休於天漢之域。」〔五〕

既莅止，咨于群執事，〔六〕求急病者先之。咸曰：「華陽黑水，〔七〕昔稱醜地。近者嘗爲王所，百態丕變，人風邑屋與山水，俱一都之會，目爲善部矣。〔八〕唯䭾遽之途，欹危隘束，其醜尚存，使如周道，在公頤指耳。」〔九〕

於是，因年有秋，因府無事，軍逸農隙，人思賈餘。〔一〇〕乃懸塈山刊木之傭，募其力；揆鑽鑿檣柲之用，庀其工；具畀輂畚鍤之器，膺其要。〔一一〕鼛鼓以程之，糗醪以犒之。〔一二〕説使之令既下，奮行之徒坌集。〔一三〕我之提封踞右扶風，觸劍閣千一百里。〔一四〕自散關抵褒城，次舍十有五，牙門將賈黯董之。〔一五〕自褒而南，逾利州，〔一六〕至于劍門，次舍十有七，同節度副使石文穎董之。兩將受命，分曹星馳。並山當蹊，頑石萬狀，坳者坔者，兀者銛者，磊落傾欹，波翻獸蹲。〔一七〕熾炭以烘之，嚴醯以沃之，潰爲埃煤，一篲可掃。〔一八〕棧閣盤虚，下臨㰤呀。〔一九〕層崖峭絶，枘木亘鐵，因而廣之，限以鉤欄。〔二〇〕狹徑深隉，銜尾相接，從而拓之，方駕從容。〔二一〕急宣之騎，宵夜不惑，郄曲稜層，一朝坦夷。〔二二〕興役得時，國人不知。繇是，駛行者忘其勞，吉行者徐其驅，孥行者家以安，貨行者肩不病，徒行者足不繭，乘行者蹄不刓。〔二三〕公談私詠，溢于人聽。伊彼金其牛而誘之以利，曷若我子其民而來之以義乎？〔二四〕既訖役，南梁人書事于牘，〔二五〕請紀之，以附于史官地理志。

【校注】

〔一〕文開成四年在洛陽作。《金石録》卷一〇：「《唐山南西道驛路記》，劉禹錫撰，柳公權正書，開成四年。」山南西道：唐方鎮名，治所在興元府，今陝西漢中。

〔二〕梁州：即興元府。玩印：見卷二《送襄陽熊判官孺登（略）》注。旒：帝王冠冕前後所垂玉串。凝旒謂端坐，旒静止不動。居喉舌：謂供職尚書省。《後漢書·李固傳》：「今陛下之有尚書，猶天之有北斗也。斗爲天喉舌，尚書亦爲陛下喉舌。」據《舊唐書·歸崇敬傳》，歸融祖歸崇敬官至工部尚書，後以兵部尚書致仕；融父歸登歷工、兵二部侍郎，工部尚書。

〔三〕天官貳卿：吏部侍郎。武后光宅元年，曾改吏部爲天官，侍郎爲尚書之貳。内庭：指翰林院。南臺：御史臺。《通典》卷二四「御史臺」：「梁及後魏、北齊或謂之南臺。」轂下：皇帝御輦車輪之下，指京師。《文選》任昉《齊竟陵文宣王行狀》：「神皋載穆，轂下以清。」李善注：「轂下，喻在輦轂之下，京城之中也。」元侯：諸侯之長，指節度使。《舊唐書·歸融傳》：「（大和）六年，轉工部郎中，充翰林學士。八年，正拜舍人。九年，轉户部侍郎。開成元年，兼御史中丞。……尋遷京兆尹。」同書《文宗紀下》：「（開成四年二月）辛酉，以吏部侍郎歸融檢校禮部尚書，充山南西道節度使。」

〔四〕大宗伯：即禮部尚書。《通典》卷二三「禮部尚書」：「《周禮·春官》，大宗伯掌建邦之天神人鬼地祇之禮……亦其職也。」獸符：虎節，見前《山南西道節度使廳壁記》注。嫣墟：春秋嫣國舊都，此代指興元府。《元和郡縣圖志》卷二二梁州興元府有金牛縣。《水經注・漢水》：「東經嬀墟，在金牛縣界。」

〔五〕拜手：即拜首，跪後兩手相拱，俯頭至手。稽首：叩頭。休：美。《詩・大雅・江漢》：「虎拜稽首，對揚王休。」天漢：指漢中地區，見前《山南西道節度使廳壁記》注。

〔六〕執事：節度使府僚佐。

〔七〕華陽黑水：指梁州。《書・禹貢》：「華陽黑水惟梁州。」傳：「東據華山之南，西距黑水。」

〔八〕爲王所：指德宗幸梁州事，見前《山南西道節度使廳壁記》注。丕變：大變。

〔九〕馹遽：即驛遞。遽，驛車。周道：平坦大道。《詩・小雅・大東》：「周道如砥，其直如矢。」頤指：以下巴示意。

〔一〇〕賈餘：賈餘勇。《左傳・成公二年》：「欲勇者賈余餘勇。」注：「賈，賣也。言己勇有餘，欲賣之。」

〔一一〕刊：砍伐。傭：工價。懸傭，謂明示其工價。橦：刺，擊。柲：拗。庀：具治。膺：承擔。

〔一二〕鼛：大鼓。程：期限，此謂以鼓聲作爲指揮的號令。《詩・大雅・緜》：「百堵皆興，鼛鼓弗勝。」傳：「鼛，大鼓也，長一丈二尺。」箋：「百堵同時起，鼛鼓不能止之使休息也。」糗：炒熟的穀物。醪：酒。

〔一三〕説使：（使百姓）樂於被驅使。説，通悦。奮行：自告奮勇前往。坌集：齊集。

〔一四〕提封：古代諸侯或宗室的封地，此指疆域。踞：至。右扶風：指鳳翔府，參見卷一《馬嵬行》注。山南西道北接關内道岐州鳳翔府。觸：抵。劍閣：大劍山與小劍山之間的閣道，一名劍門關，在今四川劍閣縣北。山南西道西南與劍南道劍州鄰接。《元和郡縣圖志》卷三三「劍州」：「取劍閣爲名也。」又「劍州普安縣」：「大劍鎮，在縣東四十八里。……其山峭壁千丈，下瞰絶澗，飛閣以通行旅。」

〔一五〕散關：在今陝西寶鷄西南大散嶺上。褒城：興元府屬縣名，今併入陝西勉縣。《元和郡縣圖志》卷二「鳳翔府寶鷄縣」：「散關在縣西南五十二里。《蜀志》，諸葛亮出散關圍陳倉。」同書卷二二「興元府褒城縣」：「當斜谷大路。」次舍：館驛。

〔一六〕利州：州治在今四川廣元，屬山南西道，南與劍州毗連。

〔一七〕坳：低下。垤：小土山。兀：高而上平。銛：鋒利。

〔一八〕醯：同醯，醋。嚴醯，濃酸性液體。埃煤：塵灰。篲：掃帚。

〔一九〕盤虚：盤遶空中。歃呀：張口貌，此指深淵。

〔二〇〕枘：榫頭。鈎欄：欄杆。

〔二一〕陘：狹窄的通道。方駕：兩車並行。《後漢書·馬援傳》：「臨洮道險，車騎不得方駕。」

〔二二〕郄曲：狹窄彎曲。郄，通隙。稜層：猶崚嶒，高峻曲折貌。坦夷：平坦。

〔二三〕吉行：爲吉事出行。《漢書·王吉傳》：「臣聞古者師日行三十里，吉行五十里。」驅：原作

「軀」，據明本、劉本、《叢刊》本、《全唐文》改。孥行者：攜帶家眷出行者。刓：磨損。

〔二四〕金其牛：指秦惠王以金牛開蜀道事，參見卷十《令狐相公見示題洋州崔侍郎（略）》注。子其民：以民爲子。《詩·大雅·靈臺》：「經始勿亟，庶民子來。」

〔二五〕南梁：即梁州，在長安、秦嶺之南。

唐故監察御史贈尚書右僕射王公神道碑〔一〕

公諱倰，字真長，其先乘黃帝。〔二〕夫大聖之後，與庶姓不同，如河出崑崙，潛於厚地，欻焉振起，奮爲洪瀾，環迴自天，非衆川也。〔三〕故自黃帝八代而生舜。〔四〕武王克殷，求有媯之胤滿封於陳，是爲胡公。〔五〕十三葉生完，自以公子，國難不得立，乃抱樂器奔齊，桓公以卿禮接之。〔六〕又十一葉和，以久爲政，陰德浹于人，遂有齊國。〔七〕三代稱王，至建，爲秦所滅。〔八〕項羽入秦，封建孫安爲濟北王。〔九〕漢興失國，齊人謂之「王家」，因以爲氏。安子涓，〔一〇〕仕漢爲鎮東將軍、青州牧，封劇縣伯。 自涓至彤，凡一十九代，兩漢公卿牧守如家諜然。〔一一〕十代祖猛，字景略，苻秦尚書令，佐秦成霸業，與孔明佐蜀同功，故時人謂之「王葛」。〔一二〕史云北海劇人，遂著爲族望。〔一三〕九代祖休，儀曹尚書。〔一四〕八代祖鎮惡，佐命宋武，長安擒姚泓。〔一五〕至北齊五代祖昕，七兵尚書，兄弟九人，時號「王氏九龍」，於齊史有傳。〔一六〕高祖顗，字君粹，北齊著作郎、燕郡太守。曾祖敬忠，成州刺史。大父上客，高宗封岳，進士及第，歷侍御史、主客兵部員外郎，累遷至右金吾衛將軍、冀州刺史、靈州都督、朔方道總管，見《職官儀》及《衣冠□》。〔一七〕

烈考曒，宣州宣城縣令，贈工部郎中，娶河東裴氏，乃生僕射。孝睦餘力，工爲文，始以崇文生應深謀秘策，〔一八〕考入上第，拜監察御史。天之賦予，莫能兩大，既歇令名，而不以景福，享齡五十五，葬于河南府偃師縣亳邑鄉。〔一九〕後以子貴，累贈禮部尚書，至右僕射。夫人江夏李氏祔焉。〔二〇〕李門多奇才，父暄，起居舍人；暄子鄘，門下侍郎、平章事；高叔祖善，蘭臺郎、崇文館學士，注《文選》行於時；善子邕，北海郡太守，有重名，四方之士求爲碑志者傾天下。〔二一〕故夫人於盛宗禮範可法，累贈至江夏郡夫人。

僕射有三子，長子早終。次子處玄，少嬰沈恙，慕道士養生之術，高尚其趣，强仕而没，積善不試，後來果大焉。〔二二〕季子彦威，字子美，始以五經登甲科，歷太常博士、祠部員外郎，遷屯田郎中，轉户部、司封，並充禮儀使判官、弘文館學士、京兆少尹、諫議大夫、史館修撰。〔二三〕以直諫出爲河南少尹，入爲少府監、司農卿，改淄青節度使。〔二四〕徵拜户部侍郎、判度支。〔二五〕勢逼生患，出爲衛尉卿，分司東都。〔二六〕尋起爲陳許節度使、檢校禮部尚書，充汴、宋、亳等州節度觀察處置等使，北海縣開國子，食邑五百户。〔二七〕娶潁川韓氏，主客員外郎衢之女，國子祭酒楊頊之外孫。〔二八〕夫人有三弟皆材，無子早謝，已如禮祔葬于亳邑原。僕射厚德覆露之，尚書丕承之，以早孤，鋭意嚮學。嘗閲《詩》至《蓼莪》篇，〔二九〕感激流涕，故其志如刃始淬。及學成，立朝爲鴻儒，入用爲能臣，參定儀制，財成經費。起書生，擁旌節，今又領全師，鎮上游，握神符，垂三組，皆嚮時感發之所激也。〔三〇〕志就而學成，名聞而身達，欲報無所，外榮中悲。人子之孝，在乎揚其先德以耀于遠，乃俾學古者書本系所自，且銘于龜趺螭首云。〔三一〕銘曰：

山積而高，澤積而長，聖人之後，必大而昌。由聖與賢，或爲霸强，建不克嗣，濟北疏疆，齊人德之，其族稱王。〔三二〕佐于苻秦，北海重光。〔三三〕僕射之生，負材而起。策于萬乘，擢爲御史。同時條對，千目仰視。桂林一枝，拾芥相似。〔三四〕名動海内，夫豈不偉！種德而牙，〔三五〕乃生令子。出入鼎貴，理財統師。流根之澤，蜜印纍纍。〔三六〕峻其追崇，幽顯有輝。孝嗣之志，歉然弗怡。春露秋霜，感傷履之。〔三七〕時久能慕，禄豐益悲。明發不寐，永懷孝思。攄之無窮，曷若豐碑。景亳之原，佳城在斯。〔三八〕乃金石刻，〔三九〕揭于道陲。松邪柏邪，有洛之湄。〔四〇〕過者必下，來觀信詞。

【校注】

〔一〕碑約開成四年在洛陽作。王公：王倰，王彥威父。碑稱王彥威時「起爲陳許節度使」。按《舊唐書・文宗紀下》：開成三年七月，「甲子，以衛尉卿王彦威檢校禮部尚書，充忠武軍節度使」。王彦威開成五年爲王茂元所代（參見《唐刺史考・河南道・許州》），故碑約開成四年作。

〔二〕倰：原作「俊」，劉本、《叢刊》本作「倰」。《玉篇・人部》：「倰，長也。」作「倰」與其字「真長」相應，據改。乘：繼承，秉承。黄帝：傳説中上古聖王。

〔三〕庶姓：衆姓，一般氏姓。河：黄河。《水經注・河水》：「高誘稱河出崑山，伏流地中萬三千里，禹導而通之，出積石山。」

〔四〕舜：古代傳説中聖君，相傳爲黄帝八世孫。《史記・五帝本紀》：「嫘祖爲黄帝正妃，生二子……其二曰昌意。……虞舜者，名曰重華。重華父曰瞽叟，瞽叟父曰橋牛，橋牛父曰句望，句望父曰敬康，敬康父曰窮蟬，窮蟬父曰帝顓頊，顓頊父曰昌意，以至舜七世矣。」

〔五〕有嬀：嬀姓，相傳爲舜的後裔。《史記・陳杞世家》：「陳胡公滿者，虞帝舜之後也。昔舜爲庶人時，堯妻之二女，居於嬀汭，其後因爲氏姓，姓嬀氏。……至於周武王克殷紂，乃復求舜後，得嬀滿，封之於陳，以奉帝舜祀，是爲胡公。」

〔六〕完：陳完。《史記・田敬仲完世家》：「陳完者，陳厲公他之子也。……宣公（二）十一年，殺其太子禦寇。禦寇與完相愛，恐禍及己，完故奔齊。齊桓公欲使爲卿，辭……桓公使爲工正。……完卒，謚爲敬仲。……敬仲之如齊，以陳字爲田氏。」

〔七〕和：田和，初爲齊相，後廢齊康公，自立爲諸侯。《史記・田敬仲完世家》：「太公（田和）與魏文侯會濁澤，求爲諸侯。魏文侯乃使使言周天子及諸侯，請立齊相田和爲諸侯。周天子許之。康公之十九年，田和立爲齊侯，列於周室，紀元年。」

〔八〕三代：疑當作「五代」。按田和後裔有齊威王因齊、宣王辟彊、湣王地、襄王法章，均稱王。建：齊國的亡國之君。《史記·田敬仲完世家》：「襄王卒，子建立。……四十四年，秦兵擊齊。齊王聽相后勝計，不戰，以兵降秦。秦虜王建，遷之共，遂滅齊爲郡。」

〔九〕安：《史記·項羽本紀》：「故秦所滅齊王建孫田安，項羽方渡河救趙，田安下濟北數城，引其兵降項羽，故立安爲濟北王，都博陽。」

〔一〇〕涓：王涓，未詳。

〔一一〕彤：王彤，未詳。家諜：家譜。言史册載其先人姓名官職，有如家譜。

〔一二〕謂之：原作「爲之」，據劉本、《全唐文》改。王蒕：《晉書·諸葛恢傳》：「值天下大亂，避地江左，名亞王導、庾亮。……導嘗與恢戲争族姓，曰：『人言王蒕，不言蒕王也。』」《晉書·苻堅載記下》附《王猛傳》：「王猛字景略，北海劇人也。……苻堅將有大志，聞猛名，遣吕婆樓招之。一見便若平生。語及廢興大事，異符同契，若玄德之遇孔明也。及堅僭位，以猛爲中書侍郎。……俄入爲丞相、中書監、尚書令……稍加都督中外諸軍事。……軍國内外萬機之務，事無巨細，莫不歸之。」時人稱其爲「王蒕」事未詳。

〔一三〕北海：郡國名。劇：劇縣，北海治所，在今山東昌樂西。《元和姓纂》卷五「王氏」：「北海、陳留，齊王田和之後。」

〔一四〕儀曹：禮部。《通典》卷二三「禮部尚書」：「後魏爲儀曹尚書。」

〔一五〕鎮惡：《宋書·王鎮惡傳》：「北海劇人也。祖猛，字景略，苻堅僭號關中，猛爲將相，有文武才，北土重之。父休，僞河東太守。」宋武：宋武帝劉裕。原無「武」字，據《叢刊》本補。姚泓：後秦姚興長子，興死，僭即帝位，改元永和。劉裕來伐，出降，裕送於建康斬之。事見《晉書·姚泓載記》。《宋書·王鎮惡傳》：「十二年，高祖將北伐，轉鎮惡爲諮議參軍、行龍驤將軍，領前鋒。……時姚泓屯軍在長安城下，猶數萬人，鎮惡……身先士卒……泓衆一時奔潰，即陷長安城。泓挺身逃走，明日，率妻子歸降。」

〔一六〕七兵尚書：見前《唐故朝散大夫檢校尚書吏部郎中（略）崔公神道碑》注。《北史·王昕傳》：「齊文宣踐阼，拜七兵尚書。……昕母清河崔氏，學識有風訓，生九子，皆風流醖藉，世號『王氏九龍』。昕弟暉、昭、晞、晧最知名。」齊史：謂《北齊書》，有《王昕傳》。

〔一七〕封岳：東封泰山。《舊唐書·高宗紀下》：「麟德三年春正月戊辰朔，車駕至泰山頂。……己巳，帝昇山行封禪之禮。……改麟德三年爲乾封元年。」王上客先天中自侍御史除膳部員外郎，見《太平廣記》卷二五〇引《兩京新記》；官主客員外郎，見岑仲勉《郎官石柱題名新著録》；開元二年自兵部員外郎爲行軍判官，從姚崇北伐，見《全唐文》卷二五三蘇頲《命姚崇等北伐制》；開元十六年在婺州刺史任，見《宋高僧傳》卷二六《玄朗傳》。《職官儀》：未詳。

《新唐書·藝文志二》職官類有王珪《齊職官儀》五十卷，此指唐人所撰記載唐代職官及有關故實的著作。《衣冠□》：疑當作《衣冠譜》，路敬淳撰，六十卷，見《新唐書·藝文志二》雜傳記類。路敬淳武后時人，「尤明譜學，盡能究其根源枝派，近代已來，無及之者」，見《唐書》本傳。

〔一八〕崇文生：崇文館學生。《新唐書·百官志四上》東宫官：「貞觀十三年置崇賢館。顯慶元年，置學生二十人。上元二年，避太子名，改曰崇文館。」深謀秘策：當是制科名目。

〔一九〕景福：大福。《詩·小雅·大明》：「神之聽之，介爾景福。」偃師：縣名，今屬河南。

〔二〇〕夫人：謂王倰妻李氏，王彦威母。江夏：郡名，即鄂州，今湖北武昌。

〔二一〕蘭臺郎：即秘書省著作郎。《新唐書·百官志二》：「龍朔元年，改秘書省曰蘭臺……秘書郎曰蘭臺郎。」《舊唐書·李鄘傳》：「父暄，至起居舍人。」又：「(元和)十三年，徵拜(鄘)門下侍郎，同平章事。」《新唐書·宰相世系二上》「江夏李氏」：「暄，起居郎。」「郎」當爲「舍人」之誤。《舊唐書·李邕傳》：「父善，嘗受《文選》於同郡人曹憲。後爲左侍極賀蘭敏之所薦引，爲崇賢館學士，轉蘭臺郎。敏之敗，善坐配流嶺外。會赦還，因寓居汴、鄭之間，以講《文選》爲業。年老疾卒，所注《文選》六十卷，大行於時。……(邕)天寶初，爲汲郡、北海二太守。……邕早擅才名，尤長碑頌。雖貶職在外，中朝衣冠及天下寺觀，多賫持金帛往求其文。前後所製，凡數百首。」據兩《唐書·李鄘傳》、《新唐書·宰相表》及《千唐誌齋藏誌》九一七《李邕墓誌銘》，李善乃李暄叔祖，當是李鄘及李夫人曾叔祖，此云「高叔祖」，疑誤。

〔二〕强仕：謂年四十。《禮記·曲禮上》：「四十曰强，而仕。」積善：《易·坤·文言》：「積善之家，必有餘慶。」不試：未被任用。

〔三〕五經：唐代明經考試科目。《新唐書·選舉志上》：「凡《禮記》、《春秋左氏傳》爲大經，《詩》、《周禮》、《儀禮》爲中經，《易》、《尚書》、《春秋公羊傳》、《穀梁傳》爲小經。……通五經者，大經皆通，餘經各一，《孝經》、《論語》皆兼通之。」《新唐書·王彦威傳》：「舉明經甲科，淹識古今典禮，未得調，求爲太常散吏。卿知其經生，補檢討官。彦威采獲隋以來下訖唐凡禮沿革，皆條次彙分，號《元和新禮》，上之，有詔拜博士。」岑仲勉《郎官石柱題名新著録》祠部員外郎第九行、户部郎中第四行、司封郎中第九行均有王彦威名。弘文館：官署名。《新唐書·百官志二》「中書省」：「弘文館。學士，掌詳正圖籍，教授生徒；朝廷制度沿革、禮儀輕重，皆參議焉。」《舊唐書·王彦威傳》：「弘文館舊不置學士，文宗特置一員以待彦威。」京兆少尹：京兆府副長官。史館修撰：《舊唐書·王彦威傳》：「（大和）五年，遷諫議大夫……以本官兼史館修撰。」

〔四〕直諫：指論上官興獄事。《舊唐書·王彦威傳》：「興平縣人上官興因醉殺人亡竄，吏執其父下獄，興自首請罪，以出其父。京兆尹杜悰、御史中丞宇文鼎以其首罪免父，有光孝義，請減死配流。彦威與諫官上言曰：『殺人者死，百王共守。若許殺人不死，是教殺人。興雖免父，不合減死。』詔竟許決流。彦威詣中書投宰相面論，語訐氣盛，執政怒，左授河南少尹。未幾，改司農卿。」少府監、司農卿：分别爲少府及司農寺長官。《新唐書·百官志三》：「少府：監一人，從三品……掌百工技巧之政。」又：「司農寺：卿一人，從三品……掌倉儲委積之事。」淄青：方鎮名，即平盧軍節度，治青州，今屬山東。《舊唐書·文宗紀下》：「（大和九年二月）甲申，以司農卿王彦威兼御史大夫，充平盧軍節度使。……（開成元年七月甲午）以彦威爲户部侍郎，判度支。」

〔二五〕判度支：《唐會要》卷五八引蘇氏語：「故事，度支案，郎中判入，員外郎判出，侍郎總統押案而已，官銜不言專判度支。至乾元二年十月，第五琦改户部侍郎，帶專判度支，自後遂爲故事，至今不改。」

〔二六〕勢逼句：《舊唐書·王彦威傳》：「彦威既掌利權，心希大用，時内官仇士良、魚弘志禁中用事……彦威大結私恩，凡内官請託，無不如意，物議鄙其躁妄。……會邊軍上訴衣賜不時，兼之朽故，宰臣惡其所爲，令攝度支人吏付臺推訊。彦威……左授衛尉卿。」

〔二七〕陳許節度使：參見卷十一《和陳許王尚書（略）》注。北海縣開國子：九等封爵的第八等。《新唐書·百官志一》：「凡爵九等：……八曰開國縣子，食邑五百户，正五品上。」

〔二八〕潁川：郡名，即許州，治所在今河南許昌。潁川爲韓氏著望。衢：韓衢，岑仲勉《郎官石柱題名新著録》主客員外郎第九行有韓衢名。楊頊：與梁肅、裴樞、王仲舒爲忘年之契，見《舊唐書·王仲舒傳》；建中三年爲御史中丞、京畿採訪使，見《唐會要》卷七八、《全唐文》卷五一四殷亮《顔魯公行狀》；出爲漢州刺史，興元四年轉湖州刺史，遷國子祭酒，見《嘉泰吴興志》卷八；贈秘書監，謚曰貞，見《唐會要》卷七九。《唐摭言》卷四：「廬江何長師、趙郡李華、范陽盧東美，少與韓衢爲友，江淮間號曰『四夔』。」此韓衢年輩與楊頊相若，如非字誤，即别是一人。

〔二九〕《蓼莪》：《詩·小雅》篇名，詩云：「哀哀父母，生我劬勞。」小序云：「民人勞苦，孝子不得終養爾。」

〔三〇〕擁旌節：指爲淄青節度使事。唐制，節度使辭日賜雙旌雙節，見《新唐書·百官志四下》。上游：江河的上流，喻地位或形勢的重要。《史記·高祖本紀》：「古之帝者，地方千里，必居上游。」神符：神授的符契，此指兵符。揚雄《劇秦美新》：「天剖神符，地合靈契。」三組：《漢書·楊僕傳》：「請乘傳行塞，因用歸家，懷銀黄，垂三組，夸鄉里。」師古曰：「銀，銀印也。黄，金印也。僕爲主爵都尉，又爲樓船將軍，並將梁侯三印，故三組也。組，印綬也。」

〔三一〕本系：家族的世系。《左傳·文公十八年》「高陽氏有才子八人」疏：「不能知其出生本系、枝派遠近，故略言其苗裔耳。」龜趺螭首：指碑，底座爲龜形，上刻有螭頭的裝飾。螭，無角的龍。《封氏聞見記》卷六：「隋氏制，五品以上立碑，螭首龜趺，趺上不得過四尺，載在《喪葬令》。」

〔三二〕建：指齊王建。濟北：指濟北王田安。均見前注。

〔三三〕苻秦：即前秦，十六國之一。苻洪據關中稱三秦王，後其子苻健稱帝，建都長安，國號秦。北海：此指王猛，見前注。

〔三四〕桂林一枝：指科舉得第。《晉書·郤詵傳》載詵對晉武帝語：「臣舉賢良對策爲天下第一，猶桂林之一枝，崑山之片玉。」芥：小草。《漢書·夏侯勝傳》：「士病不明經術。經術苟明，其取青紫，如俯拾地芥耳。」

〔三五〕牙：通芽，發芽。

〔三六〕蜜印：蠟製官印，用於追贈死者。

〔三七〕「春露」二句：謂孝子感時念親，用《禮記·祭義》語，參見卷二《送僧元暠南游》注。

〔三八〕景亳：地名，指偃師。《左傳·昭公四年》：「商湯有景亳之命。」注：「河南鞏縣西南有湯亭。或言亳即偃師。」《元和郡縣圖志》卷五「河南府偃師縣」：「商有三亳，成湯居西亳，即此是也。」佳城：墳墓，參見卷一《途次敷水驛（略）》注。

〔三九〕金石刻：劉本作「刻金石」。

〔四〇〕洛：洛水。《水經注·洛水》：「洛水又北逕偃師城東。」湄：水濱。

唐故相國贈司空令狐公集紀〔一〕

起文章而陟大位，丹青景化，焜燿藩方，如非煙祥風，緣飾萬物，而與令名相終始者，有唐文臣令狐公實當之。〔二〕公名楚，字殼士，燉煌人，今占數于長安右部。〔三〕天授神敏，性能無師，始學語言，乃協宮徵，故五歲已爲詩成章。既冠，參貢士，果有名字。時司空杜公以重德知貢舉，擢居甲科。〔四〕琅琊王拱識公於童丱，雅器異之。〔五〕至是，拱自虞部正郎領桂州，鋭於辟賢，以酬不次之遇，先拜章而後告公。〔六〕既而授試弘文館校書郎。公爲人子，重難遠行，禀命而去，居一歲，竟迫方寸而歸。〔七〕家在并、汾間，急於禄養，捧從事檄于并州，凡更三牧，官至監察御史。〔八〕

元和初，憲宗聞其名，徵拜右拾遺，歷太常博士，入尚書爲禮部員外郎。性至孝，既孤，以善居喪聞。中月，〔九〕除刑部員外。時帝女下嫁，相禮缺官，公以本官攝博士，當問名之答。〔一〇〕上親臨帳幄簾内以窺之，禮容甚偉，聲氣朗徹。上目送良久，謂左右曰：「是官可用。」記其姓名。未幾，改職方，〔一一〕知制誥，詞鋒犀利，絶人遠甚。適有旨，選司言高第者視草内庭，宰臣以公爲首，遂轉本司郎中，充翰林學士。〔一二〕滿歲，遷中書舍人，專掌内制，武帳通奏，柏梁陪燕，嘉猷高韻，冠于一時。〔一三〕

會淮右稽誅，上遣丞相即戎以督戰，公草詔書，詞有涉嫌者，相府上言，有命中書參詳竄定，因罷内職，歸閤中。〔一四〕而君心眷然，將有大用，且出入以試之，乃牧華州，〔一五〕兼御史中丞，錫以金紫。居鎮七月，遷大夫，充河陽三城懷州節度使。〔一六〕又七月，急召抵京師，拜中書侍郎，同中書門下平章事，天下然後知上心倚以爲相，非一朝也。〔一七〕是歲，元和十四年秋。明年正月，憲宗晏駕。惜其在位日淺，遭時大變，穆宗踐阼，轉門下侍郎、平章事。萬幾百度，别有所付，第以舊相署位，充山陵使。〔一八〕七月禮畢，部下吏有以贓狀聞者，朝典用責率之義，是以左授宣歙池等州都團練觀察處置使，兼御史大夫。〔一九〕恩顧一異，媒孽隨生，旋又貶衡州刺史，移郢州，轉太子賓客分司東都。〔二〇〕尋起爲陝虢觀察使，或有上封者，稱前以奉陵寢不檢下獲譴，今陵土猶濕，未宜遽用，次陝一日，重爲賓客分司。〔二一〕

長慶四年，改河南尹。〔二二〕其秋，授檢校禮部尚書，兼汴州刺史，充宣武軍節度、管内觀察處置等使。〔二三〕汴州爲四戰之地，擇帥先有功，峻刑右武，疑似沈命，號爲危邦者積年。〔二四〕公始以清儉自律，以恩信待人，以夷坦去群疑，以禮讓汰慘急。〔二五〕自上化下，速於置郵，泮林革音，無復故態。〔二六〕璽書勞之，就加大司馬。〔二七〕文宗纂服，三年冬上表，以大臣未識天子，願朝正月，制曰可。〔二八〕操節入覲，遷户部尚書。〔二九〕俄爲東都留守，又轉檢校尚書右僕射，兼鄆州刺史、天平軍節度使。〔三〇〕後以王業之始實爲北京，移鎮太原，從人望也。〔三一〕以吏部尚書徵，續換太常卿，真拜尚書左僕射。〔三二〕

大和九年冬十一月，京師有急，兵起，上方御正殿，即日還宫。〔三三〕是夕，召公決事禁中，以見賢遍反事傅古義爲對，其詞讜切，無所顧望，上心嘉之，居一二日，守本官，兼諸道鹽鐵轉運使，以斡利權。〔三四〕既非素尚，仡仡牢讓，〔三五〕故復爲檢校左僕射、興元尹、山南西道節度觀察使，兼御史大夫。開成二年十一月十二日薨于漢中官舍，享年七十。〔三六〕齊終之前一日，自修遺表，〔三七〕初述感恩陳力之大義，中及朝廷刑政之或闕，意切言盡，神識不昏。

上深悼之，形于慼册，未登三事，故以贈之。〔三八〕歸全之夕，有大星殞于正寢之上，光燭于庭。天意若曰，既稟之而生，亦有涯而落。其文章貴壽之氣焰歟？

初，憲宗覽國書，見五王復辟之際，狄梁公實尸之。〔三九〕公爲台臣，獨召便殿，問曰：「仁傑有後乎？」公以其支孫試校書郎兼謨爲對，即日拜左拾遺，公遂草制。〔四〇〕它日，相銜者因抉其詞，以爲非《春秋》諱魯之旨。〔四一〕穆宗新即位，謙讓不自決，遂有衡州之貶，公議冤之。嗟乎，天之於賦予也甚嗇而難周！公獨富文華，丁良時，歷名卿，至元老，蓋忠廉孝友，愛才與物，合是粹美以將之邪？〔四二〕可謂全德矣。既免喪，嗣子左補闕緺集公之文，成一百三十卷，因長子太子左諭德弘分司東都，負其笥來謁。〔四三〕泣曰：「先正司空與丈人爲顯交，撤懸之前五日所賦詩寄友，非它人也，今手澤尚存。」〔四四〕言之嗚咽長號。予爲之慟，收淚而視，分當編次之。

始公參大鹵記室，〔四五〕以文雄於邊，議者謂一方不足以騁用。徵拜於朝，累遷儀曹郎，乃登西掖，入内署，訏謨密勿，遂委魁柄，斯以文雄於國也。〔四六〕嗚呼！咫尺之管，〔四七〕文敏者執而運之，所如皆合。在藩聳萬夫之觀望，立朝賁群寮之頰舌，居内成大政之風霆。導畎澮於章奏，鼓洪瀾於訓誥。筆端膚寸，膏潤天下。文章之用，極其至矣〔四八〕！而又餘力工於篇什，〔四九〕古文士所難兼焉。昔王珣爲晉僕射，夢人授大筆如椽，覺而謂人曰：「此必有大手筆事。」後孝武哀册文，乃珣之詞也。〔五〇〕公爲宰相，奉詔撰《憲宗聖神章武孝皇帝哀册文》，時稱乾陵崔文公之比，今考之而信，故以爲首冠，尊重事也。〔五一〕其它各以類聚，著于篇。

【校注】

〔一〕文開成五年在洛陽作。令狐公：令狐楚。《新唐書·藝文志四》：「令狐楚《漆奩集》一百三十卷，又《梁苑文類》三卷，《表奏集》十卷，自稱《白雲孺子表奏集》。」此序即爲《漆奩集》而作。今令狐楚各集均佚，僅《全唐文》卷五三九至卷五四三存文五卷，《全唐詩》卷三三四存詩一卷。序云楚開成二年十一月卒，「既免喪，嗣子左補闕綯集公之文，成一百三十卷，因長子太子左諭德弘分司東都，負其笥來謁」。唐人喪父，服三年之喪，實爲二十七月，故文當開成五年作。

〔二〕景化：大化。沈約《王亮王瑩加授詔》：「並宜光贊緝熙，穆茲景化。」焜耀：照耀。《左傳·昭公三年》：「不腆先君之適，以備內官，焜耀寡人之望。」非煙：卿（慶）雲，古人認爲祥瑞的一種雲氣。《史記·天官書》：「若煙非煙，若雲非雲，鬱鬱紛紛，蕭索輪囷，是謂卿雲。卿雲，喜氣也。」

〔三〕占數：占户籍之數，猶言占籍。右部：西部。《舊唐書·令狐楚傳》：「自言國初十八學士德棻之裔。」同書《令狐德棻傳》：「宜州華原人。」《元和郡縣圖志》卷二「華原縣」：「大業二年省宜州，縣屬京兆。」

〔四〕杜公：杜黄裳。《舊唐書》本傳：「（元和）二年正月，檢校司空、同平章事，兼河中尹、河中晉絳等州節度使。」《廣卓異記》：「貞元七年，禮部侍郎杜黄裳下三十人及第。」《舊唐書·令狐楚傳》：「楚兒童時已學屬文。弱冠應進士，貞元七年登第。」

〔五〕琅琊：郡名，治所在今山東臨沂東南。王拱：兩《唐書》無傳。《新唐書·宰相世系二中》「王氏」：「拱，虞部郎中。」

〔六〕虞部正郎：即虞部郎中。桂州：州治在今廣西桂林，時爲桂管觀察使治所。不次之遇：破格拔擢的恩遇。《新唐書·令狐楚傳》：「既及第，桂管觀察使王拱愛其材，將辟楚，懼不至，乃先奏而後聘。」

〔七〕方寸：心。《三國志·蜀書·諸葛亮傳》載徐庶謂劉備語：「本欲與將軍共圖王霸之業者，以此方寸之地也。今已失老母，方寸亂矣。」《新唐書·令狐楚傳》：「（楚）雖在拱所，以父官并州，不得奉養，未嘗豫宴樂，滿歲謝歸。」今《全唐文》卷五三九尚載令狐楚《爲桂府王拱中丞賀南郊表》等，即在桂林王拱幕中作。

〔八〕并州：即太原。捧從事檄：接受徵召爲幕僚的文書。《後漢書·毛義傳》：「家貧，以孝行稱。南陽人張奉慕其名，往候之。坐定而府檄適至，以義守令。義奉（捧）檄而入，喜動顔色。奉者，志尚士也，心賤之，自恨來，固辭而去。及義母死，去官行服。……後舉賢良，公車徵，遂不至。張奉嘆曰：『賢者固不可測。往日之喜，乃爲親屈也。』」三牧：三位太原尹。《舊唐書·令狐楚傳》：「李説、嚴綬、鄭儋相繼鎮太原，高其行義，皆辟爲從事，自掌書記至節度判官，歷殿中侍御史。」

〔九〕中月：間隔一月。此指服喪期滿，除去喪服。《儀禮·士虞禮》：「期而小祥……又期而大祥……中月而禫。」注：「中猶間也。禫，祭名也，與大祥間一月。自喪至此，凡二十七月。」

〔一〇〕帝女：當指憲宗女岐陽公主。《舊唐書·憲宗紀下》「（元和九年七月）戊辰，以太子司議郎杜悰爲銀青光禄大夫、殿中少監、駙馬都尉，尚岐陽公主。」博士：指太常博士。《新唐書·百官志三》「太常寺」：「博士四人，從七品上。掌辨五禮；按王公、三品以上功過善惡爲之謚；大禮，則贊卿導引。」問名：古代婚禮的一道儀式。《儀禮·士昏禮》：「賓執雁，請問名，主人許。」注：「問名者，將歸卜其吉凶。」疏：「問名者，問女之姓氏。」

〔一一〕職方：指職方員外郎。《舊唐書·憲宗紀下》：「（元和九年十月）甲寅，以刑部員外郎令狐楚爲職方員外郎，知制誥。」按《新唐書·百官志一》「尚書省兵部」：職方郎中、員外郎「掌地圖、城隍、鎮戍、烽候、防人道路之遠近及四夷歸化之事」。

〔一二〕司言：掌制誥，代草王言，此指中書舍人及以他官知制誥者。視草：見卷一《逢王二十學士入翰林（略）》注。内庭：宫中。翰林院在大明宫中。本司郎中：即職方郎中。丁居晦《重修承旨學士壁記》：「令狐楚，元和九年七（十一之合體）月二十五日自職方員外郎知制誥充，……十一月七日轉本司郎中；十二年三月，遷中書舍人；八月四日，出守本官。」

〔一三〕内制：指翰林學士在宫中所草文書，以别於中書省中書舍人所草之外命。武帳：《漢書·汲黯傳》：「大將軍（衛）青侍中，上踞厠視之。丞相（公孫）弘宴見，上或時不冠。至如見黯，不冠不見也。上嘗坐武帳，黯前奏事，上不冠，望見黯，避帷中，使人可其奏。其見敬禮如此。」孟康曰：「今御武帳，置兵闌五兵於帳中也。」柏梁：漢武帝所建臺名。《三輔黄圖》卷五：「柏梁臺，武帝元鼎二年春起此臺，在長安城中北闕内。《三輔舊事》云：『以香柏爲梁也。帝嘗置酒其上，詔群臣和詩，能七言詩者乃得上。太初中臺災。』」燕：通宴。嘉猷：好的治國方略。高韻：優秀詩歌作品。

〔一四〕淮右：指淮西吴元濟。稽誅：稽延誅討，謂當誅而未誅。丞相：指裴度，參見卷四《平蔡州三首》注。詔書：指令狐楚所作《裴度門下侍郎彰義軍節度宣慰等使制》，今存，見《唐大詔令集》卷二五。《舊唐書·令狐楚傳》：「（元和）十二年夏，度自宰相兼彰義軍節度、淮西招撫宣慰處置使。宰相李逢吉與度不協，與楚相善。楚草度淮西招撫使制，不合度旨，度請改制内三數句語，憲宗方責度用兵，乃罷逢吉相任，亦罷楚内職，守中書舍人。」《册府元龜》卷五五三：「十二年七月丙辰，以中書舍人、平章事裴度爲門下侍郎、平章事，充彰義軍節度、申光蔡等州觀察、淮西宣慰處置等使。其制翰林學士、中書舍人令狐楚所草也。度以是行兼招撫，請改其辭中『未翦其類』爲『未革其志』；又以韓弘爲都統，請改『更張琴瑟』爲『近輟樞軸』，又改『煩我台席』爲『授以成算』。憲宗皆從之，乃罷楚學士。」

〔一五〕華州：參見卷七《途次華州（略）》注。

〔一六〕河陽三城：北魏時築於黄河孟津兩岸及河中洲上的三座城，以在河陽縣（今河南孟縣西）得名，唐時於此置河陽三城節度使。懷州：州治在今河南沁陽。《新唐書·方鎮表一》：貞元十二年，「復置河陽懷節度，治河陽」；元和九年，「河陽節度增領汝州，徙治汝州」；十三年，「罷河陽節度」。按《舊唐書》本傳，令狐楚元和十三年十月爲河陽懷節度使。

〔一七〕令狐楚爲河陽節度及入相，均乃皇甫鎛所引。《舊唐書·令狐楚傳》：「元和十三年……十月，皇甫鎛作相，其月以楚爲河陽懷節度。十四年四月，裴度出鎮太原。七月，皇甫鎛薦楚入朝，自朝議郎授朝議大夫、中書侍郎、同平章事，與鎛同處台衡，深承顧待。」《新唐書·令狐楚傳》：「皇甫鎛以言利幸，與楚、蕭俛皆厚善，薦之於帝。」

〔一八〕萬幾百度：指朝廷紛繁的政務。度，制度。《書·臯陶謨》：「兢兢業業，一日二日萬幾。」又《旅獒》：「不役耳目，百度惟貞。」山陵使：負責營造皇帝陵墓的官員。

〔一九〕部下吏：指韋正牧等。《新唐書·令狐楚傳》：「穆宗即位，進門下侍郎。……方營景陵，詔楚爲使。而親吏韋正牧、奉天令于翬等不償傭錢十五萬緡，楚獻以爲羡餘，怨訴繫路，詔捕翬等下獄誅，出楚爲宣歙觀察使。」責率：責罰爲首的官員，要求其對下級過犯負責。

〔二〇〕媒孽：即媒糵，酒母和酒麯，醞釀之意，比喻誣構陷害。《漢書·李陵傳》：「今舉事一不幸，全軀保妻子之臣，隨而媒糵其短。」按，劉禹錫此文有爲令狐楚諱飾之處。《舊唐書·令狐楚傳》

載，憲宗卒後，「天下怒鎛之姦邪」，穆宗即位四日，貶鎛崖州，「物議以楚因鎛作相而逐裴度，群情共怒，以蕭俛之故，無敢措言」，至山陵贓污事發，方貶楚宣歙觀察使。郢州：州治在今湖北鍾祥。《舊唐書・令狐楚傳》：「楚再貶衡州刺史。……長慶元年四月，量移郢州刺史。遷太子賓客分司東都。」

〔二一〕封：封事，密封的奏章。奉陵寢：奉命修建（憲宗）陵墓與寢宮。檢下：約束下屬。《舊唐書・令狐楚傳》：「長慶……二年十一月，授陝州大都督府長史，兼御史大夫、陝虢觀察使。制下旬日，諫官論奏，言楚所犯非輕，未合居廉察之任。上知之，遽令追制。時楚已至陝州，視事一日矣。復授賓客，歸東都。」

〔二二〕河南尹：河南府長官。令狐楚爲河南尹，乃李逢吉所薦引。《舊唐書・令狐楚傳》：「時李逢吉作相，極力援楚，以李紳在禁密沮之，未能擅柄。敬宗即位，逢吉逐李紳，尋用楚爲河南尹，兼御史大夫。」

〔二三〕宣武軍：唐方鎮名。《新唐書・方鎮表二》：建中二年，「置宋亳潁節度使，治宋州，尋號宣武軍節度使」；興元元年，「宣武軍節度使移治汴州」。參見卷六《客有話汴州新政（略）》等詩注。

〔二四〕峻刑右武：刑法嚴酷，崇尚武力。疑似：是非難明。《呂氏春秋》有《疑似》篇。《三國志・魏書・杜恕傳》載恕上疏：「衆怒難積，疑似難分，故累載不爲明主所察。」沈命：《漢書・咸宣傳》：「是時……盜賊滋起……聚黨阻山川，往往而群居，無可奈何，於是作沈命法，曰：『群盜起不發覺，發覺而弗捕滿品者，二千石以下至小吏主者皆死。』」應劭曰：「沈，没也。敢蔽匿盜賊者，没其命也。」孟康曰：「沈，藏匿也。命，逃亡也。」危邦：動亂不安的國家或地區。

〔二五〕夷坦：坦蕩沖和。慘急：嚴酷峻急。《史記·平準書》：「長吏益慘急而法令明察。」

〔二六〕置郵：驛傳。《孟子·公孫丑上》：「德之流行，速於置郵而傳命。」泮林：泮水之林。《詩·魯頌·泮水》：「翩彼飛鴞，集於泮林，食我桑黮，懷我好音。」箋：「言鴞恒惡鳴，今來止於泮水之木上……改其鳴，歸就我以善音，喻人感於恩則化也。」

〔二七〕就加大司馬：謂加檢校兵部尚書銜。

〔二八〕纂服：繼位。三年：指大和二年（文宗於寶曆二年十二月繼位）。朝正月：於元旦朝見。

〔二九〕操節：持節。大和二年冬，令狐楚被召入朝爲户部尚書，見卷七《和令狐相公入潼關》詩注。

〔三〇〕令狐楚爲東都留守等，參見卷八《和令狐相公别牡丹》、《和鄆州令狐相公春晚對花》等詩注。

〔三一〕北京：太原，唐高祖李淵於此起家，武后天授元年置爲北都，天寶元年改爲北京，見《新唐書·地理志三》。令狐楚爲北都留守、太原節度使，事見卷九《令狐相公自天平移鎮太原（略）》注。

〔三二〕真拜：實授，相對於前所加「檢校尚書右僕射」而言。令狐楚入朝爲吏部尚書加僕射等事，見卷九《酬令狐相公歲暮遠懷見寄》、《酬令狐相公季冬南郊宿齋見寄》等詩注。

〔三三〕急：指甘露之變事。《舊唐書·文宗紀下》：「（大和九年十一月）壬戌，中尉仇士良率兵誅宰相王涯、賈餗、舒元輿、李訓，新除太原節度使王璠，郭行餘、鄭注、羅立言、李孝本、韓約等十餘家，皆族誅。時李訓、鄭注謀誅宦官，詐言金吾仗舍石榴樹有甘露，請上觀之。内官先至金吾仗，見幕下伏甲，遽扶帝輦入内，故訓等敗，流血塗地。京師大駭，旬日稍安。」正殿：指大明宫延英殿。

〔三四〕傅：依附。附古義即引經據典，以古人古事爲證。《漢書·張湯傳》：「是時，上方鄉（向）文學，湯決大獄，欲傅古義，乃請博士弟子治《尚書》、《春秋》，補廷尉史，平亭疑法。」師古曰：「傅讀曰附。」《新唐書·令狐楚傳》：「會李訓亂，將相皆繫神策軍。文宗夜召楚與鄭覃入禁中，楚建言：『外有三司御史，不則大臣雜治，内仗非宰相繫所也。』帝頷之。既草詔，以王涯、賈餗冤，指其罪不切，仇士良等怨之。始，帝許相楚，乃不果，更用李石，而以楚爲鹽鐵轉運使。」參見卷十《和令狐相公春早朝（略）》注。

〔三五〕仡仡：勇壯貌，此指態度堅決。

〔三六〕十一月十二日：《舊唐書·文宗紀下》：「（開成二年十一月）丁丑，興元節度使令狐楚卒。」按，據《二十史朔閏表》，是月辛卯朔，丁丑爲十六日。蓋令狐楚十二日卒，史官所書爲訃告到京之日。享年七十：兩《唐書》本傳均作「七十二」。按，令狐楚貞元二十年爲李景略作《祭豐州李大夫文》云：「齠齔之年，獲見大夫。目以成器，異於群倫。自降而還，垂三十春。」若以楚享年七十二歲、大曆元年生計，至貞元二十年爲三十一年，與「垂三十春」語不合。若以楚享年七

十、生大曆三年計，則爲二十九年，正「垂三十春」。詳參尹占華、楊曉靄《令狐楚集》附録《令狐楚簡譜》（甘肅人民出版社一九九八年出版）。

〔三七〕齊終：猶正終，壽終正寢。遺表：《舊唐書·令狐楚傳》：「未終前三日，猶吟詠自若。……前一日，召從事李商隱曰：『吾氣魄已殫，情思俱盡，然所懷未已，强欲自寫聞天，恐辭語乖舛，子當助我成之。』即秉筆自書曰：……」令《樊南文集》卷一有《代彭陽公遺表》，即代令狐楚作。

〔三八〕愍册：封贈已故帝后王公的哀册文。三事：《詩·小雅·雨無正》：「三事大夫，莫肯夙夜。」疏：「三事大夫，爲三公耳。」唐以太尉、司徒、司空爲三公。《舊唐書·令狐楚傳》：「册贈司空，謚曰文。」

〔三九〕國書：國史。五王：指桓彦範、敬暉、崔玄暐、張柬之、袁恕己。復辟：指中宗復帝位，復國號周爲唐。狄梁公：狄仁傑，睿宗時追封梁國公。尸：主持。《舊唐書·中宗紀》：「時張易之與弟昌宗潛圖逆亂，神龍元年正月，鳳閣侍郎張柬之、鸞臺侍郎崔玄暐、左羽林將軍敬暉、右羽林將軍桓彦範、司刑少卿袁恕己等，定策率羽林兵誅易之、昌宗，迎皇太子監國，總司庶政，大赦天下。……乙巳，則天傳位於皇太子。丙午，即皇帝位於通天宫。……（五月）癸巳，侍中敬暉封爲平陽郡王；侍中桓彦範扶陽郡王，賜姓韋氏；中書令張柬之漢陽郡王；中書令袁恕己南陽郡王；特進崔玄暐海陵郡王，並加授特進，罷知政事。」同書《狄仁傑傳》：「仁傑常以舉賢爲意。其所引拔桓彦範、敬暉、竇懷貞、姚崇等，至公卿者數十人。初，則天嘗問仁傑曰：『朕要一好漢任使，有乎？』仁傑曰：『陛下作何任使？』則天曰：『朕欲待以將相。』……仁傑曰：『荆州長史張柬之，其人雖老，真宰相才也。……』則天乃召拜洛州司馬。他日，又求賢，仁傑曰：『臣前言張柬之，猶未用也。』則天曰：『已遷之矣。』對曰：『臣薦之爲相，今爲洛州司馬，非用之也。』又遷爲秋官侍郎，後竟召爲相。柬之果能興復中宗，蓋仁傑之推薦也。」

〔四〇〕台臣：指宰相。狄兼謨：字汝諧，仁傑族曾孫，附見《舊唐書》卷八九、《新唐書》卷一一五《狄仁傑傳》。《資治通鑑》卷二四一：「（元和十四年十二月）中書舍人武儒衡有氣節，好直言，上器之，顧待甚渥，人皆言且入相。令狐楚忌之，思有以沮之者，乃薦山南東道節度推官狄兼謨才行。癸亥，擢兼謨左拾遺内供奉。兼謨，仁傑之族曾孫也。楚自草制辭，盛言『天后竊位，姦臣擅權，賴仁傑保佑中宗，克復明辟』。儒衡泣訴於上，且言『臣曾祖平一在天后朝，辭榮終老』。上由是薄楚之爲人。」據《全唐文補遺》第九輯令狐綯《狄兼謨墓誌》，兼謨乃狄仁傑曾姪孫。

〔四一〕諱魯：爲國及君諱。《春秋·僖公元年》：「元年春，王正月。」《左傳》：「元年春，不稱即位，公出故也。公出復入，不書，諱之也。諱國惡，禮也。」此指摘令狐楚所草狄兼謨制詞不爲唐王朝及武后諱。《舊唐書·令狐楚傳》：「楚再貶衡州刺史，時元稹初得幸，爲學士，素惡楚與鎛膠固希寵，積草楚衡州制，略曰：『楚早以文藝，得踐班資，憲宗念才，擢居禁近。異端斯害，獨見不明。密隳討伐之謀，潛附姦邪之黨。因緣得地，進取多門，遂忝台階，實妨賢路。』楚深恨稹。」元稹當亦爲「相銜者」之一。

〔四二〕丁：當。將：扶助。

〔四三〕嗣子：嫡子。綯：令狐綯，宣宗大中中官至宰相，兩《唐書》附見《令狐楚傳》。太子左諭德：東宫官名。《新唐書·百官志四上》「東宫官左春坊」：「左諭德一人，正四品下。掌諭皇太子以道德，隨事諷讚。」弘：令狐弘，疑即令狐緒。《舊唐書·令狐楚傳》：「子緒、綯。」《新唐書》本傳同。《新唐書·宰相世系五下》，楚三子：緒、綯、緘。李商隱《代彭陽公遺表》：「臣已召男國子博士緒、左補闕綯、左武衛兵曹參軍綸等，示以歿期。」無名「弘」者。疑弘爲令狐緒之别名，劉禹錫父名緒，故諱之。令狐緒前已官正五品上之國子博士（見卷十《送國子令狐博士赴興元覲省》注），故喪服滿後，遷爲正四品下之諭德。

〔四四〕泣：原作「之」，據明本、《叢刊》本、《全唐文》改。先正：先代之臣。《書·説命下》：「昔先正保衡。」傳：「正，長也，言先世長官之臣。」丈人：對父執的敬稱。撤懸：撤去樂懸，此指去世。《禮記·曲禮下》：「大夫無故不撤懸，士無故不撤琴瑟。」注：「故，謂災患喪病。」令狐楚去世前寄劉禹錫詩事，見卷十《令狐僕射與予投分素深（略）》注。

〔四五〕參大鹵記室：謂爲太原節度使掌書記。《元和郡縣圖志》卷一三「太原府」：「中國曰太原，夷狄曰大鹵。」

〔四六〕儀曹郎：禮部員外郎。西掖：中書省。令狐楚以職方員外郎知制誥，屬中書省。密勿：國家大事，見前《上宰相賀改元赦書狀》注。魁柄：北斗斗柄，比喻朝廷大權，此指宰相之任。《漢書·梅福傳》：「尊寵其位，授以魁柄。」

〔四七〕咫尺之管：指筆。

〔四八〕賁：裝飾。畎澮：田間溝渠，指小水流。膚寸：《公羊傳·僖公三十一年》：「觸石而出，膚寸而合，不崇朝而遍雨乎天下者，惟泰山爾。」何休注：「側手爲膚，按指爲寸。」《説苑·辨物》：「五岳何以視三公？能大布雲雨焉，能大斂雲雨焉。雲觸石而出，膚寸而合，不崇朝而雨天下，施德博大，故視三公也。」

〔四九〕餘力：《論語·學而》：「子曰：『弟子入則孝，出則悌，謹而信，泛愛衆而親仁，行有餘力，則以學文。』」此指政事之餘。

〔五〇〕王珣：晉人。孝武：指晉孝武帝司馬曜。《晉書·王珣傳》：「時帝雅好典籍，珣與殷仲堪、徐邈、王恭、郗恢等並以才學文章見暱於帝。……委珣端右，珣夢人以大筆如椽與之，既覺，語人云：『此當有大手筆事。』俄而帝崩，哀册謚議，皆珣所草。」

〔五一〕聖神章武孝皇帝：唐憲宗謚號。《舊唐書·令狐楚傳》：「所撰《憲宗皇帝哀册文》，辭情典鬱，爲文士所重。」文見《唐文粹》卷三二、《全唐文》卷五四三。乾陵：唐高宗陵墓，此指武則天。崔文公：崔融。《舊唐書·高宗紀下》：「文明元年八月庚寅，葬於乾陵。」同書《則天皇后紀》：「（神龍）二年五月庚申，祔葬於乾陵。」同書《崔融傳》：「融爲文典麗，當時罕有其比，朝廷所須《洛出寶圖頌》、《則天哀册文》及諸大手筆，並手敕付融。撰哀册文，用思精苦，遂發病卒。……謚曰文。」

薦處士嚴毖狀〔一〕

處士嚴毖。右左庶子損之之孫，國子司業士元之子，舊名保嗣，亦有官班。〔二〕頃者，李賓客渤常與之游，辟爲桂州支使。〔三〕其後寄家汝海，〔四〕專静自居。某嘗典汝州，與語甚孰，歷代史及國朝故事，悉能該通。操心甚危，觀跡相副。未逢知己，已過壯年，汩没風塵，有足悲者。

伏見赦文節目，委州郡長吏搜訪隱淪。夫舉無它，唯善所在。每覽《珠英》卷後列學士姓名，有常州人符鳳，白衣在選，取其藝業，不棄遠人。〔四〕某忝被儒官，〔六〕得以薦士，亦非出位，冀不廢言。倘弘文、集賢、史氏之館，採其實學，有勸諸生。〔七〕伏以桂州辟之於前，某薦之於後，豈必有土長吏，〔八〕然後事行？伏惟試味斯言，降意詳擇。謹狀。

【校注】

〔一〕狀開成末、會昌初在洛陽作。嚴毖：據狀爲嚴損之孫、嚴士元子。按穆員《國子司業嚴公（士元）墓誌銘》，士元三子，「嗣子纂，次子鈞，次子篆」，無名毖者。嚴毖或爲此三子之一改名。此狀云「某嘗典汝州」，蓋作於大和九年罷汝州刺史後。狀又云「某忝被儒官」，則當作於開成末、會昌初檢校秘書監分司東都時。狀云「伏見赦文節目，委州郡長吏搜訪隱淪」，按《全唐文》卷七八「武宗」有開成五年二月《即位赦文》，又有會昌元年正月《南郊改元赦文》、會昌二年四月《加尊號赦文》，均未及搜訪隱淪之事。前兩《赦文》甚短，似非完文，疑此狀即上於開成五年二月。

〔二〕左庶子：太子東宫官名，正四品，分左右，分别爲左右春坊長官，掌侍從贊相，駁正啟奏，見《新唐書·百官志四下》。國子司業：國子監副長官。獨孤及《唐故銀青光禄大夫左庶子嚴公墓誌銘》：「公諱損之，故都督洮州諸軍事、洮州刺史協之孫，贈太常少卿方約季子，中書侍郎挺之母弟。……前後佐兩衛，參四府，領二縣，典七州，再入石渠，三昇龍樓，凡處任十八，享年七十六。……仲子曰士元，由殿中侍御史爲尚書虞部員外郎。」穆員《國子司業嚴公墓誌銘》：「左庶子、贈宋州刺史損之，公之禰也。……天寶中，以門子經行擢宏文生，調參江陵府軍事……歷京兆府户曹掾、殿中侍御史、虞部員外郎。……選國子司業。」即嚴志元墓誌。

〔三〕渤：李渤，字濬之，《舊唐書》卷一七一、《新唐書》卷一一八有傳。《舊唐書》本傳：「轉給事中……寶曆元年，出爲桂州刺史，兼御史中丞，充桂管都防禦觀察使。……渤在桂管二年，以風恙求代，罷歸洛陽。大和五年，以太子賓客徵。至京師，月餘卒。」支使：觀察使屬官。《新唐書·百官志四下》：「觀察使、副使、支使各一人。」

〔四〕汝海：指汝州。《文選》枚乘《七發》：「南望荆山，北望汝海。」李善注：「汝稱海，大言之也。」

〔五〕《珠英》：指武后朝所編類書《三教珠英》或崔融所編詩歌總集《珠英學士集》。《新唐書·藝文志三》：「《三教珠英》一千三百卷，《目》十三卷。張昌宗、李嶠、崔湜、閻朝隱、徐彦伯、張説、沈佺期、宋之問、富嘉謩、喬侃、員半千、薛曜等撰。開成初改爲《海内珠英》。」同書《藝文志四》：「《珠英學士集》五卷，崔融集武后時修《三教珠英》學士李嶠、張説等詩。」二書均佚，惟敦煌遺書P. 3771、S. 2717存《珠英集》殘卷。符鳳：未詳。《新唐書·列女傳》有《符鳳妻傳》，云「鳳以罪徙儋州，至南海，爲獠賊所殺」。事又見《太平廣記》卷二七〇，許刻本云「出《朝野僉載》」，則此符鳳亦初唐人。它書所載預修《珠英》者則爲蔣鳳。《唐會要》卷三六：「大足元年十一月十二日，麟臺監張昌宗撰《三教珠英》一千三百卷成，上之。初，聖曆中，上以《御覽》及《文思博要》等書，聚事多未周備，遂令張昌宗召李嶠、閻朝隱……富嘉謩、蔣鳳等二十六人同撰。」《玉海》卷五四亦引《劉禹錫集》云：「《珠英》卷後列學士姓名，蔣鳳白衣在選。」則今本《劉禹錫集》之「符鳳」當爲「蔣鳳」之誤。

〔六〕儒官：此當指秘書監，掌經籍圖書之事，故可稱儒官。劉禹錫開成四年檢校秘書監，參見附録八《劉禹錫簡譜》。

〔七〕弘文：弘文館，屬門下省，「掌詳正圖籍，教授生徒；朝廷制度沿革，禮儀輕重，皆參議焉」。集賢：集賢殿書院，屢見前注。史氏之館：即史館，掌修國史，初隸門下省，開元二十年改隸中書省。均參見《新唐書·百官志二》。

〔八〕有土長吏：指赦文中所云「州郡長吏」。蓋劉禹錫時爲分司官員，故有此語。

薦處士王龜狀〔一〕

處士王龜。古者選公族大夫，必以惇惠者教之，文敏者道之，果敢者諗之，鎮静者循之。〔二〕孜孜於此者，蓋膏粱之性難正，〔三〕而懼公侯之胤不能嗣其耿光，可以深惜。然則，「成、宣之後，而老爲大夫，非恥乎？」此智武子誡文子既冠而見之詞也。是知古之取士，不專寒族，必參用世胄，〔四〕以廣得人之路。

今見處士王龜，即居守之第三子也。〔五〕天生貞静，操心甚危，不由門資，〔六〕誓志自立。樂處士之號，不汩綺襦之間。〔七〕自到洛都，便居山寺，耽玩墳籍，放情煙霞。曾邀與語，如鋸木屑；〔八〕信有禀受，居然出群。以比在京師，甚足知者，諫院有狀，名流亟言。〔九〕某流滯周南，〔一〇〕静閲時輩，身雖不用，心甚愛才。況遇相公持衡，〔一一〕敢有所啓。誠懸之下，輕重難欺。〔一二〕伏惟深賜詳擇，知卿族之内，有遺逸焉。謹狀。正議大夫、檢校禮部尚書、兼太子賓客分司東都劉某狀。

【校注】

〔一〕狀會昌元年春夏間在洛陽作。處士：未仕的士人。王龜：字大年，王起之子。少不樂仕進，會昌中，以左拾遺徵，不起。及父卒，以右補闕徵，遷侍御史、尚書郎。大中中歷宣歙、河中副使，祠、兵二部郎中，太常少卿，同州刺史，轉越州刺史、浙東觀察使，山越爲亂，被害。事跡附見《舊唐書》卷一六四、《新唐書》卷一六七《王起傳》。《舊唐書》本傳云：「性簡澹蕭灑，不樂仕進，少以詩酒琴書自適，不從科試。京師光福里第，起兄弟同居，斯爲宏敞。龜意在人外，倦接朋游，乃於永達里園林深僻處創書齋，吟嘯其間，目爲『半隱亭』。……及起保釐東周，龜於龍門西谷構松齋，棲息往來，放懷事外。」狀稱王起爲「居守」，自署銜「檢校禮部尚書」，當作於會昌元年春末或稍後。參見卷十一《秋霖即事聯句三十韻》、《酬宣州崔大夫見寄》二詩注。

〔二〕公族大夫：古代掌管貴族子弟的官員。惇惠：惇厚仁惠。文敏：博學聰敏。道：通導。諗：規勸。循：當作「脩」，修治。《國語·晉語七》：「欒伯請公族大夫，公曰：『荀家惇惠，荀會文敏，黶也果敢，無忌鎮静，使兹四人者爲之。夫膏粱之性難正也，故使惇惠者教之，使文敏者導之，使果敢者諗之，使鎮静者修之。』」韋昭注：「公族大夫，掌公族與卿之子弟。膏，肉之肥者；粱，食之精者。言食肥美者，率多驕放，其性難正。〔教，〕教之道藝。〔導，〕導其志也。〔諗，〕告也，告得失。〔修，〕修治其氣性。」

〔三〕膏粱：肥美的食物，此借指富貴人家子弟。粱，原作「梁」，據劉本、《叢刊》本改。

〔四〕成、宣：趙成子趙衰、趙宣子趙盾，成、宣是他們的謚號。《國語·晉語六》：「趙文子冠……見智武子，武子曰：『吾子勉之，成、宣之後，而老爲大夫，非恥乎！』」韋昭注：「文子，趙盾之孫、趙朔之子趙武也。武子，晉卿，荀首之子荀罃。成，成子，文子曾祖趙衰也。宣，宣子，文子祖父趙盾也。言文子二賢之後，長老乃爲大夫，非恥乎？欲其修德，早爲卿也。」世胄：世家子弟。

〔五〕居守：留守，此指王起，開成五年九月爲東都留守，見卷十一《秋霖即事聯句三十韻》詩注。據《舊唐書·王起傳》及《新唐書·宰相世系二中》，王龜有兄王式，弟王鐐、王鐸，此云「第三子」，未詳。

〔六〕門資：猶門第，謂因父祖而取得的仕進資格。

〔七〕汩：沉溺。綺襦：綺紈製衣裳，代指貴族子弟。《漢書·叙傳》：「（班伯）出與王、許子弟爲群，在於綺襦紈袴之間，非其好也。」

〔八〕鋸木屑：《晉書·胡毋輔之傳》：「胡毋輔之字彦國……與王澄、王敦、庾敳俱爲太尉王衍所暱，號曰『四友』。澄嘗與人書曰：『彦國吐佳言如鋸木屑，霏霏不絶，誠爲後進領袖也。』」

〔九〕以比：原作「以此」，《叢刊》本作「伏聞比者」，此據明本、劉本改。諫院：諫官官署（參見卷十八《同州舉蕭諫議自代狀》注），此當指徵王龜爲左拾遺事，《舊唐書》本傳謂事在會昌中，據此狀，疑其事在開成中。

〔一〇〕周南：指洛陽，見卷十《洛濱病卧（略）》注。

〔一一〕相公：據《新唐書·宰相表下》時相有崔珙、崔鄲、李德裕、陳夷行，崔鄲、李德裕均與劉禹錫有舊故。

〔二〕誠懸：喻指處事公正。《禮記·經解》：「故衡誠縣，不可欺以輕重。」疏：「衡謂稱衡，縣謂稱錘。誠，審也。若稱衡詳審縣錘，則輕重必正。」縣，懸本字。

秋聲賦〔一〕并引

相國中山公賦秋聲，以屬天官太常伯，唱和俱絶。〔二〕然皆得時行道之餘興，猶有光陰之嘆，況伊鬱老病者乎？〔三〕吟之斐然，〔四〕以寄孤憤。

碧天如水兮窅窅悠悠，〔五〕百蟲迎暮兮萬葉吟秋。欲辭林而蕭颯，潛命侣以啁啾。〔六〕送將歸兮臨水，非吾土兮登樓。〔七〕晚枝多露蟬之思，夕蔓趨寒蛩之愁。〔八〕至若松竹含韻，梧楸早脱。驚綺疏之曉吹，墮碧砌之涼月。〔九〕念塞外之征行，顧閨中之騷屑。〔一〇〕夜蛩鳴兮機杼促，〔一一〕朔雁叫兮音書絶。遠杵續兮何泠泠，〔一二〕虚窗静兮空切切。如吟如嘯，非竹非絲。合自然之宫徵，〔一三〕動終歲之別離。廢井苔冷，〔一四〕荒園露滋。草蒼蒼兮人寂寂，樹槭槭兮蟲咿咿。〔一五〕則有安石風流，巨源多可。〔一六〕平六符而佐主，施九流而自我。〔一七〕猶復感陰蟲之鳴軒，嘆涼葉之初墮。〔一八〕異宋玉之悲傷，覺潘郎之幺麽。〔一九〕

嗟呼，驥伏櫪而已老，鷹在韝而有情。〔二〇〕聆朔風而心動，眄天籟而神驚。〔二一〕力將痑

兮足受紲，猶奮迅于秋聲。〔二二〕

【校注】

〔一〕賦會昌元年秋在洛陽作。并引：二字原無，劉本、《叢刊》本、《全唐文》作「并序」，據增改。

〔二〕相國中山公：李德裕，會昌元年在相位。據《新唐書·宰相世系二上》，德裕出趙郡李氏西祖房，趙郡爲戰國時中山國地，故稱中山公。天官太常伯：吏部尚書，指王起。《新唐書·百官志一》：龍朔二年，改尚書曰太常伯；武后光宅元年，改吏部曰天官。《舊唐書·王起傳》：「會昌元年，徵拜吏部尚書，判太常卿事。」李德裕《秋聲賦》見《全唐文》卷六九七。王起和作已佚。

〔三〕行道：原作「道行」，據劉本、《全唐文》乙。光陰之嘆：李德裕《秋聲賦·序》：「昔潘岳寓直騎省，因感二毛，遂作《秋興賦》。況余百齡過半，承明三入，髮已皓白，清秋可悲。」伊鬱：憂憤貌。班彪《北征賦》：「諒時運之所爲兮，永伊鬱其誰愬。」伊鬱老病者，劉禹錫自謂。

〔四〕斐然：文采貌，此指産生創作衝動。《論語·公冶長》：「子曰：『……吾黨之小子狂簡，斐然成章，不知所以裁之。』」

〔五〕窅窅：深遠貌。

〔六〕辭林：樹葉凋落。蕭颯：風聲。命侶：求伴侶。虞世南：「梟歸初命侶。」啁啾：鳥鳴聲。

〔七〕送將歸：宋玉《九辯》：「登山臨水兮送將歸。」吾土：指故鄉。王粲《登樓賦》：「雖信美而非吾土兮，曾何足以少留。」

〔八〕趣：促。蔓趣，劉本、《全唐文》作「草起」。寒螿：即寒蟬。《爾雅·釋蟲》：「蜺，寒蜩。」郭璞注：「寒螿也。似蟬而小，青色。《月令》曰，寒蟬鳴。」《藝文類聚》卷九七引《風土記》：「七月而螻蛄鳴於朝，寒螿鳴於夕。」

〔九〕綺疏：雕鏤花紋的窗户。曉吹：曉風。碧砌：長有青苔的臺階。

〔一〇〕騷屑：同蕭瑟，淒涼貌。

〔一一〕蛩：蟋蟀，一名促織。

〔一二〕遠杵：遠方砧杵搗衣聲。泠泠：清冷。

〔一三〕宫徵：五音之二，此指音律節奏。

〔一四〕冷：明本、劉本作「合」。

〔一五〕槭槭：猶瑟瑟，蕭瑟貌。

〔一六〕安石：東晉謝安字。《南史·王儉傳》：「儉常謂人曰：『江左風流宰相，惟有謝安。』」此指宰相李德裕。巨源：晉山濤字。多可：多所許可。嵇康《與山巨源絶交書》：「足下旁通，多可而少怪。」山濤曾爲吏部尚書，此借指吏部尚書王起。

〔一七〕平六符：猶泰階平。《漢書·藝文志》天文家有《泰階六符》一卷。李奇注：「三台謂之泰階，兩兩成體，三台故六。觀色以知吉凶，故曰符。」泰階平則天下太平，參見卷四《城西行》注。九流：指各類人才。《南史・蔡興宗傳》：「復爲左户尚書，掌吏部。……興宗職管九流，銓衡所寄，每至上朝，輒與令録以下陳欲登賢進士之意。」《晉書・山濤傳》：「以濤爲吏部尚書，前後選舉，周遍内外，而並得其才。」上句頌宰相李德裕，下句讚吏部尚書王起。

〔一八〕陰蟲：感陰氣而生的昆蟲，如蟋蟀之類。李德裕《秋聲賦》：「當其時也，草木陰蟲，皆有秋聲。」涼葉初墮：當是王起賦中句意。

〔一九〕宋玉：戰國時楚國辭賦家，其《九辯》首云「悲哉秋之爲氣也」，爲著名的悲秋之作。潘郎：晉潘岳，曾作《秋興賦》，見卷一《秋螢引》注。幺麽：渺小。《晉書・桓玄傳論》：「若桓玄之幺麽，豈足數哉！」

〔二〇〕櫪：馬棚。曹操《步出夏門行》：「老驥伏櫪，志在千里。」韝：皮製立鷹的臂套。

〔二一〕聆：原作「昤」，據明本、劉本、《叢刊》本、《全唐文》改。朔風：北風。《古詩十九首》：「胡馬依北風。」天籟：大自然的音響。眄：劉本作「昤」。

〔二二〕瘆：疲，盡。紲：羈絆。奮迅：奮飛疾馳。

【附録】

秋聲賦　李德裕

昔潘岳寓直騎省，因感二毛，遂作《秋興賦》。況余百齡過半，承明三入，髮已皓白自中書舍人及今，三參掖垣，清秋可悲。尚書十一丈，鵷掖上寮，人文大匠，聊爲此作，以俟知音。

露華肅，天氣晶。碧空無氛，霽海清明。當其時也，草木陰蟲，皆有秋聲。自虛無而響作，由寂寞而音生。始蕭瑟於林野，終混合於太清。出哀壑而憤起，臨悲谷而怨盈。朔雁聽而增逝，孤猿聞而自驚。此聲也，異桐竹之韻，非金石之鳴。足以動羈人之魄，感君子之情。况乎臨淄藻思，薛縣英名。遽興華屋之嘆，預想曲池之平。豈待琴而魂散，固聞笛以涕零。亦有毁家蔡女，降北李卿。聽朔吹之夜動，見霜鴻之曉征。既慷慨而誰訴，獨汍瀾而流纓。雖復蘇門傲世，秦青送行，詎能寫自然之天籟，究吹萬之清泠？客有貞詞瀏亮，逸氣縱横。賦掩漏卮之妙，文同蟠木之精。聊染翰以寫意，期報之以瑶瓊。（《全唐文》卷六九七）

子劉子自傳〔一〕

子劉子，名禹錫，字夢得。其先漢景帝賈夫人子勝，封中山王，謚曰靖，子孫因封爲中山人也。〔二〕七代祖亮，事北朝爲冀州刺史、散騎常侍，遇遷都洛陽，爲北部都昌里人。〔三〕世爲儒而仕。墳墓在洛陽北山，其後地狹不可依，乃葬滎陽之檀山原。〔四〕由大王父已還，一昭一穆如平生。〔五〕曾祖凱，官至博州刺史。〔六〕祖鍠，由洛陽主簿察視行馬外事，歲滿，轉殿中丞、侍御史，贈尚書祠部郎中。〔七〕父諱緒，〔八〕亦以儒學天寶末應進士。遂及大亂，舉族東遷，以違患難，因爲東諸侯所用。〔九〕後爲浙西從事，本府就加鹽鐵副使，遂轉殿中，主務于埇橋。〔一〇〕其後罷歸浙右，至揚州，遇疾不諱。〔一一〕小子承夙訓，禀遺教，眇然一身，奉尊夫人不敢殞滅。〔一二〕後忝登朝或領郡，蒙恩澤，先府君累贈至吏部尚書，先太君盧氏由彭城縣太君贈至范陽郡太夫人。〔一三〕

初，禹錫既冠，舉進士，一幸而中試。〔一四〕間歲，又以文登吏部取士科，授太子校書。〔一五〕官司閑曠，得以請告奉温清。〔一六〕是時年少，名浮於實，士林榮之。及丁先尚書憂，〔一七〕迫禮不死，因成痼疾。既免喪，相國揚州節度使杜公領徐泗，〔一八〕素相知，遂請爲掌書記。捧檄入告，〔一九〕太夫人曰：「吾不樂江、淮間，汝宜謀之於始。」因白丞相以請，曰：「諾。」居數月而罷徐泗，而河路猶艱，遂改爲揚州掌書記。〔二〇〕涉二年而道無虞，前約乃行，調補京兆渭南主簿。〔二一〕明年冬，擢爲監察御史。〔二二〕

貞元二十一年春，德宗新棄天下，東宫即位。〔二三〕時有寒俊王叔文，以善弈棋得通籍博望，因間隙得言及時事，上大奇之，如是者積久，衆未之知。〔二四〕至是，起蘇州掾，超拜起居舍人，充翰林學士，遂陰薦丞相杜公爲度支鹽鐵等使。〔二五〕翌日，叔文以本官及内職兼充副使。〔二六〕未幾，特遷户部侍郎，賜紫，貴振一時。〔二七〕愚前已爲杜丞相奏署崇陵使判官，〔二八〕居月餘日，至是改屯田員外郎，判度支鹽鐵等案。初，叔文北海人，自言猛之後，有遠祖風，唯東平吕温、隴西李景儉、河東柳宗元以爲信然。〔二九〕三子者皆與予厚善，日夕過，言其能。叔文實工言治道，能以口辯移人。〔三〇〕既得用，自春至秋，其所施爲，人不以爲當非。

時上素被疾，至是尤劇，詔下内禪，自稱太上皇，後謚曰順宗，東宫即皇帝位。〔三一〕是時，太上久寢疾，宰臣及用事者都不得召對，宫掖事秘，而建桓立順，功歸貴臣。〔三二〕於是，叔文首貶渝州，後命終死。〔三三〕宰相貶崖州。〔三四〕予出爲連州，途至荆南，又貶朗州司馬。〔三五〕居九年，詔徵，復授連州。〔三六〕自連歷夔、和二郡，又除主客郎中，分司東都。明年追入，充集賢殿學士。〔三七〕轉蘇州刺史，賜金紫。〔三八〕移汝州，兼御史中丞。又遷同州，充本州防禦、長春宫使。〔三九〕後被足疾，改太子賓客，分司東都。又改秘書監分司。〔四〇〕一年，加檢校禮部尚書兼太子賓客。〔四一〕行年七十有一，身病之日，自爲銘曰：

不夭不賤，天之祺兮；重屯累厄，數之奇兮。〔四二〕天與所長，不使施兮；人或加訕，心無疵兮。〔四三〕寢於北牖，〔四四〕盡所期兮；葬近大墓，如生時兮。魂無不之，〔四五〕庸詎知兮！

【校注】

〔一〕本文自云「行年七十有一」，當會昌二年在洛陽作。在劉禹錫一生中，永貞之貶是一大關鍵，他爲此蒙冤受屈數十年，如骨鯁在喉，不吐不快。所以文中自叙家世生平十分簡賅，對於永貞革新始末卻記叙特別詳盡，指出王叔文「工言治道，能以口辯移人」，「其所施爲，人不以爲當非」，揭出永貞内禪的真相，「建桓立順，功歸貴臣」，是宦官居中上下其手的結果。

〔二〕中山：漢郡國名，治所在今河北定縣。《漢書·景十三王傳》：「孝景皇帝十四男，……賈夫人生……中山靖王勝。」劉禹錫自云漢中山靖王後，《新唐書·劉禹錫傳》已疑之，云：「劉禹錫，字夢得，自言系出中山。」此外尚有彭城説及廬陵説。《舊唐書·劉禹錫傳》：「劉禹錫，字夢得，彭城人。」白居易《劉白唱和集解》：「彭城劉禹錫，詩豪者也。」但唐世重高門，輕寒族，人多以郡望相誇，彭城爲劉氏著望，「姓卯金者（即姓劉者）咸曰彭城」（《史通》卷五），彭城説既與禹錫自述不符，也應當是假冒的郡望。《元和姓纂》卷五「廬陵劉氏」：「漢長沙定王後，生安成侯倉，子孫徙焉。梁安成内史劉元偃，代居吉州，云其後也。曾孫紹榮，吉州刺史；孫行昌，左司員外。孫淑，殿中御史。淑生禹錫，屯田員外郎。」淑當爲「溆」或「叙」或「緒」的誤字。至叙禹錫祖父名行昌，也和自傳中名「鍠」不同。《元和姓纂》雖係元和中林寶所撰，但曾散佚，今本係四庫館臣自《永樂大典》中輯出，誤字錯簡很多，所以其中「孫淑」以下一段文字，很可能是錯簡，不足憑信。今人卞孝萱考證，劉禹錫爲匈奴族人，後隨孝文帝入洛，遂占籍爲洛陽人，遷居滎陽，其先人和漢代的宗室無干，參見其《劉禹錫的氏族籍貫問題》（《南開大學學報》社科版一九七七年第三期）、《劉禹錫叢考·父系考》（巴蜀書社一九八八年七月出版）。然尚未可論定。

〔三〕遷都：指北魏孝文帝拓跋弘自平城（今山西大同）遷都洛陽事。北部：漢末三國時洛陽行政區劃名。曹操曾爲洛陽北部尉，見《三國志·魏書·武帝紀》。都昌里：洛陽城中坊名。《魏書·高祖紀下》：太和十九年（四九五），遷都洛陽，「詔遷洛之民，死葬河南，不得還北，於是代人南遷者，悉爲河南洛陽人」。《隋書·經籍志二》：「後魏遷洛，有八氏十姓，咸出帝族；又有三十六族，則諸國之從魏者；九十二姓，世爲部落大人者，並爲河南洛陽人。」按《周書》卷十七、《北史》卷十五有《劉亮傳》。《周書》云：「劉亮中山人也，本名道德。祖祐連，魏蔚州刺史。父持真，鎮遠將軍、領民酋長。……亮少倜儻，有從横計略，姿貌魁傑，見者憚之。普泰初，以都督從賀拔岳西征……以功拜大都督。……及太祖置十二軍，簡諸將以將之，亮領一軍。每征討，常與怡峰皆爲騎將。魏孝武西遷，以迎駕功，除使持節、右光禄大夫、左大都督、南秦州刺史。大統元年，以復潼關功，進位車騎大將軍、儀同三司，改封饒陽縣伯，邑五百户。尋加侍中。從擒竇泰，復弘農及沙苑之役，亮並力戰有功，遷開府儀同三司、大都督，進爵長廣郡公，邑通前二千户。……乃賜名亮，並賜姓侯莫陳氏。……子昶，尚太祖女西河長公主。大象中，位至柱國、秦靈二州總管。以亮功，封彭國公。」按此劉亮爲西魏、北周之際人，其出生在北魏遷洛後，官職亦與禹錫自述迥異，當別是一人。

〔四〕北山：即邙山。《太平寰宇記》卷三「河南縣」：「芒山，一名邙山，在縣北十里。……伊尹、蘇秦、張儀、扁鵲、田横、劉寬、楊修、孔融、吴後主、蜀後主、張華、嵇康、石崇、何宴（晏）、陸倕、阮籍、羊佑（祜）皆有冢在此山。」滎陽：鄭州屬縣名，今屬河南。滎，原作「榮」，據劉本、《叢刊》本、《全唐文》改。劉禹錫《上杜司徒書》：「小人祖先壤樹在京索間。」《元和郡縣圖志》卷八

「鄭州滎陽縣」：「京水出縣南平地。索水出縣南三十五里小陘山。」

〔五〕大王父：曾祖父。一昭一穆：謂依輩分排列。古代宗廟制度，始祖居中，左昭右穆。父爲昭，子爲穆，子之子又爲昭，依次排列，墳墓亦如之。

〔六〕博州：州治在今山東聊城縣東北。

〔七〕察視行馬外事：指爲監察御史，參見前《唐故福建等州都團練觀察處置使（略）薛公神道碑》注。殿中丞：《新唐書·百官志二》「殿中省」：「丞二人，從五品上。」依唐代官員遷轉制度，斷無自正八品下之監察御史驟遷至從五品上之殿中丞，復降爲從六品下侍御史之理。「丞」字當爲衍文，「殿中」即殿中侍御史。劉鍠當自監察御史轉從七品下之殿中侍御史。唐制，監察御史在官二十五個月，例轉官殿中侍御史，見《唐會要》卷六〇。

〔八〕緒：《舊唐書·劉禹錫傳》作「溆」，與「緒」音同；《元和姓纂》卷五作「淑」，當爲形近而誤。

〔九〕大亂：指安史之亂。東遷：此指遷至蘇州嘉興縣，參見卷五《送裴處士應制舉》注。違難：避難。東諸侯：東南一帶的方鎮或州郡長官。

〔一〇〕浙西：浙江西道，乾元元年置節度使，治所在昇州（今南京市）；次年廢節度使，改置觀察處置使，治所在蘇州，見《新唐書·方鎮表五》。鹽鐵副使：指鹽鐵轉運副使，中唐時期常以浙西節度使或觀察使兼領鹽鐵轉運使。埇橋：橋名，故址在今安徽宿縣南古汴水上。《新唐書·食貨志四》：「自兵起，流庸未復，稅賦不足供費，鹽鐵使劉晏以爲因民所急而稅之，則國足用，於是上鹽法輕重之宜。……自淮北置巡院十三，曰揚州、陳許、汴州、廬壽、白沙、淮西、甬橋、浙西、宋州、泗州、嶺南、兖鄆、鄭滑，捕私鹽者，姦盗爲之衰息。」《元和郡縣圖志》卷九「宿州」：「本徐州苻離縣也，元和四年，以其地南臨汴河，有埇橋爲舳艫之會，運漕所歷，防虞是資，又以蘄縣北屬徐州，疆界闊遠，有詔割苻離、蘄縣及泗州之虹縣置宿州。」據卞孝萱《劉禹錫叢考》，劉緒在浙西所從爲王緯。《舊唐書·王緯傳》：「貞元三年……又擢爲潤州刺史，兼御史中丞、浙江西道都團練觀察使。十年，加御史大夫，兼諸道鹽鐵轉運使。……貞元十四年卒。」

〔一一〕浙右：即浙西。不諱：死的婉詞。《漢書·丙吉傳》：「君即有不諱，誰可以自代者？」

〔一二〕眇然：小貌。殞滅：死亡。陳子昂《爲宗舍人謝贈物表》：「孤臣殃釁，尚未殞滅，荼毒如昨，奄將一旬。」

〔一三〕盧氏：望出范陽，禹錫母爲盧徵堂姊妹，參見卷一《途次敷水驛（略）》注。縣太君、郡太夫人：外命婦，唐制，五品官員的母、妻可封縣君，三品以上官員母、妻爲郡夫人。

〔一四〕既冠：《禮記·曲禮上》：「二十曰弱，冠。」劉禹錫貞元九年進士，年二十二。

〔一五〕間歲：隔一年，謂貞元十一年。吏部取士科：當指吏部宏辭或拔萃。唐制，進士及第後，須通過吏部考試合格後，方可授官。《新唐書·選舉志下》：「文選吏部主之。……凡擇人之法有四：一曰身，體貌豐偉；二曰言，言辭辯正；三曰書，楷法遒美；四曰判，文理優長。……凡試判登科謂之『入等』，甚拙者謂之『藍縷』。選未滿而試文三篇，謂之『宏辭』；試判三條，謂之『拔萃』。中者即授官。」太子校書：東宫司經局有校書四人，正九品下，見《新唐書·百官志四上》。

〔一六〕請告：告假。奉温清：奉養父母，使之冬暖夏涼，無微不至。《禮記·曲禮上》：「凡爲人子之禮，冬温而夏凊。」

〔一七〕丁先尚書憂：謂遭父喪。據此，劉緒當卒於貞元十三年。

〔一八〕杜公：杜佑，貞元十六年六月爲徐泗節度使，參見卷十三《讓同平章事表》注。

〔一九〕檄：徵聘的文書。捧檄事見前《唐故相國贈司空令狐公集紀》注。

〔二〇〕罷徐泗：貞元十六年九月以虔王李諒爲徐州節度使，杜佑遂罷領徐泗，參見卷十三《賀除虔王等表》注。揚州：時爲淮南節度使治所。

〔二一〕涉二年：謂貞元十八年。二，原作「一」，據劉本、《叢刊》本、《全唐文》改。渭南：京兆府屬縣，今屬陝西。

〔二二〕明年：謂貞元十九年。劉禹錫貞元十九年閏十月授監察御史，見卷十三《舉崔監察群自代狀》。

〔二三〕棄天下：婉言皇帝之死。東宫：太子所居，此代指皇太子。貞元二十一年正月德宗李适卒，太子李誦即位，是爲順宗。

〔二四〕寒俊：出身寒微的才俊之士。通籍博望：謂爲太子東宫官員。通籍，見卷二《酬元九院長自江陵見寄》注。博望，漢苑名，太子所居，因以指代東宫。《漢書·戾太子傳》：「及冠就宫，上爲立博望苑，使通賓客。」《舊唐書·王叔文傳》：「王叔文者，越州山陰人也，以棋待詔，粗知書，好言理道，德宗令直東宫。」

〔二五〕起居舍人：《新唐書·百官志二》「中書省」：「起居舍人二人，從六品上。掌修記言之史，録制誥德音，如記事之制，季終以授國史。」《順宗實録》卷一：「（永貞元年二月壬戌）蘇州司功王叔文，可起居舍人、翰林學士。」蘇州爲上州，司功爲從七品下，故爲「超拜」。杜公：杜佑。《舊唐書·順宗紀》：「（永貞元年三月）丙戌，檢校司空、同平章事杜佑爲度支鹽鐵使。」

〔二六〕副使：鹽鐵副使。《舊唐書·順宗紀》：「（永貞元年三月戊子）以翰林學士王叔文爲度支鹽鐵轉運副使，杜佑雖領使名，其實叔文專總。」

〔二七〕户部侍郎：尚書省户部的副長官。《舊唐書·王叔文傳》：「叔文初入翰林，自蘇州司功爲起居郎，俄兼充度支、鹽鐵副使，以杜佑領使，其實成於叔文。數月（當作日），轉尚書户部侍郎，領使、學士如故。」

〔二八〕崇陵：唐德宗李适陵墓，參見卷一《赴連山途次德宗山陵（略）》注。

〔二九〕北海：郡名，治所在今山東昌樂東南。遠祖：指王猛。《晉書·苻堅載記下》附《王猛傳》：「王猛字景略，北海劇人也。……瑰姿俊偉，博學好兵書，謹重嚴毅，氣度雄遠，細事不干其慮。……隱於華陰山，懷佐世之志，希龍顔之主，斂翼待時，候風雲而後動。……苻堅將有大志，聞猛名，遣吕婆樓召之，一見便若平生，語及廢興大事，異符同契，若玄德之遇孔明也。……堅謂群臣曰：『王景略固是夷吾、子産之儔也。』」參見前《唐故監察御史贈尚書右僕射王公神道碑》注。吕温：見卷二《吕八見寄郡内書懷（略）》等詩注。李景儉：見卷二《卧病聞常山旋師（略）》等詩注。

〔三〇〕以口辯移人：善辯，能説服他人。

〔三一〕東宫：此指皇太子李純。《舊唐書·順宗紀》：「（貞元二十一年八月）庚子詔：『……天佑不降，疾恙無瘳。……宜令皇太子即皇帝位，朕稱太上皇，居興慶宫，制稱誥。』」同書《憲宗紀上》：「憲宗聖神章武孝皇帝諱純，順宗長子也。……貞元四年六月，封廣陵王。順宗即位之年四月，册爲皇太子。七月乙未，權勾當軍國重事。八月丁酉朔，受内禪。乙巳，即皇帝位於宣政殿。」

〔三二〕建桓立順：擁立皇帝。東漢桓帝劉志、順帝劉保，均爲宦官所立。《後漢書·宦者傳論》：「其後孫程定立順之功，曹騰參建桓之策。」《資治通鑑》卷二三六：「（永貞元年正月）癸巳，德宗崩。蒼猝召翰林學士鄭絪、衛次公等至金鑾殿，草遺詔。宦官或曰：『禁中議所立尚未定。』衆莫敢對。次公遽言曰：『太子雖有疾，地居冢嫡，中外屬心，必不得已，猶應立廣陵王。不然，必大亂。』絪等從而和之，議始定。……時順宗失音，不能決事，常居宫中施簾帷，獨宦者李忠言、昭容牛氏侍左右，百官奏事，自帷中可其奏。……上疾久不愈，時扶御殿，群臣瞻望而已，莫有親奏對者。中外危懼，思早立太子，而王叔文之黨欲專大權，惡聞之。宦官俱文珍、劉光琦、薛盈珍皆先朝任使舊人，疾叔文、忠言等朋黨專恣，乃啟上召翰林學士鄭絪、衛次公、李程、王涯入金鑾殿，草立太子制。……（三月）癸巳，立淳爲太子，更名純。」

〔三三〕渝州：州治在今重慶市。《舊唐書·順宗紀》：「（永貞元年八月）壬寅，貶右散騎常侍王伾爲開州司馬，前户部侍郎、度支鹽鐵轉運使王叔文爲渝州司户。」同書《王叔文傳》：「皇太子監國，貶爲渝州司户，明年誅之。」

〔三四〕宰相：指韋執誼。崖州：州治在今海南海口市東南。《舊唐書·韋執誼傳》：「及順宗即位，久疾不任朝政，王叔文用事，乃用執誼爲宰相，乃自朝議郎、吏部郎中、騎都尉賜緋魚袋，授尚書左丞、同平章事，仍賜金紫。叔文欲專國政，故令執誼爲宰相於外，已自專於内。……及憲宗受内禪，王伾、王叔文徒黨並逐，尚以執誼是宰相杜黄裳之婿，故數月後貶崖州司户。……卒於貶所。」

〔三五〕荆南：唐方鎮名，治所在今湖北江陵。禹錫永貞元年九月貶連州刺史，行至江陵，再貶朗州司馬，見卷一《赴連山途次德宗山陵（略）》、《韓十八侍御見示（略）》等詩注。

〔三六〕居九年：元和九年冬，劉禹錫被召回京，見卷十四《謫九年賦》。

〔三七〕明年：大和元年。其年劉禹錫入朝爲主客郎中，充集賢直學士，參見卷七《陝州河亭陪韋五大夫雪後眺望(略)》注。

〔三八〕賜金紫：見卷九《酬樂天見貽賀金紫之什》注。

〔三九〕長春宫使：同州刺史例兼長春宫使，見卷十八《同州謝上表》注。

〔四〇〕秘書監分司：劉禹錫開成四年改秘書監分司，參見卷十一《貧居詠懷贈樂天》注。

〔四一〕檢校禮部尚書：劉禹錫會昌元年春已加禮部尚書，見卷十一《會昌春連宴即事聯句》注。

〔四二〕祺：祥，福。重屯累厄：累遭不幸，命運坎坷。屯，難。數之奇：命運不好。《漢書·李廣傳》：「大將軍(衛青)陰受上指，以爲李廣數奇，毋令當單于，恐不得所欲。」師古曰：「言廣命隻不耦合也。」王維《老將行》：「李廣無功緣數奇。」

〔四三〕所長：劉禹錫自以爲所長在文詞，其表章中一再提及「三登文科」之事，《汝州謝上表》云：「臣本業儒素，頻登文科；時命邅回，再領軍郡。」蓋以未能用其所長(如知制誥等)爲憾。

〔四四〕北牖：北窗。《禮記·喪大記》：「疾病，外内皆掃。君、大夫撤縣，士去琴瑟，寢東首於北牖下。」

〔四五〕魂無不之：《禮記·檀弓下》：「骨肉歸復於土，命也。若魂氣則無不之也，無不之也。」

【集評】

蘇軾曰：劉禹錫既敗，爲書自解，言：「叔文實工言治道，能以口辯移人。既得用，所施爲，人不以爲當。太上久疾，宰相及用事者不得對，宫掖事秘，建桓立順，功歸貴臣，由是及貶。」《後漢書·宦者傳論》云：「孫程定立順之功，曹騰參建桓之策。」騰與梁冀比舍清河而立蠡吾，此漢之所以亡也，與廣陵王監國事，豈可同日而語哉？禹錫乃敢以爲比，以此知小人爲姦，雖已敗而猶不悛也，其可復置之要地乎？因讀《禹錫傳》，有感，書此。（《蘇軾文集》卷六五《劉禹錫文過不悛》）